怀念狼

贾平凹 著

华夏出版社

典藏文库

华夏出版社"典藏文库",致力于展示中国新时期以来当代文学创作与研究的最高成就和学术成果,在题材、风格上表现出无限的丰富性。

上世纪九十年代,在寓所中的作者

贾平凹　1952年生于陕西省丹凤县棣花镇。当代著名作家。1975年毕业于西北大学中文系。1974年开始发表作品。著有《贾平凹文集》26卷。长篇小说代表作有《浮躁》、《废都》、《秦腔》、《古炉》、《带灯》、《老生》等。中短篇小说代表作有《黑氏》、《天狗》、《五魁》、《倒流河》等。散文代表作有《商州散记》、《丑石》、《定西笔记》等。作品曾获得过茅盾文学奖、鲁迅文学奖、全国优秀短篇小说奖、全国优秀中篇小说奖、全国优秀散文（集）奖，以及美国"飞马文学奖"、法国"费米娜文学奖"、法兰西金棕榈文学艺术骑士勋章、香港"红楼梦·世界华文长篇小说奖"、"华语文学传媒大奖"、"施耐庵文学奖"、"当代文学奖"、"人民文学奖"等。有三十多部作品被译为美、法、德、瑞典、意大利、西班牙、俄、日、韩、越南文，在二十多个国家出版发行。

目　录

自　序　1
怀念狼　1
后　记　178

附一　他"披着狼皮"写作
　　　——从《怀念狼》看贾平凹的转向（陈晓明）　181

附二　法自然：中国当代文学新审美
　　　——兼议贾平凹的写作风标（陈思和）　205

附三　《白夜》与《怀念狼》意义和价值的再认识（李　星）　209

附四　《白夜》、《怀念狼》重读札记（韩鲁华）　215

自 序

贾平凹

二十年前,《白夜》的第一次出版是在华夏出版社,二十年后,华夏出版社要再次出版。无限的感慨,我真不知道《白夜》是个什么命啊。

之所以愿把《白夜》与《怀念狼》一同再版,一是它们都是短的长篇,身世和经历差不多,二是因有怀念字样,也是别有一番用心。

在我以往的作品里,《废都》当然大有事在,关乎过我的命运和文运的重要意义。但还有两本书让我纠结的,就是《白夜》和《怀念狼》。《白夜》,是《废都》之后紧接着的作品,《怀念狼》要往后再迟了几年。当《废都》在极其喧哗热闹不久经过声势浩大的讨伐而归于死寂,其巨大的阴影便严重地影响了《白夜》和《怀念狼》。

《白夜》是直接被遮蔽的,出版后任何评论都没有报刊肯发表,一块石磨扔在水中竟无声无息。那时,《废都》在法国获奖,国内没有报道,偶在一个非主流报纸上有了消息,也仅是一句:贾平凹的一部长篇小说在法国获得法国三大文学奖之一的"费米娜奖"。《怀念狼》也是如此,持肯定的评论文章极少,且每篇的字数极短,倒是有一个长文,仍在全盘地否定和刻薄地挖苦。作品出版了,无论说长道短都是作者所接受和乐见的,而遭到不能理会不许理会,这如同孩子出生了报不上户口,作者就郁闷可悲了。

这种状况长达近二十年啊,二十年里,我像受伤的兽躲在洞里舔自己的伤口。时代的好处是我还能继续写作,于是关闭了与外部的往来通道,灭绝了对一切繁华的幻想,只是埋头继续写自己想写的东西。近些年不断有人向我提问:你怎么能一直写下来,写出了那么多作品?其实除了别的原因外,我的不甘,我得努力,我要证明自己，恰是其动力。

　　这些都是往事了，过去的好事或许已不那么好了，过去的坏事可能还变成了好事。冬不冷夏不热五谷是无法长成的，一切经历过后都成了故事，那便是这个人的财富啊。

　　就在这本书的责编一定要我为再版写几句话时，老家的一个远房亲戚带着她的儿子来见我。那儿子是大学三年级学生，个头有门扇那么高大。我说：这么帅的小伙！亲戚说：他是超生的，为躲计生专干，我逃跑到山坡上的草窝里生的。跑了半年回去后，家里的牛被牵去，房上的瓦也被溜下来拉走了。但孩子已经生下来总不能再掐死吧，就罚了三千元才保下来。

　　亲戚说完哈哈大笑。我也哈哈大笑。

2016 年 10 月 22 日

这仍是商州的故事。

关于商州的故事，我已经很久未写了，可以说，岂止是商州，包括我生活的西京城市，包括西京城里我们那个知识分子小圈子里的人人事事，对任何题材的写作我都似乎没了兴趣。这些年里，你们看到我的时候，样子确实有些滑稽了，穿一件红格衬衣外套上缀满了口袋的马甲，戴一顶帽子，是帽檐又硬又长的那一种，而且反戴，胸前便挎着一个或两个相机，似乎要做摄影家了！其实我心里明白，我能拍摄出什么像样的东西呢，欺人也自欺，只是不愿意丢掉一个文人的头衔罢了。

西京城里依旧在繁华着，没有春夏秋冬，没有二十四节气，连昼夜也难以分清，各色各样的人永远拥挤在大街小巷，你吸着我呼出的气，我吸着你呼出的气，会还是没有头绪地开，气仍是不打一处地来，但我该骂谁呢，无敌之阵里，我寻不着对方。昨天晚上，又喝了一壶闷酒，笑着说，这次高职评定我要退出了，惟有痴情难学佛，独无媚骨不如人啊。妻子又只是喋喋不休着房子、汽车和街上又流行什么时装，她唠叨毕了，开始把什么巴拿马美容泥往脸上涂。我就用遥控器一遍一遍翻着电视机的频道，一直翻到了节目全部结束。

清晨对着镜子梳理，一张苍白松弛的脸，下巴上稀稀的几根胡须，照照，我就讨厌了我自己！遗传研究所的报告中讲，在城市里生活了三代以上的男人，将再不长出胡须。看着坐在床上已经是三个小时一声不吭玩着积木的儿子，想象着他将来便是个向来被我讥笑的那种奶油小生，心里顿时生出些许悲哀。咳，生活在这个城市，该怎么说呢，它对于我犹如我的灵魂对于我的身子，是丑陋的身子安顿了灵魂而使我丑陋着，可不要了这个身子，我又会是什么呢？如果没有在初夏的四月，因挣着挣着还要先进而被派去商州采访，并从商州行署所在地的州城又去了一趟镇安的老县城，商州的人事于我就非常非常地疏远，而我的生命也从此在西京坠落下去，如一片落叶于冬季的泥地上，眼见着腐烂得只留下一圈再捡也捡不起来的脉网了。

是狼，我说，重新激起了我对商州的热情，也由此产生了对生活的热情，于是，新的故事就这样在不经意中发生了。

故事的背景是这样的：因为气候的原因，商州的南部曾是野狼最为肆虐的地区，这和商州西北部盛产一种矮脚叫驴一样有名，传统习惯上，西北部的人就被称为西北驴，南部的人就叫做南山狼了。州城里的人每年在冬季要烤烘木炭，炭市在城南门外的广场上，他们就去广场上招买那些两鬓苍苍十指黑的卖炭翁，看着卖炭翁的长相，他们说：是镇安人吧，要么就是柞水县或山阳县的?! 卖炭翁说是的，你怎么知道？他们就笑了。在海边生活的人，长相都是鱼鳖海怪的模样，在平原上生活的人，长得又多是牛呀马呀似的长脸，商州南部的镇安县、柞水县、山阳县的人差不多又皮薄骨硬，耳朵尖耸，眼或是三白或是四白。翻开那三县的县志，分别记载着在呈三角状的三县交界地，曾经因狼灾而毁灭过古时三县合一的老县城。我十多年前去过那里，海拔两千米的高山顶，四周丛峦围了一块平地，中间就是废城池子，东西长五里，南北宽二里，形状如船。城池里只剩下九户人家，一座清代的房子，房子前有一棵白果树，直戳戳三十米高的，满地脱落着小扇子般的叶片。残缺不全的城墙上还有三座低矮的城门，一个门上写着"景阳"，一个门上写着"延薰"，另一个门上的石匾写着什么，不知道，已被鹰鹫的稀粪糊住，白花花像涂了一摊石灰。但是，就在这座城门之外，新盖了一幢三层小楼，据说是要筹建一所大熊猫保护和繁殖的基地，要进驻一大批研究大熊猫的科技工作人员。我在九户人家里分别吃过一顿饭，每顿都有蒸熟的洋芋蘸着盐末，喝一种苞谷糁熬成的糊汤，喝毕了还要伸出长长的舌头将碗舔得一干二净。他们告诉我，日子确实苦焦，之所以还没有迁移下山，就是因为要来一大批科技人员，老县城或许从此要振兴呢。山民陪我去了麦田，看那些古柏、残存的碑刻、佛塔和拴马石桩，竟然还看见了一个残去一角的焚纸炉，说是当时的县衙烧毁废弃的文件用的。我坐在"景阳"门下乱石堆上，用脚蹬蹬，蹬出一块青石，依稀认出上边刻着的"道光五年"字样。想象着这个城池昔日的景象，却不禁生出恐惧：一座城池竟然就被狼灾毁了?!我先以为这肯定是一种讹传，因为20世纪之初，中国发生了一次著名的匪乱，匪首名为白朗，横扫了半个国土，老县城是不是毁于那次匪乱，而民间将白朗念作了白狼？但九户山民异口同声地说，是狼患，不是人患。老一辈人传下来的话是那时狼真的多，成千上万只狼围住了城池，嗥叫之声如山洪暴发，以至于人们把四座城门关了，又在城墙上点燃着一堆又一堆篝火。人们曾将百十头猪羊抛下城墙，人为财死鸟为食亡嘛，企图打发狼群离开，但猪羊瞬间被咬嚼一空，连一片皮毛一根骨头都没有留下，狼群仍是围着城不走。月光下东城门外黑压压一片，所有的狼眼都放着绿光，开始了叠罗汉往城墙上爬。人们往下掷火把，扔砖瓦，放火铳，狼死了一层又扑上来一层，竟也有撅起屁股放响屁，将稀屎喷到十米八米高的墙头上人的身上。当人与狼在这里对峙防守时，谁也没有想到竟有一群红毛狼，这可能是狼的敢死队，从南门口的下水道钻进了城，咬死了数百名妇女儿童，而同时钻进了一批狼的同盟军，即豺狗子，专拣着撕抓马匹和牛驴的屁眼，掏食肠子。一时间城池陷落。

从那以后，狼是再没有大规模地围攻过老县城，老县城虽修了城河，封闭了所有下水道口，城里人毕竟逃走了大半，再也没有昔日的繁荣了。事过半年，白花花的狼的稀屎还干糊在城墙砖上，街道上偶尔见着了一疙瘩硬粪，踩开来，里边裹着人的指甲和牙齿，有人在饭馆里吃饭，吃着吃着口里有了异样的感觉，掏出一看，竟然一团菜中还夹着狼毛。也就是狼灾后的第五年，开始了白朗匪乱，是秋天里，匪徒进了城，杀死了剩下的少半人，烧毁了三条街的房子，那个黑胖子知县老爷的身子还坐在大堂上的案桌上，头却被提走了，与上百个头颅悬挂在城门洞上，每个头颅里还塞着各自的生殖器。老县城彻底地被毁了，行政区域也一分为三，镇安、柞水、山阳分别有了自己的小县和小县中的小的城池。

在这一场匪乱毁城中，有一户姓傅的兄弟分家过活。老大开着一片粮庄，家境殷实,生有一个女儿,自小就请了教师在家授课。老二是做棉花生意的,高山顶上不产棉花,从平川道廉价买了来山上贵卖,经年挑一个两头高翘的棉花笼担,一边走一边喊:棉花,棉花!他为人诚实,性情却急,常常是听见叫卖声,某家的老妪拿着铜钱出来了,他则已经走远,买家经常气得骂:这急死鬼,是逛城的还是做生意的?!生意做得并不好。遭狼灾的时候,粮庄的掌柜夜里拿着火铳守在城墙上,夫人原本闭门睡觉,半夜里要解手,屋里是放着尿桶的,但她爱洁净,偏去后院厕所,厕所的泄粪口对着院外,一只狼正从那里往里钻,一爪子就把她下身抓个稀巴烂,女人失血过多便死了。闹起白朗,一队匪兵又在磨坊里轮奸了他的女儿,匪退后,邻居的阿婆用烤热的鞋底焐女儿阴部,焐出一碗的精液。老二呢,匪退后再无踪影,活不见人,死不见尸,街坊四邻都说要么被白朗拉走了,要么就被狼吃掉了,他的老婆终不肯相信,总觉得丈夫还活着,会突然什么时响就在门首喊:棉花,棉花!可怜这老婆一双粽子小脚,走遍了方园沟沟岔岔,打问了所有见到的人,而且见庙就进去烧香磕头。随着镇安城新建,她拖着一儿一女也到了川道,川道里狼虽然比在山顶的少,但狼仍然在大白天里就会碰着,而且装狗扮人,她受了几次迷惑。母子三人听说一个山头上还是有着一个庙的,又去祷告,雨天里穿过了一片苞谷地,苞谷叶的齿边撕拉着他们的脸和胳膊,雨再沿着叶尖滴落到伤口上,火辣辣地疼痛。她让女儿走到前边,手里紧握着一根木棒,不断地叮咛端端走,不要走散,而背在背上的小儿,是用布带子系了三道和自己捆在一起的,还是害怕狼从后边将小儿抓走,便让小儿的一双脚尽量往前伸,她能双手拉着。泥在草鞋上粘成了大坨,走一步十分艰难,女儿的鞋很快就陷在泥里拔不出来,丢失了,虽然母亲不停地骂着走快点,女儿仍是要停下抓痒着满是黄水疮的脑袋,并弯下腰从地上拔着刺蝶菜往口里塞,嘴角就流下绿的汁水来。她或许是饿得厉害,咬嚼声特别大,根本就没有注意到对面的地塄上已经站了一只狼,狼也在咬嚼着,嘴大得像瓢,张合有些错位。做母亲的锐叫了一声,女儿抬头看见了暮色中灼灼的两团绿光,她们立时站定,谁也不再说话,嘴里的咬嚼声也停止了。人与狼在苞谷地里目光相持了半个时响,松软的泥土里,妇人的脚深深陷下去,身子明显地矮了,而脸色开始发红,眼睛也发红,红得有了酱辣子色,披散的头发呼呼呼地竖起来了,没有风,但趴在背上的儿子听得见摇曳中的铮泠泠铜音。一声响动,接着恶臭难闻,狼拉下了一道稀粪,或许狼被妇人竖起的头发吓呆了，或许狼本身病着，拉下了稀粪就坐在地上，然后又站起来，拖着泥乎乎的尾巴走掉了。

也就在这个晚上，他们在寺庙里遇见了老县城的一个邻居，邻居也是来为失散的家人祈祷的，邻居告诉说："棉花担死了"。棉花担是丈夫的绰号，妇人立即说："你吓我，你别吓着我！"邻居说这是真的，稷甲岭的山口上，匪徒们在树上捆绑了二百多人，杀是没有杀的，留下来专要喂狼，狼就去吃了乳房和股部，也有挖出心肺吃了的，棉花担的个头大，脖子上的一道绳索绑得很紧，那颗头还在树上，脖子以下却什么也没有了。"这是我看见了的，"邻居说，"这是他的命，他生就了短眉目长是短寿相啊，你得恨他，恨他把你抛在半路上！"妇人喉咙里咕噜噜一阵响，一股黑血喷口而出，女儿看见了空中一个红的蝴蝶在飞，蝴蝶落在了寺庙的石头墙上，越来越大，越来越大，母亲的头就砸着了她的脚，她叫了一声："娘！"娘的眼睛全然是白眼睛。

匪乱和狼灾毁灭了一个县城，而其中的某个家庭遭受了悲惨的命运，翻开商州南部各县的志书，这样的例子几乎随处可找。从19世纪一直到20世纪初的三四十年，商州大的匪乱不下几十次，而每一次匪乱中狼却起着极大的祸害，那些旧的匪首魔头随着新的匪首魔头的兴起而渐渐被人遗忘，但狼的野蛮、凶残，对血肉的追逐却不断地像钉子一样在人们的意识里一寸一寸往深处钻。它们的恶名就这样昭著着。我曾经三次去过商州，曾一个夜里正坐在一户人家的院子里吃晚饭，村口有人喊："狼来了！"院子里的人全都扔下碗站了起来，院门哐啷关了，一人多高的山墙上的窗子也下了横杠。当全家人都进了堂屋，主人疑惑道："真的狼来了？好多年狼没有进过村呀？！"捎了一把明晃晃的柴刀走了出去，果然最后落实到狼并没有来到村里。虽然那是一场虚惊，却如同在城市里谁突然呼叫地震了一样，必然就出现人群的混乱。而至今在所有的人家，孩子哭闹，大人们依然在嘿哓：再哭，狼就来了！哭声肯定戛然而止，虽然这孩子没有见过狼，长大到老，一辈子也可能再难看到狼。

那个妇人，继续补充故事的材料吧：妇人到底是气绝了，但她的女儿和儿子却艰难地活了下来。女儿是被在寺庙里遇见的那个邻居收养的，不久就随养父做生意去了省城，这女儿是真正享了福了。儿子是没人管的，但在流浪中一天天野长，最终竟成了一名猎人。商州的猎人春夏秋冬都要头剃得精光，扎着裹腿，蹬着麻鞋，黑粗布的对襟袄虽有纽扣偏是不扣，用一条腰带勒着，腰带是丈二长的白绒线织的。背着猎枪，牵着猎狗。狗当然是土狗，头要小，腰要细，腿特别地长，自幼就割断了尾巴，模样黑丑如鬼。这猎人打了一辈子野物，在儿子出生的时候，他用一百只狼的前胸皮毛连缀成了一张特大的褥子，把五尺宽八尺长的土炕铺满又一直铺到炕地。儿子五岁起，他就带着出猎了，教小家伙亲自剥狼皮，一双嫩手伸进热腾腾的被剥开的狼腔子里往外掏肠子，让血桃花一般地溅落在脸上。儿子见风似长，已经比父亲更为英武，成了商州捕狼队的队长。捕狼队最多时上百人，他们经年累月，走州过县，身上有一种凶煞之气，所到之处，野物要么闻风而逃，要么纠集报复，演出了一幕幕壮烈又有趣的故事在民间传颂。地方政府从未投资给过捕狼队，捕狼队却有吃有喝，各个富有，且应运出现了许多熟皮货店，养活了众多的人，甚至于商州城里还开办了一家狼毫毛笔厂，别处的狼毫笔厂都用的是黄鼠狼的毛，而他们绝对是真正的狼毫，生意自然更为兴旺。

但是，英武的猎手在他四十二岁的时候，狼是越来越少了，捕狼队一次次削减人员，以至于连他们也很难再见到狼了。翌年的冬天，州行署颁布了关于保护野生动物禁止捕杀狼的条例，捕狼队自然而然解散，据说狼毫笔厂也随之关门。捕狼队的队长，最后接受的任务是协助收缴散落在全商州的猎户的猎枪，普查全商州还存在的狼数。在收缴猎枪的过程中，差不多他和所有的猎户都发生过口角。收缴的最后一杆枪是在七里峡沟，天下着雨，石板房上丁丁当当响了一夜，他在烧热的石板炕上做了一个梦：数百只狼围住了他，与他谋皮，语气温柔，喋喋不休，而且都爱嗔似的在他的手背上点一下趾头，但数百次在一个部位点，他手背的肉就烂了，白生生的骨头露出来，他惊醒了，出了一身汗。奇怪的是也就在他做梦的时候，这家被收缴了猎枪的主人黎明去泉里舀水，泉后的崖畔上坐着一只狼，这是一只年轻美丽的母狼，把泉水当成了一面镜子，用爪子梳理着身上的毛。主人立即俯趴在地，做出端枪的姿势，但主人的手里已没有了枪，是挑水的扁担，狼就扑了过来。狼的想法是张开血盆大口将人的脑袋囫囵吞下，但脑袋却只抵到口腔的深处，最后猎户将狼拥挤在了崖根，直到狼窒息而死，人也因失血过多死去。他含泪下葬了这个猎户，将那张狼皮剥下背在身上普查了半年。

这狼皮做了他外出的被褥，每到一处铺了，御寒，隔潮，但却常常在睡梦中周身扎痒，起身看看，狼毛是起来的。他起先并没有在意，以为是皮子没有熟的缘故，可每每有什么事情发生，狼毛就乍起来了，你无法用手抚摩下去。当那一回，他终于将他暗恋的女人邀请上了狼皮，他失败了，他才明白自己原来这般地无能，等女人哭着永远地跑去，狼毛也全开了，坚硬如麦芒。他捶打着狼皮，却并没有最后扔掉狼皮。从此每个夜里，他都要从狼皮上醒过来几次，在风清月明之下，往事成了再嚼也嚼不尽的一份干粮，一颗颗发涩的泪水就悄然落下。

又是半年过去了，行署的生态环境保护委员会的组成人员花名册上有着他的大名，他却并没有去州城，人们看到的傅山，领着条狗，独自在官路边的一个小店里吃酒。

"队长，队长！"

叫队长他是不吭声的，铁青的脑袋上一双耳朵又尖又耸，而且高过了眉梢；叫他傅山的时候，那三个指头捏着的酒杯停在空中，耳朵在动着，但脸还是不肯转过来。他的酒量大，饭量更大，高高垒起一大碟的萝卜馅包子呼呼啦啦就没有了。狗却在桌子下捉苍蝇，叭，一巴掌拍在桌后的墙上，墙上落着的不是苍蝇，是一枚钉子，气得骂：汪，汪！隔壁的饭店里有了吵吵嚷嚷的声音，那边一乱，就有人跑过来说，傅山，傅山，又是疤子脸来起事了！傅山还是不动，酒洒在了桌子上，他俯下头去吱地吸了，狗开始卧下来身子拉得长长的。人们请不动傅山，隔壁就一阵砰砰啪啪碗碟破碎响，看热闹的哇的一声喊着四处逃散，傅山倾着身子过来了，他走路始终是前倾着身子，进门说："莫非是狼来了？"

八仙桌前，一个脸上有着疤痕的瘦子蹴在凳子上，面前是掌柜摆的酒与肉，他并不吃，用手将一把浓鼻涕抹在凳子腿上，拍着自己的脸在说："屈掌柜，我讨不来账是不是嫌我长得不好看？兄弟这脸是挨过一刀哇，就是讨账时被砍的！我今日讨不来，是不是明日再来？"

傅山坐在桌子对面，狗的前爪也搭在了桌沿。傅山说："你是来讨账的，不至于来丧人家的摊子吧？"疤子脸说："哟，这是谁？！"傅山一拳打过去，那人从凳子上跌下去，还未回过神儿，但见一个影子从桌那边飘过了桌这边，自个儿脑袋就被按在了砖地上。脑袋是按死了，身子还活得厉害。傅山叫着："狗日的到雄耳川耍凶了！拿刀来，把这头给卸了！"疤子脸的牙磕着砖地，连声叫："大哥大哥!"傅山说:"我没你大!"疤子脸说:"队长,傅山队长!"傅山说:"你还知道我的名字?"手松开来,疤子脸趴着磕头,说:"谁不认得你,谁是眼窝瞎了!"站起来倒了酒要敬傅山,傅山不接他的酒:"掌柜的,欠别人的钱就筹着给别人还,免得让谁害骚地方!"转身顺门就走,众人啪啪地鼓掌。

"傅山到底是猎人哇!"

"他也不算作是猎人了吧?"

狗原本在碗碟的碎片里噙着了一根骨头,啃得涎水长流,见主人已经出门去了,一下子丢了骨头,将那一卷狼皮叼住,四蹄轻快地跟着跑,像管家婆子,又像是跟班。有人叹了一声"这狗东西富贵",从此狗就有了个很温馨的名字。

但是,谁能料得到,那些曾经作过猎户的人家,竟慢慢传染上了一种病,病十分地怪异,先是精神萎靡,浑身乏力,视力减退,再就是脚脖子手脖子发麻,日渐枯瘦。其中一个最严重的姓焦的人去医院求诊,医生也说不清他这是害了什么病,怀疑是出过重力或生活条件不好,他说:没出过重力呀,已经不钻山打猎了,耕地嘛基本靠牛,点灯嘛基本靠油。"还有呢,"医生说,"那以后最好不要和老婆同房。"他说这怎么行,不住在房里住哪儿。医生知道他听岔了,再说:"不要性交。"他倒躁了:我爷姓焦,我爹姓焦,我为什么就不能姓焦了?!医生只好说了粗话,问他是不是过度?他低了声说:以前我是猎人,基本靠手哩。医生噢了一声便不再问了。这个人后来是死了,身子萎缩得只有四五岁孩子那么大小了。消息传开,傅山也发觉自己的脚脖子发软,但傅山是何等角色,他不敢把他的感觉告知任何人,只在月明星稀的晚上,独自一人默默地来到银花河边,遥望着雾蒙蒙的对岸,一股风清晰地传送过来野兽的腥臊味,他知道在那边树林中是有一只狼了。果然这狼开始走出林子在一片月光下嗥叫,叫得舒缓悠长。傅山是听得懂狼语的,那狼的叫声翻译过来,是:母狼,母狼,你在哪儿?作为猎人,傅山感到了莫大的羞愧,因为那只狼分明已经看见了他,而且竟做出跛腿的情状,一瘸一瘸走了十多米远,然后就兜着圈子撒欢来调戏他。傅山是没有带枪的,这时候他的脚脖子极度发软而支持不住,跌坐在了河滩上。

十天后,傅山终于再次穿起了猎装,背着那杆用狼血涂抹过的猎枪,当然还有富贵,出了门。他的行李非常简单,口袋里只有钱和一张留着未婚女人经血护身纸符,再就是捆成了一卷的那张狼皮。他来到了老县城池子,他要再次去一趟商州真正的狼窝看看。

　　故事就从这里开始了。傅山在老城池外的苍野里逆风行走，风吹得腰带掉下来了一头，富贵的毛全皱卷开来，斜着身子在荆棘丛中颤着疾跑。时间是1998年的3月17日，天上的积云压得很低，随时都有掉下来的危险。高山顶上并不是什么都长得高大，除了城池里的那棵白果树，差不多的树长到一人多高就开始分桠，十年数十年地悠着劲儿长，长的都是些侏儒木。荆棘全部都是铁锈色，皮皱得如鸡腿，在风里摇曳着铜音。富贵翘起了细腿撒尿，尿射得很高，风又吹来一片雨而落在它的脸上。傅山看着风和流云水一样从一个丘堆上翻上去卷下来，又翻上去卷下来，身边的荆棘上挂着一撮狼毛，往前走，又是一撮狼毛。从毛的颜色和曲卷的程度上，傅山知道这是狼很久以前的遗物了。他仰起头来，张着并不大的嘴，呆呆地看着天上的一疙瘩云。
　　傅山的到来，在寂静的春天里，使旧城池子的九户山民欢呼跳跃，他们以最隆重的礼节欢迎他，让他坐在炕上，摆上炕桌，将自家烧制的苞谷酒一碗一碗筛着给他喝，然后在石臼里砸洋芋粑粑。傅山是满意于自己的粗矮身体的，他有一张粗糙发黑的四方脸，有整个下巴硬似鞋刷的胡茬，还有榔头一样结实的但冬夏出汗总是臭哄哄的脚，却遗憾的是没有一张能塞进一个拳头的四方嘴，这是他归结于自己命运不好的根本原因。他一连喝下五碗烧酒，阴郁之气没有使他立即兴奋起来，反倒整个脸色阴沉铁青，在山民的歌功颂德中两条皱纹越来越深，脑袋垂下，愈发沉默不语。两只老鼠分别从屋梁上掉下来，不偏不倚落在桌子上，竟将酒碗砸翻了。老鼠是因主人抽烟喝酒而也上了烟酒之瘾，趴在木梁上吸烟酒之味时一时失足掉下的。他用筷子死死夹住了一只老鼠，在桌面上捣着，捣着，直捣得老鼠的小脑袋破裂了。这时候，孩子们却趁机把他的麻鞋穿上，麻鞋大，是套在孩子的鞋上的，并且要抱了猎枪去出门。他一把抓住了枪，唬着眼问：树上落着十只鸟，打下一只，还有几只？孩子们说：九只！他端枪朝窗外叭地放个脆响，窗外的白果树上一群麻雀应声起飞，在空中兜了几个圈子，又一下子被另一处的树林子吸引去，而两只麻雀随之跌下。富贵却在空中一连串地翻腾，一个嘴角分别接叼住了一只。孩子们一片欢呼：神枪手！神枪手！他却趴在窗台上哼了一声，想起了当年上万只狼怎样来毁灭了这座县城，怨恨着北门外数千只狼一齐怒吼，叠罗汉一样从城墙根往上攀，却怎么能疏忽了不去照管东门口，以致使另一个狼群袭击了城呢？生不逢时，自己没有遇上那个年月，如今是一位英雄般的神枪手了，却只能打这些叽叽喳喳的麻雀！

傅山的到来当然也传到了大熊猫保护和繁殖基地，主任施德同志来邀请他。这个秃了顶、戴着深度近视镜的科学家与傅山有过交情，基地筹建的时候，捕狼队在这里居住过一段时间，曾将二十条狼打死后一溜儿挂在基地的篱笆上，以致数年里狼不敢再光临。施德见着了傅山，呼叫着举了双手，他已经做好了准备，因为傅山以前和他握手时像钳子，疼得他龇牙咧嘴傅山还是握着，而且不停地摇动，但这回傅山并没有伸出手来，脚下拌蒜似的已经酒醉了。

傅山在城池外的河里帮山民提水，发现了河底上有着一杆枪的，但伸手从水里捞上来的却是一根老鹳草，再看河底，河底里还是有一杆枪的，又去捞，没有了老鹳草，一条黑脊梁的鱼游走了。河滩上是一丛丛开着白花的狼牙棘刺，他知道那是死去的狼群的灵魂还纠缠在这里。

"你醉了，队长！"施德拉着他走，他还盯着河底。

"是有一杆枪的。"傅山说，深深吸了一口这山林河川里的空气，"我没醉，我还能喝哩！"

施德看着傅山，发觉他是有点老了，他放了一个屁，声音没有以前干脆。

在施德的房子里，施德还是拿出了保存了三年的泸州老窖，又将一包干辣椒用油锅炸了让他下酒，猎人嗜好的就是这两样东西。但施德自己并没有喝，也没有陪着傅山划拳，因为基地唯一饲养的那只大熊猫要生产了，这是一件了不起的事，早在大熊猫进入临产期的前三天，州城里的专员特意打来电话，要求随时把大熊猫的生产状况汇报行署，一定要确保世界级的活化石母子平安。施德是专家，是主任，是中共党员，是拿政府津贴的，他明白任何工作都有着政治。

傅山一个人留在房间里喝酒，麻鞋脱下来，臭哄哄的脚气和酒味弥漫在房间里。到了半夜，富贵也昏昏欲睡地趴在那里，他站起来，觉得要去解手，摇摇晃晃到了厕所。第一次到基地来的时候，他在这厕所里解过手，一泡尿冲得一米外的一窝蛆七零八落，现在遮遮掩掩立在那里，尿却淋湿了鞋面，他靠在墙上，有许多话要对施德说，但施德并没有来。望着院子里有人急急跑过，而从右边花墙透过一片灯光，他知道他们还在那边的产房里忙活，不禁想起了以前看过的革命样板戏，主角们往往要走到一棵挺拔的树下，站住，开始抒发豪言壮语。自个笑了一声，披着怀也踅去大熊猫产房，方明白了世上还有另外足以惊心动魄的事情，酒醉也随之清醒。

第二天的中午12点，大熊猫生下了一只老鼠般大的幼崽，但大熊猫几乎在同时死去，紧接着幼崽也死了。大熊猫母子都死去了，剩下了一群满腹学问的专家。这一天里，基地笼罩在一片悲伤气氛中，天上的云块支离破碎，沉下来粘着草，围着树，在台阶根溜着走，似乎它的毛茸茸也能握得住。科学家们都张着嘴，嘴唇上胡茬杂乱，哭不出声而泪流满面。施德两个小时坐在地上不起来也不说话，脸色和土一个颜色，简直像一个饿死的鬼了。傅山没有料到人的生产如拉一泡屎一样的顺当，大熊猫却如此的艰难，更没见过这些曾令他神秘又敬畏的科学家竟是这般可怜可笑，如丧了考妣一样呼天抢地地悲恸！他拉起了施德，但没有什么话来安慰朋友，只拖着施德到基地的院外来散心，不远处是一个巨型拳头状的石岗，石岗上顶着一座残破的山神庙，"你吃酸枣不？"他指着石岗角的一株野枣树说，树梢上有一颗干瘪了的酸枣。他双臂挂在崖角上努力用脚去蹬摇野枣树，将酸枣弄到手了，施德却并不吃。

"我安慰你，谁又给我说句宽心的话？"他有些生气了。

"你毕竟还有狼呀！我呢，实指望着能生下一个崽来，基地就建功立业了，……可现在连个本儿都没有了！"

"南宫山上的狼再没有下来过吗？"

"没有。"

施德应着，却又补充了一句，说是九户山民倒是反映过，在张贴禁止捕狼条例的那日，贴布告的大石头前，突然涌集了许多动物，有狼、有狐、有山羊和野猪，还有山鸡、松鼠和蛇，又跳又叫，甚至疯狂交配。第二天，人们在池塘里发现了大片大片青蛙产下的卵团，而蚂蚁窝里也是白花花一层蚂蚁蛋。它们是成了精了，在度狂欢节了？！但从那以后就再没见过狼了。

两个人都笑了一下，笑得苦苦的，傅山就别转了头向城池东边的南宫山上眺望。南宫山上其实早已没了宫，山上云层裂开了一条缝，有阳光斜斜照下来，山峦如佛出世，呈现了一派光明，他们谁也没有想到，就在这时候，主峦的一道石梁脊上正站着一只狼。

施德主任先并未注意到那是一只狼，还以为是一棵树一块石头，傅山却激动得叫了一声。这只狼衬在天幕上，腰身非常细长，面南而立，扫帚一般的长尾搭在一块石头上。他立即认出那是十一号狼，是普查的狼群里最健壮也最艳乍的一只狼，却不明白这只狼普查时是在百里外的大顺山上，怎么竟在这里出现？！狼之十一号高扬了脖子嗥叫起来，声音锐而干，音节里应该算是高八度的，而且一长一短，又一长一短，如山地人的呼喊：喂——根保！"这是在发情！"傅山说。果然另一只狼遂在石梁脊左边的一棵树下出现了，然后十一号狼向那只狼跑去，弓着身子，四蹄轻巧，两狼靠近，尾巴都翘起来，像高举了鸡毛掸子，欢乐地舞蹈。

"那一只是四号狼。"傅山说。

跟随的富贵汪汪地吠了起来，声巨如豹，而且前爪在地上使劲刨土，傅山只好用双腿死死地夹住它。狼依然在舞蹈着。

"大熊猫如果有狼这种发情就好了。"施德说，"你瞧，有狼就有猎人呀，没有大熊猫了我还算什么大熊猫专家？"

傅山眼里的光芒渐渐地消退了，他端起了枪，向空中鸣放了三下。

其实，我说的故事，正是与我有着剥也剥不开的血缘关系。我在我以前的作品里写下了许多商州的人和事，包括了家属和众多的老亲世故，但我遗漏了我的外爷。我的外爷的父亲，也就是我的老老外爷，在那一次匪乱和狼灾中失踪了，是死于匪或是死于狼，老老外婆咽了气后就不了了之。大名叫顺成的那个老城池的邻居领走了我的奶奶，舅爷长大成了猎户。生活原本是堆积了一大堆的日子，看似在停滞着，风云不起，水波不兴，实际上它以它的规律在暗中运动，人就在其中活着，两个家庭就这样繁衍开来，如一棵野草，分蘖了又分蘖，已经是蓬蓬的一大丛了。舅爷娶妻生子，生下了我的舅舅，我的奶奶在西京城里出嫁到了钱家生下了我的父亲，再是有了我这个孙子。母亲在我六岁的那年回去过一次商州，以奶奶的遗嘱寻找到了她的娘家人，但从那以后，母亲再没有回去过，我依然也不认识还在商州的那些农民亲戚，可留在记忆中始终有母亲讲过的关于两个家族的故事。也是母亲那次回商州，知道了舅舅这一辈的状况，说是我的舅舅在七岁时的收麦天里，舅奶领着他去田里割麦，人已经是很累了，又饥又渴，正坐在麦捆子上揭了瓦饭罐盖儿吃拌汤，听见了有人在哭。那是一种很悲恸的女人哭声，舅奶就放下饭罐过去察看，竟是一只狼坐在麦田的土渠里哭嚎，它是抵着渠底哭嚎的，见舅奶走近，一下子跃起来将她扑倒了。舅舅听见舅奶叫了一声"我儿……"跑近看见了狼的身下压着亲娘，亲娘的头发已经被狼撕下了髻，一撮头发连着头皮的血肉挂在一丛酸枣棘上。舅舅并没有吓晕，也没有撒脚逃跑，跳下土壕双手抓住了狼的尾巴，舅舅说："不要吃我娘，狼，不要吃我娘！"狼回过头来，看着我的舅舅，三角白眼里射着光，狼真的就不再咬他的母亲，半尺长的舌头伸出来舔舔嘴角，嘴角突然掀起，露出锥子一样的牙，呼哧一口却叼起了他的后颈就走。舅奶清醒过来，见舅舅被狼叼走，大声疾呼，那天舅爷出猎了并不在家，远近的村人举着木棒、铁锨撵了来，狼是前腿短后腿长上坡的速度极快，下坡却不行的，坡下的人一哇声撵打呼喊，在坡上收麦子的人闻讯从坡上也撵下来，狼就慌了。或许是舅舅很胖，有五十多斤重吧，狼叼着他再跑已经艰难，就在它放下舅舅要换一口气的时候，撵打的人到了跟前，狼只好丢下舅舅，眼睛一闪，舅舅看见的是一束红光，真的是一束红光，狼就逃走了。舅舅从狼口里被夺回来，后脖子上留下了三个冒血的窟窿，虽然后来用蓖蓖芽草和北瓜瓤敷好，从此怎么也消失不了疤痕。"他一急，疤就发红，"母亲说，"只要见他的疤红了，谁也不再去招惹他了。"

　　这就是我知道的关于舅家的全部内容，我是数次地去过商州，因为辈分隔了几层，舅舅叫什么名字，村子又是什么村子，我一概不清楚，认亲的意义不大，所以从没有产生去寻找拜访的念头。我只说今生今世不可能认识那一股亲戚了，没想却在最后一次去商州不期然而然地相遇了。

　　那天，我是以记者的身份懒洋洋地参加了商州的一次经贸会议。偌大的礼堂里，州行署专员在做关于商州地区现状的报告，他讲到商州是一万八千平方公里面积，划分行政县七个，州直辖市一个，乡镇五百七十三个，总人口二百二十一万，自古以来号称七山一水二分田，可耕土地二百二十六万亩，森林覆盖面积八十九万亩，中小电站三十五座，大型铁、锑、煤矿区四个，贯通四县的国道一条，县级公路十四条，虽不是富裕地区，但五谷杂粮都产，尤其山货特别丰富，如木材、竹器、龙须草、漆、火纸、核桃、木耳、蜂蜜。"还有十五只狼"，他最后说。

还有十五只狼?! 这一句话箭一样射进我的耳朵,在我听到的所有的政府工作报告中,从来还没有哪位领导在介绍自己的家底时说到还有狼!但商州行署专员说这句话时,语气平和,没有故意的口气也没有幽默的神情,这令我觉得惊奇而有趣。会后,我专门去采访专员。

"您在报告中说到狼,"我说,"还有十五只狼?"

"是的,是十五只狼。"

"您说的是州城动物园的狼吗?"

"不,是野生的狼。"

"您怎么知道是十五只?"

"我让人去普查了,我们为这些野狼编了号,是十五只狼。"

"这么说,狼是商州的一份家产了?"

"这当然呀!"专员得意地说,"假如没有狼,商州会成什么样子呢?你们省城的人是不了解山地的,说个简单例子吧,山地里的孩子夜里闹哭,大人们世世代代哄孩子的话就是'甭哭,狼来了!'孩子就不哭了,假如没有狼,你想想……"

"这我是了解的,狼对于孩子们来说是恐惧的,"我说,"没有狼不是更好吗?"

"那孩子就一直要哭下去了!"

我笑了:"你是个生态环境保护主义者!"

"我是专员!"他说,真的就给我讲起了大道理。

"你知道商州的山地有野兔、獾和黄羊吧,商州的黄羊肉是对外出口的,可狼少了下来,你一定认为黄羊会更多了吧,不,黄羊也渐渐地减少了,它们并不是被捕猎的缘故,而是自己病死的。狼是吃黄羊的,可狼在吃黄羊的过程中黄羊在健壮地生存着……老一辈的人在狼的恐惧中长大,如果没有了狼,人类就没有了恐惧嘛,若以后的孩子对大人们说:'妈妈,我害怕。'大人们就会为孩子的害怕而更加害怕了。你去过油田吗,我可是在油田上干过五年,如果一个井队没有女同志,男人们就不修厕所,不修饰自己,慢慢连性的冲动都没有了,活得像只大熊猫。"

"噢,听说商州的大熊猫保护和繁殖基地里为一只大熊猫成功地做了人工配种，已经怀上孕了？"

"是的，"专员卸下了眼镜，手始终在玩弄着一支批阅文件的铅笔，"大熊猫之所以成为国宝，就是因为它逐渐失去了对生存环境的适应能力，缺少＊＊，发情期极短，难以怀孕，怀孕又十分之九难产。你想想，现在人越来越多，森林覆盖面积越来越少，原本对狼的生存带来了致命的危机，若要继续捕猎下去，终有一天狼也会同大熊猫一样的，所以我们颁发了禁止捕狼的条例。"

我是没有真正地见过狼的，只在西京城的动物园里看见过一只，而且游园的那天，狼一直窝在棚里卧着不出来，只将那条扫帚一般长尾搭在窝棚门口。但以职业的敏感，我知道我遇到了一个非常好的写作题材。当时心里想，在这个世界上，没有亲眼见过狼的人可能相当多，但恐怕没有一个人不知道狼这个名字和关于狼的血腥味的故事吧。作为与商州有着血缘关系的我，深受过狼灾的土著人的教育，我是和专员的观点不一样的。他是外地人，他和他的家族没有受过狼的危害；我只觉得整个商州仅存下十五只狼对我是一种轻松。可是，从理性上讲，我又不能不同意专员的观点。据报载，在这个地球上，每年有数百个生物品种在灭绝着，若以此速度下去，人类将面临的是多么可怕的境地。而一个专员，能在现在普遍急功近利的仕途上将保护和禁猎的事提到政府工作报告中，这在中国若不是独一无二，也是少而又少的难得，我是应该热烈响应和积极配合了。当然更令我惊讶和着迷的是这才多少年，一个威胁人类的危险将可能变成一道供人欣赏的风景，这其中的内涵一下子刺激了我已经死寂了很久的创作欲望！我建议专员，能否让我看看这十五只狼的有关档案，如果可能的话，我可以为这十五只狼拍下照片。专员双手很响地拍打着，甚至还用力地抓了抓我的肩膀，夸奖我的想法不错，他说，十五只狼还没有建立什么档案，仅仅是编了号，而且所有的第一手材料为那个搞普查的猎人掌握着，"我通知那个猎人来见你吧。"

就这样，我打消了应付性的采访后立即要返回西京的想法，既来之就安之吧，暂时在州城住下来，等候着专员的安排。我估摸我将要从事一项重要的工作了，竟一时完全地沉浸到了对于狼的怀念和保护的意识中，可以说，我立地成佛，突变式地成了一位生态环境保护主义者。我发誓从此不杀生，并开始吃素，而紧接着发生了两件事使我更加觉悟。一是我在宾馆的院子里闲转，明明看见一个妙龄女子在一楼向一间窗户里窥视，走近去，却是一株丁香树。二是经过州城的街心花园，我顺手掐掉了一株月季花茎，那整个月季一个巨烈的摇动，断茎骤然变粗变黑，然后一股白汁喷溅出来，而盛开的那朵花也立时紧缩，花瓣一片一片脱下来。这令我吃惊不小，万事万物都是有着生命和灵魂吗？遂想：所谓的灵魂不灭是什么？奶奶生前常说的轮回又是什么呢？是不是当一个人死亡之后，灵魂和躯体就分离开来在空中飘浮？如果能对应的话，在飘浮中遇见一只蜜蜂将一棵草木的花粉掺和于另一棵草木的花粉时，那灵魂就下注，新的草木就产生了，而当这新生的草木最后死亡了，灵魂又飘浮于空中，恰好碰着一只公猪和一只母猪交配，灵魂又注下，新的猪就产生了。如果这是可能的话，那么，生活在这个地球上的一切都平等，我这一世是人，能否认上一世就不是只猪吗，而下一世呢，或许是狼，是鱼，是一株草或一只白额吊睛大虎。我越是这么玄想，越是神经起来，我知道我整个地不像是个商州的子孙了，或者说，简直是背叛了我的列宗列祖，对狼产生了一种连我也觉得吃惊的亲和感。

在州城住下来，我才突然地感到了一种轻松，西京便与我远去了。早晨起来，用不着喝那熬得像鼻涕一样的麦片，用不着按老婆的要求必须吞下五粒维生素C和两粒维生素E，晚上也用不着一定得刷牙、洗脚才能上床，奇怪的是我长年患着的口腔溃疡竟好得多了。可是，就在第三个下午，我焦急地去行署大院寻找专员要询问几时可以见到那个普查的猎人时，专员却鼓着掌说正要找我哩，"不得了了，商州要发生大事了！"他叫道，"你知道吗，这是要轰动全国的，老城池大熊猫保护和繁殖基地唯一饲养的大熊猫已进入临产期！"

"噢。"我说。

"你好像不激动？"

"这当然是宗喜事！但我更渴望为十五只狼拍照。"

"可这事紧急呀，你应该去采访，详细记录生仔的状况，以告国人。"

我赶去了。其结果是那只大熊猫在难产中死去，生下来的像老鼠一样可怜兮兮的幼仔也在不足两个小时内死了。

这是我采访生涯中最为沮丧的一次，然而，我却在那里奇迹般地与我那舅舅相遇了。

我赶到了基地，施德主任和他的一帮科技专家对那只名字叫后的大熊猫进行了许多激素检测、数据分析和产前行为状态的观察，认定产期就在二至三天之内。我瞧着已经绝食六天了的后，一只笨拙而衰弱不堪的家伙，想，怎么取这么一个名字呢？我不了解国内别的保护和繁殖基地里有没有叫皇的大熊猫，但这只后实在是太难看了。施德介绍说，世界上最孤独的动物应该就是大熊猫，它们几乎都单独生活，性欲近乎没有，在短暂的发情期一定要遇见配偶，遇见了配偶并不一定就发生交配，因为它们交配表现出的不是一种欢悦而是万分痛苦，即便交配了能否怀孕也微乎其微，即便怀孕了，一百多公斤的大熊猫母亲产下的婴儿仅十克左右，存活率也只是百分之十。我听了大为震惊，首先想到了狼，接着就想到了人，人类有一天会不会也沦落到这种境地呢？我是读过一份研究资料的，其中讲到，人类已开始退化，现在的一个正常的男人排精量比起五十年前一个正常男人的排精量少了五分之一，稀释度也降低了百分之二十。初读时我只是嘿嘿笑了几下就完全淡忘了，在大熊猫保护和繁殖基地里，我却真真切切地感到了一种恐惧，也使我更看重了记录大熊猫生产状况的意义。我加入了施德他们的小组，忙碌起后的产事，果然在第三天，后开始产仔了，我详细地记录了它的生产过程。

9点5分。后破了羊水。后显得疼痛难堪，在产房内不停地走动，间或就躺在地上。它翻了一个滚，又翻了一个滚。后腰撅起，屁股是发肿的。

9点10分。后呈坐姿，开始呻吟，眼角淌着黄的泪水。前掌又撑地了，将头埋下，再是蜷成一团，口那么张着，一下一下舔溢流在阴部上及周围的羊水。

9点20分。后抬起头了，声音更加凄凉。接着仰身躺下，呼吸变得急促，呻吟没有了，只是喘气，眼睛无力地看着我。

9点30分。后全身抵住了墙壁，发出了一连串特殊声响。我看看施德，施德也摇摇头，把手中的一节竹棍捏断了。可能是痛苦不堪忍受，后一咕噜翻身站起，却又倒下去，再爬起来靠着墙站着，一双后腿在颤抖不已。

9点40分。后倒卧在地,头埋在腹下。

9点50分。身子向内侧蜷曲,呈半月状,腹部剧烈煽动,我们闻到了一股刺鼻的气味。我悄声对施德说:能不能剖腹产?施德说:胎儿太小,破腹时哪怕是一点挤压,胎儿都有生命危险,且动了手术,大熊猫难于与人配合护理伤口,四川的一个基地就发生过伤口不愈合而导致大熊猫死亡的事件。

10点2分。后又支撑着身子站了起来,走到了门旁,呈坐姿,五官扭曲,埋下头又舔溢在阴部的羊水。

10点5分。大口喘气。突然,一阵撕心裂肺的叫唤。施德立即叮咛:注意,要生产了!可后又伏在了地上哼哼,哭啼如孩子。

10点10分。前爪死死抓住铁栏,一个劲地呻吟。施德讲,大熊猫产仔无规律可言,最短时有七十天,长时可达一百八十天,他们已经两个月监视着后,产房里二十四小时值班,进入临产期就一直在这里伺候着。

10点25分。后还是呻吟,挣扎。

10点29分。后开始使劲。但大力气地呻吟、挣扎、使劲了,竟还没有生出来。大家紧张得满头大汗,一直蹲在门口的姓黄的专家有些虚脱,坐在了地上,脸色蜡黄。

10点38分。施德端着葡萄糖液体和ATP能量合剂喂后。后努力而艰难地吃着。

10点50分。后呈卧趴姿势,头部斜抵在地上。如果难产时间过长的话,胎儿在子宫里受挤后就有生命危险。施德和那姓黄的叽咕了几句,遂决定:打催产素!

  10点55分，打催产素，黄专家持针注射，动手轻快，后没有被惊扰。

  11点13分。后头部抵着铁栏杆，即又焦躁不安地抵着墙壁。

  11点30分。呵，令人振奋的时刻到来了，后站在那里，两条后腿向里一蹬，用力！用力！再用力！一个小东西出现在阴部，但又缩了回去。施德脸一下子土色，双手握拳叭叭地响。

  11点33分。后再次将头抵在地上，又是后腿向里蹬，用力呵，用力，对，再用一把力！噗地一声，一个稚嫩的生命终于出世，幼仔滑落在地。他确实太小了，一只老鼠那么大。后迅速转过身来，用嘴巴衔起仔儿，朝着我们紧走了几步，却一下子趴在地上。

  大熊猫仔的出世并没有像人出生时的一派啼哭，我看见的是它掀动了鼻翼，有一种笑的模样，这种笑使我诧异，还未解开迷惑，大熊猫就死了，紧接着大熊猫仔也死去了，它的笑原来是一种嘲弄，要证明它的出世是来催促大熊猫之死的。事情发展得相当突然，犹如夜晚里的一道闪电，强烈地照亮了一切，但随之黑夜更加黑暗。

  大熊猫死了，留下来的是一群研究大熊猫的专家。

  基地里悲凉一片。我散落了那一沓记录着生产过程的稿纸，提着照相机站在屋檐下，偌大的院子陡然间旋转开来，像推动着的大的磨盘。大熊猫黑白两色的躯体僵硬在产房的门槛上。天空上开始有了一团铅色的云，我疑心大熊猫的灵魂已经飘走了。厨房里蒸出来的馒头放在案上冒着热气，最后变凉，只有那只叫富贵的细狗叼着一根骨头在院中跑动，肆无忌惮地把一条后腿搭在树上撒尿。施德由一位光着头的猎人陪着，猎人后来去了山民家背来了许多熟洋芋，在石臼里捣粑粑，木槌沉重而迟缓。姓黄的专家穿着宽大的衣服，身子突然瘦得那般单薄，竟唱了什么曲子，一边唱一边来回小跑，像是乡间奠祭的冥器中的纸人。女愁逛，男愁唱，我担心他要疯了，他果然就疯了，仰天地笑，笑，笑着笑着号啕大哭，和前来看热闹的九户山民发生了殴斗，甚至将刚刚剥杀的大熊猫皮裹着自己的裸体，使黑而青的生殖器垂吊在了外边。跟随着黄专家的是他的同志，他们搂抱着他，但搂抱不住，就不停地用一块破布去遮盖他的生殖器，说：死了就死了，不是有了克隆了吗，还可以克隆嘛，你还可以继续是你的专家嘛！黄专家是施德的助手，数十天伺候大熊猫，熬得眼圈发黑，我曾戏谑他：再伺候下去，你也就成了大熊猫了！他说他哪里有大熊猫贵气，他娘生他的时候是生在磨道里的，拉磨的驴粪沾了他一身。"大熊猫生产这么艰难，我真恨不得去替了它！"施德介绍，黄专家现在的职称还是个副研究员，他这次一直参与大熊猫的受孕、生育整个过程，就是满怀希望地要以这次成果申报研究员职称的。现在他疯了，大家将黄专家压倒在地上解下了大熊猫皮，而把他的衣服强行给他穿上。施德就不敢再让黄专家单独居住，让黄专家到他的房间。这样，一直住在施德专家房间的那个猎人搬进了招待所我的房子来。

招待所其实是一间仓库改造而成的，里边放有五张床铺，我一直未能同猎人说过话，他进来后给我笑笑，把猎枪挂在墙上的木橛上，而紧接着是那条狗叼着一卷狼皮进来，狼皮放在床上，它竟后腿着地直起身子，两个前腿拱了向狼皮作揖，呼哧呼哧像说着什么话。猎人一挥手，狗转身出去了。他打开狼皮，坐上去靠着墙就呼呼入睡了。他和狗的怪异令我大为吃惊。月光明晃晃从窗子里照进来，狼皮的四蹄扑撒着垂吊在床边，龇牙咧嘴的狼头搭在床头。我端详着猎人，他浓眉大鼻，腮帮子有些大，嘴巴却小而红润，模样就有些滑稽，尤其两条腿是非常粗短的，腿根部显得臃肿，你无法想象这样的胖腿为何能成为一个猎人。猎人靠了墙张嘴发动酣声，似乎喉咙里一直有痰，一拉一送阻碍着呼吸。"喂，喂，"我叫了几声，想让他躺下睡好，那痰或许就顺了，但他始终没有动，酣声如滚雷一般，而且还时不时吹气。远远的院子那头，施德房间里传来黄专家的狂笑和哭骂，门外的富贵叫了两下。突然间，安静下来，猎人一个激灵，睁开了眼瞧见我还坐在月光下的床上，一脸的疑惑。

"同志没睡？"他说，"我打酣声了？！"

"不，是我睡不着。"我说，"现在才4点，你就醒了。"

"狼毛爹起来啦！"

"狼毛?!"

他告诉我是狼毛把他扎醒的,"你瞧瞧,瞧瞧!"月光虽亮,但我看不出狼皮的变化。他拉开了电灯,狼皮上的金黄色的一道道脊毛真的直竖着。人在惊恐中头发会竖的,但狼死亡之后的灵魂是飘走了的,剥下的狼皮上的毛怎么还会竖?"你吃过驴鞭吗,干驴鞭用温水泡了,它会胀起来横担在盆子沿的,"他说,"狼毛起来肯定是有什么事的!"他原本怪异,又说出这种话来,我就有些骇然了,立即下床穿鞋竟把鞋穿反。

"你怎么啦?"

"我……"

"你睡吧,睡吧。"

我怎么能睡下去呢,他越是平静地待我,我越是害怕,都有些变脸失色了。他进来拍了拍我的肩,就叫"富贵,富贵!"富贵从门外钻进来,说了三声:汪!汪!汪!他跳转身就把墙上的猎枪提在了手里,匆匆出门了。足足过了十多分钟,他回来了,说:"没事,没事,是七号八号狼迁徙呢。"

"狼迁徙?"

"它们原本就不在这里,到大青崖来可能是为了大熊猫吧,大熊猫一死,它们就该回大顺山了。"

我更迷怔,不清楚他在说些什么,忽然想起行署专员告诉的关于十五只狼的事,有必要问问眼前的这位猎人说什么七号狼八号狼的,他会不会也知道那十五只狼?但猎人已经咯噔拉灭了灯,房间里重新是柔柔的月光,"睡吧睡吧,折腾得你半夜没有睡好。"人靠坐在墙上,脑袋勾了下来。我当然躺下,依然是没有睡意,思绪竟又溜到了西京,心里一时害起烦闷,院子里却又出现了脚步声,是那个黄专家在唱:为王的坐椅子屁股朝后,为的是把肚子放在前头,走一步退两步全当没走,吃一斗屙十升屙出了过头……下边的唱声突然被捂了嘴,言语含糊不清,接着是施德在低声训斥:"进屋去,进屋,大家都睡了你唱什么呀!?"

我听到了一声长长的叹息,是猎人发出来的。

"你没有睡着吗?"

"他真的是疯了。"

"大熊猫戏弄了他,原本可以从此当研究员的,现在全完了……这怕也是他的命。"

"……有狼就该有猎人吧，有大熊猫就该有专家吧，可你成猎人了却没有了狼，成专家了大熊猫却死了，这是命吗？"

"人干什么生来就是干什么的呢，这比如有了家，家里买了一张桌子，因为桌子得有一把茶壶，你去街上商店买了茶壶，有了茶壶就得有喝茶的杯子，便又去商店再买杯子，是这个理吧。现在茶壶打碎了，没有了，茶杯当然不能盛茶水了。上天造人是世上需要干什么的就造出你来干什么的。"

我为我的一时发挥而得意着，猎人却明显地神情黯淡了，他斜撑了身子点着了一支烟吸，吸得很狠，最后把烟蒂丢弃在地上。烟蒂还燃着，发出难闻的呛味，他翻下床去，我只说他要踩灭那烟蒂，却蹴在那里在带来的皮囊中摸出一瓶酒来，用牙咬掉了瓶盖，自己喝下一口，擦擦瓶口递给了我："睡不着了，咱们喝酒吧。"

我喝了一口，递给他，他喝了又递给我。"你不像个城里人！"这是他对我最大的夸奖。我笑了："是吗？羊肉就是因为有膻味才是羊肉，你却说：这羊肉好，没膻味！"他嘎嘎地大笑，指着我说："这就看出是城里人了！"就这样，我们的关系近乎了，各自坐在自己的床上，将酒瓶子递过来递过去，眼见着大半瓶酒就没有了。我想，窗外的那棵梨花是又开了一层雪的。

"你不是基地上的？"我说。

"我像个知识分子吗？"

"……他们没有你这眉毛胡子。"

"我就是少了个大嘴。口大吃四方，我要有个四方嘴，哼……"他拿拳头往嘴里塞，没能塞得进去。俯过身轻声说，"我和施德主任熟，前几日从雄耳川来的。"

"雄耳川？是镇安县的雄耳川？"

"你还知道镇安的雄耳川？去过吗？"

"没去过，但我的老老舅爷家在那儿。"

"姓甚？"

"姓傅。"

"你不是从州城来的，省城人？"

谁能想到，我与我的舅舅相见就是这么离奇！若是把这次相见写成文章在报上发表，读者全以为是手段低劣的编造，但是现实中的奇遇就这么发生了。我的舅舅名字叫傅山。那个晚上，我把我所知道的关于傅家的故事全讲出来，舅舅就不停地加以补充和说明，说到舅舅小的时候如何拽住了狼的尾巴救下舅奶而自己被狼叼走，舅舅便剥下衣服，果然在他的后颈上有三个红的疤痕，疤痕并不是我想象的是凹下的小坑儿，而是鼓得高高，像是大楼门上的钉泡，红纠纠地放着瓷光。

"我和狼是结了几代的冤仇！"

"你统计过了没有，一共捕猎过多少只狼？"

"你长这么大，能说清吃过多少碗饭吗？"舅舅的眼睛里射动着一股英气，又狡猾地朝我眨眨眼，"我没想到你竟也是个大知识分子了！干你们这号工作的每日都要与人打交道，打过交道的人你怕不会全部记得，但见过你的人都能记得你的。"

"这么说，"我有些兴奋了，"商州所有的狼应该是都认识舅舅的?!"

"可能是这样吧。左边那个山崖上有两只狼哩，半夜里它们迁徙，我出去看了，两个蠢家伙吓得要跑，却只兜圈子，那样子倒像刑场上的犯人，先自个糊涂了！瞧它们那个样儿，我说去吧去吧，政府在保护它们哩！"

"你没有打它们？"

"没有。"

"舅舅知道现在不能捕狼了。"

"这当然。"

"可……"

一时间，我为舅舅悲哀起来了。现在已不是产生英雄的年代，他虽然是猎人却不能再去捕猎狼了，商州几乎一个世纪以来灭绝了老虎、狮子，甚至野牛、野熊，只是有狼啊！我看着那杆磨得光亮滑腻的猎枪，看着他的一身行头，我的意思是：那么，你怎么还是这身装扮呢？但我没有说出口。舅舅抓起了酒瓶，再也没有让我，咕咕嘟嘟喝起来。远处黄专家的哭与笑清晰地从窗缝钻了进来，从四堵墙中渗透了进来。

舅舅告诉我，他是商州捕狼队的队长，当狼越捕越少的时候，专员寻到了他，交给了他一个任务，就是让他在近一年的时间里走遍全商州，普查一共还存在多少只狼。普查的过程中，除了生命受到直接伤害以外，绝不能猎杀一只狼。专员的话不能不听。他上路普查了，共查清了十五只狼，并以发现的前后顺序一一编了号。这十五只狼分别是：1号灰麻点狼，2号白狼，3号老狼，4号独眼狼，5号瘸腿狼，6号灰毛黑眼狼，7号秃尾狼，8号黄狼，9号肥狼，10号红脊狼，11号白蹄狼，12号弓腰幼狼，13号杂毛狼，14号小青狼，15号吊肚子瘦狼。正是他普查之后，专员掌握了第一手资料，决心要停止捕狼队，停止笔厂狼毫笔生产，并建议有关部门制定和颁布了保护和禁猎狼的条例。专员在他普查汇报后，曾让办公室的人留他下来，以猎人的身份参与生态环境保护委员会的机构筹建工作。他则一把揪住了对方的衣领，拎鸡一样拎起来骂：如果不能从猎，他还算什么猎人呢，几十年来，他已经穿惯了这身猎装，养成了在崇山峻岭密林沟壑里奔跑，不按时吃饭，不按时睡觉，甚至睡觉从不脱衣服，靠着墙坐着就是一宿，若要穿上西服或中山装，整日坐在办公室说话，吸烟喝茶，翻看文件，他还算是什么猎人的身份？！

他说，他由一个捕狼队的队长变成了禁猎狼条例产生的主要参与人，所有的猎人都对他有意见了，他才觉得自己很滑稽可笑，很耻辱。更使他食寐不安，有一种罪恶感的是，条例颁布之后猎人们差不多都患上了病，莫名其妙的怪病：人极快地衰老和虚弱，神情恍惚。他真不知道该怎样对他的旧日队员解释，也不知道怎样说服自己。商州留下了他们这一代猎人，还有什么事情需要他们干呢，于是惶惶不可终日。

"我就是为狼而生的呀！"他说。

酒色弥散在舅舅的脸上，黑红得像个茄子，他可怜地望着我，两个眼角堆集了白白的眼屎。天哪，舅舅的光头两侧，一对耳朵竟动起来，这是怎样的一双耳朵呀，长而尖，向上耸着，高出眼眉。相书里讲过这种耳形的人聪明、固执，但刹那间钻进我脑子里的一个想法是，舅舅的前世是狼，或许经年累月与野兽打交道，也逐渐使自己的形象与野兽较相近似了。舅舅的话是有道理的，人从事一种职业干得久了，人会依赖这个职业而活着，这就是异化。我在西京城里，见过了许多离退休的领导干部，他们在位时虽是工作繁忙、人事复杂，但多么威严、刚强和健康，一旦离退下来身体急剧地坏了，且极易患上老年痴呆病。我的母亲已经八十五岁了，她是一生的家庭妇女，在她七十多岁时，我就想请一个保姆，而她坚决反对，家里买菜做饭、拖地洗衣必须她干，到了八十三岁，眼看着她已干不了活了，我说请保姆吧，她哭了，哭得很伤心，说她没有用了。保姆请来，她却与保姆搞不到一块，要指责这样指责那样，保姆赌气离开家的那天，她显得那么快活，竟在厨房为我炒了四个菜。想到我的母亲，我怎能不理解我的舅舅呢！将心比心，如果世上突然没有了报纸杂志和出版社，那我，在大学就学习着写作，并干了十多年文字工作，我能不空落和恐慌吗？"对着的，舅舅，"我对舅舅说，"可是专员他考虑的是整个商州，他担心的是商州的自然生态环境的破坏，如果到了狼像大熊猫一样要灭绝了，也像施德主任他们为了繁殖出一个大熊猫要花那么大的代价，那就一切都来不及了，我们不愿意让后代成为人工繁殖狼的专家吧。"

舅舅看着我，好像是说了一句"你可以当专员了哩"，就往起站，但是他在站起来的时候，身子却趔趄了一下，几乎要跌倒，我赶忙去扶他，以为他突然崴了脚脖子。

脚脖子并没有崴，他说："我是不是真的不行了？"

"你指的是什么？"

"身子骨。"

"这么壮的身子，能一拳打死牛的！"

是吗，舅舅的脖子梗起来，那后颈上的伤疤变换着颜色，双腿一跃上了床边的桌子，无声无息如猫一样，更惊奇的是他又从东墙根跳到西墙根，从西墙根跳到东墙根，弹来弹去像只皮球，末了就四肢分开整个身子离地贴在了墙上。我从未见过这般好功夫的人，直叫唤：慢着慢着。他从墙上落下，就地一滚，坐在了地上，我的掌声随即响起来。

瞬间里，土墙上的木橛子却松动了，鬼晓得这是什么缘故木橛子就松动了，挂着的枪沉沉地跌下来，就在舅舅的身子左边直直地立着，然后倒下去。舅舅并没有伸手去抓，眼瞧着它咔的一下倒在地上。他的英气登时从脸上褪去，脖子也慢慢软下来，头垂着像夜里的向日葵。他的情绪变化如此之快，出乎我的意料，我原以为他是个粗人，竟比我还敏感！他一定是在看电视时，电视里出现炒菜，就能闻到炒菜味，剪理头发时就觉得头发也疼，身上的痒痒肉多，受不得别人戳戳摸摸，我完全以我的切身经验去揣度他，甚至想以此去嘲笑他作为一个猎人是如何地不相宜，但他颓然的样子使我不敢，我只说："嘿，舅舅，我得求求你哩！"

舅舅没有理我。

"能不能领了我再跑跑商州，让我为那十五只狼拍照，留下一份资料呢？"

舅舅抬起头看着我，嘴皱得像个小黑洞。

我的想法是自私的，因为我想用我的摄影机为商州仅存的十五只狼拍下照片，这在全国乃至全世界也似乎不可为二的，但我说出口就觉得这要求对他太残酷。舅舅的嘴严严地合起来，同时鼻孔里长长地出着气，接着就伸手去抓平躺在地上的猎枪。这时候我却看见舅舅抓住的并不是猎枪而是一条蛇，柔软滑腻的一条蛇，我惊得要叫起来。

"噢？"舅舅疑惑地怔了一下。

我赶紧捂住了嘴，因为舅舅手里拄着的是猎枪，是我看花了眼，他已经拄着枪把身子撑起来了。

"行吧。"他答应了我。

我立即取出相机，提议要为他拍一张照片，他开了门将富贵拉了进来，又把那杆枪背在身上，甚至洗了脸，立正着让我拍摄。他说，这恐怕是他最后一次拍猎人照了。但是，我在拍摄商州最后一个猎人的照片时，照相机的灯光却怎么也不能闪，我以为是电量不够，摆弄着对着别的地方试照，灯光却好好的，又以为是灯光的接触不好，检查来检查去，并没有什么毛病呀，可就是对着他无法闪灯。舅舅很是遗憾，嘟哝着这是日弄他么，脸都洗了却照不成。我对那晚相机灯光的事仍疑惑不解，可能是舅舅身上有什么特异的功能，或许是他紧张而散发了一股什么磁力影响了相机，这么说使人难以相信，可那晚确确实实是这样。

离奇的认亲和自我拯救计划的制订，使我多少有些轻狂了，我们商定了天一亮就告别施德主任，告别大熊猫保护和繁殖基地。但是，狂笑和哭闹了一夜的黄专家彻底是疯了，他是在后半夜再次脱掉裤子，甚至把生殖器夹在腿缝里说他是母的，是母大熊猫，要生个仔呀，接着，跑回自己的房间，打碎了水壶、镜子、烟灰缸、玻璃茶几和挂在墙上的一张奖状框，又把十多年的关于大熊猫研究的书籍全都撕了，撕了还用水泡湿，放在糍粑的石臼里拿木槌砸。基地的人都去劝他，他见谁骂谁，甚至还抓破了施德主任的脸皮，施德主任只好下令用绳索捆绑了他让其安静下来。他被捆在了木板床上，仍巨烈挣扎，绳索便勒出他手腕上脚脖上一道道渗血的伤痕。施德主任又把绳索解下来，将床单撕成一绺一绺的用来拴住了他的四肢，闭着眼在他的下巴上猛击一掌，将其打昏，抬着要往州城医院去治疗。山区人把喂成的猪就是这样捆在床板上抬往山下城镇出售的，但出售猪是喜事，要喝酒，要放鞭炮，送黄专家却像出丧一般，人们哭哭泣泣。基地里没有了大熊猫，没有完成政府交给他们的任务，所有的专家需要返回州城向专员汇报，而专员和政府一定会怪罪他们的。为了充分证明他们高超的科技水平和曾经认真细致地工作过，施德主任央求我是否能一块下山，因为我有大熊猫整个生产过程的录像带，可以为他们证明和说情。这牵涉几十人的身家利益，我只好同意了，舅舅当然也跟着我，我们就雇用了九户山民中的精壮劳力将黄专家连人带床抬下山。

基地大院外的路边栽种了枳树，枳就是在南方可以结橘的那种，但在秦岭深处，它却叶子极小，生满锥子一样的硬刺，挂着稀稀落落的不能食用却可下药的果子。枳树栽种在路边是为了护基地的院墙，现在却扯拉着一撮一撮灰的毛绒，并有一道白花花的稀粪淋洒了三丈余长。我捡了一撮毛绒，想起了一首歌谣，是欠账人对讨债者的许诺：大路边，栽枣棘，栽下枣棘挂羊毛，挂上羊毛织成绒，拿到新疆去卖钱，卖下钱了给你还。但舅舅说，这不是羊毛，是昨晚狼迁徙时遗的，舅舅还说，他拿着枪出来的时候，三只狼正从这院墙根经过，它们的口里都衔着一撮野花，按顺序地放在院墙根，其中一只钻过了枳树丛趴在院墙头上往院子里看，身子胖胖的，努力地趴在那里，一边看嘴里还吱吱不已，他喊了一声，狼从墙头上掉下来。

"我没有开枪，"舅舅说，"那只狼掉下来一瘸一瘸地，我以为它受伤了，迟疑一下，它就逃窜了。它以为它逃窜得快哩，其实我要打它早就把它打着了，可院子里黄专家在疯叫着，我再开枪会更吓着他……"

"狼一定知道大熊猫死了……"我咕哝了一句。舅舅说狼是迁徙的，大熊猫一死狼就迁徙了。狼衔放了野花和趴在墙头上是要为大熊猫哀悼吗，还是最后离开的时候要瞧瞧这些专家的可怜样呢？专家们听到我的话，都转过脸来，似乎要说什么，但终于什么也没有说，施德主任就突然急暴暴地叫了一声："狼，狼！"

说龟就来蛇，山地里常常就这么神乎其神，果然就在数百米长的院墙拐弯处，一个人弯腰背着一块木板，而木板上是伏着一只狼的。我第一回真真切切看见活着的狼了，它一身的灰麻点，两只前爪从木板的两个窟窿中伸出来被木板下的人紧紧抓住，两只后腿就搭拉下来竟随着人前行而行，仍还有一头猪，胖墩墩的小猪，跟在后边碎步儿紧跑。

舅舅见我说出那话，故意不搭理，弯下腰去系鞋带，猛地听见施德叫喊了一声狼，他是一下子将蹲着的身子凭空弹起，跃出了五步之远，我看见他突然拉细拉长，几乎是他平时的一倍，落到地上了，又收缩一团，而枪已经端起来了。我尖叫了一声，几乎同时双手捂了耳朵，舅舅却没有放响，嗨地叫道："是背了狼?!海根，海根，你这短腿，在哪儿捉住的?"

木板下的脑袋就努力挺起来，这是一个长着一副大鼻子却是一双短腿的男人，他一直腰，狼的下半个身子几乎就要坐在了地上："这不是队长吗！我在下湾林那儿挖了陷阱原本要捉那只野狗的，没想到来的是狼，你瞧瞧，你们猎人能背狼，我也能背了狼哩！"

舅舅说："能行！你把它放下来，让我瞧瞧它是谁?"

海根真的就把木板同狼哐的一声撂在了地上，撒了脚往我们这边跑，他一时竟忘记了小猪，返身再去抱小猪，又觉得来不及，而狼在地上从木板窟窿里退出了前爪，立即后腿蹬起，头抵在地上一声嘶叫，眼睛就全然变成了白色。可怜的小猪在嘶叫中立定了四蹄，一时方向迷失，竟向狼一步步挪去，狼只一掌，小猪炭球一般滚动了。海根失了声地叫："队长，队长！"

叭的一下把枪勾响了。

子弹在狼面前的一片叶子上爆起，叶子分为四块飘在空中。狼掉头就要逃，又是一枪，子弹落在它的身后，地上腾起一股尘烟。接着一阵连发，子弹就围着狼的身子响了一圈。这瞬间的一连串的枪响，像是电影中发生的场面，我站在那里一动不敢动，狼也就在起着烟尘的圆圈里一步挪不开了。海根大了胆子走近了舅舅，要说话，鼻子却发噎，他说："我这鼻子不通气了。"舅舅说："别人鼻子不通气我信的，你这么大个鼻子能不通气?"海根就对了狼招手，食指一勾一勾地，说："这可得要你的一张皮了，冬天里炕上总得有铺的呀。施主任，肉就全送了你们吧！"舅舅从口袋里掏出一颗子弹，在衣服上蹭着弹头，开始悠然地往枪膛里按。

"舅舅，"舅舅的神态让我也觉得他太油了，他将子弹装进了枪膛，我从突如其来的惊恐中冷静下来了，走过去抓住了舅舅的枪，我说，"舅舅，你要杀它吗，州里颁布了禁猎的条例呀！"

舅舅怔了一下，动作僵住了，一双眼睛死死地盯着狼。狼的一对白眼也看着舅舅，狼的嘴很大，嘴角似乎有一圈细白的茸毛，一耸一耸露着牙齿，而嘴唇上是一排像和尚头顶上的香疤一样的白点，尾巴垂着，脖子呼哧呼哧在鼓动。这样的对视颇有赌气的味道，我想起了拳击台上的拳击手，但狼的目光终于移开了，浑身开始哆嗦起来，发出低低的哀鸣。

"你这个杂种！"

舅舅骂了一句，把枪膛里的子弹退下来。

"杂种？"我说，狼还有杂种？"它是野狗和母狼生的，你没见它长得漂亮却是个没劲儿的家伙吗？"

舅舅转过了头，对海根说："我是吃硬不吃软的，放了吧，这是我普查过的狼，编号15，半夜里我遇见过它都没有杀。这位就是专员派来专门落实禁猎狼条例的高同志！"

舅舅竟然指的是我，我一时还没有醒悟过来，向前走了几步，就拿捏了派头，我说："狼是不能捕杀的，咱们地区现在只有十五只狼了，狼是要受到保护的。"

"保护狼？"海根一脸的疑惑，"什么不能保护了，保护狼？狼是政府养的？！"

舅舅掉过头从狼的面前走开，狼突然撒腿就跑，海根急追了数步，狼一回头，他却一个趔趄倒在地上，但狼并没有扑向他，只是站在那里往我们这边看。我清清楚楚地看见它的眼里放射了一种蓝光，样子极像一位站在婆婆面前做错了事的小媳妇，然后转身走去，先是慢走，再是快走，越走越快，后来猛地一个跃子，拐过墙角不见了。

不管海根如何地叫喊和埋怨，我们都没有理睬他，抬着黄专家离开了老城池的山顶。舅舅再没有说话，默默地只是走，他的枪倒背着，枪头蹭着了土坎，枪口上满是泥。富贵围着海根汪汪叫，后来又开后腿银亮亮地撒了一泡尿，撵上了我们。

"舅舅，"我知道舅舅的心情并不好，想寻些话使他忘掉刚才的事情。"午饭前能赶到山下的公路吗？"

"难吧，"他说，"十二里路的。"

"黄专家是大胖子，抬着够沉的。"

"世上最沉的是腿沉。"

"那是15号狼吗？"

"15号。"

"它见了你浑身筛糠一样地哆嗦哩！"

"……"

"我后悔竟忘了拍照了。"

施德他们也慢慢地活泛开来，开始嘲笑起那个海根了。海根蛮单薄的，又有那么短的腿，但海根却能背了狼，觉得有些不可思议。于是就争论怎么个背狼，如何在山林里挖一个坑，坑上搭一个木板，木板上掏两个小洞，坑里藏上人和一个小猪或鸡，狼经过那里听见猪嚎鸡叫，就把前爪从木洞里伸进去要抓，藏在坑里的人就势便抓住它的前爪，直接就把野物背走了。专家们这么说的时候，舅舅一声不吭，我小声地问他背过几只狼，舅舅说，真正的猎人才不背狼哩。我问猎人为什么不背？舅舅说：用得着背吗？担着黄专家的一个山民笑着说："你舅舅他背新娘子哩！"背新娘子是商州深山里的风俗，我以前来商州见过迎亲的队伍，因为山路窄陡，新娘子坐不成车也坐不成滑杆，全是由人背着进婆家的，山里就有了职业的人驮子。这人驮子一般身体好，又没结过婚，脊背上就缚着一个铺了红毡的竹皮坐椅，新娘子便红帕子盖了头坐在上边。我见过的一个人驮子已经是四十岁了，仍是童子身，他对我说他们村的媳妇差不多都是他背回来的，谁家的媳妇胖谁家的媳妇瘦，谁家的媳妇身上放香谁家的媳妇一股子汗臭，他都知道。回到村里拜堂入洞房的时候那是人家的事，他只坐在门外台阶上吸旱烟，前世里是造了孽了，他恨自己给自己背不回来一个媳妇！听了山民说舅舅背新娘子的话，我就问舅舅："舅舅也当过人驮子？"舅舅的脸涨红了一下，立即骂了一句很粗的话，便不理我，过去拍了拍木板床上黄专家的脸。黄专家还是昏迷不醒着。覆盖在黄专家身上的是舅舅的那张狼皮，狼皮的四条腿扑拉在木板床的两边，毛绒没有平顺柔和，而狼头却随着木板床的晃动不住地磕打起他的脸面，我恍惚地觉得狼皮在活着，像是在亲昵着黄专家。但这样的感觉我没有敢说出口。我们是在午后的饭辰赶到了山下的公路，又搭乘了一辆车到的州城，专家们被安置在另一个地方，我和舅舅却由专员介绍住进了豪华的州城宾馆，而满城则风传着我们抬进了一只狼。

　　舅舅明显地不习惯州城的生活，我因忙着去医院安排治疗黄专家，又要向专员汇报在基地的所见所闻，舅舅就留在宾馆，闲得只是睡觉。宾馆的服务员是不让富贵住进房间的，但富贵拴在宾馆的门口，每见到生人来就汪汪地叫，做出凶恶的扑抓动作，吓得要进来的人都大呼小叫，舅舅就把富贵再次抱进房间，并保证富贵绝不会随便把粪尿撒在地毯上，也不会吠叫了。服务员说，富贵？狗就是狗么，还起这么个名字！？我厉声地警告了服务员：这是专员特意请来的客人，打狗要看主人，你可以不把我的舅舅放在眼里，但你得为了考虑你的饭碗而尊重专员吧。服务员才允许了富贵进房间，却一定要用洁净剂给富贵洗身子。舅舅在为富贵清洗时，表情是那么痛苦，一颗泪珠一直在眼眶里打转。我劝也不是，不劝也不是，半天不敢多说一句话。后来，我每出门，都叮咛他到州城的动物园去看看，如果怀念狼，那里是饲养着三只狼的。舅舅是去了，他看到了那三只关在笼子里的狼，但他很快就回来了，他不认作那是狼，狼是让人害怕的野兽，而笼子里的狼变成了连小孩都用手中的食物去逗引的玩物，那狼见了他也没有生出一丝惊恐，他感到了羞耻。他牵着他的富贵从街上走过，街上的车辆很多，竟然在一条街上连续看见了三次车祸，一次是一辆呼啸着撞倒一位骑自行车的妇女，妇女当场头颅破碎死掉了，另两次是一辆车将一个挑着鸡蛋筐子的老头挂倒在地上，人没受伤，鸡蛋破了，一地的蛋清蛋黄，还有是一辆车和另一辆车头尾相碰。舅舅就认定街上的车都是狼变的，商州的狼越来越少了，是狼变幻了车的形态上的世，那撞死人的是狼在吃人，那相互碰上的是狼与狼的骚情和戏谑。富贵就一路汪汪汪个不已，而尾随他们的孩子是那么多，他们一哇声地起哄，嘲笑着他的一身打扮，嘲笑着他的富贵腿长腰瘦，没有尾巴而丑，甚至叫嚷：耍狗的来了，耍狗的来了！把他当作耍猴的一类艺人。舅舅便不再上街，待在房间里睡觉，睡得头痛。

　　对于大熊猫基地的撤销与不撤销，对于那几十个科技人员如何安排工作，行署召开了几个专门会议，问题迟迟定不下来。施德主任仍要求我继续留下来帮他们，所以我和舅舅还暂时不能离开。这一天，州城的报纸上刊登了天上要出现流星雨的消息，广播电视上更是把千年不遇的天文奇观宣传得老幼皆知。我听后立即从行署返回宾馆，希望舅舅晚上能同我一块到城北的鸡冠山上观看流星雨，并帮我扛上摄像机去拍摄，但是，宾馆里没有了舅舅和富贵。我毫不怀疑舅舅会悄然离我而去，因为那张狼皮还铺在床上。宾馆的服务员告诉说，那个山里人呢，会不会去寻公共厕所了，他说他坐在马桶上拉不出屎来。

天近傍晚，舅舅回来了，我进房间的时候他正在洗手间小解，还低头看着自己的东西，听见门响，忙双手捂了下身转过身去，惊慌失措的样子犹如一个害羞的女人。我问他到哪儿去了，他说他是去了沙河子。沙河子在州城东十五里地，一条沟川，盛产花生，捕狼队两个队员的家就在那里。"噢，"我说，"老朋友相见肯定愉快了！"可舅舅的神情并不好，还挽起衣袖，左手握握右手手腕，又用右手握握左手手腕，并过来握我的手腕，说：你的比我粗。其实我的手腕并没有他的手腕粗，而且他的手腕非常有力，可舅舅坚持在说我的手腕比他的手腕粗壮。我只好说：搞摄影除了是脑力活外更是体力活，整日扛机子，练得手腕粗了吧。

"我以前的手腕是一把握不住的……"他说。

我真傻，并不明白他的意思，还以为他是因无聊而情绪低落的胡言乱语，就告诉他流星雨的事。这个晚上我们守在鸡冠山顶的平台上，远近就我和舅舅，还有富贵，没有风，也没有雾。不远处就是州城的电视插播站，一间小屋外的铁塔上亮着一盏灯，光芒乍长乍短，愈发使夜黑得如同锅底。舅舅并不知流星雨是怎么回事，只说了"你还会看天象呀"，就提议他是不是去找些柴火来燃一堆篝火，又说："你听你听，听见有什么叫吗？"我并没有听到什么，他摇了摇头，又问我闻见了什么，他说："这山上有狐狸的，还有黄鼠狼哩，这么大的骚屁味儿你闻不出来？"我才说了一句"我有鼻炎的"，突然在东北方向，有成千上万颗流星呈扇面通过我们的头顶向西南部迅速滑动，像是倾注了一阵暴雨。刹那间一片灿烂，却什么也都看不见，我感觉里星雨劈里啪啦地砸向了自己，在地上砸出无数的坑儿，哧溜哧溜地冒白烟儿，或许那一股白光像卷过来的龙卷风，要裹挟着我也飞去了。我大呼小叫，按动了摄影机快门，一块石头在脚下绊倒了我，我跌坐在地上还是拍照，一直到流星雨完全结束，一切又陷于了黑暗里，才发现舅舅没有哼一声，富贵也没有汪，则全然瘫坐在地上，如痴如呆了一般。

"舅舅,"我说,"你没有看流星雨吗?"

"你就领我来看这个的?!"

"这可是千年不遇的奇观!"

"千年不遇?"他紧张得有些发抖,"天上掉一颗星,地上就要死一个人的,这么多的星星在落哩,这是要发生什么灾难吗?"

"这是天文现象,与灾难有什么关系?"

"怎么能没关系?天上下雪,你不觉得冷吗?!"

"你怎么会有这种想法?"我怀疑白天舅舅在沙河子有了什么事了。

回宾馆的路上,满城的高大建筑物顶上都站满了人,他们都在看流星雨,甚至还盼望着新的一阵流星雨落下,有人带着啤酒边看边喝,流星雨已经过去了,酒还没有喝完,瓶子就摔打在楼下的空地上,而有人开始放鞭炮,爆竹放射着绚丽的火花在空中反复明灭。我和舅舅一边走着一边仰头朝建筑物上观看,生怕有空瓶子和爆竹落在我们头上。舅舅终于告诉我,白天里真的是发生了不好的事,沙河子住着的两个队友,一个害了头痛病,头痛起来就得用拳头捶打他的脑袋,捶得咚咚地响,看过了许多医生,却断不清病因,只是每日服三次芬必得,阴阳先生说这是有了孽障了,让他用木头刻一个脑袋,一犯病就拿锤子、刀子在木脑袋上砸、刻、戳。多壮实活泼的人,用锤子一边砸木脑袋一边就流泪了,说:我这是在地狱受刑了,受的是千刀万剐的罪啊!一个患上了更可怕的病,浑身的骨节发软,四肢肌肉萎缩,但饭量却依然好,腰腹越来越粗圆,形状像个蜘蛛,现在双腿已经站不起来了。

"我发觉我手腕也是比以前细了,"舅舅喃喃不已。远远的一座高楼上放射了一个二踢脚的鞭炮,"嗖"地一声从空中划过弧线掉在我们面前,爆响了。舅舅又哆嗦了一下。"是细啦,真的是细啦……"

舅舅的样子很可怜,也真有些神经兮兮,我说手腕那么粗的,细了什么呀?!他倒生气了。他一生气,我也不再言语,举了相机在街上拍起照来,他却撵着跟我说话。

"子明。"

"哎。"

他又是不说了。

"瞧那一排房子多有特点，是清代还是明代的建筑？"

"你不会笑话舅舅吧？"

"我怎么会笑话你？"

"那我给你说了吧。子明，我那瘫了的队友对我说，他是翻过一本药书了，上面写着因手淫过度或因一些尚不清楚的原因所患的怪病。那病的状况与他的病很相似，舅舅不怕你耻笑了，舅舅在打猎的时候也是曾手淫过。猎人在野外有过手淫的。舅舅思想不好，怕是手淫多了，舅舅也就得上了这种病。"

他的话使我感到了问题的严重性，我再没有生硬的指责，也没有了戏谑的言辞，严正地劝慰道："哪儿会有这种病呢，你的那个队友一定是同所有猎人一样，自从不能打猎了，没有狼了，失去了对手，就胡思乱想脑子生了病。病有一种是想出来的，想着要生病了，生病了，或许就真的生病了。舅舅身体这么好，怎么能患那种病呢？就说手淫吧，凡是男人，哪一个一生没有过手淫的经历呢？以科学的观点看，手淫本身对身体无害。手淫对身体的害处是老以为手淫对身体有害。"

舅舅睁大了眼睛看着我，说："真是这样？"

"真是这样。"

"你是知识分子，你可不敢哄舅舅。"

"我怎么会哄舅舅？！"

舅舅终于给我笑了一下。他笑得很羞怯，这是我这么多天里没有见过的。

回到宾馆，舅舅睡着了，或许是跑动了一天累了，或许是相信了我的话，靠坐在床头睡得很沉，涎水把前胸都流湿了。我却睡不着了，我有在深夜和黎明醒来之时逮听声音的习惯，我崇拜世间的声音，总以每日听到的第一声音来预测这一天的凶吉祸福，但现在什么声音都没有。猎人们普遍患了软脚病，他们认作是没有了狼之后的灾难的降临，狼和他们是对应着的，有了狼就有了他们，有了他们必是要有着狼的，狼作为人类的恐惧象征，人却在世世代代的恐惧中生存繁衍下来，如今与人相斗相争了几千年的狼突然要灭绝，天上的星星也在这时候雨一样落下，预示着一种什么灾难呢？猎人们以狼的减少首先感到了更大的恐惧，而我们大多数的人，当然也包括我，当流星雨发生，却仅仅以为遇上了奇观而欢呼雀跃，这是舅舅他们神经质了呢还是我们身心麻木？！

我尊重起了我的舅舅,觉得这次跟舅舅相见,一定是上天在冥冥之中早就安排好了的事。人在世上,做什么职业,有什么品行和技能,那都是依定数来的,如家里有一张桌子,桌子上需要有一把茶壶,我们就才去街上的商店里买茶壶,有了茶壶就得有茶碗呀,于是又去商店买茶碗。见到了舅舅,我将不仅要拍下十五只狼的照片而出名,还要以舅舅的故事来撰写一篇关于人类灾难感应的报告了。

　　天亮的时候,我出去散步,街道上许多人在慌乱地奔跑,有一个妇女披头散发,一边跑一边哭号:"小曼,曼曼,我的孩子!"身子就软得趴在地上,已经跑到前头的人又折回来拉她,拉不动,几个人架着胳膊把她抬着又往前跑,妇女的一只鞋就掉下来。我捡起了那鞋,问旁边的人:怎么啦,怎么啦?回答说:不得了了,死了人了,死了十二个女学生了!我提着鞋去撵他们,前边的小巷里就一排儿拉出了十二辆架子车,车上分别是一具具尸体,尸体上盖着白布,但白布太小,上边盖住了头,而下边的脚却露着,围着车子的是呼天抢地的死者家属。街上的人越来越多,正是上班时间,所有的人都停下来,一时交通大乱。我一直是跟着那个掉了鞋的妇女的,我挤到了架子车边,我并没有看到十二个尸体的全部样子,但那妇女揭开了第三辆车上的白布,她就昏倒了。车上果真是一位花季少女,头发很长,梳着马尾巴状,留海上还别着一枚白蝴蝶卡,脸蛋完好无缺,但下身却满是血,以至于袜子和鞋全被血浆糊住。我听见周围的人都在说,这些孩子昨天晚上相约去了鸡冠山根的一个草地上看流星雨的,流星雨使她们兴奋异常,流星雨结束之后她们还在草地上歌咏和嬉闹。整整一夜,孩子们没有回家,她们的家长就着急了,四处寻找,黎明时分才发现她们全死在了草地上,她们的身上没有钝器的伤痕和勒痕,但下身却全部稀烂,甚至屁股上也没了肉。"她们是遭到强暴了,"人们在议论着,"可强暴不至于下身被挖了肉呀?"有人就叫了一声:"怪了,莫非是被狼坏了的?!"我的脑海里立即闪现了奶奶曾经说过的一个久远的故事,说是老城池的某人夜里独自行路,一只狼就一直跟着他,他知道不敢停下来与狼搏斗,搏斗是搏斗不过的,只有不停地往前走。但狼就在他的屁股上抓,抓下了一块肉,又抓下了一块肉。那人咬着牙还是走,走到城池外的十字路口,前边有了人的说话声,狼是跑走了,他却一下子倒在地上,摸摸屁股,半个屁股上已经没肉了。但是,州城里怎么会有狼呢,就是有狼又怎么一下子来了那么多狼,将十二个少女的屁股抓得没了肉呢?人们怀疑着这种说法,但人们又都如此地传播着这是狼干的勾当,除了狼还会有谁呢?而有人就突然说了一句:"前几日我看见一只狼抬进城了,抬狼的人说不定都是狼伪装的,现在的世上什么事会没有?!"我吓得出了一身冷汗,赶忙退出人群跑回了宾馆,但我在宾馆门口停留了好久,我不敢把街上的事说给舅舅,也不能让舅舅看出我的神色异样。

舅舅已经起来了,他坐在床上,使劲地在身上搔痒,他的情绪似乎不错,一边哼着小调一边竟当着我的面解开怀捉起虱子。

"你说世上先有人呢还是先有虱子?"

"虱子。虱子是最古老的虫子。"

"人也是虫子。"

"嗯?"

"人是走虫。"

"……"

"你说,狼呢,先有了狼还是先有了狗?"

"狼吧,狼也是古老的虫子。"

"可狼是把狗叫舅哩。"

我帮他把衣服脱了下来。

"舅舅,今日我去行署再看看施德他们,明日一早咱们就可以上路了,你在宾馆里就刷刷牙,冲个热水澡吧。"

"我才不洗热水澡的,刷什么牙。你刷牙哩,你一嘴的溃疡,狼一辈子不刷牙,它倒天天有肉吃哩!"

我笑了,说:"那你就待在房间,哪儿也不要去,等着我。"

"我得去沙河子一趟。"

"还去沙河子?"

舅舅给我点着头。

我虽然理解他,却不免为他还要去沙河子感到惊讶了。舅舅裸着上身,他的脊背和肩头上满是疤痕,竟在脖子上还挂着小小的一块石头。这些伤疤,不用询问,都是他作为猎人的历史记录,而他佩戴的小石头却让我有了一份好奇。早听说过出猎和出海的人一样是非常讲究迷信的,他们在山林里绝不说不吉利的话,甚至也忌讳"滚了"、"完了"的词,如果临出门时灯突然熄灭,或是过门槛时踢了脚趾头，打了个趔趄，那就会停止当日的行动，在他们的身上常要带着黄裱写成的护身符咒，或是枪毙人的布告上的红勾纸片，或是年轻女人的经血布带，一定要处女的。但舅舅佩戴的竟还有着一块石头。我附过身抓住那小石头玩弄，石头发黑，光洁温润："哟，舅舅要做贾宝玉哩！"

"这是块宝玉，哪儿会假？"他显然是没有读过《红楼梦》的。"你闻闻你的手，是什么味道？"

我的手上有淡淡的一股巧克力味。和舅舅住在一起，我是偶尔闻到过这种气味，还以为是住在宾馆里，房间里喷洒了什么香味，原来气味来自这块石头。

"这是金香玉。"

金香玉，是那句成语"有眼不识金香玉"的金香玉吗？舅舅说是的，我把小石头从他的脖子上取下凑在鼻前，香味更浓了。我突然想历史上有个叫香妃的，说是身上放有异香，人怎么能放出香味呢，莫非就是她佩戴了这么一块有香味的石头?!可是，女人是佩戴金香玉的，舅舅，一个粗而臭的男人，佩戴的什么金香玉呢？这简直是一个遥远神秘的童话！但舅舅绝不是文人，他不会添油加醋地想象，他告诉我石头是红岩观的老道士送给他的。老道士是和观里唯一的徒弟在深山的一个溶洞里偶然发现了这块石头的，他们把石头装在麻袋里背下山，搭乘了当地进山拉木料的拖拉机。行至半路，老道士一阵恶心，就让拖拉机停了，他下去呕吐，呕吐了好长时间还是难受，开拖拉机的人就不耐烦，竟把拖拉机开走了。老道士那时还有些生气，骂了一声，但谁能料到，开走的拖拉机在驶出两千米左右翻跌到了二十米高的崖下，拖拉机上的人无一生还，他的那个徒弟连头都被压扁了。老道士捡了一条命，他坚信是这块奇石拯救了他，就将石头拿回观里供奉在案头。这块石头有奇处，观周围的山里人都是知道了的，却谁也说不清这是一块什么石头。两年前州里召开全省的地质会议，老道士带了石头去找科学家鉴定，终于认定了这是金香玉。金香玉的出世当然轰动了地质界，但追问石头是哪儿来的，老道士不说，他明白这是上天赐予的缘分。"我送给你们一份吧！"于是他将石头一分为二，一半贡献了地质部门，一半带回观里，并在一个大雪天里悄然进山，想用乱石堵了那个溶洞口，奇怪的是洞口竟发生了塌崖，连他也寻不着了洞口的方位。老道士从此再不提这件事，但老道手里还有一半金香玉的事毕竟传播开来，省里州里的有钱人接踵而来，要拿黄金的六倍价来购买，老道士一口咬定全捐献给国家了，而私下里将那一半金香玉锯成小薄片，分赠给了曾给观里办过事的人。舅舅是最后一次普查狼时到过那座山上，夜里就住在观里，他诉说着猎人将不能猎狼的恐惧，老道士便送给了他这块金香玉作了护身符。

"老道士还在吗?"我当然不能索要舅舅的护身符，但我太喜欢这样的石头了。

"还活着吧，"舅舅说，"如果咱们真能去为狼拍照，我可以领你去红岩观，能不能送你一块儿，那就看缘分了。"

我相信我有这个缘分。我已经琢磨好了，一旦我得到一块金香玉，我是不会交给老婆的，要送就送我的女朋友，让她成为我的香妃。但是，舅舅再次去了沙河子，当天并没有返回，甚至三天也没有人影。乡下人的时间观念差，这是最令我头疼的，可他迟迟不回来，我又有什么办法呢？第二天一早我去了州城图书馆借阅关于狼的有关资料，十分遗憾，狼的书籍太少了，在有限的时间内了解一下狼的习性和生存的环境以及发情、交配、生育的企望全然落空，我只是抱回了一堆有着狼的故事的小说。于是，重新读了《聊斋志异》的一些章节，读了鲁迅的《祥林嫂》，读了杰克·伦敦的《热爱生命》。我是坐着读，窝在沙发里读，后来就躺在舅舅的那张床上读。

舅舅的床上是铺着狼皮的，我竟一时忘掉了狼毛会起的事，晚上十点左右的时候，突然觉得身上痒，目光刚一溜到狼皮上，发现狼毛都竖起来了，一下子吓得心都要跳出胸膛了，火烧似的从舅舅的床上跳坐到我的床上。坐到了我的床上，我一眼一眼盯着狼皮，宾馆里一片寂静，电灯白生生照着房间的四壁，总觉得那狼皮在动，心里告诫自己：这不可能，这不可能，拿过书继续读，企图分散开我的恐惧。可不去看，哪能又不去看？我闭着气站起来，哗啦一声将狼皮揭开，它毕竟是一块狼皮嘛。我说：我怕你什么，难道还附有了灵魂不成？!极快地打开窗子，我原准备把狼皮扔掉了的，但念及这毕竟是舅舅的东西，就将狼皮挂在了窗外，再关了窗扇，继续读我的书。书上写着山村的那个牧羊的孩子在喊：狼来了!狼来了! 还没有读到山村里的人拿着刀棍向山上跑去，窗外响起了一种奇怪的叫声，沉沉闷闷，但穿透力极强，像是我在省城听过有人吹起的埙音，接着有了狗咬，三声五声，再是七声八声，越来越杂，狂吠一片。服务员就敲我的门，问："听见有狼叫吗？"我说："有狼叫？"服务员说："我听见有狼叫了，前几日十二个女学生就被狼强暴了，这狼还在城里吗？"我大声地说："你是胡说，你肯定是狼把学生强暴了的？州城里哪会有狼，谣言惑众你要负责任的！"服务员是一脸的疑惑，后来走掉了。他一走，我却慌了，难道那叫声是我挂出去的狼皮发出来的？赶忙开窗把狼皮取回来，它不就是一张软软的狼皮么，可窗外的狗群吠声便渐渐歇退了。这一下，我真的害怕了，知道这张狼皮是附着了狼的灵魂的。我老婆就曾经说过，每一个蝴蝶都是死去的美丽女人的亡灵在寻找过去，那么，狼死了灵魂和皮毛是分离的，今晚上游荡的狼魂是怀念它的衣服了呢还是来拜会一个要去给活着的狼拍照的人？我再也不敢睡去，瞪大了眼睛，只盯着狼皮到天亮。狼皮却再没有发生任何异样的动静。

9点钟，我打问着沙河子的方位，一定要找到我的舅舅。

南北七里，东西几十里的河川道里，霜冻了的黄沙地，洋芋还没有出芽，踩着软沓沓的。放眼望去，一畦一畦的界埂上长满了营草，过冬的营草还是枯黄，但硬根的芨芨草、白蒿，还有野小蒜却绿了一片，于是绿中透黄，黄中泛绿，微风从山根吹过来，黄的枯茎就泠泠地响。每隔三畦四畦堆集着一堆鹅卵石，石头白得发亮，石缝里长着野荆棘，没有叶子，枝丫交错，像铁打的。这原来是死人的坟墓，丘堆被耕作人侵蚀得越来越小，又成了耕地时丢弃石头和杂草的地方。才过了清明，荆棘上依稀挂着白色的幡纸条。我从山根下走过来，一块地上似乎去年秋天种植了南瓜或西瓜，那些未拔去的藤蔓腐烂着却未失形，用手去提，提不起来，成了纵横交错地印在地上的线条。一个时辰后，风开始有劲，地面上的虚土吹成如海上的一层水雾，直撞向山根的崖石上，崖石又顶碰了，一个旋风就在那里腾起，能看见草窝里的野兔电一样迅疾而逃，又埋没在荒草中不见了。三十个穿着猎装的人牵着三十条细狗，分开了相隔七里地的距离而站着，我看不清东头那十五个人与狗的模样，西边的十五人中，舅舅是站在最中间的，富贵就夹在他的双腿下。舅舅眯着眼睛朝我看，满脸的得意之色，另外的十四人都穿着军用的绿色胶鞋，头发蓬乱如草，一件兽皮的马甲没有扣子，拿极粗糙的帆布制成的腰带勒在身上，他们的腿上没有扎裹腿子，只是用绳子扎着裤管，风吹得鼓鼓的。所有的细狗都剪去了尾巴，形象黑丑，但比不得富贵的腰细腿长，这些走物比人还激动，几乎迫不及待，若不是主人用手按着它们的脖颈上的红绳圈儿，早已箭一般射出。被用老式的圈椅抬来的那位汉子，就是舅舅的队友，严重地患上了软骨症的猎手，他是负责开锣的。我开始以为他们这是要赛狗的，待到"当"的一声锣响，十五只狗"唰"地蹿了出去，他们的主人就紧紧在后边跟跑，各人口里叼着一个哨子，发出长短高低急缓的哨音，细狗们就直跑，斜跑，迂回跑，交叉跑，阵式变幻无穷。与此同时，远远的七里外的河川道那头，十五个人与狗也向这边扑来，立时尘土飞起像两排浪潮向中间涌去，尘雾之中，我看见有了野兔在逃奔，而每一只逃奔的野兔后边又紧追不舍着两条三条细狗，他们在河川道上兜圈子、弯花子、忽聚忽散，时隐时现。穷追不舍的人夹杂其中，他们已难以识别自己的走物，但各自的哨音足以使自己的狗听得明白，他们的速度不亚于细狗，当细狗时不时腾空而起，你无法分清人是了狗，狗是了人。

"赛狗比赛马还好看哩！"

"这不是赛狗，是狗撵兔。"

圈椅上的软骨人纠正着我的错误，他的身边是无数看热闹的人，一齐敲锣打鼓，鸣放着鞭炮，甚至点燃了火铳，齐声吆喝。我在州城里仍然是个足球迷，我敢说这里的场面绝不亚于球场上来得疯狂，我分明瞧见了一个人脖子上架着他的孩子，孩子一边叫喊一边双手拍打着父亲的头，那父亲脸红得像喝醉了酒一般自己仍不理会。一个妇女不停地蹦跳着叫喊，两个大奶就上下咕涌，有男人就说："兔子，兔子，兔子钻到怀里了！众人轰然大笑，而一伙妇女就围了过去一阵捶打，将其赶进了撵兔的风尘中。我终于在混乱中瞧见舅舅了，他和富贵一直在追赶着一只灰毛兔子，人和狗离兔子就只差那么两米左右，每次富贵一下子扑了上去，几乎就扑住兔子后腿了，兔子突然一闪，竟能立即停住，待富贵以惯性扑到前面去了，它却忽地掉头向反方向跑，急得舅舅脱下一只鞋就掷去，鞋是砸在了兔子的身上，兔子跳起来，重重地落下，又爬起来往西跑，而西边撵兔的狗又撵了来，兔子就斜着向我们这边跑来，两条细狗又是只差那么两米了，可还是撵不上。我们直喊加油加油，舅舅距我们这边近，硬是撵不上兔子，似乎有些恼了，他坐了下来，他的脚上已没有了鞋，顺手从地上捡起一粒石子，那么一甩，兔子应声翻了个身，四蹄在空中乱舞，翻起来又跑，但跑了两步不动了，两条细狗同时扑过去。围观的人群天摇地动地欢呼了，欢呼的还为着两条细狗：一个咬着兔子的后腿一个咬着兔子的前腿互不松口，最后将兔子撕扯成了两截，噌噌噌地叼着过来让软骨人收取了。我蹲下身抚摸细狗,细狗皮毛光滑得如黑绸缎,我说:"都有功,都有功!"它们仅有的那一寸长的尾骨在动着,汪汪地叫。

狗撵兔足足持续了六个小时,待七里方圆的荒草乱石中再也没有野兔,尘埃落定,人和狗安歇了。围猎一共收获了五只野兔,五只野兔交给了舅舅的那位软骨症队友,他抄起刀将每个兔子剁三下,剁了四节,分别扔给细狗们吃了,然后一声呼啸众人胜利回村。

我跟着舅舅,舅舅像个土人似的,满头满脸的汗水道道儿,鞋是无法捡回的,就赤着脚。他说怎么样,过瘾不?我说:就这样回去呀,这就完了吗?舅舅说:可不就完了。你如果愿意,咱们多停留一天,明日去下河川场地来一场。我当然不同意,但我不明白的是狗撵兔的场面壮观是壮观,可如小儿游戏么,难道大人们出那么大的力气,流那么多汗水,就是为了一场毫无意义的游戏吗?"真是猎人!"村人还在赞叹着舅舅,向他竖大拇指。

真是猎人?!我看着在赞叹中舅舅得意的神情,还有被人抬着,仍在圈椅中谈笑风生的软骨人,我蓦然理解了舅舅为什么来这里参与狗撵兔了:猎人没有了狼,那只有以兔为猎了,或许他们无任何利益目标,只纯粹为着要发狂一次。发狂就是他们的真正意义。

在软骨人的家里,我又见到了穆雷,我是早晨来到村口打问情况时碰见他的,他说:"你这不是把羊给狼送哩么!"径直领着我就到了软骨人的家,舅舅正坐在台阶上扎他的裹缠。舅舅对我的到来当然吃惊,穆雷就大声叫嚷:"你不要我们了,原来跟文人嫖上了?!"凭他这说话劲,我就喜欢上了这位小个子,但舅舅却叫他为"烂头",而且叫他快给我倒茶水他就倒茶水,叫他把烟敬给我他就把口袋的烟掏出来,殷勤得很,却小声对我说:"我这是在你面前维护他的尊严哩!是你把他叫舅舅吗,哈巴狗站到粪堆上了!"舅舅还是听见了,说:"烂头,把你的嘴烂了就好了!"我问穆雷:"你不是说你叫穆雷吗?怎么叫烂头?"他说:"我害头痛。"我这才知道他就是舅舅的另一个队友。

撵兔的时候,烂头没有在现场,现在他却坐在软骨人的院子里让老婆捏脑袋,他的头痛病真的又犯了。他的老婆是个大块头女人,捏得满头热汗,末了就用拳头使劲在他的脑门上砸。舅舅问:"痛得厉害吗?"烂头说:"还受得住。"舅舅说:"你能受住就不要吃芬必得,是药三分毒,我看见你一日几次吃芬必得我都害怕了。"烂头勉强地笑了笑，却说："队长，我这媳妇是狼哩！"我们一时没听懂，他说："前半生是我打狼哩，后半生狼打我哩！"舅舅脸上黯淡下来，他走过去为他的队友砸头，喃喃地说："不要老待在家里，没病也沤出病了，你们这儿兔子多，围围猎慢慢将息就会好的。"烂头说："用劲，对，对！我倒担心兔子越来越少了呢。"舅舅说："撵上兔子不要给细狗吃，放了再撵嘛。"大块头女人已坐到灶火口烧水做饭，对舅舅说："你要常来哩，你瞧你来了他们哥儿们精神也好多了，要不，你把他领了走，顺便出去干个什么事儿，免得在家头痛起来就疯似的害扰我！"舅舅说："我不是听他说去过南方打工吗？"女人说："甭提他出去打工，提起来我一肚子气！"烂头忙在院子里吓唬："就你话多！"女人说："我就要说哩！"就说烂头在家闷得慌，嚷嚷着也去南方打工呀，挣钱呀，可去了一个月，在一家建筑工地当小工，习惯不了城里的环境又跑回来。他是挣了四百元的，怕钱被人打劫，藏在鞋垫底下，坐着火车却脱了鞋在坐椅上睡着了，下车的时候发现不见了鞋，问周围人，人家说：鞋扔了，那一双破鞋能臭死人，提起来从车窗扔出去了！他吵不过人家，也打不过人家，心痛着鞋，更心痛鞋垫子底下的四百元钱，骂一句"好过了拾我鞋的龟儿子了！"赤脚下了车，在城里一家饭馆寻着了本村的一个打工的，借了钱回来的。烂头在院子里说："你听她胡扯，我要混到那一步，我拔根×毛吊死了！"女人说："好，好，算我给你编谎哩。"低了头又去烧火，火塌下去，净是冒烟，我看见她噘了嘴去吹时，两道眼泪亮在了脸颊上。

饭桌上，他们嚷着要喝酒，酒是自家酿做的盛在大瓮里的苞谷酒，软骨人的老婆用葫芦瓢舀了一瓢又一瓢。他们轮番敬我这个客人，我是喝不了的，舅舅就代替着。后来他们就唱酒歌划拳，我从来没见过唱酒歌是那么复杂，随口唱出的歌词里又清醒地出拳报数，谁一输对方便唱：一杯水酒你来喝！大家全都喝得面红耳赤，丢剥了上衣，我以为只有舅舅的身上有伤疤，没想到他们每个人的身上都有伤疤，伤疤在酒后发亮发红。我抚着烂头的伤疤："这些都是狼抓的？"烂头说："凡是抓过我的狼，它没有不死的！"软骨人说："烂头，左胳膊那个疤也是把狼杀了？"烂头说："关公也有走麦城的，他妈的，昨儿夜里我还梦到那只狼哩，他说刀在二郎山东沟的鹰嘴崖下，醒来我还给你弟妹说，是不是狼给我托梦哩？队长，你能再到二郎山东沟的鹰嘴崖下吗，去看看刀真的在那儿没在？"舅舅哼了一声没有言语。烂头就告诉我，有一回他正在林子里拉屎，拉屎要蹲在顺风处的，刚转个方向，觉得不对，还未回头，一只狼从树后扑了过来，一把就把他的袖子抓没有了。枪是放在一边的，来不及去拿了，就从裹腿里拔出刀来捅，不偏不倚捅在狼的屁眼里，谁知捅得深，一时拔不出来，狼带着刀就逃跑了。"刀倒是好刀，"他说，"他妈的。"自己便笑了。于是，他们开始讲过去的猎事，几个人几乎指着身上的伤疤把一个个与狼搏斗的故事讲得没完没了。老太太们凑在一起，说不完的是儿子和孙子；同学聚会嚷道不清的是幼时的光景。他们几个讲得手舞足蹈，眉飞色舞，边讲边对我说："有意思不？"我当然听得一惊一乍，俯仰不已，舅舅说："把嘴角的白沫擦擦。"烂头就不好意思再讲了。我摸摸舅舅脊背上的伤疤，像摸着了铁门板上的灯泡，希望舅舅也能讲一讲，但舅舅只是笑着喝酒，说："我记不得什么了。"软骨人将两条失去了知觉的腿从椅沿上提上来，像提了两吊肉，塞进了椅面，自己却有些伤感了，说："你现在还是猎人，你当然记不起来的，可我们一坐下来，全凭着回忆过日子哩。人常说会水的最后死在水里，登山的最后死在山上，咱是打了一辈子狼，没死在狼身上却要瘫死在炕上……"舅舅站起来，对女主人说："不说了，不说了，削面吃吧！"

面是早揉好了，面团醒在那里的，胖女人扑扑沓沓拉动着风箱烧火，舅舅就抱了面团嚷道着他来削，将一块湿布顶在光头上，放上了面团，然后双手挥着柳叶长刀在面团上削去，一时刀挥如飞，面片落叶一般飘进锅中滚水。众人全都住口，目注着他，却没有为他的精湛技艺叫彩，而是严肃得连出气声儿都没有了。舅舅的双刀越削越快，似乎仇恨着，要将他的头颅也这么一刀一刀削去，直到削得面团只剩下薄薄一层，双手一扬，两只利刀唰地飞向屋中的北墙上。北墙挂着一张狼皮，刀扎在了狼皮上。

舅舅的突然怪异使大家再不提起狼的事情，面条端上了桌，都只是呼呼噜噜地扒饭。我真担心这些猎人借着酒劲还要弄出些事情来，又不愿饭桌上的气氛冷淡，胖女人就招手把我叫到院子，低声说：他们哥儿们兄弟常在一搭喝酒的，前几天喝到八成，一个要拿刀劈自己的头，一个拿拐杖磕打那双软软的腿，后来就哭，大男人家哭得像死了爹死了娘似的。你是不喝酒的，你要给咱把握点。我回到桌上，故意寻着轻松的话题，问咸肉是怎么做的，这么好吃！他们当然告诉我说，杀了猪，肉切了块，放上盐和调合面揉搓过了，在瓮中捂那么三天，然后就吊在屋梁上用柏朵子火熏，或者干脆吊在灶头上让一日三餐的烟火去熏烤。我说，噢，原来这样，那挂在屋梁下的那串咸肉上怎么有一个大薄石板？他们说那是防止老鼠顺着绳下来吃咸肉呀，再精的老鼠总不能从石板上翻下倒身再从石板的背面爬吧。我说老鼠会不会从屋梁直接往石板上跳呢？胖女人鼓着掌说你真聪明，老鼠是会这么干的，但你没见那石板是斜着挂的吗，它跳下来就会从石板上滑落地上，今早起来，一只老鼠是在地上死着的。说话间，我又犯了老毛病，就是摸自己下巴，用指甲掐着胡须拔，舅舅先是在桌下踢我的腿，我没有理会，他打了一下我的手，我才突然发现他们全都是大胡子，虽然剃了脸，脸的下半部皆青黑，而他们也同时发现了我几乎没有长胡子，就开始戏谑我，说我是太监，是"二倚子"，烂头还伸手摸摸我的下巴，作贱说光腻得像婴儿的屁股。对于他们的无理，我自然没有上怪，因为他们的直爽并没有任何恶意，何况我的老婆并不弹嫌我没胡子，她喜欢白白净净的男人。但在商州，在沙河子的原猎狼队员家里，我第一次为我的奶油面色和没有胡子而感到了羞耻。

　　当天晚上，我们返回了州城，我打电话通告专员我们翌日就出发为十五只狼去拍照了。专员却在第二天一早就赶到了宾馆，他甚至设了简单的饯行仪式。"老傅同志，"他端起酒杯向舅舅说，"过去捕杀狼那是对的，因为狼威胁了我们的生存，捕狼队和你这个队长是有功的。现在狼却要灭绝了，我们保护狼，你也是有功的，我代表商州人民和行署感谢你，也祝你这次陪同高子明同志把拍照的工作做好！"舅舅当然很激动，他不仅仰脖喝下了专员敬的酒，而且还要感谢专员，说他没有可以感谢的，他再喝酒，就把半瓶酒一下子倒在碗里要喝下。专员忙劝他，要和他分开碰杯喝，他说："专员，我有话要对你说哩！"他说的是以国家的法律规定民间是不能拥有枪支的，而原捕狼队的猎枪也都上缴了，剩下他是唯一的持枪人，但普查完狼后，到这一日也该是他上交枪支的时间了，他请求在为十五只狼拍照的过程中能允许他继续保留枪支，"枪是半个猎人，猎人没枪狗都不是！"舅舅的请求我没有想到，专员也为难了，沉吟了许久，最后同意了他的请求，舅舅竟一下子握住专员的手，几乎要跪下了。"是这样吧，我来通知你们县公安局吧，"专员扶住了他，"特殊情况特殊处理嘛，拍照过程中需要枪，拍照完了也还可以保留么，你傅山同志应该持有枪，你还是猎人么，以后还可以打山鸡嘛！"猎人的称号和猎枪对于舅舅是多么需要，专员的特别关照使我也为舅舅高兴！但是，舅舅在吃完饭与专员告别后，他却对我说："猎人就是打山鸡吗，只猎山鸡也算是猎人？！"

舅舅毕竟最后是很高兴地同我上路了，我们上路并不仅仅是我们两人，还有另一个，那就是烂头。烂头是在州城外的十字路口上等着我们的，他靠坐在柳树下，面前是一个铺盖卷儿，一个酒壶，肩头上立着一只猫，猫认真地把他的头发向后梳理。我以为这是一种古风，像《水浒》中常常描写的那样，是来为舅舅和我敬酒相送的，他却是坚决地要求跟我们一块儿走。

"队长，你得让我跟了你，我好赖也曾是猎人！"他说，猫还立在肩头上，前爪合抱了像是作揖。

"你也去？"舅舅和我都愣住了，我们在沙河子的时候，他毫无要跟随我们的迹象，舅舅说，"你说诳话，你害头痛那么厉害，你跟我们去？！"

"我要是再在家待着，我这头就炸成八瓣啦！"烂头说，"我要死，死在猎中……"

"这哪儿是去打猎，去为十五只狼拍照呀！"

"可总是和狼打交道啊！我想过了，狼是铁头麻秆腿豆腐腰，我这头痛起来得用拳头砸，活该也是个铁头，或许和狼在一起，头痛病也就会好的。再说，我有猫，猫给我搔头全当是老婆为我按摩哩，还有芬必得嘛，我给你们鞍前马后做个苦力还不行吗？"

舅舅痴在那里，末了看我，我说："也好。"

"这可是你说的！"舅舅说，"那他也就是个猎人了。"

"费用我会让行署报销的，"我明白舅舅的狡黠用意，眨眨眼说，"但让专员为他批一杆枪，我可是办不到的。"

就这样，烂头以编外人员参加了我们的行动，烂头的加入使我想起了《西游记》中猪八戒和沙和尚，更使我想到了《鲁滨逊漂流记》里的礼拜五，于是我曾叫过他一回"礼拜五"，他抬起头说：今日是礼拜四呀！我就赶紧不敢再说什么。烂头却很兴奋，一定要为我们这个小组每人命名，他照例称舅舅是队长，称我却是书记，因为三人中我是唯一的党员，他自封了秘书，"有外人时就叫我秘书，没人了就喊我烂头"。舅舅的细狗名叫富贵，他为了猫名费了神，猫是女猫，最后叫了翠花。富贵和翠花是厮配的，虽然没有生猛的气象，但民间俗味很浓，凭这一点，我越发喜欢他了。

"你知道我为什么把猫叫翠花？"他悄声说。

"叫着顺口。"

"我初恋的女人就叫翠花，昨天晚上还梦着她了！"

"这么爱的，那怎么没娶了她？"

"人家看不上咱的人嘛。"

他做出一个怪相来，下巴突出，嘴唇回窝，一对眼睛向上翻着白，脸一下子拉扯得很长，腮帮又下陷成坑，活生生一个狼样。在以后的日子里，烂头是喜欢给我讲他的艳史的。他夸耀着他长得丑是丑，但却有桃花运的，他和他们村十几个女人有一腿的。巷中姓秦的娶媳妇，他在头一天和人打赌，要在那女子来拜堂前他可以做成那事的，别人不信。他果然就得手了，还拿回来了那女子的一条花裤头。"你要硬下手，女人经不起硬下手，可你还得有真本事，她一舒服，她不恨你倒会谢你。"他说打零食是身子的需要，若真要来点感情，那就得找相好的，他除了胖老婆外，也还有两个相好，以前打猎，常将锦鸡肉、黄羊肉给她们送，为此队长数次生气要开除了他。我突然想起一件事，和舅舅这么长日子，怎么就从来没有听舅舅说过他的家。

"他没有家。"烂头说。

"你狡兔三窟的，他没有家？"

"兔子是弱者，兔子才有三窟的，你见过老虎有家吗，老虎走到哪儿哪儿就是家。"

"这么说，我舅舅的相好多？"

"他哪儿有，他是大熊猫哩。"

"啊？！"

烂头低声说："这你千万不要对外人提说，你舅舅他那家具不行，先前找过一个，就是不中用，自己从此便怯了，老是怨悔曾经手淫过度……"

我蓦地想起舅舅小便时遮遮掩掩的事，可怜起他了。

"这我不信，没了那事，男人常常就没了志气的，可舅舅那样子，谁不说他英武？"

"他只有使自己更像个猎人嘛!"

我们在这边低声说话,舅舅就侧身躺在远处的草坪上,草很深,是冬天枯干的营草,枝茎稀落,絮缣飞白,躺着像一块卧石,而慵懒的样子,真又像一只虎。他半睁了眼睛看旁边树梢上的一只麻雀,麻雀叽叽喳喳叫,他忽地将一枚石子儿从手中弹上去,动作迅而捷,又平静地躺卧在那里,麻雀却掉在我们面前的地上,脑袋碎了。烂头快活地唤我捡柴烧火,自个儿用一根树棍儿塞进了雀的屁股里,在火上来回地燎烤,我不明白他这要干什么,燎烤得半生不熟了,说:"你吃不?"我说:"这也能吃?"他说:"好吃,"咬一口,像是突然想起来还有队长哩,举着麻雀向舅舅,"你吃不?"舅舅说:"瞧你那吃相!"烂头的吃相难看,发出响声,但他真会吃,一只麻雀很快吃得仅剩下了一疙瘩内脏。

烂头是一个爱戏谑的人,除了犯头痛外,总是不停地说些有趣的话,或作践着自己而取乐于我和舅舅,虽然舅舅只比他大五岁,他又比我大五岁。一路上,我们没有请什么民工,我的摄像机和照相机、相机架、胶卷,以及舅舅的行李卷,几乎都是他驮背的。有一次将照相机挂在富贵的脖子上,我大声训斥了一通,他就不敢了,却偏将翠花系一条长绳拴在富贵的脖子上。翠花走着走着是差不多走累了,跳上富贵的背上坐着,我笑了说:"咱活得倒不如一只猫哩。"烂头却说:"活得不如富贵,咱们都是男的,富贵倒还有翠花这个老婆哩!"舅舅拿眼睛瞪他,说:"烂头,这回是有书记在哩,你别犯你的贱毛病啊!"烂头说:"我有病的,哪儿还敢?!"每到歇息地,找吃的找喝的找住的,一应生活杂事都是烂头的事,他为我们铺好床,舅舅的床上当然铺了那张狼皮,我是单独的床,要挑最干净的被褥,再铺一个地铺是给他的,富贵和翠花却早早就卧在上边,他就大声地骂富贵,说白天你们在一块儿,晚上还要在一处,你真的要发生作风问题呀?!就抱了猫睡下。富贵气得骂一声:汪!悄悄跳上舅舅的床,在舅舅的脚下卧着睡了。烂头的缺点是夜里咬牙子,是万般仇恨地那么咬,而白天爱放屁,不顾场合地方,还半抬了屁股努出声响。

"舅舅,"我说,"应该叫你队长了,你注意到没有,烂头好像没有叫喊他的头痛。"

"看样子出来走走还真能治了他的病,"舅舅说,"不要说破,一说破他就又想着要头疼了。"

依照规划，头一天我们从州城搭乘公共汽车到了丹凤县，在离县城十里地的一个小站下车，沿丹江河往下走，走到赵峪，又到黑风崖。但是第一天没有见到狼。第二天钻一条叫荆子的沟，踏着哗哗的溪水逆行了五十里地，仍是没有见到狼，连狼的一绺毛一疙瘩干屎也没见着。倒是在一个十几户人家的村寨里，有人正在办丧事，一间残缺不齐院墙的院里，草席搭了棚，白纱黑布挽了花团挂在棚的四角，死者是停放在席棚里，身上盖着草纸，前面的桌上摆满了猪头羊头和香火。披麻戴孝的孝子们见我们路过，忙近来趴在地上磕头，我奇怪孝子们怎么给我们磕头，烂头说：这是规矩，这家一定是死了老人，做孝子的就见谁都低了三分。舅舅就走近席棚，在桌案上燃着了一炷香插上，代表着我们向死去的老人致哀。而席棚外的一堆人却一直坐在那里敲打着响器唱歌，他们以歌而哭，唱的是孝歌。那孝歌唱得十分凄凉，我竟听着听着心魄摇撼，泪水也潸然而下了。我是粗略能记谱的，从那以后这曲这词就印在心里，在回西京后的一次单位同志们聚会，我是复唱了这孝歌的，也同样使同志们听得长吁短叹。这孝歌是这样的：

当时我听着孝歌满脸是泪，烂头过来把我拉到一边，悄声地说："你哭的什么，咱又不是孝子，让亡魂附上了咱，寻着以后晦气吗？"我就不敢哭了，他还暗中教我用手捏手印，说是可以避鬼镇邪的，我学着他的样儿做手印，舅舅和案桌旁的人说话。

"老人多大年纪了？"

"八十四了。"

"那也是高寿。"

"是高寿，白事也算是红事。"

"几时下葬呀？"

"等老八儿子哩。"

"这么多儿子？"

"你是过路人，你怕不知道哩，老人一生没自己生育过，可她收养了十个儿子，原本今日该下葬的，入土为安嘛，老八儿子却在外地打工，电报让人发去了，说不一定明日就回来哩。别人不回来送终，老八他得回来，他娘从狼窝里收养他的时候，他才一岁……"

"老人是汪老太太?!"

"这你也知道?"

舅舅再没有回答，又去了案桌前将酒壶提了，在那堆纸灰上奠酒，然后铁青了脸招呼我和烂头就走。

我们就这样走过了村寨，拐进了另一条沟，这条沟里有一条河，路就随河道弯弯曲曲，高高下下，越走人家越少。我脑子里仍记着那孝歌，顺口轻轻哼着，却不明白舅舅为什么插过香了又去案桌前奠酒，奠了酒就招呼我们上路？烂头不让我唱，说咱们上路要办大事呀，唱什么孝歌，我也不好顶碰，住了口拿相机拍河面上的风景。河面并不宽，流水却急，绕着对面山根下来，沿河滩苍苍茫茫的野芦苇和蒲草，有路绕过了一丛河柳，河柳下系着一只小船。

"喂——!"

烂头大声地吆喝着，希望苇蒲里有人应声，会跳上船划了过来。他说那船是没主儿的，谁要过来自个儿撑了过来，谁要过去，再自个撑了过去。吆喝声传到了对岸山岭上又返传回来，船依然横着，纹丝不动。

"烂头，那一回来这儿剿狼，你在不在?"舅舅突然说。

"没有。"烂头说。

舅舅却不再说了。

"舅舅要说什么事吗?"我问了一句，舅舅却指着岭头上的一棵树，独独的一棵树，说那里曾是一个狼窝，住着一窝三只狼，都是母狼。狼并不是都长得凶恶的模样，这三只狼生得有狐相，雪白皮毛，眼睛边有细细的一圈黑，算作是眼线吧，均匀细致得比州城的姑娘们画得还好。但每年有一次二次，不知从哪儿就涌集来几十只狼，就像是朝拜或开会似的，这些狼全要带着礼物，不是猪羊就是鸡，害骚得方圆沟岔里的人家十户走了八户。捕狼队进行过一次围剿，打死了那三只母狼，在捣毁树下的狼窟时，窟里尽是猪骨、羊骨和人的发毛衣服，奇怪的是还有一头活猪和一个婴儿。

"婴儿?"舅舅的话有些天方夜谭，我没有觉得恐惧，而有些可笑了。但舅舅的脸是严肃的。

"是这样的。"舅舅说,"我让成义把婴儿抱下山让人收养了,成义向收养人要了二百元钱,我骂了他一顿,把钱又退了。"

"这是真的?!"我尖叫起来,"狼是把婴儿和她的母亲一块叼进窟去的吗,它们怎么没吃掉婴儿?"

"这谁知道!婴儿肯定是狼用自己的奶水喂着的。那婴儿一丝不挂,身上也长了毛了。"

"婴儿现在呢?"

"他就是村寨里死去的老太太的八儿子。"

我跳起来了,怨怪舅舅怎么刚才不说?!狼奶喂过的孩子,到底长得像人呢还是像狼,这是多大的奇闻逸事,若能为这孩子拍摄一张照片那又多有意义!我立即要求再返回去,但舅舅并不以为然,倒后悔他多嘴提起了往事,"老八人不在的,出外打工,鬼知道几时能回来!"我让烂头帮我说情,即便照不上老八儿子,也可以为汪老太太留一张照片吧。烂头却尖叫道:"人死了你还照,你让孝子们揍咱们呀?"一捂肚子,叫嚷他要屙屎呀,提着裤子去了崖背后。

我只好打消了返回村寨的念头,跟着舅舅走。又走了七里八里吧,抬头还是可以看见山梁上的那棵树,再见河这边的沟沟岔岔,一些荒废了的房屋全都塌了顶,三堵墙四堵墙地竖在那里,还有着磨盘碾盘。这是不是当年逃走了的人家呢?一群乌鸦就在空中盘旋成圆圈,领头的又从圆圈中飞出,像演练着太极图。舅舅叮咛:把干粮护好!烂头将装有馒头的布袋抱在怀里,以防被乌鸦叼去。乌鸦却并没有朝我们飞来,抽风似的骤然栖落在石子碾盘上,呱呱地叫,天渐渐黄昏了。

在山沟里行走是艰辛的,尤其对于我,都市中的马路走惯了脚步抬得低,但现在却因抬脚太低常常脚趾头就踢撞了路面上的石头,先是把左脚的大拇趾甲踢裂了,拿蓝蓝芽草用嘴嚼烂敷上包好,接着伤口处又踢撞了一回,疼得我抱了脚单腿蹦,哭不得也笑不得,咝咝紧吸冷气。烂头却是笑,还问:"吃什么了,吃什么好东西?"舅舅骂他一句,他弯下腰帮我揉脚,说:"城里人娇气,脚离心远着哩,死不了的!"疼是疼过去了,我浑身冒了一身虚汗,一点力气也没有了。舅舅用无可奈何的目光看我,只好招呼坐下来歇息。

烂头牵了富贵到沟岔的小溪边去洗澡,他嚷道要把黑富贵洗成个白富贵的,把富贵刚刚按倒在溪边的石头上了,向我提个问题:两个乌龟在溪边**哩,*

*完了，公乌龟爬起来走了，母乌龟还仰面朝天地睡在那里，你说母乌龟为什么还不起来？我说母乌龟在回味吧，他说不对，我说是不是还想来一次，他摇了摇头。没想这一摇头，他的头痛病犯了，双手一抱头，翠花就发现了，箭一般跑过去，用双爪为他梳头，疼痛显然是没有止住，脸色发白，额头上的血管蚯蚓一样暴起来，叫道："队长队长，你来给我砸砸！"

舅舅在他的背包里翻寻着芬必得药片，烂头吞下了两片，趴在溪边喝了一口水咽下，舅舅就用手背像剁肉丝一样嘣嘣嘣地来回敲打。舅舅的每次敲打，我都感觉到敲打在我的头上，我真担心敲着敲着那脑壳就敲裂了，可怜的烂头却还在催督：再重一点，再重一点，就这样，就这样！直到最后缓解了，脸色渐渐显出红来，烂头便向我挤挤眼，说："你真笨，母乌龟不起来是没人给它翻背嘛！"舅舅一把将他推倒了。

看样子，今天是很难翻过前边的黄花崾了，可翻不了黄花崾，夜里得睡在树林子用绳缚成的吊床上吗，馒头就三个，且刚才吃过了，饿着肚子只有待明日什么时候才可以有食物填充呢！我没有想到为十五只狼拍照的工作是这么的艰苦，但我不能有一丝埋怨和懈怠，因为舅舅和烂头都是在陪同我啊！暮色中，看崾坡上有一条细绳般的白花花的小路，一直从半坡凹处垂到了沟底，我想这细绳是从天上掉下来的吧，如果绳子的一半缚住我们，那么一甩，就把我们甩过黄花崾那边去了，或许，绳子能吊下来一只烧鸡，一筐馒头。果然，绳子上就有了烧鸡，我哦地一声锐叫起来，再看时，却是一个人，背着一个大的木桶往下走，腿是罗圈，一摇一晃地，随时会咕咕噜噜地滚下来似的。

"喂，喂！"我招喊了。

那人仰起头来看我，表情木木，看了一会儿，没有惊叫，却嘿嘿嘿地冲我傻笑。

"他有病？"我问烂头。

烂头说："你才有病哩，人家热火地招呼你哩！"

果然那人在说："到家里去吗？"

"家在坡凹里？"舅舅问。

那人点点头，看看我们脚上的鞋。

"家里有吃的吗？"

还是点了头,看我们脚上的鞋。我们三人除了舅舅是麻鞋,我和烂头都是皮鞋,并没有什么特别处。

　　山里人好客我是知道的,但我想不到这罗圈腿连我们是谁,来干什么都不问就往家里请,常听说一些逃犯身无分文竟长期藏在深山,可能就是这样藏下来的吧。我们随着罗圈腿在溪边盛了水往半坡去,上了一个弧形的梁,梁后的凹里竟然伏着一处房子,房子没有院墙,面前的场地却大,东边是一个禾草垛,西边有一盘石磨,而石砌的半圆形梯田一层一层顺凹势而下,犹如巨大的鱼鳞甲。我兴奋这风水好,罗圈腿又拿眼睛看我们的鞋,眼里闪着疑惑。

　　"请我们来的又不愿意让去你家了?"

　　"你们是没来过我家吧?"

　　"嗯?!"

　　"没来过就好!"罗圈腿说,"我是干一天活晚上就累死了,半夜里起来尿,炕下边总见有我的草鞋,我老婆的花鞋,还有一双黄胶鞋的,天明起来,却只有我的一双草鞋,我老婆的一双花鞋,我就……"

　　舅舅说:"你半夜里怕是看花眼了。"

　　"看花一次,不会三回四回都看花吧?"

　　我和烂头就咪咪笑,烂头小声说:"那是我的鞋嘛!"我赶忙就捂他的臭嘴,说:"你可瞧好,我们没一个穿黄胶鞋的。"罗圈腿就嘿嘿嘿地笑起来:"你们不是黄胶鞋。"

　　他领我们转过在三棵一凑的树上围搭起来的谷秆垛,我就看到了屋山墙下一个头发蓬乱如斗的女人坐在木墩子上,地势高,落日的晚霞还有一抹照着,她解着怀捉虱子。听见脚步声,头并不抬,尖声说:"老髎,老髎,尿桶里的尿要在屋里生蛆了,你咋地不倒?"罗圈腿说:"来客了!"女人方抬头看到了我们,说:"来客了?"捋起裤腿抓痒,腿又黑又粗,霞光里麸子片一样的东西在飞。罗圈腿说:"来客了,端一盘馍馍,调一碗酸菜,咱不是有猪油吗,煎一下啊!"女人说:"哪儿来的猪油?你还有本事弄来猪油?!"罗圈腿赶紧在屋前的檐簸上取下一小篮蓖麻籽,剥了那么十几粒,进屋去烧锅了。女人就看着烂头笑,让烂头坐在门槛上,将门栓上挂着的男人的烟袋给烂头吸,烂头不吸,女人又叫道:"老髎,老髎,咱那梳子呢?"罗圈腿便又拿了梳子给了她,抱一捆柴再进屋去了,女人就梳她的乱发，不住地唾着唾沫往头发上抹。我悄声地问烂头：她叫她的丈夫是老䑛，老䑛是什么？烂头说："你不知道䑛呀，精液么，骂人的，加个老字是年纪大的男人。"我说："哦，他男人不大嘛！"女人却听见了，说："他还不大？他比我大十五岁哩，他十五岁这么高了，"用手比画着烂头的肩，"我才一岁哩！"男人已经把馍馍端了出来，说："你，你……"女人说："我怎么啦，你还不算老吗，王生不死，我哪儿能到你的土炕上？"

这是一个刁婆子，我们就不多言了，随之煎好的浆水酸菜也端出来了，还端出来一只蒸全鸡，但是木刻的，敲着嘣嘣响。馍馍是黑面蒸的，特别大，上边印着手的纹路，烂头还说："掌柜有福么，指纹是斗状。"女人赶紧说："那是我的指纹哩，你瞧瞧，我十个手指都是斗纹，十个斗！"将手伸给烂头，烂头就把手接住，翻过来翻过去，捏捏搓搓。舅舅瞪了他一眼，他把女人手放下了，说："好手。"

我第一次知道什么叫饥不择食，吃下一个馍馍，又吃下一个馍馍，伸手再去抓第三个馍馍，女人突然手就伸进怀里，摸了摸，似乎摸出个什么来，放在手心看了看，罗圈腿立即踢了她一下，她看着我笑笑，手一丢，说："我还以为是个虱子哩！"烂头偏歪了头去，拿眼在地上盯，同时说："我还以为不是个虱子哩！"我立即恶心了，放下筷子，舅舅说了一句："出门了，口要粗哩！"就问起那女人："坡上只住了你一家，这里有狼吗？"

女人说："人身子生虱，山身子生狼，怎能没狼？"

罗圈腿赶忙纠正："没狼了，这些年哪儿见过狼的影？"

女人说："怎么没狼，没狼，是你把王生吃了吗?！"

罗圈腿说："好好，有狼，有狼。"

女人就得意了，一扑沓坐在了烂头的身边，也抓起一个馍馍来吃，一边吃一边说，刘妈那贼媒婆子，我就要骂她哩，是她哄我说没狼没狼，我才嫁到沟垴的王生家的。闹洞房的人逼着我和王生亲嘴，当那么多的人怎么亲嘴，就不亲！他们就把王生拉出去绑在门前枣树上让雪淋着冻，说我不亲嘴，看王生冻坏了我心疼不心疼？我只说一个大男人家的能冻成什么样儿，就是不应声，可他们偏不肯出去解开王生，只是闹腾我。我是不是黑？黑是黑，可我是黑牡丹哩，他们都这么说的，我也知道他们把王生拉出去了好来占我的便宜。趁机会，这个在我腰里摸一把，那个在我勾子上拧一下，还在我怀里揣。他们都是光棍，我真傻，心想他们没见过女人，揣就揣吧，直闹腾到下半夜，才记起王生还在门外哩，出去看时，王生就叫狼吃了。

"狼把新郎吃了?!"我叫道。

"可不就吃了。"女人说，"狼是怕光怕火的，那晚上家里灯火通明的，但狼偏就敢来了，来了把王生吃了。狼是先咬断了他的喉咙，就挖着吃他的肚子，大肠小肠流了一地，脚手是麻绳绑了的，脚手好好的。"罗圈腿过来给酸菜盆里加酸菜，故意站在女人的面前，说："不让你说王生，你还是说！他王生是猪变的，哪有一个男人长得白白胖胖……他原本就是狼的一道菜嘛。"

"你好好咒王生！"女人说，"你要不死，我天天就说我的王生，王生噢王生——！"

罗圈腿难堪地对我们笑笑。

"王生被狼吃的时候，他一定是叫喊了的，"女人还在说，"可屋里闹腾的声大，谁也没听见，狼有吃过小孩子的，可谁会想到一个大男人家也叫狼给吃了！"

罗圈腿用脚踢着女人，女人用脚也踢了男人，竟呜呜地哭，罗圈腿抱了她就要往屋里拉，她抱着木墩子不走，人和木墩子就被拉着一块儿往屋台阶下蹭，女人忽地抓住了烂头的腿，罗圈腿就不拉了，烂头说："我扶你回屋歇着吧。"女人竟站起来，被烂头搀进屋去。罗圈腿就继续招呼我和舅舅吃饭："吃吧吃吧，这里以前真的有狼哩，你们瞧瞧，这墙上画过的白灰圈，门前也挖过陷阱，我还有狼夹子哩，可现在好几年却没见过狼的影子。跟狼搅拌了几十年，习惯了，突然没了狼，我站在门前吸烟，还老想，怎么没了狼呢？"

女人在屋里说："你当然想哩，是狼送你了一个老婆嘛！"

不知什么时候，翠花是跑进了屋去的，它忽地跑出来，叼着的是女人的一只破鞋，说：妙，妙，妙！舅舅就喊道："烂头！烂头！"

烂头从屋里出来，怀里抱着六七个馍馍，说："我给咱要些干粮哩。"

吃罢了饭，天就黑了下来，一盏马灯点着了放在屋庭的柜盖上，罗圈腿要留我们过夜。屋庭里只有一面大土炕，留下来往哪儿睡呢？女人却说这么大的炕，十个八个都睡得下，就用炕刷子刷炕席，展被子，罗圈腿则拿了一根扁担放在炕中，说我们两口子睡在这边，你们三个睡那边。烂头说："我们都是学过习的，隔不隔无所谓!"舅舅却坚持要走。

我说："咱不住啦?"

舅舅说："这儿住不成!"出门就走。

烂头已经把行李卷放在了炕上,富贵却把行李卷叼出来,气得烂头把富贵踢了一脚。

"他们要走,走了去,你就住下来。"女人说。

"这我就不敢了。"

"他是谁,人咋怪怪的?"

"是我们队长!"烂头说。

女子噘了嘴,坐在炕上也不肯起来了。

是罗圈腿送我们上的路,他甚至将三根火绳点着,让我们一路上甩着,说是能防野物也能避鬼。他一直把我们送到了沟垴的崾梁上,指着那一处已经倒塌成一堵破墙的废庄基说,王生的家原先就在这儿的。月光下,捆绑过王生的枣树还在,我站在枣树下,想象着狼怎样在这里吃掉了王生,不禁毛骨悚然,身子摇晃了一下靠住了枣树,枣树唰唰唰地响,几颗去年的干瘪了的枣粒就掉下来。

罗圈腿却向旁边的一个磨台走去,磨台已塌了一半,磨扇还静静地在月下泛着冷光,烂头悄然地对我和舅舅说："那女人看着窝囊,其实长得不错哩……"舅舅说："满口的锥子也不错?"烂头说："那牙白呢!"舅舅说："你这德性,受不得美人计。"烂头就轻狂了："她给我上美人计?看我怎么个将计就计!"我说："烂头你口真粗!"罗圈腿却在磨道外蹴下来,我还以为他是去那里大便了,却见他从怀里掏出一个东西,然后捡了一块石头使劲砸了起来。我莫名奇妙,过去看时,磨台那边原来是一个坟丘,罗圈腿说,这是王生的坟,埋着王生的一颗头和脚手的,他是在王生的坟上钉桃木楔哩。

"我恨王生哩!"他说。

"你应该感谢他才对呀!"我说。

"他的鬼魂一定是附在我老婆身上的,你不知道,那婆娘这一年半了,嘴里只说着她的王生,晚上就是和我睡觉,她还是叫着王生,她叫一声,还要我应一声。"

"你把楔应该钉在狼身上。"我说,"王生的坟是修在狼肚里的。"

重新经过了枣树下,罗圈腿拿脚蹬了蹬,树上的干枣全落了,他捡了一把给我,自个将一颗塞在嘴里,舅舅却把我的手打了一下,枣子打飞了,他说:"有冤魂的果子吃不得的!"罗圈腿登时大惊失色,说枣子他已咽了。那么大的枣子,一到嘴里咕噜就咽了。

翻过了峁梁,再走了二十里的下坡路,到了一个叫刘家坝子的小镇上,天已经大亮。镇街是一条长巷,都是装板门面,粉刷着黑色,而露出一半在墙外的柱子一尽染着白灰,给人一种瘦而硬的感觉。有趣的是北边的街房一律往东倾斜,最东头的那户人家山墙被三根粗木顶抵着,南边的街房一律往西斜去,西头一家墙外是一棵大药树。小镇上以前肯定是发生过地震,我瞧着就想笑,若是偷偷搬掉那三根粗木,或伐倒了大药树,刘家坝子就稀里哗啦夷为平地了。但山民在悠然地生活着。一家铁匠铺里,穿着雨布做成围裙的一老一少锤起锤落,周身火花四溅,一边招呼着提了一吊腊肉匆匆跑过的妇女,一边对着街对面在屋檐瓦槽里掏雀蛋的孩子问:有没有?掏雀蛋的是三个孩子,一个踩着一个肩叠罗汉,上边的那个应声"有的",将带着麻点的一颗蛋丢过来。打铁的少年跑出来慢了一步,蛋跌在地上碎了,蛋里竟有了小小的雀崽。再掏,是颗空蛋壳,再掏,掏出一条蛇来!一个惊叫,三个孩子摔倒在了街路上。

我们打问了三户人家,三户人家都可以接客,烂头却一一要看过女主人。烂头的观点是对的,女主人干净利落了,家里肯定床铺整洁,饭菜爽口。最后选中的是街正中的一家,女主人却是个麻子。进了店,人累得腰都直不起来了,饭没吃抱着枕头便睡下,富贵和翠花却精神大,叫喊着在屋里跑出跑进。主人家的孩子在吃早饭时,屋梁上几只老鼠打架,一只掉下来正好砸在米汤碗里,米汤溅开烫了孩子的脸,碗也破碎了,孩子就将老鼠浇上煤油在街后的土场上点燃了,老鼠受痛拼命地跑,结果钻进场边的一个麦草垛,麦草垛就烧着了。街上人七手八脚将火扑灭,富贵和翠花也来回跑动,用身子滚着灭火,翠花竟把一根胡须也燎焦了。邻旁的一个青年瞧见翠花妩媚可爱,便生了邪意,用一条小鱼引诱了翠花到他家,富贵当然是要保护翠花的,也跟了要去那家,竟被青年踢出门外。富贵折身回来摇舅舅的床,我们实在是太乏了,扑救麦垛火灾那么大的声响竟全然不知，富贵摇床摇不醒，叼了臭鞋放在舅舅的鼻子上，舅舅才醒了。待我们去了那家，青年正开了门放翠花出来，烂头一把揪住了青年就打，问是不是想把翠花偷走或勒死吃肉呀？青年解释了半天，方是这里兴一种蛊术，即将猫尿撒在一块手帕上，再将手帕铺在蛇洞口引蛇出来。蛇是好色的，闻见猫尿味就排精，有着蛇精斑的手帕只要在女人面前晃晃，让其闻见味儿了，女人就犯迷惑，可以随意招呼她走。烂头一耳光抽了青年个趔趄，骂道："你狗日的比我还行嘛！"吓得青年撒腿逃跑，等我们离开了镇子也没敢再回家住。

觉是无法再睡下去，屋主开始要做饭给我们吃，烂头主张吃锅盔热豆腐，帮着屋主去忙活了，舅舅却闷不做声坐在条凳上从窗子里往外看，我问他怎么啦，他说没啥么，我跑上街买了一瓶白酒，他笑了一下，在两个杯子里倒了，推给我一杯，端那一杯自己要喝时手抖了抖，酒洒了一些在桌子上，舅舅低下头在桌子上吮咂了几下。

"这几天了还没见着狼哩。"他说。

"不打紧，"我说，"要是走到哪儿就见着，便不是只有十五只狼了！"

"我心里总慌慌的。"

他从脖子上掏出那块金香玉来。金香玉是有过拯救老道士生命的故事的，我说："你有什么感觉吗？"

舅舅说："我普查的时候在街后的塬下发现了7号狼的。"

我说："吃罢饭了，咱到塬上看看去。"

"用不着的，现在不在这里了。"舅舅说，"凡是有狼，我能感觉来的，那狼皮褥子就扎人了。我也说不清，一到这镇上心里就不舒服。你闻闻，这金香玉味儿是浓了吗？"

我闻了闻，奶油巧克力味很浓。

"这有些怪怪哩。"舅舅说。

我闻金香玉的时候，烂头正热腾腾地端了一箱才出锅的豆腐往堂屋的饭桌上放，瞧见了问那是什么稀罕物儿，舅舅却将金香玉塞进了胸前衣服里，偏不让看，烂头就说："一块石头片，有啥稀罕的，又不是珍珠玛瑙！书记，我可有一件宝贝呢！"放下了热豆腐，在怀里掏，掏出一个小瓶儿，瓶子里是一团红色的棉花套子。我说是什么药棉？烂头把我拉到后门外，悄声说："避邪的，是专门弄来的处女经血棉花套子。"我问哪儿弄的,他说战利品么,一脸的得意。我就说烂头你真脏!烂头却说你拉出来的屎还不都是从你嘴里吃进去的?并要我不要告诉舅舅,舅舅没真正见过女人,知道了会忌妒他的。舅舅在窗前喊:"烂头,你鬼鬼祟祟叽咕啥的?!"烂头就走进去,大声喊:"吃饭吃饭,掌柜的,把辣子醋快拿来,我们队长要饿死啦!"

锅盔是一种类似锅盖大小的硬饼,豆腐则是用刀在豆腐箱里直接切下一大块,划开小块子浇上辣子醋水儿,确实是可口。我吃了两碗,舅舅吃了三碗,烂头响声很大地吃了三碗,又去盛第四碗。

"你瞧他像猪不像猪!"舅舅笑着说。

这时候,门外的街上一溜带串地有人走过,男人们都是黑衣黑裤,在头上或腰上缠了很脏的宽布,脸上脖子上却皱纹纵横着黑红色的油肉,妇女们的衣服却十分鲜活,差不多大红大绿,且腰身窄狭,襟角翘起,像是牛皮影戏上的人物。我就拿了照相机出来拍照,才知道小镇此日逢集市,我们就决定逛逛集市再赶路也好。

我是从未经历过山区的集市的,四面八方山沟里的人都朝镇街上涌来,买者背着背笼,提着篮子和口袋,卖者扛着木,挑着柴火、黄花菜、木耳、猪羊鸡狗,不买不卖者多是妇女儿童,为的是小吃摊上的饸饹或煎饼,为的是人窝里的热闹,大呼小叫,抖俏逗能。小街是青石条铺成的一个慢坡,慢坡最高处是座石头桥,石桥的栏杆断了一半,再慢坡下去,街两边摆满了各类小货摊,大到粮食、蔬菜、农具、布料,小到油盐酱醋针头线脑,应有尽有。一摆一溜的凉粉摊、糊辣汤摊、面摊、炸豆腐摊,五花八门,面前或蹲或站了一层人,大声吆喝:辣子,辣子,辣子放汪啊!洗碗水涮锅水就地泼倒,一股污水就沿着桥面流下来,桥头慢坡的行人就踩了脚骂:流长江喽?!我们在集市上转悠,富贵不知从哪里叼了块骨头,龇牙咧嘴在那里咬嚼,我不住地叫:富贵,富贵!富贵说:汪!就是不肯近来。舅舅说:"狗是跑不丢的,猫却是谁给吃的跟谁走的,翠花呢?"我回头看看,翠花在烂头的怀里,烂头却在离我们很远的后边,一对眼珠咕咕噜噜四处乱瞅。他大声叫我书记,惹得行人都朝我看,我便也拿出很有派头的架势,说:"有事吗?"他跑近了,低声说:"叫你一声书记,你还真以为你就是书记!"我说:"书记做大了,秘书也就大了嘛!"他说:"没想这山圪地方女人都有水色哩。"我说不错。

他又说："真不该扇那小伙的耳光，若要一条手帕来，试试真会迷惑了人？"舅舅走过来，烂头就不说了，舅舅问我：想不想看看扁尾猪？什么是扁尾猪，我不知道，烂头就要我买一包烟给他，他可以告诉我。我真的买了烟，给他和舅舅每人一包，他说这问题简单得跟个一字一样，知道吗，狼是常常到村里来叼猪的，但并不是什么样的猪都叼，叼去的都是尾巴尖是扁形的猪。我问为什么扁尾猪是狼的一道菜，他答不上来了，"这些狼没给我解释过"，他说。下了桥那头的慢坡，往右一拐到了河滩，那里站着卧着上百头待市的猪，舅舅并没有询问谁家的猪是扁尾，只是讨猪的价钱，压压这一头猪的脊梁，揣揣那一头猪的肚子，提了一头猪的尾巴，才说：价钱太贵了，伙计，这是扁尾猪！卖主说："这不瞒你，是扁尾猪，可现在没有了狼啊！"我提着猪尾巴，果然是扁平的，以此看了十三头猪，竟有五头是尾巴尖又平又扁的。

"怎么会没有狼呢？"舅舅和烂头蹲在那里与卖主抽旱烟。"要是没有狼，政府也用不着颁布禁猎狼的条例了，等狼又来叼猪，打不能打，白白给狼交粮了？"

"已经没有了还禁什么猎？两三年了，刘家坝子还没听过哪一家的扁尾猪叫狼叼了的，现在坏人这么多，哪还会有狼？"

"变人了？你说说，哪个是狼变的？"

他们嘀嘀嘀地笑起来，卖主从嘴里拔出口水淋淋的旱烟袋递给了舅舅，舅舅把旱烟袋塞进自己的口里抽那么几口，又拔出来给烂头。我没有过去凑热闹，兀自拿了照相机为这些猪拍照，但相机出了毛病，摆弄了许久，可以照了，人群里一个男人背着一个男人匆匆而过，后边跟着一个手里攥着手帕的女人，女人抬头看见了我，立住脚啊地一叫。这是山梁那边罗圈腿的老婆。

"你也来赶集了？"我说。

"我哪有这闲福。你走吧，别让他哼哼！"她吆喝着背着男人的男人往前走，继续说："老贪嘴哩，吃了一颗枣，不吐核儿就咽了，你见过吃枣不吐核的人没有，你见过枣核竟那么大，两头尖得像锥子？屙的时候枣核堵住屙不下来，老拿手掏哩，掏不出来，勾子眼血流了一摊，来镇上给他看医生了！"

我又惊又好笑，想罗圈腿是在捆王生的枣树上吃的枣，那枣一定有王生的冤魂，才要问医生看得怎么样，女人却说："你一伙的那个瘦子呢？"她问的是烂头，我不愿告诉他烂头就在那不远处，哄了说烂头在桥那边面馆里吃饭哩，女人哦哦地应着，一摇一摆地往前走了。但这时候又一个女人过来问我的话。

"小哥哥，"她说，"那边蹴着吃烟的是不是姓傅？"

这女人其实已经在前边的拴牛桩前站了许久，一直朝着我们看的，她一头的黄发，用一件印花布包着，刚才我瞥了一眼还想：山区的女人也时兴把头发染色呢！抬起头来，看清了那黄发并不是染的，是从根到梢都黄，亮着光泽。我说："是姓傅，你认识他？"

女人说："真没想到，能碰上他，他是我的救命恩人！"

我立即喊舅舅快过来。

"恩人，恩人！"女人给舅舅跪下去，额头清晰地在地上磕响，舅舅莫名其妙，赶紧把她扶起来。"你，你是……"

"你不记得我了，我姓金！"

"哦，金长水的闺女，记得记得，长这么大了?!"

女人笑着的脸尴尬起来。

"你真的记不得我了，"女人说，"你救过我的命。"

"我救过你的命？"

"在月照山，你还没想起来吗，你瞧瞧我这指头。"

女人举起右手，右手的中指断了一半。但舅舅仍是一脸的疑惑。女人见舅舅还未觉悟，遗憾地摇了摇头，对舅舅说她会一辈子记住舅舅的救命之恩的，她一直为舅舅祈祷，愿舅舅这样的好人寿而永昌。舅舅有些不自在，开始把腰带解下来，有些热，但立即又系紧了。女人还是拿眼睛定定地盯着舅舅看，她伸出了手，捏去了粘在舅舅肩头上的一只小虫子。这当儿，有人在长声咳嗽，我抬头看见远处站着的烂头给我招手，我走过去。

烂头说："你好没眼色，站在那儿干啥？"

我立即也悔不及地打自己的头，却问："这女人是谁？"

"没见过，"烂头说，"漂亮得很么！"

我就偏移了身子，挡住了他的视线，问他跑到哪儿去了，刚才见到了王生的老婆，她今日可算是把脸洗干净了，还问到你的。烂头却说：哪个干生？我说昨日还谋算着住在人家屋里不走，今日就忘了。烂头说，我是猴子掰苞谷，掰一个撂一个，都记着累死我呀？歪了头又瞧舅舅，立即努嘴示意，我回头看看，舅舅和那黄发女人还在说话,黄发女人在怀里掏什么,但对襟衣的扣子是古式的布纽,一时解不开,终于掏出来了,是两个桃子,桃子大而红润。烂头说:"那不是桃子,是奶包。"我骂道:"谁你也作贼!"但蓦地想:这四月天里,哪里就会有了桃子呢?一时疑惑不已。女人把桃子要送给舅舅,舅舅却是不要,两个人推过来让过去,女人只好将桃子又塞进了怀里,就从人窝里走了。女人走远,舅舅还站在那里发愣,我和烂头过去说:"是不是我们在这里,你故意不肯与人家相认?"舅舅骂了一声:"扯淡!"

　　我们在饭店里吃饭,商量着今天下午往北边的塬上去还是明日去南三十里的高坝坊。舅舅说高坝坊在明清时是有名的金矿区,现在是废了,留下了无数的矿洞,矿洞都曾是狼居住过的。他这么说着,突然就击掌叫道:"想起来了,想起来了!"我和烂头倒吓了一跳。

　　"还记得上午见到的那女人吗?"舅舅说,"她是一头金黄头发吧?"

　　"是一头黄毛。"

　　"你在哪儿见过这么黄的头发?"

　　"电视中的外国人。"

　　"那是只金丝猴?!"舅舅说,"肯定是金丝猴!"

　　"她是金丝猴?!"

　　"是金丝猴。"舅舅说,那一年他是和成义在月照山打猎,遇见了一只狼,狼和他们在梢林里兜圈子,狼的智力绝对不比人差,周旋得他们都快要神经了。成义这时候发现了目标,连放了数枪,过去看时,打得趴在地上的却不是狼,是一只金丝猴。这只金丝猴的前爪被打断了一根趾头。成义把它抓起来,金丝猴大声尖叫,成义怕让人知道,用绳子扎了它的嘴,脱下衣服包住。金丝猴是不能捕杀的,他请求成义赶快放了,但成义偏不,说金丝猴的皮值大钱,南方有人来收购的。他拗不过成义,成义把金丝猴带回到镇上,就把金丝猴缚了四肢藏在村外的一个破窑里,去和收购金丝猴皮的南方商贩联系,他就去报告了派出所。他的原意是能抢救金丝猴就是了,可派出所的人去了破窑,并没有见到金丝猴,却正碰上成义在强暴一个女人,女人在竭力反抗,而成义则撕烂了人家的衣服,将人家的乳头咬破,下身也抠出了血来。派出所的人来后,那妇女哭着逃走了,但成义承认他是抓住了一只金丝猴藏在破窑里,却发誓他没有倒卖金丝猴,他来破窑里取金丝猴时，金丝猴不见了，偏偏有那个女人在这里。这是他思想败坏，起了歹念。派出所很快抓到了南方来的商贩，并搜到许多金丝猴皮和蟒皮，也交代了曾经要和成义做一回金丝猴买卖的事，商贩和成义便一块被逮捕了。

"这金丝猴在这儿碰着我，它来感谢我了，它竟然还能记得我！"

"舅舅不是在说梦话吧？"

"咋的？"

"你救的是金丝猴，可来感谢你的是一个女人！"

"没脑子！"舅舅噎了我一句，"金丝猴成精了，成义强暴的也肯定就是它。"

"还真有这等事？！"

"这有啥诈唬的？"

"这么说，什么都可以幻变成人的，那个卖猪的人说狼都上世成人了，也不是一句戏谑话！"

"菩萨都有三十六相哩！"

烂头却叫苦他的艳遇里会不会也有着一些并不是真人的，我疑惑昨日在王生家，舅舅坚决不让住在那儿，又说过王生老婆的长牙，是不是舅舅感觉到那老婆也不是正经的人了？这次进商州，给我留下深刻印象的事情太多，但令我思维发生改变的莫过于野兽是可以以人的面目出现。过去读书，书上说神常常以人的形状在大街上、商店里，或普普通通的饭馆内出现，说不定你身边的就是神仙或者妖魔，我总以为这是比喻和文学家们的艺术之语，原来深山里的山民也一直是这么认为的，乍看得那么平常自然，而现在我是真真切切地目睹了。我突然有了一种浪漫之想，舅舅和那个金发女人的奇遇既然有着如此美丽的故事，何不再了解清楚，写出一部小说或一出戏剧呢？我和烂头耳语起来，相信那个金发女人没有走远，还在刘家坝子里，就决定出去寻找，但舅舅却抬起头来说，他得到北边三十五里外的丹凤县城去一趟。

"你们同我一块儿去不？"他说，"坝子里有蹦蹦车，一会儿就到了。"

说的是关于寻找狼的故事，但真正要寻找的狼迟迟没有出现，而舅舅却又要到丹凤县城去，作为故事中的我多少产生了怀疑：能寻找到狼吗？舅舅普查到的十五只狼数目是准确的吗？他这次出来是真心协助我呢还是仅仅为了心理的慰藉？他豪爽刚烈的性格渐渐在我心目中变得阴冷、古怪，难以捉摸。但舅舅毕竟是舅舅，毕竟是领导着我们的队长，我不能违拗他，烂头也肚里不满嘴上不说，我们坐上了一辆三轮摩托改造成的运货车，他的头痛病就发作起来，哼哼唧唧，随着货车剧烈地颠簸，脑袋在车厢上一磕一碰，后来就头抵着厢角，令我想起了生产着的大熊猫。州城离我们是越来越远了，黄专家是继续在医院里接受治疗呢还是送进了疯人院？施德主任会改行吗，改行又能改到什么单位去？运货车开得飞快，路面的土坑又一个接一个，车就像跳舞，我的思绪便不停被打断，在悬崖峭壁上开凿出的路面拐弯处几乎都是硬折成的，有几次险些和对面开来的车辆相撞，我紧张得抓住厢栏蹲着，叮咛道：师傅，开慢点！司机叼着烟卷儿说这还快呀？你不就是带了个照相机嘛！一进了县城，车停下来，我的痔疮就犯了。我是上下都有毛病的人，口腔溃疡还没完全好，现在痔疮一犯，感觉大肠头子掉了下来，只好走路匡起腿，且不住要靠边用手托托屁股。而富贵也成心恶心我，我靠在墙上一托屁股，它就乍起后腿，露出那一节不洁之物将尿撒到墙上去。

县城有纵纵横横的几条瓦房街，顺着一座山坡直漫延到河边，舅舅一直黑着脸，他在前边走，我们在后边跟着，也不知道他这要去干什么？街上似乎有许多人认识他，他一和人打招呼脸上才活泛开来。

"舅舅好人缘！"我说了一句。

"当然喽，捕狼队的嘛！"烂头说。

"可没人招呼你？"

烂头说，十年前他在青阳山的小煤窑里下井当煤黑子哩。那时候，一股狼偷袭过丹凤县城，城东关的十八碌碡桥上一连咬死咬伤三个上夜班的人，弄得满城人心惶惶，县政府就请来了捕狼队，三天三夜潜伏在桥头等候狼的出没。果然在那里打死了两只老狼，又查寻狼蹄印，在县城北十五里的青阳山寻着了狼窝，一举打死了另外两只大狼和三只幼狼。原本那里是一个狼的家族，四只狼分别是两只公狼两只母狼，母狼生了幼狼，两只公狼为了获得妻子的食物来叼人叼猪的。从青阳山下到镭城有一条简易公路，拉煤车从那里经过，两只公狼常常在山崖上等候车辆，车辆经过时从崖头上跳下去藏在车上，到十八碌碡桥头再跳下来。捕狼队就是潜伏在桥头发现了狼的来龙去脉的。消灭了狼，县上召开了庆功会，捕狼队的人都披红戴花，每人奖励了千元。烂头就是那一次寻着了舅舅，死缠硬磨参加了捕狼队的。

"噢，"我说，"舅舅之所以要到这里来，是要重温英雄的光荣啊！"

"扯淡！"舅舅回头骂了一句。

"傅队长，傅队长！是县政府又把你请来的吗？"被舅舅骂了一句，我脸上有些挂不住，靠了一根电线杆托了一下屁股，从对面小巷走出三个人高声叫喊舅舅。他们的声音颤颤的，似乎有些口吃。

舅舅站在那里，阳光照在脸上，眉毛皱了倒八字形。

"你说什么？"

"县政府没有请你？"

"我是省里州里的领导啦？！"

"是省里州里的领导，他们只有挨训的分了！"那些人说，"你不知道啊，县东十八里地的黄家堡出了杀人狂啦，你听听，叫尤文，多雅的名字，可他杀了四十八个半人，在他家后院刨出了四十八具尸体，还有一条人腿！杀了这么多人，你以为他是人高马大一脸横肉吧，不，个头才一米五八，老婆还是个瘫子，但他就是杀了四十八个半的人！杀人总得有个杀人动机呀，比如图财图色或者有冤有仇，全不是，这就怪了，我们还以为县政府请了你来，看尤文是不是狼变的？"

"你说天话！"舅舅说。

"这么大的事，我敢造谣？"那人说，"你到黄家堡去看么，尸体摆了一大片，警察围着，上面还搭了帐篷，说是别让外国的卫星拍去了照片丢咱的人哩。你去看看么，尤文不是狼变的怎么就杀那么多人？或许你一见他，他就显狼身了。"

"他就是个狼，我又能怎么着？"舅舅说。

"你是捕狼队队长啊！"

"捕狼队早解散了。"

"你不是还这一身的打扮？！"

舅舅的脸陡然涨红，他明显的不自在，转身在一家杂货店摊上翻看着一堆瓷器，问了一下价，就兀自往前去了。我和烂头紧追不舍，拐了几道弯，一边是高墙一边是菜畦地，远远的有一个黑漆漆的铁门，门上有岗楼和铁丝网，站着带枪的武警。我看到了那一个牌子，上面写着"丹凤县监狱"。

"咱怎么到这儿来了?"我站住了不动。

"来看看成义。"舅舅说。

舅舅到丹凤县城来,原来是为了探望在押的成义,是那个金发女人勾起了他对另一个猎人的怀念还是内疚呢?我和烂头交换着眼色,默默地看着他向武警说明着什么,武警似乎并不同意,他掏出了证件,又解了上衣让武警看他的伤疤,最后算是通融了,他跑过来,征询着烂头和我:愿不愿意一块儿进去?烂头拒绝了,他说他头痛,而且他负责拿枪和管着富贵和翠花,监狱是不允许带这些东西进去的。"我也不去,"我说,"我不认识那个成义,我得去买痔疮膏了。"舅舅勾头想了一结儿,转身往监狱门口走去,等我们差不多走过那畦菜地头了,他哼哼哧哧地跑了来,对我说:"你能不能借我一百元钱?"

"钱?"我说。

"我给他捎条烟吧,他是个烟鬼。"

我掏了一百元钱给他,"你们在巷口那家饭馆等着我,我不会待久的。"他说。

我和烂头坐在饭馆里要了两碗面汤来喝,烂头说:"我倒没啥,你一个省城人了,坐在饭馆里只喝面汤,你瞧老板连桌子都不愿给咱擦!"我说:"等队长来了一块儿吃吧。"烂头说:"我口里寡得很,咱是不是先来一碟蝎子?"蝎子,我吓了一跳,"你就是敢吃,哪儿来的蝎子?"烂头努了嘴往窗外,巷对面的一间门面真的写着"刘家蝎子宴"。烂头就出去了,很快端了碟活蝎,叫嚷着说是酒泡了的,捏出一只提在手里,拿牙轻轻咬掉了蝎尾尖,然后丢进口里嚼起来。我胆小,不敢动。"你不吃?"他说,"香得很的!"我说:"我原本以素食为主,今日看着你这么个凶残劲,往后我是彻底不动荤了!"于是,我们以吃荤吃素是凶残还是善良发生了争论,我没有想到烂头为了证明他吃活蝎的正确,竟给我算账:正是有吃活蝎的,才有人去捉蝎子,养蝎子,有人开饭店卖蝎子,这使多少人有事干,有钱挣,有饭吃呢?"我虽没在这个县上猎过狼,但我吃这碟蝎子也是对丹凤县的经济发展做了贡献的!"他拿筷子在碟子里捣,一只蝎子醉醺醺地爬出了碟子,他夹起来又丢在嘴里,嚼了嚼,将一张空皮一样的蝎渣丸拿舌头顶出嘴边,说了一声"嚼不烂么",喝一口面汤冲咽下去。我赌气不和他坐一张桌子。而坐到邻桌,邻桌上的两个人谈论的仍是尤文杀人的事。当街上的人给舅舅说那个杀人狂,我以为在说诓话,而饭桌上又有人说起了杀人狂,才确认了真有这等事,忙问到底是怎么个情况，两个人争着叙说，好像都要过口瘾似的。原来黄家堡的尤文因为个头小，又家贫如洗，三十岁上才讨了个瘫子老婆，矬子和瘫子成一对，当农民也不会是能过好日子的农民，加上他们家在村外是个独庄子，平日狗大个人也不去他们家的。这样，他们就有杀人的机会了。他们杀人从不用刀，每每有人从门前过，尤文说：乡党，进屋喝口水么！来人进来了，坐下来喝水，尤文从门后拿一把斧头，不用斧刃，用斧背，就在来人的后脑勺上一敲，来人就倒地死了。然后夫妻俩剥死者衣服，上衣裤子鞋袜全脱下来，用裤带一捆放在楼板上，尸体就靠在后院柴火棚里，等杀够五人了，在后院的土坑里摆好，盖一层土，再杀五个人了，再放进去盖一层土。案子的破获是一个去纸厂卖麦草的人被尤文杀了，发现了死者的口袋里有一张纸厂欠款白条子，纸厂常以白条子欠款，需一月后方兑现，而尤文后来竟拿了白条子去兑现了八十七元钱。死者的家人一直找不着死者，曾去纸厂询问，证实来卖过麦草又有另外模样的人来兑过现金。一日尤文去镇上赶集，恰碰上死者家属和纸厂的人，认出了他，便把他扭到了派出所，以为他是小偷，偷了死者的白条子，并追问在哪儿偷的，想查出死者的下落。尤文当然说不出来，派出所的人就去他家搜查还有什么被偷过的东西，一查查出了柴火棚里的死人，死人是三个，这事就大了，县公安局便来了人审问，一问将一桩惊天大案问出来了。尤文总共杀了四十八个半的人，那半个只有一条腿没有身子，尤文也说不清，把院子刨了个底朝天，仍是寻不到那身子。杀了四十八个半的人，所得钱财一共是一百八十三元五角二分，尤文是记着账的，死者没一个在生前被尤文强暴过，也没一个是死后奸尸，死者又都是从不认识的人，杀人的动机难以定下，尤文说：国家干部我不杀，年轻力壮的我不杀，杀的都是老弱病残和痴呆人，我是帮政府优化人口哩！说到这儿，那两个人嚯嚯地笑了，我也笑了一下，没有笑出声来。烂头听见我们说话，也坐过来听，骂道：这狗东西，杀人还有原则！就问我去不去黄家堡现场看看，这可是个大新闻。那两个人说要写文章使不得的，现场封锁着，上边有指示，拒绝任何记者去采访哩。烂头"噢"了一声，又回坐到他的桌边吃活蝎了，我却走到店门口，望着街上忙忙人发呆。

"喂，"烂头说，"你发什么呆？杀人狂专门杀痴呆人的，你好好发呆！"

"他杀病残的人呢，怎么就没遇上你这害头痛的！"我打击着他，说舅舅怎么还不回来，便起身要去监狱门口接，烂头还说："你没口福，你给队长说我给他留些着的。"

在监狱门口，舅舅抱着头蹲在那里吸烟，他竟然还没有进去，因为我们走后，州城监狱的一位领导正好来检查工作，所以停止了对犯人的探视。我们待了一会儿，一群人从大门里走出去了，舅舅被召唤着可以探视了，舅舅就让我陪着他。几分钟后，我们在一间平房里，隔着铁栅栏，见到了成义。

成义是一个胖子，胖得难以让人置信他曾经是一个猎人，他光着头，左脸上有一个大的发红的疤，阴着目光看着舅舅，说："我知道你会来的。"

"我来看看你。"

"你怕是为你来看我的吧。"

"……你家里我每月去一次的，你老婆和孩子还都好……你好吗？"

"……"

"你不要操心外边的事。"

"……"

"我前几天去德顺那儿了，大家都念叨着你，盼你能早日出来。"

"……"

"成义，成义，你怎么不说话，你还恨我吗？"

成义突然吼叫了一声："我恨狼哩！我怎么就没让狼吃了，让狼把骨头咬得碎碎的屙上一泡屎！"

"狼挖脸，你声往低点！"站在旁边的看守训斥道。

"你们叫他狼挖脸？"舅舅站起来生气了，"那是他的绰号，只有原先捕狼队的人叫，他是犯了法，但他还是人，你们应该叫他成义，吴成义！"

"是他让我们这么叫的，"看守说，"他说他不喜欢成义这个名字，他就叫狼挖脸。"

我们都看着成义，他没有反应，把目光斜着不对视舅舅。舅舅把烟从铁栅栏缝里塞了进去，成义依然纹丝不动。

"成义！"

"我叫狼挖脸！"

"狼挖脸兄弟，"舅舅咽了一口唾沫，说，"现在政府颁布了条例，咱们捕狼队解散了。"

"是吗？"成义哼了一下，"制定条例你是有功么，还普查了狼，挖我脸的那只狼你也见着了？"

"是谁告诉你的？"

"王伟来过了，捕狼队解散了好么，他们都失业了，只剩下你一个猎人了么！"

"我不是猎人，不能猎狼了我算什么猎人？"

"你不是还穿着这身行头吗？"成义说，"你打了一辈子狼，你又保护起了狼，你当然不是猎人了，你还配什么猎人呢？你来看我什么，我不是被人出卖的那个成义，我是狼挖脸，被人保护的狼挖过脸的犯人！"

"……"

"你不要再来看我，再来看我我也不肯见你了！"

"……"

"你也不要去我家！"

那条烟被从铁栅栏缝里塞了出来，成义站起来要离开了，舅舅的眼泪哗哗地流下来。

我实在看不下去了，就训责着成义不该这样对待我的舅舅，我说你捕杀贩卖金丝猴犯了国法，舅舅告发你有什么错，政府颁布保护狼的条例是为了保护生态环境，舅舅理所当然做普查工作，那是有功的！他今日念朋友之情来看望你，你如此损他，狼挖了你的脸，难道你就这样挖他的心吗？成义却没有理睬我，他转过身盯着舅舅："那我要谢谢你了?!你要我给你说话，那我就说给你一个故事吧。这是狱中那个杀人犯告诉我的。说是有一个英雄，他自以为是英雄，他确实也是一个英雄，来到一个村子，村子里的人诉苦说山上有个白虎常来伤害他们。英雄未听完就上山杀虎了，他和虎搏斗了一天一夜，自己被白虎抓得浑身是血，但还是把白虎杀死了。他回到了村子，村人设宴款待他，他问村人：现在还有什么事让我帮忙吗？村人说，山上的白虎没有了，潭里有一条青龙也是常常兴风作浪，天旱时它吸干了潭水不能让他们浇田灌溉，天涝的时候它又吸了潭水喷吐在农田里，能不能帮他们除了青龙？英雄就去了潭里，与青龙格杀了三天三夜，险些被青龙吃掉，最后还是提着龙头回到村中。村人欢呼他，又是设宴庆功，他喝下一壶酒，得意地说：是英雄就要为民除害，你们还有什么事可以让我去干吗？村人说：没有了白虎青龙，但还有一个害，如果这个害除了，天下真的就太平了。英雄问：是谁？村人说：是你。英雄吃了一惊：是我，怎么能是我？但他低下头，不再言语了，站起来要离开，刚刚站起来却扑倒在地就死了。因为他喝下的酒里，村人早放下了毒药。"

成义说完这个故事，转身离开了会见室，会见室里只留下了我和舅舅，舅舅一动不动地呆坐了五分钟。

从监狱出来，舅舅不愿意在丹凤县城再待了，甚至恨恨地说再也不会到这个县城来了。舅舅有舅舅的心酸事，但他未免太专横，全然不顾及我和烂头。离开县城，他又不愿从原路退回，竟领着我们顺着监狱的高大院墙绕过去到了城外河边，偶有人过来，还低了头匆匆走过。河岸上除了远处有几个妇女在石头上搓洗衣服外，并没有往来闲人，捶打衣服的棒槌落下去又起在半空中，才咚地响一声。柳树上蝉鸣一片，而岸边的水田里蛙声也此起彼伏，翠花就不时站在水田埂上往水里瞅，几次为鱼扑下去，鱼没抓到，弄得浑身淋淋的水。舅舅显得很烦躁，用石头甩到柳树上，也甩到水田里，石头一甩蝉蛙就寂静了，过一会儿鸣声又起，连甩了三个石子，后来就拿脚踢翠花。烂头也生气了，说："队长你是烦翠花哩还是烦我？！"舅舅说："烦你哩，咋啦？！"烂头说："你要是皇帝，你就是皇帝中的秦嬴政；你要是个和尚，你就是和尚中的玄奘；你心血来潮了说到丹凤县城，我和书记就跟着你到丹凤县城，你说要离开丹凤县城，我和书记就跟着你离开丹凤县城，可你知道不知道我正头痛着，你去监狱后我吃了三片芬必得！可你总不能还给我念紧箍咒呀？"他俩一吵，我就赶忙打圆场，说："咦，你把你说成是孙悟空了？！"没想烂头却说："当不了个孙悟空，还算个猪八戒吧，你把我不当人了，我可以回高老庄去，可书记是你外甥，他更是省城来的干部，交裆里大肠头子都累出来了！"舅舅说："你回你的高老庄么，是我稀罕了你，请了你来的？你回去吧，你滚！"唾了一口，又说了一声："滚！"

烂头真的扭头就走。河岸往西一条石条路，路不远处是沿着塄坎修筑的屋舍，屋舍门前是城最南头的小街，屋舍与屋舍之间有石台阶分隔着，因为房子都是吊脚小楼，长长的木柱就一根一根撑立在塄坎下，厕所当然也在楼上，粪池却在坎下，有人家正大便，秽物掉下来。我叫着烂头："你往哪里去，去吃屎呀？！"烂头已到了一家楼下,楼上的揭窗打开着,一个浓妆的女人向他招手:"船哥,船哥,上来喝喝茶,好耍哩么!"烂头竟从石台阶上走上去了。

"烂头,烂头!"我急忙叫他。

"甭叫他,让他去吧!"

河面上咿呀地撑过来一只船,船夫要上岸来去城中买酒的,舅舅和船夫嘀咕了几句,气呼呼地兀自就坐到了船上。我赶紧去把船夫拦住,问这要把船撑到哪儿去,船夫说:"下商南县啊。"我让他歇着,应称着我去买酒,就跑向吊脚楼那边,也从石台阶上去到了街上,买了一瓶酒,还有一只烧鸡,待找烂头,却不知在哪家茶馆里。粗声喊了一通,烂头应了声,边系着衣扣边站在旁边的发廊门口。我拉了他从石台阶往下走,身后女人在说:"船哥,船哥!"烂头说:"钱在床头上撂着的!"我说:"这么快就上床啦?""我让她给我捏捏。"烂头说,"他妈的,走到哪儿都走不出四川妹子!"我看见他的衣领上有一小圈红,说:"快把那口红擦了,省得队长再骂你!他是队长,年纪又比你大,刚才见了成义,心里不好受,你就不会让着点,何况都是一个捕狼队里过来的。你是屁也嘣不得?你往哪儿去,说走就走了?!"烂头说:"他让我滚么!"从地上抓了土在衣领上抹,还问我看得见看不见,自己也忍不住笑了,说:"我能滚到哪去,吓唬吓唬他哩!"

和船夫都上了船,舅舅还坐在船舱里呼哧呼哧出粗气,我说:"队长!"他阴着脸说:"叫舅舅!""舅舅,"我说,"你别生气,烂头确实是犯头痛了,头一痛就说昏话了。"舅舅说:"让他走么,吊脚楼上还少一个嫖客哩!"船启动了,河面宽阔,船夫也放任着船去漂流,抱了桨坐在那里,舅舅却招呼船夫来喝几口。烂头便嬉皮笑脸地说:"只要你让我滚,我就去坠河呀,看你心疼不心疼!"舅舅也不看他,他又对着富贵说:"队长才舍不下我哩,没了我谁给他站岗放哨呀,谁给他拉马拽蹬呀,谁给他当恶水罐子出气筒呀?!"舅舅说:"子明,把这酒拿过去占住那×嘴,屁话把人熏死了!"我笑着把酒递给烂头,烂头不喝,一下子倒在船头一堆劈柴上喊叫起翠花给他梳头,他的头痛又犯了。

我当然不敢喝酒的,钻到舱里解了裤子换卫生纸,痔疮已磨出血,染了一裤裆,换上一件新的,脏裤头就提出来丢到水里。烂头说:"书记来月经喽!"我骂他头痛得不厉害了就闭上眼睛睡一会儿吧,再钻进船去一个人坐了。舅舅和烂头的矛盾解除了,但我也担心舅舅这样下去,为十五只狼拍完照片,不知需要多少时间啊，就从背包里取了扑克自己摆牌算卦。舅舅和船夫还坐在船头喝酒，船行得晃晃悠悠，酒也喝得消消停停。我差不多是躺在那里要睡着了，舱窗外的天黑下来，山峰似乎很高，月亮在峰的背后一会儿出来一会儿隐去，河面上白花花的。

不知什么时候，听见一阵响动，是烂头在说：书记，书记，你往里一点儿，让队长躺下。我坐起来，舅舅醉得一摊泥似的，我把他放平在竹席上，船夫还拿了一块砖垫在他脖子下，说："没彩，才喝了多少酒，就撂倒了！"烂头说："他酒量大哩，自个儿喝半斤还能一枪打下天上飞着的麻雀哩，今日怎么就不行了？"船夫说："那么好的枪法，是猎人？"烂头说："当然是猎人，你知道傅山不？"船夫说："哪个傅山？捕狼队的傅队长？你说他是傅队长？他怎么会是傅队长，傅队长上了我的船？！"我挨着舅舅的身边躺下去，又睡着了。第二天天亮，睁眼看看，舅舅又是坐在船头和船夫喝开酒了。我有些气恼：昨晚喝醉了，醒来又喝，要是又喝醉了，今日寻狼的事就得再泡汤！舅舅却锐声在喊我："子明，子明！"我没有回答。

"烂头，子明还睡着吗？你听听，有狼叫哩！"

我一下子从舱里跑出来，问："狼在哪儿？"

"我听见叫了两声。"舅舅说。

"这里是有狼的，"船夫说，"夜里行船，常常有狼就坐在岸头树根下，一动不动，你以为是块石头哩，撑船的篙往那里一点，它才起身走了。也有过狼抱根木头从河那边游过来，在岸上的柳树杈上跳，就有一只狼跳上去把头挂在树杈上吊死了，但还有狼往上跳，挂不上去，抱了木头又从河这边游了过去，像是来寻自杀的。"

"狼也自杀？"我惊奇地问。

"人会干啥，动物也会干啥。"说，"我们老家门前的那条河上，去年秋天鱼自杀了上百条，都是从水里往沙滩上蹦，沙滩上白花花一片。你听听那两只鸟儿在说啥哩？"

岸边的树上果然有两只鸟彼此长长短短地叫，我不知道它们在为什么欢乐着，烂头说，鸟儿一个对一个说：瞧呀，那个没长胡子的男子是烂勾子啊！

我气得不再理他，侧耳又听了听，依然没有听到狼叫，问船夫近日还见过狼自杀吗？船夫说，有足足一年的光景了吧，倒没见过狼自杀，甚至连狼影儿也没见过了，没想队长一来狼也来了！

烂头说："啥，这是怎么话，队长把狼引来啦?!"

我没有听到狼的叫声，更不见狼的身影，举目四望，清凉的河面上没风没浪，北岸的山峰阴影铺了半河，南岸是稀稀落落的芦苇和水蒿，雾气像烟一样生起，正贴着水皮子弥漫过来。但是，我相信舅舅的话是真的，狼是该出现了，今夜里它们没有蹲在岸头像块石头无聊地坐着，也没有抱了木头游过来往树杈上跳着要把脑袋挂上去自杀，却一定在两岸的什么地方，我们没能看见它们，它们却能看见我们的，我们的一举一动全在它们的眼里。我取出了相机，说："怕是狼也想队长了！"

本来的一句玩笑话，舅舅却生气了，他红着眼睛，"你说什么，你这是什么意思，我是不配做猎人的？"他一下子把身上的兽皮马甲扯下来丢进河里，也撕了裹腿和腰带，甚至把那杆枪在船帮上狠劲磕打。烂头赶忙把他抱住，说："队长你这是喝多了！"夺下了枪，又弯腰在水面上捞马甲和裹腿腰带，马甲裹腿抓住了，腰带却顺水极快地漂走了。舅舅赌气进了舱里，还在粗声说："成义他唾在我脸上我也认了，你凭什么说我？"我有些傻眼，同时强烈感受到舅舅的暴躁中那一份几十年人生追求的缺憾所导致的不平衡和不甘心，他还要与什么来抗争呢？难道他能不知道狼是不能捕杀了，而他仅仅是陪伴了我来为狼拍照的吗，难道我竟能成了舅舅的狼?！烂头说："这回得你去赔个情了。"

我回到舱里，我说："你别误解了我的话，舅舅，我是说，狼也一定是知道颁布了保护它们的条例。狼是在你和你的捕狼队的猎杀中长大的，一旦不猎杀了，它们才那么去树杈上要自杀的，才在你到来时大声嚎叫……"

舅舅没有说话，但他似乎原谅了我，喃喃道："狼也没对手了。狼也没对手了？"

是的，狼没对手了，舅舅也没对手了。可是，舅舅，你总不能把村人当作你新的抗争的对手，把你的旧时队友当作新的抗争对手，也不能把我认为抗争对手，更不能你把你自己当作了对手啊！但这话我没敢说出口。

狼的面目终究没有出现，舅舅没让船夫停下船，船极快地向下漂流，糟糕的事情偏又发生了。我是怕痔疮一时好不了，在给船夫买酒时也买了"舒而美"的卫生巾，才要取出来换用时，交裆里却一阵奇痒，抓了几下，越抓越痒，而且周身也痒开来，舅舅掀了衣服看了看那一片片的红疙瘩，说你这城里人长的是什么身子，这般不中用，又中上了漆毒。烂头就在船头的劈柴堆里翻寻，果然抽出了几块漆木，就拍了手说："娇气娇气，我在柴堆上睡了一夜都没事，你坐了一会儿倒成这样？"随之从舱里弄来一抱麦草点着让我脱了裤子从麦草火上跨过来跨过去。我不肯信他的，以为他在恶作剧，舅舅也一本正经地说：你按他的来，口里说着你是七我是八，漆毒就退了。我那么可笑地脱了裤子，一边跨火跳跃，一边说："你是七，我是八，我不怕你！"然后坐下来痒得想哭，又觉得好笑，哭笑不得。

害着痔疮，又中了漆毒，舅舅就不执意直接到商南县去了，船在一片桦树林子边靠岸了。现在轮到了舅舅扛负所有的行李，烂头则将我背起来往远远的一处镇子上走。天已经大亮了，而且很快就出了太阳，天地一派清明。沿着河滩地的小路上去，爬一个大的缓坡，转过山崭弯儿，有公路就弯弯曲曲在那儿，路边分别有一里半里相隔的小店，门前悬挂着无数的红灯笼。烂头小声说："瞧见没，凡是远离村镇而挂红灯笼的，店里都有那个！"我说："哪个？"他笑笑地不说话了。后来他把我放在路边，自己先跑去了，过会又跑来，说店里能住能吃，是住呀还是吃呀？舅舅的意见是要住得住在镇上，吃的是些啥吃货？烂头说："啥都有，偏偏没有消毒餐巾纸，可有好东西哩，书记你吃不吃？"我说什么好东西，在商州山里能有什么好吃的呢？烂头说："正因为山里没大菜，这店里才变着法儿出彩呢，头明搭早的已经有了两桌人了！"起身要走时，富贵从后边碎步跑过来，它是叼着狼皮卷儿的，把狼皮卷儿一放下，就汪汪地叫，我看见了狼皮上的毛竖起来了。舅舅登时怔住，扭头环顾，指着近旁的一个土台子说："那里是卧过狼的，你闻闻这骚臭味！"富贵遂也附和着，汪汪地叫。

舅舅的话说得邪乎，即使最厉害的猎人，也不至于在狼待过的地方就能闻出狼味？烂头也就立定了脚，皱着鼻子，说了句"我有鼻炎"，跑到土台子上去，果然捡到一撮狼毛。舅舅催着烂头去店里，我托着屁股上到土台上拍照，土台子正远远地对着那家饭店，甚至能看见店的后院，倒奇怪离店这么近的，狼竟敢卧在这里，它卧在这里要干什么？待我进了店，店里有五张桌子，两桌上坐了人，模样像是过往的司机，吃着蒸馍和炒牛肉片儿，并没什么特别的。一个三角眼的人是店主吧，稔腰畅亮地说："来喽！上坐——，来一盘炒牛舌！"一个小伙计就提了明晃晃的刀往后院去。我说："还有什么菜，难道就只有牛肉?"店主说："先生是第一回来吧? 牛肉是牛肉，可这天下也就咱这一家。"我说："你家牛肉难道不是牛身上的肉?!"店主说："说得好，它正是牛身上的肉!"话未落，后院传来一阵牛的嚎叫声，烂头已喊我，叫着书记你吃啥呀，吃啥补啥，要不要大肠头子? 两张桌上吃饭的人都住了筷子看我，交头接耳：这是个书记!

我绕过一摊腥红的污水，进了后院，后院非常大，堆着无数完整的牛骨骼架，一个粗糙的木架子里固定着一条肥而不大的小牛，牛的一条后胯已见骨骼，肉全没有了，血在地上流着，而木架上垂吊着两串香草绳，点燃了冒着青烟，使嗡嗡飞来的苍蝇蚊虫不能靠近。那位小伙计高挽了袖子，口里叼着柳叶刀，提一桶水过来了，桶水放下，却弯腰打开木架旁的碌碡上的收音机，《二泉映月》的胡琴声便弥漫在空中，像吸烟人口鼻里飘出的烟雾，像悄然飞来的蝴蝶，我看见小伙计突然提起了那桶水，哗地泼向牛的右前腿，牛没有叫，却张大了嘴，浑身抖动。牛的四肢完全是没有了力气，但木架子固定了它，使它不得屈跪下腿去，而那一对眼睛却流着泪水，是黏稠的泛黄的液体，从脸颊上滑下去。小伙计似乎看也没看，柳叶刀在牛背上备了备，问道："要牛舌吗?"

"不，要红烧的牛尾!"舅舅说。

刀一起落，牛尾就断了，快捷得好像牛尾是安接上去的。牛尾在地上动着，扑上来的苍蝇蚊虫被它扇远。

"我得要牛鞭!"

烂头弯下身去，用手摩搓着牛的生殖器，一根东西就长出来，他的后脖子里便爬上了一只八脚蚊虫，小伙计一掌按下去，后脖上没有血，是一摊黑墨的东西。

"从根来割，从根割!"

刀尖没有伸向牛的胯下，而是在牛的肛门下扎进去，用力一搅，小伙计说："从前边拽吧!"烂头再次弯下身去，将牛鞭抽了出来，足足有一尺长。

"书记。"烂头叫我，"你害痔疮，来大肠头吧?"

"不，不……"

我从来没有见过这样算吃算割活牛肉的，只觉得自己周身都在疼痛着，"这太残酷了，这怎么吃呢?"我赶紧逃出后院，又逃出了前厅，一扑沓坐在店前公路边，店里的《二泉映月》还在悠悠地飘浮，我看见天空一片灿烂，朝阳染红了一道一道云彩，这些云彩不停地变幻，像是炉膛中的火焰一层一层向外辐射，而店的上空却渐渐凝聚着一团黑云。回头四顾，店的周围是有一些树的，而树都已经半枯，连路边的草也黄蜡蜡的没一点绿气。舅舅和烂头从店里出来叫我，他们一脸的疑惑，说："你不吃？"

"不吃！"我说。

"你要不吃荤，给你盘豆腐吧，这里的豆腐嫩哩。"

"不吃！"

"什么都不吃啦?!"

"这是什么地方？"

"前边的镇子是生龙镇，这里叫英雄砭。"

抬头看那店门上的牌子，一块本色桐木板上，用黑墨写着"英雄砭牛肉店"，字迹恶劣透顶，而店左边紧靠着的红石崖，崖壁上却凿刻的什么，密密麻麻一片。舅舅和烂头无奈地又进店去了，烂头还特意扔给我一包烟来。我站在崖壁下，认清了那是一段刻文，许多字迹已经驳脱，但内容大概是闯王李自成屯兵在商州的时候，他的妻子在前边的镇子里临盆生子，明朝的官兵突然扑来围剿，李自成手下有个叫李义的在这里与明兵搏杀，他如《水浒传》中的李逵一样，也是使着板斧，连劈二百名敌人。待官兵溃退，他割下每一个死者的左耳，用绳子串了，悬挂在这石崖壁上。我不禁感叹了：英雄就是屠杀吗？李义斧劈了二百人他是英雄，舅舅捕猎了半辈子他也是英雄，如今一个牛肉店，来吃活牛肉的也都是英雄吗？身后来了两个人，正是刚才店里吃饭的顾客，他们也像是过来看刻文，一个却说："在这儿住不？后院东边那一排店里，新来了个婊子，嫩得很，奶却大哩！"一个说："又当嫖客呀？小心你老婆知道了又和你闹！"一个说："我给她明说了，和婊子上床快活么，人家会叫床，和你在一搭，我是奸尸哩么。老婆说，叫床，叫床谁不会？可我们干起来了，她双手拍打着床沿叫：床呀，床呀！气得我一脚把她蹬开了。不一样么，老婆和婊子那是两回事嘛！"我赶紧远离了他们，坐到了路边石头上吸烟。

舅舅和烂头终于打着饱嗝从店里出来了，烂头似乎在问："你觉得怎样？"舅舅说："肉烧得不烂。"烂头说："真起作用，我现在得弯着腰走路了。"烂头果然前弯了腰，嘿嘿地笑。舅舅看了我一眼，有些不好意思。"是不该在这里吃饭呢，"

他说,"子明不愿意,恐怕连狼都要嘲笑咱了!"烂头说:"狼虫虎豹也是不吃腐肉的嘛!"

　　我抬头又看了一下那个土台,突然想,狼一定是在那里卧过的,卧在那里肯定也不是一次两次,要目睹着人怎样地一块一块从活牛身上割肉的。而在河船上听到嚎叫的狼就是来这里卧过的狼吗,它嚎叫着的是对牛的遭遇鸣不平呢,还是在对割活牛肉、吃活牛肉的人的一种诅咒?!商州是贫困山区,早就听说在各地有许多店是经营着野味,但自从一系列野生动物保护条例颁布后,这些店又想出这么个法来招揽顾客了!迎着舅舅和烂头走过去,舅舅弯腰从路边折下一根树枝在嘴里剔牙,问我"……你,身上还痒吗?""一见那牛的样子,惊得漆毒都没了!"但我的痔疮似乎更严重了,我不愿意把这些都告诉他,竭力迈开步子,重新进了店,用相机拍下了炉灶台前的木梁上挂着的山龟盖、羊头骨和剥了皮露出狰狞面目的野兔,又在后院里拍了墙角一大堆支立着的牛的骨骼,还有那头已被宰割得血淋淋的不完整的活牛。在给小伙计拍照的时候,小伙计正持刀割牛耳朵,他瞧着我照,竟停下手来,立得端端正正的做出微笑状,他的颧骨上有两团红肉,眼睛小得像指甲掐出来的。出了店门,店主拿着烟来敬我,说:"谢谢这位先生了,多给我们宣传啊!"一扬相机,咔嚓一声,我照下了他的嘴脸,心里说,老婆嘴,他长着一副老太太的嘴,嘴巴上有一颗痣,痣上有一根长毛,你等着吧,我要拿上证据后去报纸上披露,须叫关闭了你的饭店不可!

　　"要是逢上灾年了,这家饭店能卖人肉包子哩!"我说,"舅舅,那土台子上肯定是常来狼的,咱们到生龙镇住下,然后守在这里一定会拍上狼的照片的。"

　　就这样,我们在镇子上住了下来。我们的房东是位陕北人,已经十分衰老了,驴一样的脸上垂抖着皱皮,他说他是流落到商州来的,虽然一直是农民,却也是参加过革命哩。他说着的时候,嘴里不停掉口水,他不说是商州养活了他几十年,只是抱怨他是陕北人,一条龙困在商州成毛虫。我觉得老头神经有些不正常,但这并不妨碍他说话的有趣,在他的儿媳妇为我做了一顿豆面条吃后,舅舅和烂头去看镇中的那块"生龙镇"石碑,夸讲着这里是商州最能出美女的地方,闯王在商州的夫人就曾是镇子上的梁家女儿。闯王是夜里骑着马从镇街上走,那时的镇街是铺了大青石条的，马蹄声脆，铜铃泠泠，一街两面街房的揭窗都打开了，姑娘们用桂花油抹头，捣指甲花浆敷指甲，眼巴巴等着马的喷嚏在门首响起：他要准备去谁家过夜，马鞭子就挂在谁家的门环上的。当然，闯王的马鞭总是挂在梁家的门环上，梁家就开始烧热水，放进茉莉花叶，女儿就要汤浴了。梁家后院里有一片青竹，数丛牡丹，竹见风拔节，花开碗大，可惜梁家的女儿有命没福，生下一子后，闯王发兵北京，竟没有再带上她，要不，大顺皇朝里她也该是一位娘娘了。我没有去看那碑，在房中用草药洗屁股。

  我的口腔溃疡和痔疮一直是我在老婆面前不能得意的难言之苦，也为此，每晚的刷牙和洗屁股成了我的必做课目。前年曾做过一次手术，伤口是不敷药的，要求自然愈合，十多天里害得我饭不敢多吃，睡不得仰卧，咳嗽也尽量喘着气咳嗽，老婆听说一种频谱仪可以治外伤，就买了一台让我照，没想适得其反，照得伤口发炎红肿，疼得我又在床上躺了一个月，而且不久痔疮又复发。现在洗屁股的草药是房东为我采的，他说这草药绝对好，在战争年代，他的痔疮就是这草药洗好的，还有一个团长，烂屁股也是洗好了。草药闻起来刺鼻子，煎成汤先是在木盆子里让我撅了屁股搭在盆沿上熏蒸热气，然后用药水清洗，老头就坐在后院里满地晾着的柏朵上一眼一眼看我。柏架是做香火的原料，镇上许多人家都从事这种生意，他或许看见了我的什么，便吹嘘他命里是该革命成功了做大官的，因为他的上长着一颗痣的，我说那我也就可以做更大的官了，我有三颗痣哩，他不相信，要过来看，我忙将裤子提上，他就说你哪儿会有三颗痣的，你以为你是谁呢？一边自言自语一边翻动着柏朵，浓烈的清荃味使我觉得他可亲可爱。当他得知我们是从州城来寻狼的，而且要为狼拍照，认作州城人真是闲得没事，狼么，到处都是狼，就像人居家过日子就得有老鼠和苍蝇，为老鼠和苍蝇值得去寻找吗？我赶忙问这儿有狼，你见到狼了？他说他在山上采柏朵，采着采着狼就来了，他坐下来吸烟，狼也坐在他面前看他吸烟，他把烟袋从口里拔出来让狼吸，狼也就接过烟袋吸。他还说，和他吸烟的狼年纪没有他大，但狼是顾家的狼，为了它的老婆孩子，每天要到山上捉野兔，哪里会像他的儿子，说是出去做生意，一去一年没踪影了。我蛮有兴致地听着听着，便觉得他真的神经不大对了，清洗好了屁股，告辞着要上木板楼的房间去歇，老头说："你知道不，儿子在学我哩，我年轻时也是不沾家的，可我是出去闹革命啊，跟的是刘志丹啊！"我已经上了木楼梯，他开始招呼跨过门口的一个小儿，嘀嘀嘀地笑："让爷摸摸牛牛，牛牛呢，噢，牛牛长得这么大了！"

木楼上可以看清镇子全貌，北山的一道峰梁逶迤过来，缓缓地突出一个山坡而收住，镇子就散乱在山坡上，镇街也就是公路，绕过坡后那一个水库，而有的屋舍也就沿着公路一直到了水库边，像镇子的一条尾巴。所有的街巷以及院落前后，都长着老松老柏，枝干苍劲，裂着掌大的皮斑，似乎一抠就能揭下一片来。但都粗而不高，有小儿在横枝上吊了绳做秋千，从秋千上掉了下来，哇哇地哭。老头的家差不多在镇中央，斜对面有一个土场，场边奇奇怪怪也是长着一棵柏树，树身臃肿如掳，枝杆短小紧凑，在我的第一感觉里，这树上是吊死过人的，而且是个女的，穿着一双白鞋。为什么有这样的感觉，我似乎也吃了一惊，就听见楼下的后院里老头在给小儿说故事，陕北腔，鼻音很重，却蛮有韵味。

"碎人，碎人你听着。"他说，"第一天呀，敌人给我上老虎凳，我什么也没有说。第二天，敌人给我灌辣椒水，我什么也没有说。第三天么，敌人把我的指甲盖一片片都拔了，我还是什么也没有说。到了第四天，敌人给我送了个大美人儿，我把什么都说了。第五天哇，我还想说哩，敌人就把我枪毙啦！"

"爷，你被枪毙啦，爷？"小儿说。

"枪毙啦！"

我在木楼上笑，楼前电线上的一只鸟儿也"扑"地飞走了。这当儿从镇街的坡弯处慢悠悠走过来一个迈着方步的人，刚刚走到土场边的一家院门口，门里正出来一个端着海碗吃饭的矮子，矮子收住脚："村长，吃不？"村长说："才吃毕，你怎么还没有拆掉那个二饼？"矮子夹着米汤中的煮土豆塞进嘴里，眼睛大睁，舌头一时调不过，待到终于咽下土豆了，说："我想了想，村长，这不犯什么法呀，屋脊上别人可以砖雕龙呀凤呀的，为什么就不能雕个二饼呢？"村长说："你把事情闹得纷纷扬扬，让镇长来抓赌吗？"矮子说："我早就洗手了，他抓哪个？"村长噎住，就走了过去，一边走还一边说："二狗子，你能违抗了我，你有本事就等着违抗镇长吧！"阳光下矮子细眯了眼睛，扭头往堂屋的屋脊上看，我也往屋脊上看，屋脊上砖饰了一个麻将牌中的二饼，那个饼有洗脸盆大，涂着颜色。我从楼梯上下来，老头还在柏朵上逗小儿说话，他的儿媳妇背着坐了门槛剪窗花，剪了"喜鹊登枝"，又剪"老鼠娶亲"，我说：手真巧！她不剪了，说你笑话人哩，问我喝水不，老头却站起来说："要喝我给咱熬去！"竟拿斧头在台阶上砸一块砖茶，投进一个自制的白铁皮罐里，挂在灶台上的铁钩去熬。我和那儿媳就油盐柴米说着闲话，当然要说出刚看到的一幕，那媳妇就笑，说二狗子人长着个半截子，命却重得很，先前也是做香火生意的，积攒了几年准备盖房，可他染上了赌瘾，一夜里竟将要盖房的钱几乎输个精光，别人都劝他罢了罢了，剩一点回去好给老婆交差，他输得红眼了，说肯定老婆不上吊也得离婚，再打一局，要是输了，老婆就是赢家的，他也学着我那死鬼出去逛世事啊！但他就在停牌后需要个二饼能和时，一圈摸下来真的就自摸了夹张二饼，一下子赚回了输掉的钱，而且还多出了许多，因此新房盖起来，特做一个二饼的图案砖饰在了屋脊上。"二饼是他当爷敬着哩！"媳妇说，"咱那人一不会坑蒙拐骗，二不会吃喝嫖赌，可一年四季捎不回来几个钱！"老头接了话茬："可以坑蒙拐骗，但不要偷，吃喝嫖赌不要抽。"媳妇说："这些话你怎不给他说？"老头说："你信马由缰了，我给谁说？！"两厢顶碰起来，我就赶忙问茶熬好了没有。老头的茶还没有熬好，我说你是熬中药呀，他用筷子蘸了蘸，嚷道熬得汁儿能吊钱了，喝着一天身上都来劲哩。

  我到门口去擤鼻，发觉富贵在街那边逗着一群鸡玩，突然地一阵喇叭响，一辆汽车呼啸开过来，鸡嘎嘎地炸了群，富贵也纵身跳到一堵矮墙上。我才要立住脚骂那司机，车过村镇也不减速，车已经过了下边不远处的一个墙拐角，一男一女猛地推了一下身边的小孩，小孩撞着了，弹起在空中，又脱叶似的落在街道的水沟里，车同时发出了可怕的刹闸声，终于在地面上蹭出了长长的一道黑印而停住了。事情骤然间发生，如迅雷不及掩耳，街上全然寂静了，风也不起，树也不摇，过往的人愣在那里如木如石，而对面小巷里就惊呼着冲出来两个人，竟是舅舅和烂头。我看见舅舅的身体拉长拉细得像抛出的腰带，倏忽在空中飘过，还未回过神来，那腰带落在地上成个黑团，他把孩子抱起来了。孩子的额头上往下淌血，哇哇地哭，那男人过去，用手将血在孩子的脸上来回一摸，五指上还滴着血，立即扑过去拉住了已经下车的司机的衣领，厉声吼道："你轧了我娃！狗日的，你轧了我娃！"司机面如土色，急来抱孩子，孩子已站在了地上，舅舅帮着揉胳膊揉腿，反复地问：这儿疼不疼？孩子只是摇着头，烂头就叫着孩子的父母快给孩子包扎伤口，问镇子上有没有医院？孩子的父母却扭着司机不放，嚷道着把他们的孩子轧伤了，是公了呀还是私了，司机说，没出大事就好，公了怎样私了怎样，男人说：公了咱到十里外的刘公镇，那里有处理交通事故的，私了你得付钱，付一千元。司机半晌没言语，开始在口袋里寻烟，寻出了一支点着，却点着了过滤嘴烟把，调过来再点，一会儿将烟吸掉半截，说，我车行得好好的，小孩斜跑过来，责任应该不属我的，公了走到哪儿都行，但我是过路车，既然孩子没大事，我也耽搁不起时间，那就私了的好，可要私了，怎么也给不了一千元啊！男人说：这样吧，一千不行就八百元，我们也不是生事的人。司机便掏口袋，掏出五百元说没了。男人说：你不是说笑话吧，轧伤个猪也得掏五百元的，何况是大活人！你再掏，再掏，上衣那个口袋。司机把所有口袋都翻出底儿，倒出了一摊烟来，还有十元钱，说：我总得吃顿饭呀，大哥！男人说，不让你坐牢就是好的，你还吃什么饭，吃屎去！一把夺过了那十元钱。司机还要说什么，舅舅把他拉在一旁说："好了好了，看在孩子的可怜分上，你饿一顿吧。"司机上了车，将车开走了，我们让那男人快去抱孩子看医生去，男人却转身抓住了屋檐下的一只鸡，拔下几根鸡绒毛，一边按在了孩子的伤口上，一边拉着孩子顺着街面扑扑沓沓地走远了。

我们一直在帮着处理事故，奇怪的是在不远处的当地人却没一个过来帮忙的，即使不帮忙，也似乎对孩子遭了车祸漠不关心，连近来说一句体贴话的也没有。回到住屋，老头在门槛上喝茶，喝得悠悠哉哉，他把茶碗递给我，茶是浓得成了黑糊糊，喝下一口我就吐了。

"给了多少钱？"他说。

"五百零十元。"我说。

"这一次倒赚得多！"

"这一次？"

老头哼了一下。

"这儿人谁也不管谁的事呀?!"

"喝吧喝吧，让你那位同志也喝喝头就不疼了！"

我们永远生活在一个黑洞里，前人的发明如导引深入的火把，我们似乎并不关心火把的存在，一任地往里走吧，心里储满了平庸和轻狂。今夜里，房东邻居的大儿子，镇上唯一在州城工作的马先生回家探亲，听说了我是从省城来的干部，便到小楼的房间里吃茶聊天。舅舅和烂头先是和我们一块坐着，后见我们尽说文化方面的事，便觉无聊，起身回他们房间去了，但这时候，电停了，以为是房东家的跳了闸，出来看看，整个街道一片漆黑，便感觉我们是在半空的一朵乌云上，上不着天，下不挨地，我真的有点恐惧了。这种恐惧是瞬间的，因为我知道这种断电是暂时的，镇子上有人会着急，或许电工正在检查线路了，"咱吃咱的茶吧，"我说，话头也就转到了电上。

　　电给我们带来了什么？当然是生活的方便。但是，电也带来了我们生活的浅薄。当没有电话的年月，我们与家人的联系是写信，一封"家书抵万金"，每一个字都常常使写信人和收信人热泪长流。现在只是拨一个号码问候一下便行了，有谁还抱着个电话筒泣不成声呢？马先生讲他初到州城，正逢春节，有人在电话里向他拜年，他立即上街买了丰盛的食品在家设宴，等待着客人到来，但客人终未光临。年后见着了那人，他还说："你说拜年怎的不见来啊？"那人说："不是已经拜过年了吗？"乡下人要提着四包礼笼去亲朋家拜年的，城里人嘴一说拜年就拜年了?!更简单的是出现了汉显传呼机，电话里也不愿多说了，干脆留个言："给你拜年了！"就没事了。马先生还说，以前村里演戏，戏报出来，前几日就通知方圆十几里地的亲戚朋友，演戏那天半下午就端了凳子去戏台下占地位，若没有占下地位，就叠罗汉一般爬到戏台的两边台口上，自然被人三番五次往下撵，有时人家用脏水泼，慌不及地跌下台口，一瘸一拐又蹲在戏台后的木柱下听戏了，一边听一边随着锣鼓点子哼着唱，一边瞄着是否有穿着戏装的演员从后台出来小便。我说，如今有电视了，城里人连电影也懒得去电影院看，即便窝在沙发里看电视，也从未专注一个频道，整夜用遥控器翻检。更要命的，古人说读万卷书行万里路就可以有大学问的，现在的味道全变了！古人那是骑一只毛驴饮风餐雪，一路上饱受着艰难也饱受着山光水色，又是走到哪住到哪，采集风物，体察民情，现在呢，除了这次我特意地要寻找狼，别的人和我别的时候不是坐了电气火车和飞机，万里路几个小时就到了呢，早晨在这个城市，晚上又到了那个城市，城市与城市还不一样是水泥的街道和水泥的房间吗？再是又普及开电脑了，我那读小学的孩子懒得去做加减乘除的笔算，而手术式导弹战争再也不能产生浴血搏杀的英雄，"天下"这个词越来越没了意思，太阳真的是一滴水里的太阳，一叶就是秋。

　　我和马先生说着说着，小楼上的电来了，我们就停止了说电，但我的心底却蓦地泛了一阵惊悸，今夜的断电是我明白镇子上的线路发生了故障，而如果这个世界突然地没了电，彻底地没有了，怎么办？我看着马先生，又生了怀疑，坐在对面凳子上的他，是房东邻居的儿子吗，机器人呢还是克隆人或是精怪?!

"马先生，"我说，我一时竟没了词，"我该说什么呢？"

马先生看着我，他不知道我要说什么，我也不知道我要说什么。

"吃油糕喽！"烂头不知什么时候去了街上的小药铺里买"芬必得"，回来捎了几块热炸的油糕。马先生连声道谢，但他没有吃油糕，便起身告辞回家去了。我吃了油糕，却在包油糕的州城报纸上读到了两则消息：一则是北街口开了一家最大的涮蛇馆，店名：过山风。四人席一顿用蛇十六条者，优惠价一千八佰八拾八元，六人席一顿用蛇二十六条者，优惠价两仟八佰八拾八元。另一则却是商州熊猫繁殖基地解散，一批专家下岗在家待业。不禁叹喟良久。又赶忙将报纸揉成一团从小楼窗中抛掉，没想在街上游逛的富贵发现了抛物，又将它叼了回来，我骂了一句：狗东西不识字！却不见了翠花。翠花在白天里总往砖饰了二饼的二狗子家门前叫，是不是二狗子家也有了什么猫？烂头说，它怎么就知道了那家有猫？我说它和你一个样，前世怕都是嫖客吧，烂头发了一声狠，下楼去了。我和舅舅商量晚上去不去牛肉店门前的土台等候狼，屋外又有了大声的吵闹，我们都以为是烂头和什么人吵架了，忙从楼上下来，老头靠在堂屋的框上一边吸烟一边往街面上看。我问外边怎么啦，他说：又撞车了。又撞车了，这鬼地方怎么如此容易出交通事故?! 这次出事故的地点在坡街的下边，而惊奇的是被撞了车的又是白天的那个小女孩，小女孩的父亲仍是扯着一个司机问公了呀还是私了？可怕的是这次小女孩被撞伤了一条腿。舅舅抱了孩子到近处的一家店门口借了灯光包扎，一解孩子的衣服，身上竟伤痕累累，就问："这么多伤，是谁打了你？"孩子说："车撞的。"舅舅说："都是车撞的，你怎么老被车撞?!"司机和孩子的父亲却争吵得更厉害了，司机认为一个子儿都不给的，灯光里他瞧见了孩子的父亲把孩子推了过来，这明明是讹钱！那男人说："你见过有父母将自己的孩子推着去撞车的吗？"司机却指着那男人说你就是这样的父亲！两人越吵越凶，几乎要动手。我忽然记起了下午似乎看到的一幕，我也被这样的父亲震惊了，舅舅还在问小女孩："是不是这样？"小女孩哇哇大哭。舅舅一下子疯了一般扑过去，揪住了那男人的头发，吼叫："你拿孩子讹钱?!"

男人说:"马槽里哪儿伸出你这个驴嘴?"

出言不逊,这男人欠揍了,果然"砰"的一拳,我感觉那男人的脑袋裂了,榔头般的拳头隐在裂口里拔不出来,后来男人向后仰,后仰,仰八叉地倒在了地上。

我忙过去抱住了舅舅,烂头也跑来了,我们俩好不容易把舅舅拉回屋里,舅舅还在大声叫骂那男人不是人,是狼,狼变的,"你瞧瞧,他那三白眼,他不是狼变的是啥变的?子明,子明,你为狼拍照哩,你去把他的嘴脸拍下来!"

可是,我出去真的给那男人拍照的时候,他还躺在地上,但他没有死,一脚踢飞了我的相机,我的相机掉在地上摔坏了。

相机是我工作的工具,虽然我出来是带着两个相机的,但拍照工作才刚刚开始,如果以后再坏了一个怎么办,所以,趁还在镇上必须得修好这个机子。我跑遍了镇子,镇子上竟没一家修理相机的铺店。房东的儿媳请来个叫"十三能"的人,能修自行车能钉锅,也能在木头火里熔了银毫子打制戒指,他打开了相机盖把零件拆下来却怎么也组装不起来。"我陪你去寻我师傅吧,"他只好说。师傅家在刘公镇,十五里地,"十三能"骑了自行车带我,也就用不着富贵厮跟,舅舅却把他戴着的金香玉挂在我的脖子上,叮咛黑夜出门,要多生个心眼。舅舅显然对"十三能"有疑心,但"十三能"长得虽贼眉鼠眼,其实人还厚道。一路上他都在骂那个扔孩子撞车的男人,"你瞧着吧,他不得好死!"他说那男的姓郭,先是在县城东大桥收费站里当了一年临时工,与警察打交道多了他便以为他也是警察,回家来在镇子路口也设卡收取过境费,被乡政府取缔了,就也做香火生意,但他生意做得不好,做得不好慢慢做就是了,但他是那种得不到就破坏的人,夜里担了粪尿倒在别人家摊晾的柏朵里,如今又想出这点子,在公路上扔孩子撞车讹钱。孩子也命苦,是他抱养来的,估计被扔撞过十多次了,每次讹得二百元或五百元,去年冬天断过一次腿,那次讹到了一千五百元。我问:"出了这种事镇上也没人管管?""怎么管呀,他扔撞的是他家的孩子。""十三能"说:"你们来教训了他,能打断他一条腿就好了!"赶到了刘公镇,不巧的是"十三能"的师傅偏偏去了丈人家,又用掉了数个小时寻到他丈人家,待将相机修好,差不多已是第二天的清早。当我们终于返回了镇上，舅舅和烂头却正在那棵很奇怪的树上剥一只狼，狼皮剥下了一半。

  这是我第一次真真切切地看着剖狼！时间是四月二十三日，天气晴朗，阳光灿烂，树的上空低低地凝集了一疙瘩云。狼是白色的，皮毛几乎很纯净，像我数年前在省城的一家皮货店里见过的银狐的颜色。它被吊在树杈上，大尾巴一直挨着了地面。狼头的原貌已无法看到，因为狼皮是从头部往下剥的，已剥到了前腿根，剥开的部位没有流血，肉红纠纠的，两个眼珠吊垂着，而牙齿错落锋利，样子十分可怕。围着树拥了一大堆人，有个妇女牵着孩子往跟前挤，对着烂头说："他叔，他叔猸娃把你叫叔哩！"妇女长得银盆大脸，烂头说："我比你大哩，该叫伯吧。"妇女说："他伯，待会儿割下狼奶，给娃娃嘴上蹭蹭，娃娃流口水哩！"那孩子果然嘴角发红，流着涎水，前胸也湿着一片。烂头说："好的，好的，"却走来把一直蹲在地上的一个人提起来，踢着那人的脚，让往跟前站。站起来的就是扔撞孩子的姓郭的。舅舅的双腿是分叉站着，一身的猎装，口里叼着一把刀，一手扯着狼皮，一手伸进皮与肉间来回捅了几下，然后，猛地一扯，嚓嚓嚓一阵响，狼皮通过了前腿一直剥到了后腿上。接着，刀尖划开了狼的肚腹，竟是白花花的一道缝，咕咕喽喽涌出一堆内脏来，热腾腾腥臭味熏得看热闹的人呀地往后退了一步，舅舅便极快地从狼腔里摘下一块油塞进口里吱溜一声咽了，而同时烂头趁机割下狼的奶头冷不妨地在那一个妇女的嘴上蹭了几下，妇女惊笑着说："错了错了，是娃娃流口水哩！"烂头又将狼奶头在孩子的嘴上蹭，一边说："给你蹭了，再生下娃娃就都不流口水了！"众人咻咻笑。我没有笑，看舅舅的脸，舅舅脸黑得像包公，我就往天上看那疙瘩云，疙瘩云的影子罩着树，也罩住了我们。烂头没有注意到我已经回来，我是一直站在他身后的，但舅舅是肯定看见了我，他在极快地咽下狼油的当儿，眼睛的余光是扫着我，虽没扭过头来，后脖子明显地僵了一下，又不顾一切地往外掏狼的内脏。舅舅假装没有看到我，我也一时尴尬不知场面如何应付。罩在我们身上的阴影蓦地消失了，一切又恢复了灿烂，我看看天，疙瘩云没有了，而几乎同一刻里听见了一声清亮的婴儿啼哭，五百米远的一户人家有人跑出来锐叫："生了生了，是个长牛牛的！"许多人跑了过去，舅舅也扭头看看，一用力，牙把刀咬得咯咯响，双手就从狼肚里掏心掏肝，掏出一件了，歪过头来用半个嘴问那姓郭的男人一句。

"叫什么名字?"

"郭财。"

"大声说!"

"郭财。"

"郭财你睁眼看着,这是什么?"

"狼心。"

"这是什么?"

"狼肺。"

"这是什么?"

"狼小肠。"

"郭财郭财你听着!"

"听着。"

"你要再敢把娃扔撞车,我就把你的肠子拉出来,一节一节撕!"

郭财的头上冒着汗,飞来的苍蝇落在他的脸上,他不敢动,苍蝇也不飞,像是一脸的黑豆麻子。舅舅呼地把那张狼皮从狼后腿处捋了下来,一下子披在了郭财的身上,一脚又把他踢倒在了地上。郭财爬起就跑,跑出一百多米了,回过头来,骂道:"你是傅山,我认识了你,你是能捕狼,可政府颁布了禁杀狼的布告了,你在这儿公开杀狼,我要告你的!"

郭财竟会这样,这是谁也没有想到的,舅舅也肯定没想到,听他这么一喊,舅舅先怔了一下,呼地从烂头的手里抓过了猎枪,叭地一声就放响了,子弹并没有朝着郭财打,而是朝空打下了一股树枝,咆哮道:"老子是杀了狼又怎么着?老子还要枪毙了你哩!"

舅舅在拉动第二下枪栓的时候,我不顾一切地扑过去抱住了他,烂头就势也夺过了他的枪,"男不跟女斗,人不跟狗咬,你致他什么气?!"并将他连抱带拖地弄回了住屋。

在房东的小楼上,舅舅的骂声歇了,他说你回来了,我说回来了,他再说相机修好了,我说修好了,他不再言语,便轮到我来训责他了:那狼是怎么回事?怎么就把狼打死了?咱们是为了十五只狼来建立档案的,为什么却要知法犯法枪杀了狼呢?舅舅鼓着眼睛看我,似乎要和我争辩,却说不出来,粗声粗气地吁着气，然后就坐在二楼的窗子前吸烟，烟吸得很急，烟头在突突突地抖。我还是泼水般地向他发难，他抬起头来，对我说："你就少说两句吧。"

我回坐到我的房间，烂头跟着进来了。

"你没瞧见你舅舅怪可怜的吗，你要再数落，我真怕他受不了。"

"可他是杀了狼！"

"狼重要还是我重要？"

"这话怎么讲？"

"他杀狼是为了救我，行了吧！"

"救你？"

"你去了刘公镇，我俩就睡下了，到了半夜，你舅舅睡不着，他说他铺的狼皮毛扎人哩，他这么一说，我头上的毛也都竖起来了，我俩提了枪就去了牛肉店前的土台那儿，果然就发现了狼。狼一身白毛，坐在那里，像个穿孝的婆娘。你舅舅端起了枪瞄，我提醒他不敢打吧，你舅舅瞄了一会儿，放下枪来，放下枪了，又瞄准着，最后嘟哝着：子明偏就不在这里！我们是转了身往回走的，可那狼却站了起来嗷嗷地叫，其实我们看着狼的时候，狼也是看见了我们，它压根不把我们当回事，它这么一叫，你舅舅拧头端枪扳了枪机，狼应声就倒了。"它死了？""是死了。""那这怎么是为了救你？""你舅舅说狼在叫着：喂，猎人，过来么猎人！你舅舅能听得懂狼的叫声，他哪儿受得这份羞辱，就控制不住了。""我问怎么救的你？""……你总得给我们个台阶呀，书记。""既然是狼羞辱你们，就那么一句，就把狼打死啦？！""你不是猎人！"我看着烂头心里想，再争执下去，烂头也不肯同我合作了，我闭上了嘴。我不是猎人，但职业性的自尊我是知道的，现在倒担心的是十五只狼只剩下了十四只，若将来拿回照片，专员他们问起为什么只有十四只，那一只呢。我该怎么回答？楼底下，老头又不知对谁说着他的故事：第一天呀，敌人给我上老虎凳，我什么也没有说。第二天，敌人给我灌辣椒水，我什么也没有说。第三天么，敌人把我的指甲盖一片一片都拔了，我还是什么也没有说。第四天，敌人给我送了个大美人，我把什么都说了。到了第五天……是一个妇女抱了个婴儿来串门了吧，接口道："我还想说哩，敌人就把我枪毙了！他老老爷，你别卖你那五马长枪了，再卖，不知被枪毙了几十回了！你去翻柏朵吧，我和我嫂子说几句话呀！"两个女人就议论街上新生的那个婴儿浑身是毛，嘴里还长着牙哩，这孩子肯定长不了，就是能活下来，将来说不定成什么祸害。接着又说生这怪胎得整治哩，用瓷片儿划眉心点朱砂，还得在堂屋门槛里埋一个犁地的铧，五年前根劳家生的孙子就是个毛孩长牙的，也是这般整治过。"咱这地方怎么总生长毛长牙的孩子？这碎人不声不响屙下啦，她娘的，狗子，狗子！快来舔舔！"女人尖声锐叫，富贵卧在楼道里不动，女人又皱了嘴啧啧地招呼，烂头就吼了一句："富贵是猎狗，富贵是舔屎的吗？"吓得女人抱了婴儿顺门就走。

"咱得想个法儿吧。"我说。

我和烂头终于共订同盟，这也是受烂头说舅舅是为了救他的话所启发的：舅舅那天的情绪不好，他是把对郭财的仇恨无处发泄而发泄在了狼的身上，在不应该穷追不舍时把狼撵得从地塄上跌滚下去，而当烂头也跳下土塄，狼扑倒了烂头，为了不至于烂头受到生命的威胁，舅舅开了枪。

被杀死的狼，舅舅说是二号狼。

现在，我得交代故事之外的一个故事了。就在我们踏上寻狼之路后，沙河子村，也即软骨人的本家侄儿去涨了水的河里捞柴草，捞出黑乎乎的一块东西，奋力将其拖上岸，发现既不是动物，也不是植物，通体深褐色的一个大肉团。他自认霉气，将肉团丢在沙滩，背了捞上来的柴草回家吃饭去了。回到家里，小伙越想越奇怪，捞出的到底是什么东西呢？第二天又到河边去看，那肉团竟然还在，未冻僵也未死，背回来用秤称量，重达二十三公斤，三日后再称，已达三十五公斤。从其身上割下几块肉，肌体呈纯白色，且无血流出，放进锅里煮着吃，也没什么特别的味道，再用油炸着吃却奇香无比。更奇怪的是它能自生自长，原来割下来的几块肉，没过几天便又长好了。小伙就背了软骨人去看稀罕，软骨人经见世事多，软骨人也不识为何物，给软骨人看病的医生却惊呼：天呐，这是"太岁"！太岁本是木星的名称，民间传说里太岁却是神名，认为太岁之神在地，掘土兴建要躲避太岁方位，否则便遭受祸害。医生说，《本草纲目》上将此物叫肉芝，秦始皇当年派徐福东渡寻找仙药，寻的就是这肉灵芝，遂让软骨人喝了浸泡肉团的水。软骨人喝了水当然没能立即站起来，但自觉神清气爽，浑身有力，竟能坐在地上扬镢头挖了半天地。此事轰动了沙河子村，有人就报告了州行政公署，专员便闻讯赶去，巧的是省城一所大学的生物系师生在商州实习，随专员也一块去了，立即将活体标本带回州城研究，认定所谓的太岁是罕见的粘菌复合体，并结论为：通常认为真菌与植物的亲缘关系要比与动物的关系近得多，而分析了某一核蛋白、核糖核酸的排列顺序，发现人类与真菌的共同祖先显然是远古时代的一种鞭毛类单细胞动物。既然动植物有着共同的祖先，那么太岁就是由原始鞭毛的单细胞生物分化而来的，其自养功能的加强和动物功能的退化，便进化到单细胞绿藻，由之发展成植物界，相反，运动功能和异养功能的加强和自养功能的退化，便进化到单细胞原生动物，由之发展为动物界。总之，太岁和大熊猫一样是大自然漏遗的古生物活化石，它产生的年代可以追溯到地质年代的白垩纪，它是人类和一切动植物的祖先。既然太岁是人类和一切动植物的祖先，专员便有意将太岁保护起来，保护人员他首先考虑到了待业在家的施德，便抽调了施德负责筹建一个"太岁馆"，"它不是动物，也不是植物，更不是文物，"专员对施德说，"但咱们得像古人保存'和氏璧'一样地把它保存起来啊！"

专员安置了施德，当然就想到了我和我的舅舅正为保护狼而进行的工作，当他批示着他的秘书要打听我们的行踪时，我将我们在生龙镇发生的事情向秘书去电话汇报，秘书告诉了我州城里的故事，并叮咛我们先在生龙镇待着，因为专员以示关心，特意买了三双旅行胶鞋要送给我们，他很快让顺车将鞋捎到镇上的。

旅行胶鞋是第二天中午就顺车捎来了，但舅舅没有穿，他说他几十年一直穿麻鞋，脚浪得又大又厚，还是穿着麻鞋舒服。"你是嫌穿了不像个猎人了，"烂头说，"你不穿我穿！"烂头当下扔了脚上的旧鞋，换上新鞋，而另一双就挂在肩头上。

就在我们换新鞋的中午，准确地说，是太阳刚刚从屋檐上跌到台阶下，郭财蹬了蹬腿，喉咙里发了一声痰响死了。据村人说，舅舅再次拉动了枪栓而我把他拉走后，郭财是逃走了，逃走了还拿着那张狼皮，回到家里对老婆说："他傅山怎不往我身上打呢，他不敢么，他踢了我一脚权当是踢他爹，我可是白白得了一张狼皮哩！"晚上，他将狼皮铺在身下，但狼皮却裹住了他，狼皮见热收缩，越收缩越裹得紧，几乎要把他约束窒息，他老婆用刀子一条一条割那狼皮才解脱出来。可郭财从此身上生出血泡，起不了炕，第三天从炕上往下爬，一头却从炕上栽下来就死了。

消息传开来，烂头有些紧张：这会不会与我们有关呢？我说，从死的情况看可能是死于心肌梗死或脑溢血吧，舅舅冷冷笑了三声，就拉着我们去小酒馆喝酒。

杀死了二号狼，舅舅的情绪似乎好转，虽然没有了宽长腰带，又系上了一条买来的极宽的生牛皮带。生龙镇子上的人都知道了他就是那个捕狼队的队长傅山，这一家那一家轮流着叫他去吃饭，那情景真有些像景阳冈上打了虎回到阳谷县的武松，舅舅完全被这种崇拜陶醉了，终日酒喝得昏昏沉沉。住过了三天，他竟再不提离开镇子的话。我穿上了专员送来的旅行胶鞋，心就急如火焚，更是对镇子上的生活无法忍受，街面上店铺极少，除了两家是从州城贩来的低档服装出售外，几乎所有人家在后院晾晒捣碎着柏朵，而门面上从事的小吃买卖，种类又不外乎是锅盔、烩面和饺子，再就是平底鏊锅里烙豆腐块，浇上辣子醋水汁儿。我第一次吃觉得蛮有味道，可连吃了三顿，胃口就全倒了，一看见那卖豆腐的人黑乎乎的手和在胳膊下夹着擦擦递过来的筷子，大肠小肠都在痉挛。我们住的这家基本上还算干净，但一次吃蒸馍时突然发现了馍里有一个干瘪了的虱子，我说：掌柜掌柜，你这是怎么搞的，馍里有虱子啊？！老头拿过看了看，把虱子抠下来，说：这有啥呀，抠掉不是没有了吗！酵面是在炕上焐了被子发的，能没一半个虱子跑进去？舅舅开心地笑：吃吧吃吧，权当吃没骨头的肉哩！我嘟嚷着几时离开啊，总不能在这里待十天八天吧。

"这是饭没吃好发躁了哩！"舅舅说，"我总觉得别的地方的狼要跑过来的。"

"这可是真的吗？"

"真不真就得问狼它舅哩。"

民间的意识里，狗是狼的舅，烂头就把富贵搂到怀里，问狼来不来？富贵说：汪。又说了一句：汪。是来还是不来，烂头听不懂，一口浓烟喷在富贵的脸上，富贵跑到门口咳嗽了半天。

这一天，镇子上过"庙会"，庙是指山根处的一座荒废不堪的李义庙，李义不就是在"英雄岭"那儿为着李闯王的夫人生育而杀了几百人吗，竟然给他还修了庙，过的什么庙会？但庙会其实成了另一种集市，只是多了一项：请戏班子唱戏。村人如何在土庙前祭奠，我懒得去看，待搭了台子叮叮哐哐戏已演开后，我们是被请了去看戏的。舅舅没有让富贵去，因为富贵没有尾巴，那儿人多，怕孩子们逗富贵，会惹出一些事来，但烂头说他他也不去。舅舅一虎眼说："你不去干啥？"烂头就跟着一块走。到了那里，才知道庙小得可怜，那个李义不是泥塑的，也不是石凿的，竟为一块木雕。此时木雕前的案桌上插了香，还点了蜡，蜡油流了一摊。疑惑的是木雕两边又有木架，上面放着四根枣木棍棒。我走过九州十八县的各类庙宇，从未见过有放棍棒的，问旁边的人，他们说这是祈雨时用的。祈雨应该给神位贡献猪头羊头，瓜果香酒，反复歌颂，百航祈求的，哪有棍棒相逼？旁边人就嘿嘿笑，说李义在没成为英雄前，随队伍驻扎在镇上，他看上了镇西头魏家的女儿，常去魏家干活或送东西，但李义面貌丑陋，魏家并不愿将女儿嫁给他，但凡他再去就遭到殴打，李义成了英雄后，由李自成出面，才算与魏家女儿完了婚。这么一说，我倒觉得这李义还有点可爱了，便点了一把香在案桌上插了。出了小庙，却发现庙门扇上有一个硕大的油画，这就好玩，是谁画的呢，是在舅舅打死了狼后面的，还是在我们来之前就画上了，画在这里是为狼祈祷呢还是对狼的凶残无奈了而又把狼当了神来敬着？我寻不着答案，只觉得这画画得非常夸张和生动，用手去擦，也擦不掉，似乎像是长在门扇的木质里，突然就有了奇思妙想：这是一只狼曾经靠过了门扇，或许是狼被压扁了贴在这里？那么，馍是虚的，把馍压扁了就成了饼干，人是活的，把人压扁了就是照片吧。这么一想，忙掏出相机来拍照，但相机却又出了毛病，摆弄了半天，它又好了，咔嚓一声，我把这狼画和李义木雕装进我的相机里了。

在庙门口前的场子上，就是新搭的戏台，戏台前排了一溜桌子，我去的时候，桌前早坐了那个村长和一帮白胡子和黑胡子老者，桌面上放着酒坛子和核桃花生枣，场边的小吃摊上有人正一碗一碗盛了醡糟往上端。看戏还摆酒席，这是我第一回听见，还纳闷，村长悄声问我：傅山队长除了猎狼队队长还有什么官衔儿？我说现在没有猎狼队了，他已不是队长，但是他是商州生态环境保护委员会的委员。村长说：是科级还是处级？我说算个副处吧。村长又问：他是名人，政协里没安排个位儿？我说：那就看以后吧，问这些干啥？村长笑着，秘而不宣。

戏是《杀秃子》，一个头套着猪尿泡，猪尿泡上满是彩泥做出来的癞疗疮的人在台子上跳呀唱呀的，好像是做坏事，后来就有人提了绳索来捉拿他，他的妻便从幕帘后跑上来要夺他，妻是大男人扮的女相，粗大的脚上缠绑了木刻的金莲鞋，锣鼓在"吃打，打打打打，匡匡，一匡，一才，匡"地敲，金莲鞋一拐人就摔在地上，台下的人哄地笑。我觉得无聊，戏台上开始演了要铡秃子，抬出来的果然是明晃晃的铡刀，秃子被按在铡板上，才惊疑真要铡人？但见押秃子的人把秃子一抱，秃子的头朝了台里招起来的下半身已不是了秃子身，是半个假身，而假身搁在刀口下的部分是猪的脖颈部肉，刀按下去，肉明显铡断，而举了假半身的人极快捅破了一个红彩水袋儿，血就沥沥淋淋地洒在戏台上，众人一声叫好。或许我坐得离戏台太近，一切都瞧得太明白，更觉得粗俗不堪，见烂头去厕所久时不复来，知道他去街上逛了，也想溜走，却见村长就上了台子，对着戏台上的一人耳语，立即，演出中断，一个演员戴了笑脸面具，身着大戏袍，手持"天官赐福"的条幅走向台中，而村长在幕布边高声喊道："今日看戏的有商州生态环境保护委员会的委员，副处级，以后的政协委会傅山傅委员，给傅委员加官喽！"锣鼓大作，满场喝彩鼓掌。突如其来的事弄得我丈二和尚摸不着头，舅舅也措手不及，站起悄声对我说："你装钱了没？"我说："有200元，他们这是啥意思？"舅舅说："这是'跳加官'，山里的风俗，我得赏钱呢！"他走上台把200元交给了那个"天官"，朗声说："我傅山感谢各位，但我不是什么委员，也不要什么官位，我只是个猎人！"走下台来，众老者就开坛倒酒相贺，台上的戏继续演，舅舅和村长、老者们就不停地喝酒。我是不能喝酒的，应酬了几杯后，就喝了几碗醪糟，趁他们不注意也溜了出来，回往住屋。

住屋门却紧关着，摇了摇门环，仍是丝纹不动，楼上的小揭窗里富贵伸出了头，它的脖子上拴着绳，只努力地将前爪向我招摇。

"富贵，富贵！"我叫。

"汪！"富贵应着。

"屋里有人吗？"

"汪！汪！"

"噢，两个人，怎么不开门，干啥哩？"

"嘿咪嘿咪嘿嘿嘿！"

门终于打开了，开门的正是烂头，他满头热汗，头发乱糟糟的，我同时瞧见里边的小房门门帘下有一双花鞋脚，立即不见了。我醒悟了舅舅出门时对烂头所说的话，拿眼睛瞪他，烂头说："我头疼，先回来了。戏散了吗？"

我没有理他，径直上了楼，坐在床上。

烂头也跟着上来，上来踢了富贵一脚，还对我说："其实啥事都没有，这儿媳肯定不是正经货，是狐狸变的，你没闻见她有狐臭吗，你要回来晚些，我或许就犯猎误了，你回来得正好！队长呢，他还在喝酒看戏？"

我歪在床上，取出了带在包里的那本《聊斋志异》读，烂头觉得没趣，说句"街上人越来越多了，你去不去"自个下楼了。随便一翻，《聊斋志异》里的一篇正好也是写狼的故事，说是一个人从集上买了一吊肉回家，路上遇见了两只狼，他把肉挂在身后的腰带上，举了扁担打狼，两只狼不停地向他进攻，但总是不能近身，一只狼就垂头逃走了。剩下的那只仍是龇牙咧嘴和他纠缠，并且向他扑一下，伏在那里，他才松一口气，又扑一下，他鼓足了劲才要举了扁担打过去，不想身后猛地被撞了一下，拧头看时，原来另一只狼不知从什么地方绕到了他的身后，从后腰带上将肉叼走了，才明白前边的那狼一直在迷惑他，掩护着另一只狼从后边攻击。看着看着，迷迷糊糊睡着了，不知过了多久，忽听得一阵急喊："书记，书记！"睁开眼，烂头理了发，涂着摩丝，用电热风吹成个大背头的，但变脸失色地说："街东头核桃树下有一只狼哩！"

"狼？"我叫道，"大白天街上有狼？你怕是让我欣赏你的大背头吧，理的是不错，可头不像你的头了！"

"谁哄你谁死在五黄六月！"

"这还是真的?!"

"可不就是真的！我出去后在酒馆喝了二两酒，喝毕去理发店理了个发，理完后就在街上走，才到坡那边的店门口，店的窗子是玻璃的，在玻璃上照看我的发型，玻璃上照出个狼来，一回头，斜对面土塄上有棵核桃树，树下卧着一只狼哩。"

我忙拿了照相机和他往核桃树下跑，但是，树下并没有什么狼，我闻了闻烂头的嘴，一股酒气，我说你是喝醉酒了说醉话，还是自己做了错事要讨我高兴了给你封口是不是？烂头说二两酒能醉了我，我没拦路强奸又不是诱奸幼女，我让你封什么口？我说好好好，是你看见狗了吧。他更生气了："你这不是打我的脸吗，我好赖也是个猎人的，我不认识是狼是狗?!"我们从核桃树下往前走，不远处的一个土场子上，那里有许多人在买卖，一副剃头挑子边围着一圈人看剃头匠给一个孩子剃头，孩子是个梆子头，或许难剃，或许剃头匠的刀子钝了，孩子杀猪一样地叫喊，他的父母就强按着孩子的脑袋。我就分明看见了站在那里也伸长脖子往里看的一个人肩上挑着一根扁担的，扁担上的牛皮绳一头垂下来；他看了一会，转身走去，绳头就磕打着他的屁股，而扁担头上挑着一张狼皮。我的反应是烂头一定喝多了，错将这张狼皮当作活狼了。但颁布了禁令后，竟还有人挑着狼皮来出售，这狼皮是哪儿来的，在哪儿打死了狼？我们拨开人群，追赶那人，一直追了差不多两千多米，追上了再看，扁担头上挑着的却不是什么狼皮而是一件脏兮兮的粗布褂子。真是怪事，难道我也看花了眼？

"一定是活狼，"烂头说，"狼在给咱施幻术哩，这人群里肯定有狼？"

我想起了在刘家坝子镇上遇见的金丝猴女人，不能立即否定烂头的话。几年前在省城，我见过一位气功师，他问我愿意不愿意见见鬼，我当然愿意，他是几个晚上领我去城河岸上，但一个鬼也没有见到。我也是在电视上看过一个关于西藏山区牧民的专题片，那里的人崇尚神灵，祭祀大山，现实的生活里确也发生着离奇的事。于是我想，世上确实有种种奇异发生，如果不是迷信，那都是大自然的力的影响，这种大自然的力的影响随着人气的增多在减弱着，因此古代的比现代的多，乡村的比城市的多，边区的比内地的多。生龙镇正该是这样吧。我和烂头就观察着每一个人，企图看出哪一个人是狼所幻变的，我甚至尾随着每一个人看他的衣襟，衣襟下有没有毛烘烘的尾巴露出来。没有。一直这么走过了整个镇街，戏场上的戏已经散了，终没能发现某个人有狼的破绽。而舅舅却喝醉了，醉成一摊烂泥，被人架着，从一条巷里出来，喃喃地说："我的腿呢，我的腿呢？"

早晨起来，舅舅在后院里练拳脚，他的套路我识不来，也并没有电影电视里武打好看，但烂头就端一杯热茶坐在一边叫好了。舅舅把劈柴墩子抓起来举过头顶，能连举三四十下，烂头也叫好三四十声。老头的儿媳一直是靠在后门扇上，一边也附和了烂头叫，一边用手抹抹头发，扯扯衣襟，和烂头时不时地瞟眼儿。也就在这个时候，老头叫喊着儿媳去打水呀，打了水，儿媳又倚着门扇，老头又叫喊：你去刮土豆皮呀！儿媳回坐到灶火口拿刀子刮土豆皮，皮刮得很厚。烂头还在叫：肚子扛碌碡！舅舅也真的迈了马步走到院墙根的一个旧碌碡前，手刚一搭上，烂头便是一声：好！我说你咋哓啥的，碌碡还没挨身就喊？！烂头说这叫唱戏一样叫着彩，彩也就来了。我骂烂头你只会当你的队长，他倒说他是不断培养他的猎人意识呀！但就在这个时候，我听见扑地一声，舅舅憋足了劲要用肚子扛碌碡，却泄气了，放了一个响屁。"烂头，你嘴也烂了！我要你培养猎人意识？！"舅舅说。

烂头正擤鼻涕，笑嘻嘻地跑过去，拍打着舅舅身上的土，但我清楚地看见他把擤过鼻涕的手在舅舅的背上擦了擦。

"烂头，"我说，"你知道不，商州有一个鬼，它的名字叫日弄！"

中午时分，天空又出现了一团乌云，圆圆的像一个笸篮，舅舅站在院子里盯着乌云看了半天。烂头又和老头的儿媳嘻嘻哈哈说话，似乎烂头在夸耀着舅舅脖子上戴着的金香玉，那女人说我没金香玉我却自来香，嘿，烂头直咧嘴，女人说我做姑娘时真的是香的，嫁了这家来，香才消失了，问烂头能不能把那块金香玉要过来送她。烂头说你这是要杀了我么，女人就我不么我不么地哼唧着。我瞧着难看，站在窗口向外喊道："掌柜的，从地里拔了菠菜了？"女人立即旋身去了厨房。舅舅还在焙子里看云。我过去说："舅舅还会看天象？"

"你瞧瞧那云，"舅舅说，"我想起那天剥狼时，天上也是有这么一团黑云的，旁边的一家孩子就落草了。"

"这团云该是什么灵魂？"

"我也这般想的。"

从前门望去，街面上一只公鸡绕着一只母鸡转，母鸡卧下了，公鸡爬上去，两只鸡尾一左一右分开极快地碰了一下。那乌云的灵魂要变个鸡上世吗？这么一想又觉得无聊，我说："舅舅，你说会有狼到这里来的，怎么没动静呢？这地方怪怪的，怕是不能再待了。"

"你是说烂头……"

我吃了一惊，原来舅舅也看出了门道！但舅舅这么一说，我倒不能再说什么，笑了笑，回坐到我的房间看书去了。

到了下午，狼的任何信息还是没有，舅舅也有些灰心了，准备着动身离开生龙镇，没想烂头却病倒了。他患了尿不出尿的病，说已有感觉两天了，只说是上了火，并未在意，可严重到尿憋得生疼却尿不出来了。我怀疑烂头患上了性病，一定是那女人给染的，舅舅就去镇上请来了一个老郎中，老郎中一进烂头的房间，就闻着不对，问床下的麻袋放的什么。老郎中扒开麻袋看看，里面尽是木瓜，说这么多木瓜在床下，木瓜气上升，它是止尿的你当然尿不出来了，你们不懂，老掌柜他该知道，怎么能把木瓜放在床下呢？烂头登时骂道："这老家伙逼我走哩，我偏不走！"将铺盖搬到我的房间来。

  事情是明摆着的，掌柜的一切都是阴谋，我终于说破烂头的羞愧处，警告他老老实实，老头这么做，已经给了你很大的面子了。烂头也垂头丧气，骂老头这么样护他的儿媳，是自己要扒灰呀怎么地，又骂那女人肯定不是好东西，老公公如此防她，她以前就犯过花案？这回他也鼓动了舅舅离开生龙镇，可他想走，一时却走不了，他得歇一天，服用老郎中配制的丸药。烂头的情绪已经非常不好了，叫喊着头又疼，哼哼唧唧的，我有些烦了，一个人背了相机出去拍山色风景。

  在山区里，无论是下乡的干部，还是要采风的文艺工作者，山民一般是敬而远之的，但有两种情况，你立即就会得到欢迎，与他们可以打成一片了。一是你会针灸，免费为他们服务。山里人的强壮那是能徒手扳倒牛的，吃生食，喝凉水，持久负重的能力使你惊讶不已，可说有病，不论瘿瓜瓜，大骨节，每个人不是腿疼就是腰酸，住在他们家里，常常半夜里能听见时不时发出的啊呜声，那是长长的呼气，似乎这么长声呻吟就能把骨头缝里积聚的疲乏和不适也呼了出去。他们一般是不看医生的，除非吃不动了，活儿干不动了，夜里和老婆弄不动了，简单的自救就是用瓷片割眉心放血疗法，或者拔火罐，再不就是画符念咒，有人免费来针灸，他们就给你真诚的笑，称你先生，做荷包鸡蛋放上红糖让你吃。二是你有照相机肯为他们照相，他们会立即进屋去换上最好的衣服，用头油或水抹光自己的头发，然后规规矩矩地手脚并拢地表情严肃地坐下让你拍照。尤其是姑娘们和丰满鲜丽的少妇，拍完照后可以让你到她们的小卧房去，回答她们提出的这样那样有关城里的提问，天若冷，都坐到炕上去，大团花的被子上人笑得没死没活，被子下十只八只脚乱蹬。我自然受到镇子里人的热情配合，没过半天，一卷胶片就拍光了，但我还得给他们照，只好按空镜头。看着他们认认真真为我留下姓名和地址，央求把照片能寄给他们，我对空按镜头的行为感到羞耻，便借口离开他们，一个人到河边去。这当儿，已经是黄昏了，太阳刚刚落下，月亮就出来了，河边的土堤上尽是柳树，这些柳树怕已近五十年物事，树桩始终不砍伐，而枝条年年被砍了搭鸡棚牛圈或烧饭用，树桩就越来越粗越老，差不多的桩都有洞，里边筑着鸟巢也住着蛇。我不太喜欢苍茫时分的河畔，于是跑回镇街又买了胶卷再去拍摄，一个独眼老者默不作声地站在远处看我，他看得久了，我回头给他笑了一下，他也笑了，瞎眼使面皮很紧张，扯得鼻子一动一动的，样子有些可怕。

"照相机能把人的魂也照了去吗？"老者说。

"那怎么会呢，这又不是照妖镜！"我说。

老者立即回转了身，喊道："都出来都出来，这个同志说了，照相不会照去魂的。"

土堤后的芦苇丛里一阵响，出来了两个大人和两个小孩，而且赶着一头猪。四个人都穿得破烂，全是瘦子，大人目光羞怯，不敢直对了我看，唯独小孩兴奋得直蹦，大人拍了他一下，拉到身后，他在身后歪了头，好奇地还看我。那头猪确实肥，十分地乖顺，脖子上或前腿上并没有拴了绳被牵着，只是一个大人提了它的尾巴，它就一声不吭地走。

"是去收购站交猪吗？"我说，"这么肥的猪！"

"是在镇子上新买的。"老者说，"孩子们都嚷嚷着口寡了。"

"日子不错么！"

"你觉得不错？我烦得想上吊哩！"

老者说，他知道我是城里人吧，已经在镇子上待了好多天了，如果我能看得起他们的话，邀请我去他家坐坐。那两个大人赶忙说对对对，一起发出了邀请，"给你杀猪，杀了猪吃肉！"

我谢绝了，但我被他们的真情感动，为他们拍照后，目送了他们过河去河对岸的那条沟里。这是由北向南注入大河的一条小河，他们在经过河面上的独木桥时却出现了困难，两个孩子在桥上战战惊惊，总是迈不开步，后来就趴在桥板上呜呜地哭。我把相机拐在脖子上，主动前去背了一个孩子过桥，又过去背了第二个，孩子是长久没有洗过澡了，浑身散发着难闻的味道。老者又在邀请我去他家了，我再一次谢绝，两个大人就赶着猪从桥上经过，猪是太笨了站在桥板上迈不开步，前边一人就双手抓住猪的大耳，后边一人拽着猪的尾巴，沉沉地吆喝着，猪才慢慢地挪脚，样子可怜而有趣。在他们走到桥中间的时候，我按了一下快门，糟了，光亮一闪，老者"呀"的一声竟从桥面上跌落下去，算他还敏捷，用右腿在落水的刹那间勾住了桥柱，身子就挂在水面上，紧张得双手要来抓桥柱，却怎么也抓不住。我赶忙叫道：勾住，勾住，我来救你！

老者险些落水完全是我的过错，当我踏上了桥，他终于抱住桥柱翻上了桥面，却不小心将一截桥板撞翻，那截桥板漂流远去，隔断了我与他们的连接。老者遗憾地向我招手，我也回应，目睹着老少五人赶了猪从河滩走去了。

回到镇街，灯火已亮起来，有几个挂着油灯卖烙豆腐的摊子，舅舅和烂头坐在那里喝酒。他们一人手里竟握了一条草绿色的蛇，蛇头是刚剁掉了，用嘴吮吸蛇血，没头的蛇还在动着，绞缠了他们的胳膊，然后慢慢地松弛下来，末了像一根软绳被丢在地上。我吓得毛骨悚然。

"书记，书记！"他们已经看见我了，烂头从旁边的铁笼里抓出了一条活蛇，刀起刀落，蛇身分离。"回来的早不如回来的巧，正赶上有卖蛇的，先喝喝蛇血排排毒吧！你瞧你那嘴烂的，蛇血比维生素好多了！"

我不敢到跟前去。

"你不喝？"烂头拿手捏了掉在地上的蛇头扔给翠花吃，蛇头突然张嘴咬住了烂头的手，他骂了一声"狗日的还咬我?！"我越发不能近去，扭头往房东家走，心里还是怦怦地跳。舅舅和烂头也随着回来，嘲笑我胆小。

"太残酷了，哪有这样喝蛇血的？"

"这地方都是这么喝的。"

"这地方就是怪，刚才我看见猪过桥了，就那么一根木头搭的桥，多肥的猪，四条腿挪着就过去了。"我说了在河边的见闻。

舅舅耳朵忽地动了一下，他的耳朵真的是会动的。"三个大人，两个孩子？"他说，"河对岸沟里哪有人家，天又这么晚了，是不是人贩子？"

商州常发生拐贩妇女儿童的事件，这我在省城已经听说过了，而且省报隔三岔五就有着警察千里迢迢解救被拐卖者的报道，来商州前老婆甚至还说：你小心别让把你也拐卖了去哪家当女婿！我说那好呀，我就带一个妾回来叫你为姐姐！惹得老婆一顿臭骂。现经舅舅这么一说，我也真有些疑心了：那么小的孩子，连话都说不连贯，出门怎么不见孩子的母亲呢？而且那几个大人，形容恶丑，神色又都是慌慌张张的嘛！

舅舅便站起来系紧皮带，拿了枪要去看看。舅舅如此的敏感和激动，使我也紧张起来，但我猜想，舅舅一定是为撞车孩子的受伤事一直内疚着，而如果真的有人贩小孩，他能去解救就多少可以心理平衡了。我们乘夜色赶到河边，上了桥，但桥面上少了一截木头，我说了那老者的行为，舅舅更怀疑老者是故意弄翻了一截木头，成心不让我过去的。他刚说完，突然张嘴吐了一口，说怎么胃里难受？我批评他不该直接吮吸蛇血的，舅舅却摆了摆手，说："怕是有了事了！"跳下水凫着过去了。我突然想到了舅舅说过老道士捡到金香玉时呕吐了的，但老道士呕吐避开了一场灾难，舅舅却蹚过河去了，还不迭声地催烂头也快过河去，烂头却在埋怨我："真要是人贩子，你的罪过就大了，是你亲自把孩子背过去的?!"我说："我又不是神仙，我怎么知道是人贩子？"两个斗嘴儿，对岸河滩上就砰地响了一枪。

"怎么啦，怎么啦？"烂头在叫喊着。

月光下，一只狼在奔跑着，突然前蹄跌闪，在空中陡然翻了个跟头，摔在沙滩上不动了。狼，哪儿的狼？我和烂头从桥上跳下去，烂头很快地凫过河了，我却被河水冲倒了，河中的石头绊了一下，倒在水中，一时慌手慌脚，又顺水漂去三丈远，喝了几口水，才勉强爬起来，湿淋淋地爬上了岸。

"不要开枪！"我大声制止着，"舅舅，甭开枪！"

又是一声枪响，有狼的嗥叫声。

"孩子在那棵柳树下，快去救孩子！"舅舅在急促地说。

我和烂头往远处的一棵柳树下跑，烂头边跑边训斥我："狼在吃孩子哩能不开枪?!"

沙滩上月光清丽，没有风，也没有石头，沙软得一走一个窝，跑动起来像是在梦里。经过了一丛老鹳草，草下是一摊猪毛和污血，旁边滚着一颗猪头。用脚踢踢，猪头上满是血和沙，一张脸苦皱着。我立即明白我见到的三个大人全都是狼变的，它们偷盗了镇上什么人家的一头猪和两个小孩来餐用的。又是成精幻变的狼！我怎么又遇上了这种事?!脑子嗡地涨起来，不顾一切地往柳树下跑，柳树下却并没有小孩，是两只卧着的狼崽。狼崽实在是太幼小了，浑身瑟瑟着，一边瞪着眼睛看我们一边嗷嗷叫，要站起来，又倒下去，屁股后扑扑地响，拉下一摊稀粪。原来小孩也是狼变的！五只狼，这是一个狼的家族吗，上次舅舅打死的那只白狼是这个家族的成员，或许就是狼崽的母亲，它们已经失去了一个成员，却还在这一带不走，为的就是要报复吗?!烂头一下子扑了过去，将那只略大的狼崽踢翻在地，又提起来使劲往柳树桩上摔。狼崽没有叫，或许来不及叫，摔着如摔一条布袋，眼见着小脑袋就碎了，绒毛和血点溅了烂头一身，也溅在我的脸上。

一阵奔跑声，舅舅提着枪跑了近来，问看见没看见一只狼跑过来，烂头把死去的狼崽丢在舅舅的脚下。

"也是狼?"舅舅说，"他妈的×!"

"狼小也鬼大哩!"烂头说。

"那一只还活着?"

"已经吓得立不起身了!"

"让子明收拾去，你往南边去截，我从北边赶，还有一只的!"

舅舅和烂头丢下我，不容分说地分头跑走了。这个夜里，我就站在树下看守狼崽，如同看守着一个犯人，我当然没有像烂头那样抓了它的后腿往树桩上摔，但我握着一根从树上折下的木棍，准备着若它逃跑，就先用脚踢沙迷它的眼睛，然后用木棒去抽。狼崽却没有动，只是嗷嗷地发着颤音，月光下，明晃晃的两道眼泪从面颊上流下来。"你原来是狼呀，这么小就成精啦?!"我骂着骂着，心却有些动了，我想到了我的孩子，孩子在看电视时，一旦有枪战镜头就吓得将头塞进母亲的怀里，而这狼崽却目睹了它的长辈被枪杀，它的哥哥或者姐姐被一下一下摔死，狼崽也是长心的，它该是多么恐怖呢? 我慢慢平静下来，僵着的身子也放松了，拿棍子戳了一下它的腿腕，我对它说："喂，你走吧!"

嗷儿嗷儿，它没有走，看着我还叫。

我知道它是一时腿软走不了的，而我若还守在这里，舅舅和烂头他们要来了，必然还是要杀死它。我极快地为它照了一张相，转身离开了柳树，在离开柳树的刹那间，我的心里闪过一个念头：我或许是东郭先生吧。但还是迅速离开了现场，追撵到河滩的南边。月光的迷蒙处，是杂乱的跑动声，我一边锐声叫着舅舅，一边举着照相机，就看见了又是一只狼跑了过来，忙闪蹲在一个沙丘后为它拍照，我的主意是抓拍之后，便就势往沙丘左边的一个坑里滚，不至于被它伤害。但是，咔的光一闪，狼的前爪一歪竟窝在了地上，惯性使它的整个身子打了一个旋，立即又掉头往回跑，烂头正从斜旁冲过来，声巨如豹，狼又折过身来，和我打了个照面。你简直不能相信，这时候一切都突然地寂静了，狼没有想到我立桩式地站在那里，而我又哪能料到狼又折了过来，登时瓷在那里没有叫喊也没有拍照。三米外的一对绿眼像神话中的宝石放着荧光，后来荧光一灭，它痛苦地倒在地上，一条腿蜷着，尾巴哗哗哗地摇。"它受伤了！"我这么想着，也就忘了惧怕，蹲下来拍照，相机这时候又发生故障了，我使劲拍打着相机，还未再照，一股沙子扑打在我的脸上，是狼用尾巴卷着沙打过来的，我的眼睛看不见了。"舅舅，舅舅！"我失声叫着，待把眼睛揉了揉睁开，舅舅和烂头已经追上来了，舅舅端着枪，一步一步向狼逼近，狼疯了一般跳起，天呀，身子是那么高大，像人一样后腿立起，竟也迎着舅舅往前走，口里发着咻咻声。

"你没事吧？"烂头一把将我拉到他的身后，护起来。

"它没有受伤，它压根没受伤，"我说，"它骗了我！"

狼用后腿行走的时候，样子如芭蕾步法，它的全身毛都竖起来，在月色的反衬下像是散发着一圈裹身的气团，瞬间里我想到了佛光，想到了蹩脚电影中那些英雄们视死如归的就义。舅舅站住了，甚至往后退了一下，但他的枪一直端着，并且拉动了枪栓。

"不要打死它！"我拨开了烂头，企图站到狼与舅舅的中间，烂头却用他的头撞了一下我的腰，我跌坐在地上。

狼还在往前走，它完全是疯了，头颅高昂着，咻咻声越发大，而尾巴像棍子一样拖在后边，沙滩上就出现一道深渠。舅舅或许是听见了我的喊声，或许他也被狼的举动惊骇了，他往后退。但舅舅退到哪儿，狼就逼到哪儿，舅舅已经退到一个沙滩边，一个趔趄后仰着倒下去，却在同时砰地枪响了，狼的脑盖飞起来，一股脑浆向空中冲了一下又落了下去，只剩下半个脑袋的狼便静静地立在那里。

舅舅将枪挂撑着，身子慢慢地撑起来，坐在了河滩上，他说："烟呢，烟呢？"烂头并没有将口袋的纸烟递上去，他一脚蹬倒了狼的身子，问我："狼崽子处理啦？"

打死的是12号狼，13号狼，1号狼和6号狼。

现在只剩下十只狼了，而在一个地方一下子就枪杀了四只狼，冷静下来，这样的惨案使我无法忍受，烂头问了一遍又一遍，是把那个狼崽摔死的还是用脚踩死的，不懂世事的狼崽偏偏却在远处的柳树下长声叫起来，叫得那么凄厉，节奏随着河水的流动，月光和水雾迷蒙得十步外什么也难得看清了。舅舅和烂头刷地都站起来，很快，烂头从柳树下提着狼崽的后腿过来了，他似乎怨恨地瞪了我一下，嘭地一拳就击在了狼崽的脸上，狼崽的气堵住了，发出嗝嗝声，只说它就那么也死了，但它却又叫起来，是一种无奈的哭。

"住手！"我说，"你们杀红眼了吗，一枪也把我打死吧！"

舅舅和烂头都怔住了，吃惊地看着我。沙滩上变得黑乎乎的，而河水一片白亮，迟到的富贵和翠花站在断桥上向这边吠叫，后来哗哗一阵水响，富贵是游过来了。

舅舅的样子有些慌乱，喃喃地说了一句：是打死了四只吗，是四只吗？打猎是可以让人疯狂的，舅舅的话可以看出他从疯狂中冷静下来了，也为自己的屠杀而尴尬了，烂头永远不会看眼色，却在说：是四只，三个大狼一个狼崽。舅舅提过了烂头手里的狼崽看了看，丢在沙窝子里。

"怎么不杀了？反正你是没孩子的，杀了这崽子就杀了！"我说。

"子明你在骂我，我是活该要做绝死鬼啦?！"

我的话刺激了舅舅，他是我的舅舅，比我年龄大，至今独自一人过活，揭人不揭短的，舅舅一定会向我吼叫起来，凭他野惯了的脾气，是要向我进攻的，即使不进攻，愤怒也将发泄到狼崽身上。但舅舅睁着眼反问了我一句后，站在那里没有动，站在那里久久不动了，我明明白白瞧着他在缩小，如一个塑料气包被针扎了一样。我对我的话后悔了，可我仍坚持我的原则，没有给他好脸，我说，制定条例时你是参加的，这次出来专员有专门的指示，狼是受到法律保护的，谁也不能随随便便就把它枪杀了，全商州只有十五只狼，若咱们这么普查下去，十五只狼或许就让你全打死了！你枪杀了一只我可以包庇你，这又是四只，你怎么让我拍照，我又怎么给专员汇报，专员又怎么对全商州的民众交代？

舅舅一言不发，他的身边是那只没有脑袋的狼，伤口还往外流血。我挪了一下步，觉得脚下软乎乎的，低头看了，原来是一条舌头，舌头肯定是狼的，但舌头竟长至足足一乍半长，我的身上顿时一阵扎痒。我想起了往事，前年的夏天，我的一位朋友的妻子遭了车祸，我去看的时候，她刚下了手术台，人昏迷着，头肿得有面盆大，面目全非，我看见她的第一眼浑身就扎痒难耐。人的肉体突然遭到了毁坏，生命与死亡进行着强大而激烈的搏斗，就会放射出强大的能量，今晚的狼是这样，前几日路过条子沟见到的一大片新砍伐过的树林子时也是这样。我抓了一把沙灌进衣领里来回蹭着衣服止痒，却不愿将这种痒说给舅舅。说给他也是不懂的。舅舅还是立着，也不与我说话，我们出现了长久的僵局。我多么希望烂头在这时做一种缓和工作，滑头而蠢笨的烂头却远远地躲开我们，他开始用手在河滩上刨坑，他的手像耙子一样刨得极快，松软的河滩上就刨成了深深的一个坑，然后，他费力气将两只狼和那个苦愁着脸的猪头一起埋掉了。

"一埋不是什么事也没有了吗？"烂头说，"咱们寻着那十只狼了，就说没有找着另外的五只，专员知道是咱们枪杀的吗？回吧回吧，我的尿又憋得难受了。"

烂头走向河边撒尿，尿了好长时间，他似乎还说了一句"我是尿长江呀！"我们谁也没回应他的戏谑。我说："回吧。"舅舅还是不动，我过去将他怀里的枪拿过来，狼崽还在河地上嗷嗷地叫，我突然地就把它提起来，兀自凫水过河。

我竟然能把狼崽抱回来，走到镇子里我也为我的行为吃惊了，舅舅和烂头在我的后边喊喊啾啾说话，他们一定在议论我的怪异，我就赌着气，偏不将狼崽扔掉，趁黑带进了房间，用绳子将其拴在床脚上。舅舅当然进了他的房间就不再出来，而富贵和翠花却兴奋得从我的房间跑出跑进，它们先是对着狼崽叫，狼崽是出奇的安静，只大睁着眼睛，后来富贵就去舅舅的房间竟把那张狼皮褥子也叼了过来，狼崽立即跳了上去，而狼皮上的毛倏忽间竖了，无风而似乎摇曳，柔柔地如田野里的荙片毛拉子草，狼崽叽叽吱吱叫着，在狼皮上翻腾打滚。我和烂头一直在看着，我们一时都没有了话，烂头就使劲地扑摩它的毛发，毛发上叭叭地放射着小火花。烂头难以掩饰的恐惧使我有了一种快意，因为我毕竟经过了州城宾馆的那一夜，我把烟递给他，他却说："你要养狼吗？"我偏不回答，我吸我的烟，他又说："能养的，古时候人就把狼慢慢养成了狗的。"翌日一早，我们离开了镇子，我早早在街上买了一个竹编的装鸡的笼子将狼崽装进去，笼子外蒙了一件外衣，不让房东和镇子上的任何人看见。老头知道我们要离开，情绪非常好，特意熬了一罐浓茶让我们喝，烂头说："我会记着你的！"老头说："你不会记着的。敌人都记不得我，我却记得住敌人的，第一天，敌人给我上老虎凳，我什么也没说……"烂头说："第五天，你还想说呢，敌人把你枪毙了！"老头咻咻地笑，说："你这小伙子！香香，拿些馍给客人同志，做个干粮啊！"女人把一筛子的蒸馍一个一个拿着垒在烂头的怀里，说："真的要走啦？"眼圈红红的。

　　猎枪当然是我拿着，没有明说这支枪今后仍由我保管，但舅舅也明白我是把枪没收了。他早晨起来再没有穿那一身猎装，亏着清晨镇街上弥漫了雾，我们不向任何人打招呼，谁也没有注意到舅舅。下一站到什么地方去，烂头只说顺公路走吧，这条路再走百里就该是山阳县境，狼是没有固定的住家的，走到哪儿就算哪儿吧。烂头的话，使我怀疑这是舅舅的主意，舅舅能普查清十五只狼，他知道狼都是在哪一带活动，虽然狼不像人有固定的住处，但活动的区域相对也是稳定的。以我的想法我能直接尽快地赶到山阳县城，我就可以将狼崽交给县政府，由他们送往州城动物园去喂养，可我不愿意将这想法说给烂头，也不愿意将狼崽笼子交给烂头提。

　　这一天是最为糟糕的一天，舅舅的情绪严重影响着我的情绪，虽然烂头故意说趣话，我和舅舅都未能高兴起来。曾经在胭脂坡下的一家山民家里吃过一顿饭，但没有什么可以喂养狼崽，它甚至连水也不再喝，富贵和翠花愈是活跃，它愈是郁郁寡欢，我担心它是快要死了。走到一个三岔沟口的地方，天黑下来，人累得要散架，远近却仍是没有村庄，坐在路畔里，将最后的一个蒸馍人狗猫分着吃了，给狼崽，它还是不吃。"来个生娃娃的婆娘就好了，"烂头说，"人可以吃狼奶长大，狼吃人奶不知道狼会成个什么样儿？"黑暗里他由吃奶说到了女人奶的价值：女人没结婚前是金奶，结了婚是银奶，生过孩子了就是猪奶，有外人没外人的只要孩子一哭，掀起衣服就把奶掏出来塞进孩子嘴里了。

　　"你一天不说荤段子就不知道怎么过活了！"我说。

　　"那好，"他说，"非洲有多少个国家呢？"

　　"这谁知道？"

　　"咱商量一下能不能颠覆毛里求斯，把一个国家分裂成两个国家？"

我气得没有理他，拿脚踢了一下翠花，因为翠花用爪子不停地去抓狼崽，气得狼崽嗷嗷地叫。

"你把狼崽一直要带着吗？"

"当然带着。"

"那它会饿死的。"

"放了它死得更快。"

"可是……"

他俯过身来耳语，说哪儿有捕狼队的人带着狼的，舅舅的情绪不好，一定是嫌带着这只狼崽了。我偏要带上狼崽，带上狼崽了就提醒着舅舅再不能枪杀狼。

这时候，河对岸黑黝黝的山岭中有了几处灯火，是灯笼和火把，从不同地方汇聚到一处，开始有了人语，但听不清说些什么，嗡嗡一团。今天晚上，那山岭上的什么人家邀亲朋好友为父母过寿吃长条子面吗，还是聚众要喝酒耍钱，而我们却要在野地里安顿就宿了。道旁有一个石洞，进去看了看，挺避风隔潮的，烂头将他的铺盖铺在外边，让我睡在里边，但是洞子深阔，洞道靠左侧又拐了进去，你不知道里边有多深，几只蝙蝠就扑扑楞楞地飞出来，舅舅便把烂头的铺盖丢在里边，而他靠洞口将那张狼皮铺下。烂头先是对着洞里呐喊了几声，说"没事，没事"，就忙活着用石头支灶台，叫嚷着弄柴火在大铝缸里烧开水。做过猎人的人生活能力极强，烂头很快支起了灶，洞里并没有水，洞壁上只湿淋淋地浸渗着一道湿印，他拿刀子在湿壁上凿一个渠儿，将一片树叶嵌进去，叶尖上立即就有了细细的一脉水，而柴火是用手一把一把在洞外抓的枯叶败草。但用火柴点燃的时候，火柴盒的磷面弄湿了，怎么也擦不着，舅舅默不作声地要过了火柴棒，在耳朵里焐了焐，仅仅在一块石头上划了一下，火苗就像一朵羞怯的花，颤颤巍巍出现了。

"舅舅真行！"我说。

"你舅舅行得很哩，他在青石板上摊过煎饼！"

"就你话多！"舅舅说，"这点柴能把水烧开吗？"

舅舅终于肯说话了，我立即快活地说："我们捡柴火去。"我和烂头出了洞，月光下往一块田地里去，那里有去年秋天堆放在地边的玉米秆，就各抱了那么一捆。烂头是个馋嘴，嘟囔着既然有了这么多柴火，有毛豆什么的就好了，"有红烧肉和酒才好!"我挖苦他。他还是放下玉米秆跑远了,不一会儿,怀里鼓鼓囊囊地过来了,原来他是在一畦土豆地里,偷刨了十多颗才生长的嫩土豆。

正是烂头要吃烤土豆,在洞外多待了时间,等到返回洞里,铝缸中的水已经烧得热气一片而没有见了舅舅。我那时也以为舅舅是出去解手了什么的,根本没往别处想,把方便面煮好了一缸,又烧好了几个土豆,舅舅还是没回来。烂头在洞口喊:"队长,队长,你是屙井绳吗?!"仍是不见动静,而翠花却叼着一只田鼠回来了,并没有富贵。

"我舅舅走了?"我紧张起来。

"富贵不在了,他的铺盖卷不见了,他把方便面放在这里,分明是有意走掉了。"

"可枪还在哩。"我说。

"你是把枪没收了的呀!"

我和烂头还是不能相信舅舅会离开我们,他为什么要离开我们呢,就因为我指责了他吗?狼崽呢,狼崽呢,更糟糕的是狼崽和装狼崽的竹笼子都不见了。

"我说不要带狼崽,你偏要带,他一定是因为狼崽才不愿意和我们一块行动了!"

但我发现了在灶台的那几个石头上黑乎乎一片,俯身看看,竟是弯弯扭扭一行用炭写成的字:我是不配当猎人,也更不配陪你去拍照了,烂头你得留下,你一定要协助子明完成工作。舅舅还是你的舅舅,没能领你回家去看看,等以后的机会吧。石头上还放着金香玉。

舅舅的离去,对我来说是沉重的打击,如果没有见到他,我是不可能下来寻找狼、为狼拍照的,他这么离去,这不是把我像一条鱼一样撂在了干滩上了吗?我一下子发起火来,扑哩扑咚踩灭了火堆,骂起来:"一声不吭,说走就走了,就算不认了我这外甥,这也配做一个猎人一个男人吗?!"烂头拿了金香玉在鼻边闻,不住地说,香。听了我的埋怨,却说:"队长才是男人哩,我几次说走呀走呀,可就是没走了,他是说一不二的人,要走就走了!"我说:"走了胡屠户,难道我就要吃连毛猪不成?"烂头不爱听了,反问:"谁是胡屠户,队长怎么成了胡屠户了,没了你舅舅,你又不杀狼,碰上狼就埋到狼肚子里去!"我也赌气:"谁不死的,与其死在床上,真还不如死在狼肚里,把坟墓安在狼腹里也是光荣的事。"我冷着眼说:"你走不走?"烂头说:"我听书记的。"我说:"我还算什么书记,你要走也可以走,我寻不着狼了,我可以取消拍照工作,回州城给专员汇报去!"烂头说:"汇报你舅舅的事?"我说:"这当然。"烂头又说了一句:"处罚你舅舅?"我说:"谁犯法谁就受罚啊!"烂头说:"你才是狼变的,你那么护着狼,狼是你同伙同志吗?我们为什么出来,都是为了治病,你没见你舅舅在生龙镇的精神多好,从镇上出来身体又变得虚弱吗?"我说:"我护狼还不是为了人,狼全杀完了,那人不就变得更虚弱了吗?"烂头肯定是舌战不过我的,他说:"话有三说,你们文人就会巧说!"最后我们都吵累了,坐下来,烂头向我发出最后通牒:他可以陪我完成任务,但不允许我把舅舅的事如实汇报给专员。我同意了,但也约法两章给他:一是以后不能再杀狼;二是一路上不要沾花惹草。

我走出洞外,四处查看有没有狼崽的尸体,一无所获。回洞里吃了方便面和烤土豆,闷闷不乐地睡下,还总希望着舅舅会回来,或许没有被摔死而被丢弃在什么地方的狼崽能寻着来,影影乎乎了一夜。天明继续赶路,到了一个村子,查问附近有没有过狼,村人对突然提到狼的事感到惊讶:是呀,不说狼倒把狼忘了,这几年怎么就没见过狼呢?又到了一个镇子,镇上人说,甭说现在,过去狼多的时候狼也不到镇子上来,因为这镇子家家都打铁,白日黑夜炉火通宵,狼是怕火的,但镇东鸥有个皮货收购站,北山一带的人常去那儿出售山羊皮、狐皮、锦鸡皮,也有狼皮。我和烂头就寻到了那个收购站,收购站却于一年前倒闭了,三间板式门面房紧锁着,门环上绣着个蜘蛛网,一只肥胖的蜘蛛正吐着一条丝往下吊。烂头将蜘蛛捉住,拔着蜘蛛的腿,我说:你这人这么残忍?烂头说:这有啥哩,政府又没有颁布保护蜘蛛的条例!我俩在门口说话声高,几个人就过来问我们是不是来出售兽皮的。

"收购站怎么不开门?"

"没货源了么!"

"北山人不来了?"

"收那些野兔皮、锦鸡皮能赚几个钱呀!?"

"那么狼皮呢?"

"现在哪儿还有狼呀,在地上画狼呀,你们是哪儿来的?"

"州城。"

"听说州城里那几家军工厂的工人都下岗了,没战争了,工厂要关门,加工牛皮的工人现在不如咱农民了,是这样吗?"

"是这样吧。"

"听说州里颁布了禁杀狼的条例,还要从别的地方给商州投放一批狼种哩,是这样吗?"

"是这样吧。"

我随口应答着,应答完了想:投放新的狼种?咦,这话是哪儿来的,怎么会有这种想法,这想法不失是个好主意,蛮有价值嘛!我们离开了收购站,我问烂头投放新的狼种有没有可行性,烂头说,以前只知道乌克兰猪是从苏联引进的,长毛绒兔是从安哥拉引进的,没听说过狼也引进,外国的东西都比中国的厉害,新狼种是什么样儿,如果引进投放了,还能不能让打猎?我没有再和他讨论下去,这天晚上我们住在镇上,我冲动着给专员写了一封长信,大略地汇报了我出来后的情况,重建议着如果仅仅保护剩下的十五只狼那是很难使狼群发展的,能否从别的地方捕捉和繁殖一批新的狼种投放到商州来?建立新的生态环境呢?可以说,我是为我有这样的建议而得意的,如果这样的建议最后能得以实现,那算是我为商州的生态环境改善做出的最重要的贡献了。当我写信的时候,烂头出外闲逛去了,回来后格格格地笑,我问笑啥的,他说他路过前边那排房的东头,窗口透着光,里面有鸡的叫声,隔窗缝一看,那个鸡贩子正抱了一只鸡用×弄鸡屁眼哩。白天里我是见到那个鸡贩子的,人老得一脸的黑斑,竟还有这股劲头,我说:滚滚滚,怎么啥肮脏事都让你看着了!他问我干啥哩,我说写封信,他说:你也是想老婆了么!书记,咱整天翻山钻林的,我这秘书也没给你寻个女人,如果你愿意,我拿刀把我腿剜一个窟窿你弄吧!我说你闭了臭嘴快去睡去吧,别影响了我给专员写信。烂头听说是给专员写信,脸刷地黑了,问:写的啥?我知道他的心思,偏不告知信的内容,他就佯装睡着了的,而且打着很大的鼾声。信写完后,我睡下了,我听见烂头在轻轻地叫我,我没有支声,他就坐起来,拉开了灯,偷偷地看我写成的信,他担心的是我汇报了舅舅枪杀了五只狼的事,但我没有写,他就重新睡下,而且为了舒服,裤头在被窝里脱下,用手一丢,恰好挂在了对面墙上的一个木橛子上。

第二天,他高兴地把信拿到镇上的邮电所替我寄发了,还给我买了一盒烟,我们就往北山方向去。但这一路，我却觉得好像什么都变了，路边的花开了一层，蜂也特别地多，尤其树上的鸟儿一个叫起来，立即十个八个鸟儿都在叫。过路的人和我们擦身而过了，总是看着我微笑，我问烂头是不是我脸上有黑。烂头说没有呀，是不是瞧着你长得漂亮啦？！

　　去北山要从前边十五里公路处的一条沟往北走，烂头夸耀沟口有一座庙，庙里香火很旺，咱们可以去庙里许愿，他当年路过那里求能找个媳妇，结果当年婚姻就动了，你是不是也去许个愿，让你这次在商州也遇上个相好的？我就说你嘴里给咱吐个象牙行不行？他说，那我给你学狼叫吧，就屈腿坐下，双手凑在嘴上，先是把头勾到地面上，然后发出呜呜呜的叫声，头也随之扬起，以至脸面朝天，那喉骨就上下滚动。又说：我给你瞪狼眼吧，双目一睁，瞳仁几乎全部翻白，只留一点黑在左上角。"这是狼发情时的眼光，你见过没？""我没见过。""狼发了情猛得很！可狼专一，若是公狼和母狼那事干上了，这公狼就一直只和那个母狼干。""那倒比你强！""但狼那不大，不像这些驴。"公路上的人不多，除了过往的汽车外，骑自行车的少，陆续却有着毛驴拉车。烂头就又介绍这里离县城不远了，山区农民的交通运输全靠这种毛驴拉车，家里若是毛驴死了，肉是不吃的，只割下驴，还要给毛驴烧纸过丧事的。这里的驴子样子特别有趣，长耳朵，矮身子，小若大狗，跑起来四蹄欢快，节奏碎而脆。这时有一辆驴拉车又过来了，车上的主人在睡觉，毛驴只低着头噔噔噔地走，凡有汽车过来，驴就自动避让一边，主人依然沉睡如泥。烂头给我做个鬼脸，便前去挡住了驴，牵着掉过车头，一拍驴的屁股，毛驴噔噔噔又拉着车子朝来的方向去了。看着烂头的恶作剧，我倒想起了舅舅，舅舅若在，烂头就不至于这么放肆了。可舅舅这阵在哪里呢？"你不快去让驴掉头，要把车拉回县城的！"

　　"那老汉总有醒来的时候。"烂头说，"有一年我们在二龙山打猎，一群熊被我们撵着，一个跑着跑着收不住脚从崖上冲下去了，后边的也一个接一个地冲下去，就像西边天上的太阳，看着看着，咕咚，掉下去了！麝却不是这样，你撵着它的时候，它也知道你撵它是为了麝香，它就在你快撵上的当儿，前爪就将自己的麝囊抓下来弄个稀巴烂。狼成了精就和狐子一样会迷惑人，我和你舅舅一次撵狼，到了一个芦苇滩上，明明是走几步就可以到岸上的，可就是发迷狂，整整半个小时寻不到路，等我们上了岸，狼坐在对岸石头上唱歌哩！""舅舅是不是……""想你舅舅了?"

走到十五里处,果然一条沟口有座寺院,寺院前是偌大的池塘,烂头就进去烧香许愿了,我坐在山门前看三三两两的香客都是一个竹盘盛着鳖,端着去了大殿,不一会儿又端着往池塘去,原来要放生。拉住一位放生者,问怎么这样多的鳖?回答山门左边的坡下卖鳖的多得很。在省城,饭馆里的鳖汤是一道名菜,那鳖多是人工饲养的,山区的鳖当然是野生的,可哪儿竟有这么多鳖出售?我从山门往左,下了一道慢坡,但见一片杂货摊点,大都是卖香卖表和刻有弥勒佛像的小挂件,有四家专售鳖。"这么多鳖!"我说。"买一只吧,放生了你会延年益寿哩!"一个卖鳖的妇女说。"鳖都是哪儿来的?""捉的么。""哪儿捉的?""池子么。""什么池子有这么多鳖?"妇女看着我,脸上不好看起来:"你买不买,不买了请你别挡着柜台。"旁边有人就给我招手,我过去了,他说:"什么池子,放生池嘛!白天里有买鳖的去放生,夜里又捞回鳖来卖,钱就这么赚么!"我恍然大悟,却不明白这种事寺里和尚难道不管,老头说:"和尚也得吃饭啊!"我喟叹良久,抬头见慢坡上烂头满脸大汗向这边张望,看见了我埋怨道:"你怎么跑到这儿来了?!瞧我这是什么?"他脖子上挂着一件质地极差的玉片,玉片上刻着一个如来。"多少钱买的?""应该说请。""请"。"咱俩换一下行不行?"他原来在谋着舅舅留给我的金香玉,"你想得美!"我说,不换给他。

我们顺着沟往北走,话题就一直围绕了金香玉。我说古代传说中的香妃,其实哪儿有香,就是佩戴着这种玉石的。烂头却说你还讲究是城市人,你不懂,真的有自来香的人哩。他一生见过两个奇女子,一个就是下边有香气,一个倒长得像菊花瓣,紧起来紧得很哩。我骂他:"你活该着头痛哩!"不想这一骂,他真的头疼起来了,赶忙吞了两片"芬必得",让翠花梳了一阵头。沟越来越深,人家也越来越少,有一种像牛的飞虫绕着我们身前身后地飞,奇怪的是飞虫并没有叮了我,而烂头背上被叮了几个红疙瘩,他拔了撮草就不停地拍打,说这飞虫从来不叮你舅舅,怎么也不叮你?我说飞虫都是母飞虫嘛!他就嘿嘿嘿地笑,说舅舅什么都能行,就是对女人不行,不沾女人,就连看都不看,要沾了就来真的,那不把人累死了?自己把什么都搭进去了,结果事情不成,他见女人就怕啦!路过一个山垭,一堆坟墓和一片密树林子的旁边是三户五户人家,矮墙茅屋,篱笆院落,有婆娘们和孩子端了大海碗吃糊汤煮土豆,土豆并不切片,大若小儿拳,吃时皆睁大眼,然后哽噎着脖子。瞧见我们走过,全拿筷子敲了碗沿,叫道:"来吃饭啊!"我招手致意,狗却吠声如豹,且一路猛扑过来,我遗憾着舅舅走了,富贵也走了,平白遭这些土狗欺凌。烂头在我后边断后,用枪杆已打翻了一只,但三只四只还是穷追不舍,吃饭的孩子就过来呵斥,我们已踏上一条小溪独木桥了,孩子双腿夹住了为首的那条狗,还在说:"来吃饭啊,怎么就走啦?"到了沟前,梁上独独长着一棵皂角树,树上却生有九种叶子,可能因树的奇异,树前有一个塌了的土庙,墙边一块碑,残破不堪,隐约能看得是"春□□□□□,□□□□□江",不解其意。我和烂头坐下来,吃干粮,翠花则爬上了皂角树,摘一个干皂角掷下来,打着烂头的头,再摘一个干皂角掷下来打着我的肩,我说:"翠花,翠花,我打死你!"

  翠花在枝头上得意洗脸,烂头却叫道:"书记你快看!"

  梁上可以看见梁前梁后左左右右的沟岔,沟岔里都有弯弯曲曲的路,路被树林子遮得时隐时现,树林子在云雾中半藏半露,而在沟岔底沿路的地方,这儿那儿有些土屋茅舍,听见谁家的鸡在叫,是那种才生下蛋的显夸地叫。就在东沟岔上的那个土塬上,梯田一层一层围上来,土塬如一个孤岛,孤岛上有一所房。山区常常有这种情况,麦收后碾干一块地做打麦场,碾打过麦后,麦场又耕犁了种庄稼,所以离土房不远的一块地角有一个小的麦秸垛。烂头要我看的是两只犄角奇大的黄羊就在麦秸垛前的土地上抵仗。这简直是一场惊心动魄的战争,两只羊都不咆不哮,各自相持在十米之外,突然间一起相对着跑,头那么低着,脊梁拱起,砰,声音闷闷的,头与头相撞了,盘角扭在一起。然后各自又以极快的动作掉头跑开,又回到了十米之外,然后再突然间冲去,又是一声沉重发闷的相撞声。如此分开,相撞,相撞,分开,如古时战场上的大将搏杀,来来往往四五个回合,最后一次相撞,就再没有分开,而是互相推着,一个将一个呼呼呼往左推了五六米,接着那一个又推着这一个呼呼呼往右过来了五六米,八条腿几乎没打弯,就那么如铁打的棍子撑着,地上犁出了深渠儿。再再最后,左边的那个一口气推着右边的那个往前,往前,还往前,竟从麦秸垛中穿了进去,又从麦秸垛的那边冒出来,仍在推着,麦秸垛就塌了。这样的场面,我没有见过,甚至看电影,西班牙的斗牛也没有这镜头,我取出相机拍照,烂头说,这地方什么野物都有,最多的是狼和黄羊,黄羊抵角粗大有力,狼多的时候,它们怕狼,狼也怕它们,狼是铜头麻秆腿豆腐腰,黄羊就专门抵狼的腰,一头撞过去狼就瘫在那里了,现在狼少了,黄羊就称王称霸,它们爱窝里斗,抵开仗了人是轻易不敢靠近的,常常就相互残杀,数量也越来越少了。

"噢。"我应着,照下了三张照片。

"吃羊肉不?"烂头突然说。

"你可不能随便打!"

"放一枪,我往高处打。"

砰!枪声使两只黄羊凝固在那里,且都拧过了头看,倏忽就全不见了。但枪声引出了一条狼,拖着一条长尾迅疾地蹿进了那土屋里去。

真没有想到,这只狼竟如此容易就露面了,它刚才藏在哪儿,是在躲避着黄羊呢还是在观察着黄羊争斗,要等着黄羊体力耗尽时而突袭吗?我在抓拍黄羊时突然镜头里出现了狼,当我意识到这是狼时,狼已经消失在土屋里,但我相信我是为狼拍下了一张照片。这令我十分激动。为了要清楚地拍下这只狼的形象,我举着相机从梁上往下跑,烂头一边叫喊着危险,一边提了枪来追我,山道上的荆棘挂破了我的衣服,脚脖和手也不知被什么撕烂了几处,殷红的血道如蚯蚓一般爬在脚面和手背上。

跑近土屋,土屋竟无人住,很显然,狼是钻进屋里去了,因为用一根木棒儿拴着门环的门开着,折为两截的木棒儿掉在台阶上。进了屋,屋里一个锅台,锅台上油乎乎地挂着三串咸肉,锅台旁一个大瓷缸,或许装着酸菜,或许是盛水的,缸上放着一个筛子。再就是一个石板砌成的大炕,炕头墙上有木橛,橛上架了木板,堆放着这样那样的口袋和陶罐。炕边着一台小石磨,小石磨的手摇柄套着长长的摇杆,摇杆的一头用绳系了吊在屋梁上。土屋里的设备就这么简单,狼在哪儿呢?会不会是我刚才看花了眼,或是狼真的跑了进来,而在我们从梁上跑下来时它又从门里跑出去了,或是从后墙那个小窗逃走的,可小窗虽仅仅是个洞,洞却极小,狼能逃得出去吗?

"人要急了斗大的一个窟窿也能钻进去。"烂头说,"狼更会缩骨法。"

我丧气地坐在炕沿上。

"这家怎么没人?"我说。

"鬼知道。"

"就是出门了，柴棒也能当锁？"

"鬼知道。"

翠花是这时候才从门外跑进来的，它一定是发觉我们突然地离去，从树上跳下追来的，浑身的毛已经蓬乱，甚至后腿上一片毛都没有了，它对着我们叫，蓦地围着瓷缸转了一圈，双爪挠缸。

"翠花，翠花，你瞧你这样子，"烂头说，"做女人也是窝囊女人！"

缸上的筛子猛地跳起来，打在了我和烂头坐着的炕沿，我们吓了一跳，惊魂未定，一只肥狼忽地从缸里蹿出来，一股风般地冲出了门，不见了。

"狼！狼！"烂头锐声叫喊。

我们扑出了屋门，屋外什么也不见了，烂头端了枪四处查看，哪儿还有狼的影子？骂道："狗日的它耍咱哩！"随之两人都笑得没死没活。

这就是我们在北山的奇遇。狼最后也未露面，我越是夸奖翠花的嗅觉，烂头越觉得脸上没光，他承认他不行，如果队长在，队长是能闻到狼的气息的，这只狼就难从缸里再逃走了。既然这里发现了一只狼，会不会还有另外的狼呢？我们从土塬上下来，走到一条沟里，沟畔里有人在那里挖土坑，有的已经挖好，上边蓬了树枝，烂头就说："挖陷阱，是套狼吗？"他们说："狼不是不让猎了吗，听说没有，捕狼队的人都被抓起来判刑了！""这是哪个婊子生的造谣哩？"烂头脱了鞋说："不套狼怎么挖陷阱？"山民说："套黄羊呀，黄羊只是害骚庄稼，我家去年秋季三亩地的谷子收不到两成，全让它们糟蹋了，狼怎么就不来吃了这些祸害！"又走了五里，见几十户人家顺着一个窄小的沟畔组合了一个村子，差不多是后响，各家的烟囱上冒着炊烟，细滋滋地往上长。烂头说："今天就歇在这里。"我问前边还有没有更大的村镇？烂头说是有一个寨子在后沟里，但住在这里好，悄声道："这地方以前我来过，有一个漂亮小寡妇，我那时差一点就要把她娶回家了，或许现在还在哩，你瞧瞧，长得心疼哩！"进了村子，他径直领我去村后最边上的一家，一个老太太正抱了一捆柴草往厨房去。烂头殷勤地说："大妈，你看谁来了？"老太太说："谁？"烂头说："我么。"老太太说："你是谁？"烂头说："你认不出我了？"老太太还是没认出。烂头说："翠花呢？"猫喵地叫了一声，烂头说:"不是叫你!"我这才明白烂头给猫起名儿原来是寄托旧时的恋情哩。老太太突然说:"记得了记得了,你姓王嘛,后岭开油坊的王家老二么!"烂头笑着的脸慢慢不笑了,低头低声对我说:"人老了记性都是这样。"虽然老太太最终仍不知烂头是谁,但我们还是住下来,而且吃了一顿饭。饭中烂头还是问翠花呢,老太太说出嫁了,就嫁在村前口的那一家,嫁过去日子仍不顺,三天两头吵闹,看来要嫁得远远的,吵呀闹呀听不着心也不烦了。烂头就不住地吸溜着嘴。老太太听说我们是来寻找狼的,便说:"有么,咋能没有么,我估摸睡觉前它就会来的,你们得帮我捉么!"吃完饭,烂头却睡下了,只喊叫累,我说不是还要捉狼吗,烂头说,这老太太老得颠三倒四了,能有多少狼,她说来就来了?我想想也是,就倒在炕上睡着了。不知过了多久,院子里一阵鸡叫,接着是哐啷一声,老太太喊:"小伙子,小伙子,快来捉狼!"我和烂头胡乱穿了衣服出来,老太太弓了腰抵着院墙角的鸡圈门刚刚打开二指宽的缝,刷地一条东西喷出来,落在院中捶布石上,烂头眼尖手快,将一个背笼倒扣下去,背笼里扣住的竟是一只黄毛老鼠。

"这哪儿是狼?"烂头说。

"黄鼠狼不是狼?!"老太太说。

原来这是黄鼠狼!黄鼠狼怎么冲出来时是一条蛇样的?烂头说,这东西急了,酒盅大的窟窿都能钻得进去。老太太一边从屋里拿了个小麻质口袋,一边历数黄鼠狼的罪恶,说五只鸡被咬死了三只,你喝了我鸡的血今日我得喝了你的血,就让烂头将背笼放一个口,黄鼠狼又钻进了麻袋里,她就扎了麻袋口,慢慢收拢口袋,最后隔口袋按住黄鼠狼的头,脚就踩住了黄鼠狼的身子,叫烂头用剪子剪开口袋一角,露出脑袋,再用剪子剪脖子。烂头说:我来我来。将口袋和黄鼠狼一块拧,拧得黄鼠狼一动也不动,听得见吱吱叫又噗噗放屁,院子里立时有骚臭味。烂头把黄鼠狼脖子剪开,老太太在碗里先盛了些温开水,然后接血,自个喝了几口,让烂头喝,烂头一气喝了大半。末了,烂头又让我喝,我不喝。烂头说:"这血对肾好哩,害肾病的喝过五只黄鼠狼的血不吃药也就好了!"他把剩下的全喝了,还伸出舌头舔了舔碗,灯光下,烂头嘴唇上腮帮上都是红的。

"黄鼠狼肉不好吃,扔了去,尾巴送给你吧!"老太太对我说。

我要尾巴干什么?谋着捉狼哩,捉了个黄鼠狼,老太太真会戏弄人。烂头说,你不要呀,这能卖钱哩,狼毫笔你以为都是狼的毫毛做的吗,其实除了狼的毫毛主要还是用黄鼠狼的尾巴制作哩。我仍是不要,回到房间重新睡下,烂头却没了睡意,问现在几点了,我看了表说九点十分,他说你睡吧,我出去转转,还给我掖了掖被角,就出去了。

烂头一走,我也睡不着了,而且老太太在堂屋里纺线,嗡儿嗡儿得蛮好听,我就又穿衣下来,和老太太说话儿。老太太是前年死了老头子的,两个儿子,大儿子分家后新盖了房,就是前面沟岔口的那一家,她和小儿子过,今日儿媳的弟弟结婚,小两口行门户去了。"生了儿是给亲家生的。"她说,这一去怕三天四天不得回来的。我当然就问到这里还有没有狼,她说狼确实是少了,她当年嫁过来的时候,一个冬天一只狼纠缠上了她,是只秃尾巴狼,出门老碰着,碰上了狼就坐在路边嘟嘟地向她吹气,然后就走了,她也不知道狼是为啥却没有吃她,现在倒是一年半载里真见不着一只。今年正月,她去泉里舀水,看见泉边坐着一只狗在喝水,她确实以为是狗哩,说:狗子,狗子,你把水喝脏了,人怎么喝?那狗看着她,把尾巴往屁股下收了收,这一收她看见那尾巴又粗又硬,叫了一声"狼!"狼被识破了面目,站起来慢悠悠地走了。"狼聪灵得很,它看我一个老婆子,走开时走得慢腾腾的,我还纳闷:"年轻时狼不吃我,年老了,一把干骨头的,狼更是不吃了!"

我笑起来:"那土塬上的独屋里也住着个老年人吗?"

"你是说铁墩呀!"

"叫铁墩?"

"铁墩老倒不老,但是个光棍,一人吃饱全家都饱了,他住在那儿图方便,白日黑夜门开着,盼着进来个女的哩!那老光棍,只要尾巴一揭是个母的他都要哩!"

"今日有只狼就进了那屋的。"

"是不是?母狼都寻他啦?"

老太太呵呵呵地笑,脸皱得像个核桃。

"他呀,门开着是没吃过亏,"老太太说,"这四条腿的都还能防,两条腿的就防不住了。"

"两条腿的?"

"两条腿的人呀,前日门上来了一个人,可怜兮兮的,婆婆奶奶地叫,我只说要饭的恓惶,舀一碗饭让他在屋里吃,我就去场上抱一捆柴去,回来他人不见了,碗拿去了,连鸡窝里一颗鸡蛋也没了!"

"那你不怀疑我们是贼吧?!"

"背着照相机做贼啊?!"

老太太有趣,我当下提出要给她照一张相,她高兴地应允了,就到卧屋好长时间不出来,出来时已换上一身新衣,头也梳得一丝不乱,搬出个老式椅子坐下让我照。但照相的时候,她却怎么也不笑,我让她笑,她笑得特别生硬。一照毕,她便又恢复了能说能笑的样子,直嚷嚷刚才把她紧张死了,她让我看她的手,手心里果然是汗。这当儿,烂头碎步跑回来,脸色通红,老太太说:"你在这里还熟呀!串谁家了,勾引谁家媳妇了?"说得烂头脸更成了红布,不敢看老太太的眼睛。

重新睡下,烂头说:"明日就住在村里,咱到旁边的沟岔寻狼去。"我说:"你不是说只住一夜吗,这里恐怕也就只有那一只狼。"烂头作难了半会儿,终于神秘地说:"你知道刚才我见着谁了?"我恍然大悟:"你去翠花家了?!"烂头说:"这你知道啦?你不要高声,我给你说,我寻到她家,她正去了门前茅房里尿哩,尿得刷刷刷地中听,我等着她出来,叫了她一声,她愣了半天就把我手拉住了,嘤嘤地哭,你瞧你瞧,我这肩头上还有她的眼泪鼻涕哩,我没有擦。"我说:"烂头,我和你可是约法了两章的,这事到这一步为止,若再有个什么发展,我知道咋办,你也知道咋办!"烂头打自己嘴,睡下了。

又是一个白天,我们走遍了周围的沟沟岔岔,一无所获。天擦黑进村,烂头说他头开始犯疼,得去前边的寨子里看有没有医疗所,要买些"芬必得",就让我先回了老太太家。吃了饭,老太太又坐在屋庭里纺线,烂头还没有回来,我在房间一时无聊,整理起行李,在换衬衣时,突然急出了一头的汗,因为挂在脖子上的金香玉不见了。一时把所有衣服口袋翻遍,又抖了被褥,仍是不见。烂头回来,我立即拉住,问见没见着金香玉,烂头愣了一下,就矢口否认,我感到了无望便闷闷不乐地睡下了。这里原本是有电的,老太太纺线却点的煤油灯,夸耀纺线又不是绣花,她年轻时在月光地里一纺一夜哩。老太太舍不得开电灯,我们也拉灭灯,黑暗里,隔着界墙是纺车的嗡嗡响,先觉得吵,后来换个思维,权当作为音乐去欣赏,脑子里便渐渐迷糊了。烂头抱了枕头闻了闻,说他的那个枕头一定是儿媳的，有一种别的味儿，我蹬了蹬他，自己就睡沉了。突然转过了一棵树，一棵老得浑身有洞的树，一个人在地上躺着，样子很像舅舅，跑过去一看，耳朵尖耸尖耸，还会闪动，果然是舅舅。舅舅躺着的地方原来是个山洞，山洞很大，刚才我竟没有察觉，往深处看了看，极远的方位有了光亮，可能是另一个出口，亮一个白圆，而洞顶一层一层石头上吊挂了无数的蝙蝠。舅舅睁开了眼看我，因为眼屎很多，一只眼被糊着终于没有睁开，他想坐起来，但动了动头又躺下了。烂头走进来，左手牵着富贵，右手抱着翠花，半跪在舅舅身边，说：队长，你想吃呀不？舅舅摇摇头。烂头说：队长，你想喝呀不？舅舅摇摇头。烂头说：队长，你想×呀不？舅舅还是摇摇头。烂头哭了，拉我到一边说：你舅舅毕了，人要是不想吃了喝了×了，人那就毕了！我近去又问舅舅你病了吗，舅舅说浑身发软，你瞧瞧这手腕子是不是又细了？舅舅的胳膊腕果然是细了。我说舅舅你怎么就躺在这儿，咱们回吧。舅舅说，我要死在这里。我说怎么死在这里，家里人也见不上你的尸体。舅舅说：你见过哪一个野兽的尸体？野兽是感觉自己不行了，就钻进一个洞里悄然死去的。舅舅的话使我很伤心，我就一定要背了他回去，但我怎么也背不起来，这时候烂头使劲拉我，我气愤地说：我要舅舅！我要背舅舅！

"书记，书记！"烂头在大声叫喊，而且扇了我一个巴掌。

我睁开眼来，烂头果然在打我，炕边站着老太太。

"你快醒醒。"烂头说，"睡得这么死，贼把你背走了也不知道！"

我莫名其妙，被烂头强扯着就往门外走，迷迷怔怔绕到屋后墙，那里躺着一个人，头在墙角的窟窿里塞着，胳膊和身子在墙外。烂头连踢了那人数脚，骂个不迭，遂对着墙窟窿喊："取了凳子！"屋里的老太太说："好了！"烂头就拉出了那人，像提了一条死狗似的把那人提丢在院子门口，对我说他要去喊女儿女婿的，手脚忙乱地向村道子跑了。

把那人拉回来交给了老太太，我才完全清醒了，原来老太太纺线纺到后半夜，发觉有贼在挖屋后墙，她没有惊叫，也不理，只是停下纺线，坐了小板凳就看着那屋角墙土往下落。果然不一会儿，墙角根出现一个小窟窿，有贼的一颗脑袋探进来看，老太太就势将小板凳垫了贼的下巴，贼被卡在那里，动不得也说不出话，老太太才又拉开了电灯，过来叫醒烂头，烂头又打醒了我。

"你这龟孙子，做贼做到我家来了?!"老太太把一口痰吐在贼的脸上。

贼趴下就磕头："奶奶,叔叔,我再不敢来了,再来让狼吃了我,吃得一个骨碴碴都不剩!"

"说得巧!"老太太说:"让狼吃了你,你知道现在是没狼了这么说?!"

院门口咚哩哐啷进来三个人,是烂头和一男一女,烂头骂道:"没狼?这就是狼!"从院台阶上拿起了个棍子就打,血从贼的头上往下流。那男子却进了老太太的卧屋,直声问:"尿桶呢,尿桶呢?"提了半桶生尿就哗啦浇在贼的头上身上,贼吱哇着喊疼,而满屋满院一股尿骚味。

"你这是浇贼哩还是熏咱哩?"女人说。

女的瘦高高的,一对杏眼,头发上别着一枚白发卡,她弯腰提了空尿桶要出去时,经过了我的身边,我蓦地看见了她的衣领没有扣严,脖子上有着佩戴挂件的绳系儿,绳系儿是黑色的。我的金香玉绳系儿就是黑色的!但我不敢肯定她的黑色绳系儿就是我的,更不敢肯定她挂的就是我的金香玉。

尿水和血水混合着把贼脸弄成个大花脸,贼用袖子擦,烂头一棍子又磕在贼的屁股上,棍子断了两截。

"叔,叔,不要打我,"贼说,"娃认识你么!"

"认识我?我是谁?"烂头说。

"你是捕狼队的。"贼说,"今早我还见你们队长了。"

"胡说!他在哪儿?"

"我不敢胡说,我是在红岩寺下边的沟道里见的。"

我们停止了殴打,问贼所见到的捕狼队队长是什么模样,他竟回答得一点不差。那么,舅舅在红岩寺了?!烂头一拍脑门叫道:我这么糊涂的,怎么就没想到红岩寺呢,红岩寺是你舅舅认识的那个老道住的地方,而你舅舅走失的三岔沟口往北一直往沟垴就是红岩寺呀!我想起了刚才还在做的梦,我说不清这个贼的出现是一种什么缘分,我说:"我要见舅舅,咱们去红岩寺。"

烂头去上厕所,却在院子里咳嗽了一声,老太太的女儿就出去了,这情景别人没留神,但我却注意到了,直在心里骂烂头胆大,却也站在门口,以防老太太的女婿去院里。过了一会儿是烂头先回来,他对我说如果要去红岩寺,还得原路返回到三岔沟口再进北边的沟,需要二至三天,即使舅舅在红岩寺,会不会就还待在那里,问我怎么办。接着是老太太的女儿也进来,手里提着从厨房拿来的热水壶，问我们喝不喝，都说不喝，她也不倒了，说："从前边的沟垴梁翻过去往东，也是可以直接到红岩寺的，只是路难走。"我看看她，却发现她脖子上的黑色绳系儿不黑了，是条黄色的。黄色绳系儿是烂头买来的弥勒佛挂件的绳系儿。我立即肯定了她先头挂的就是我的金香玉，是烂头偷拿了去送她的，刚才在院子里他将自己的那挂件又交换了。我心里一喜，说："这就好，路难走却捷快么！"烂头又踢了贼一脚："你知道路不？"贼说："知道，我就是从这条路过来的。"烂头说："那你带路！"

就这样，意外的盗窃事件，贼竟成了我们的向导。老太太和她的女儿赶紧烧锅做饭，一定要我们吃罢饭了清早赶路身子不冷。我和烂头也就收拾行李，烂头在弯腰系鞋带时突然叫道："书记，你瞧那是什么？"我弯腰看了，就在炕与柜子的夹缝处有了我的金香玉。烂头说："这一定是你睡觉时卸下来放在柜盖上掉下去的，要是没寻着，我可是重大嫌疑犯了！"我没有说破，只笑道："活该完璧归赵给舅舅哩！"

贼是个瘦子，殷勤机灵，一路上对我们伺候得还好，我就慢慢放松了对他的警惕，让他背着我们装干粮的袋子和枪。经过一片林子，烂头的头痛病犯了，我让他靠在树上替他捏头，捏得我一身汗，疼还不能止，我就让贼为他捏，后来拿拳头砸，甚至脱了鞋啪啪啪地扇打天灵盖，疼才减弱了，但人却虚脱得躺在那里如一摊稀泥，连眼睛也懒得睁。这是整个寻狼过程中烂头的头痛病犯得最严重的一次，他说他有死亡感，我也感到了他有死亡的恐惧，我叮咛贼去林子里找些泉水来，我当时想着等水找来了可以给他烧一缸热水喝，我却真傻，竟一时忘记了他的身份是贼，并没有让他放下背着的方便面口袋和枪。贼去了好久的时间没有回来，我气得只是骂，但是没有声息，待我亲自走出林子，林子外的一个崖脚处有一泓水泉，泉边有贼跪下去喝水的膝盖印，一棵小桦树上挂着枪，而贼不见了，方便面口袋也不见了。

这个半天，我和烂头是没有吃一口食物的，我跪在烂头面前责备着我自己，烂头却安慰着我了。他完全像变了个人，说只要枪没有丢，这就好，少吃一顿两顿有什么呢？我让他多歇一会儿，重新去舀水来烧了给他喝，并要出去寻找能吃的东西,他扶着树站起来,说不敢多歇的,歇久了就走不动了,必须限天黑得赶到红岩寺。可想而知,我们行走得是多么缓慢,直到天黑,才走到一个有着人家的沟里,拍打着门环要求投宿。

  你是无法想象,深山中会有如此整端的四合院,虽然堂屋、厦房以及柴棚磨坊牛棚猪圈院墙都是以石板苫顶,但宽敞干净,连一根柴草渣儿都没有。更出奇的是大大小小六七口人,皆五官清朗,衣着鲜亮,你不得不感叹在深山里除了痴呆、罗圈腿和瘿瓜瓜外,仍是有着英俊人物的。我们进去的时候,这一家人正在吃晚饭,在那么一个灶台上安装了一架床子,盘好的荞麦面团放到了床子的槽子里,一个人骑在杆杠上往下按,便成形煮在锅里。他们是按下一槽供一个人吃,满屋子是浓浓的醋的酸味和芥末的呛味,翠花连打了几个喷嚏。我们说明了来意,从大炕上跳下来的男人说:"嗬,城里人!这你们寻对了,我是村长,这一沟里再没有比我家干净的了!坐呀,坐呀,给客人先按一槽子啊!"

  麻辣是非常好的东西,我吃了两碗,烂头吃了三碗,出了一身的汗,头痛是明显地好多了。吃罢饭,男人和我们坐在安排我们歇息的厦房里说话,翠花则被孩子们抱着玩耍。男人问烂头还头疼吗,烂头说老毛病了,不碍事的,男人就说我给你治治,说着拍拍烂头的脑袋,舀碗清水呸地往墙上泼了,将一个大铁钉叼在嘴角,又拿起一把锤子,问:你叫什么名字?烂头说:穆雷。男人说:一会儿我叫你,你就应着。烂头说:嗯。男人低了头叽叽咕咕念叨了半会,猛地把钉子往湿墙上揭,砸一下,说:穆雷!烂头道:哎!锤子再咚地一砸,连说了三声,烂头应了三声,锤子也砸了三下,男人说:还疼不疼?我看见烂头在瓷着眼寻感觉,末了说:好多了。男人说是好了还是好多了?烂头说:我这病我知道是怎么害上的。男人说:我虽不是医生我却知道害病不外乎三点,一是内伤,一是外感,一是宿业,内伤外感吃药打针能治的,宿业就得还孽债了。烂头说,你家有葫芦吗?男人说有,烂头说你找一个来,我得把钉子往葫芦头上钉了!男人果然找来一个葫芦,烂头就把三颗长钉往葫芦上钉,一边钉一边说:你是往墙上钉哩,我老家那儿的老人让我往葫芦上钉,葫芦权当我的头,别人遭孽了到阴曹地府受刑,我是现世报!那男人倒嘿嘿嘿地笑了一通。

  "头疼了用钉子钉,手腕子变细发软了怎么治?"我想起了舅舅,问这男人。

  "谁有这病?"男人说,"前世若不是被人绳绑索捆,也该是今生里绳索捆绑过别人，是不是？"

我不知该怎么回答。

院子里一阵猪的叫唤，男人对着窗口朝院子里喊："给蒸些土豆吃哇，吃饱了少屙少尿也是分量嘛！把架子收拾好！"院子里说："这你得绑架子哩！"男人转过头对我们说："明日得把猪抬到山下收购站，晚上要收拾好抬猪的架子的，咱这儿没通公路，啥都要往山下抬哩！"我们忙说，你忙吧，男人就走了。烂头却对我眨忽眼儿，说道："你不去阻止？"我说："我阻止干啥？"烂头说："把猪交到收购站就是为了杀猪吃肉呀！你总反对我吃荤，可都不吃荤了，收购站的人干啥呀，屠宰场的人干啥呀，肉店的人罐头厂的人都干啥呀？！"对于民间广泛流传的轮回转世说法我是不以为然的，那是为了给芸芸众生劝善，但我坚持灵魂是随物赋形而上世的，人虽然是万物之精华，从生命的意义来说，任何动物、植物和人都是平等共处的，强食弱肉或许是生命平衡的调节方式，而狼也是生物链中的一环，狼被屠杀得几近绝迹，如果舅舅的病和烂头的病算是一种惩罚，那么更大的惩罚可能就不仅仅限于猎人了！我恨恨地瞪了他一眼："那你就慢慢地头痛吧！"

"我活该疼，"他说，"可你说植物也是有生命的，你怎么还吃粮食蔬菜呢？"

"不吃粮食蔬菜，满世界都是庄稼草了！"

"可现在人吃得把所有能种庄稼的地方都开垦成田了，这怎么说？！"

"这不就有了战争、灾荒，不又要计划生育吗？"

"你是文化人我说不过你。"

烂头挥了挥手，收拾床铺要睡觉了。我们常常为这样的问题争论，但争论从未有结果，我也恨我自己没有更高的文化水平，一下子就说服了他。但每一次争论完，我倒吃惊我现在怎么蛮有了觉悟，已经不是以前西京城里的那个灰不沓沓的我了？堂屋里，房东的女儿打开了收音机，正播放着什么曲子，音乐一起，我的感觉里，无数锋利的刀子在飞。便想到西京城里老婆这阵在干什么呢，那个小圈子里的文化人又在干什么呢，他们一定都在疑惑：子明呢？子明到什么地方去了？而我现在是躺在了商州深山的农家里，窗外是鸟的鸣叫，床下有蛐蛐在呐喊，一直趴在东边墙上的那只簸箕虫，这会儿也爬动了，发出嚓嚓的碎响了。烂头铺好了被褥，蹲下去往床下探望，他是睡过一次有木瓜的床，一朝被蛇咬，三年怕草绳，又骂了一句生龙寨的老头子。

"那是人家故意要整你的，"我说，"哪里会到处都在床下放木瓜？"

烂头关了门，突然笑嘻嘻了一会，悄声说："我给你现在说哩，那婆娘是个好婆娘，水大得很哩。"

"你还真的得了手了？"我说。

"外边人么，哪个猎人没那个事？"他说，"你也是出来时间不短了，你就不想老婆？"我没理他。

"我这阵想了。"他盘脚搭手坐在床沿，在席上掐个席眉儿掏耳朵。"一掏耳朵，注意力就到了耳朵上，下边的就没事了。这是你舅舅教给我的。"

"头才不疼了就胡思乱想！"我摸了摸胸口，隔着衬衣，硬硬的，金香玉还在。"睡吧，睡吧，这儿是正经人家，你别让人家听见了贱看咱。"

"哎，几天不见你托屁股了，痔疮好了吗？"

我动手去拉电灯开关绳儿，却同时发现从窗棂到对面墙头拉着的挂衣服的铁丝上，一只老鼠倒着身子，四脚吊着往过爬，就像人手脚并用过涧上的铁索。我哎了一声，老鼠已过了铁丝，迅速地从窗上溜下来不见了。我和烂头立即关严了门窗四处寻打，可就这么一间房子，却怎么也不见老鼠的影。墙角有个草帽，我踢了一下草帽，草帽下也没有。我和烂头觉得奇怪，坐在床头看动静，翠花一会儿抓床角，一会儿刨刨枕头，最后也卧在那里发呆了。

就这么大个地方，老鼠能跑到哪儿去？烂头又用脚踢了踢那个草帽，草帽还是那个草帽，踢到门口。我说草帽是人家的，你踢到门口，夜里开门不小心踩坏了给人家赔呀，过去把草帽捡起来往墙上挂，草帽却沉沉的，一翻过来，老鼠竟四脚紧紧地趴在草帽壳里，我一惊，猛地站起来，桌角正磕着额头，血刷刷地流下来，老鼠就势蹿上门框从屋椽的缝里逃走了。惊叫声惊动了院子里忙活的村长，进来忙为我烧了一些头发灰敷住了伤口，说："这也好，你头上一烂，你那同志的头就不疼了。"重新睡下，翠花上到我的床上来，还是那么弓成一盘在枕头下，我把它拨走了，烂头笑着说，翠花翠花，你过来，真老鼠你抓不住，可别把我的东西当老鼠抓啊！

天未明，院子里就一片响动，是村长和几个孩子将猪捆绑在担架上要抬下山去的，我们似乎醒来，又沉入梦境，一直睡到了太阳从窗棂里照进来，半个屁股都热辣辣的了。家里只有了村长夫妇，吃早饭的桌上，我问起红岩寺的方位，村长立即问：去弄金香玉吗？他也知道红岩寺老道手里有金香玉?！"这谁不知道呀？"他说，"这一半年多少人都去弄金香玉哩，那老道手里早都没货了！"老道不是捡了一整块金香玉吗？谁弄走的，能不能再弄到？我说："我这个同志一心想弄一块的。"烂头就看着我，有些不好意思。"你们真的想要吗？"村长说，"我可以给你们想办法，也只有我有办法，但价钱是有些贵。"烂头问什么价钱？村长的话却使烂头心凉了，我也心凉了：三百六十六元一克，如果真要，他可以去找一个人，听说此人从老道手里买走了全部的金香玉。"能不能少一点呢？""这价已经低得不能再低了！"话说到这一步，买卖已不能再做，我们就告辞了。出门时，村长还在笑着说：还是去红岩寺吗？我们说，那儿有个人在等我们。他说，我的话你们要信的，就是去了红岩寺找着老道士，你们也是弄不到一克重的金香玉呢。我们说，真的有人在那儿等我们的，他说那好吧，从这儿上前边那个坡，坡梁上往东走二三里路顺一条岔路下坡，沿沟道走，再拐一个崖脚，往西直走就能到红岩寺的。路过崖脚，那儿有户人家，你们捎个口信，让他们上山去修梯田，就说是我说了，过五天我去检查的，梯田还没修好的话，春上的政府救济款就彻底没了。

  我们按指定的方向走，所见到的稀稀落落的人家，都是茅屋，人穿得破烂，不是形容枯槁就是蓬头垢面，就感叹这一带是穷，再没见村长那样殷实的人家了。中午饭后，我们钻进一户人家想买些饭吃，一进去就赶紧出来，满屋子凌乱不堪，一个豁唇男人和三个孩子正吃苞谷糁糊汤面，大铁锅里用铲子一铲一疙瘩，然后就盛在原木挖出的三个小坑里，三个孩子坐在原木前狼吞虎咽。我疑问怎么不端了碗吃？烂头说，怕是没有碗，你瞧瞧这日子，全部家当不值几百元吧。但窗台上是有一个碗的，半碗切成方块泛着寡白色气的熟肉，我说："还有肉吃么！"男人说："今日请人锄地呀。"三个孩子立即都跑过来，满口满牙的苞谷糁，说："不能吃我们的肉！"退出这户人家，我抱怨日子这么苦焦，却还生一堆孩子，烂头说大山深处么，夜那么长，你让他们干啥呀？世上的事就是那么怪，家境好的不是生不出娃娃就是只生女娃，越是穷越能生，一生都是光葫芦！

  到了崖脚，歪歪斜斜了两间土屋，土屋是盖在半坡的，前面的墙很高，后面的墙却低，橡头几乎就挨着了崖石，翠花突然兴奋了欢叫，黑乎乎的门洞里就忽地蹿出一条狗来。我拔腿便往回跑，烂头也蹲下身抓石头，狗却后腿立起来，前爪使劲摇动，烂头叫了一声："富贵？是富贵!?"听见叫富贵，我定睛看时，可不就是富贵！而那一瞬间里，舅舅就站在门口，他披着一身的阳光，眯着眼睛在看我们了。

我们和舅舅的再次聚会就在这两间丑陋的土屋里。我和烂头喜欢得抱住了舅舅；舅舅看着我们，他没有那么张狂，一脸的难堪和愧疚，但他的眼角潮湿了。我们却不提他离开的那一幕，问他的身子，问他这么几天的日子。富贵和翠花就挽作了一团在门前小土场上打滚儿，直打得尘土飞扬，台阶上的鸡群也乱了，嘎嘎大叫。舅舅说："这都是缘分，这都是缘分！"

我当然是把枪交给了舅舅，还有那块金香玉。舅舅怔了怔，双手在衣襟上擦拭，末了还是把枪接住，但他没有接受金香玉。

"舅舅见到老道士了吗？"

"他病得很厉害，已经没有金香玉了。"舅舅说，"这家老汉十几年来一直自愿去寺里捐石头修寺前塄坎，老道士把剩下的那些金香玉交给了他，我是来问老汉的，老汉说金香玉让村长拿走了。"

我和烂头立即叫苦不迭，才明白了村长曾说过的话，烂头是×娘搞老子地骂了一通，甚至要折回村去寻那村长。舅舅摆了摆手，说："看来，得金香玉也得有缘分，这就像14号一样。"

"14号？是14号狼吗？"

舅舅没有回答，却要我们见见屋中的老汉。走进屋里，黑黝黝如进入一个山洞，停了半会儿，才看清屋里一个大土炕，炕洞前有着大的火炕，明着疙瘩柴火，火上有一根铁丝吊了的大瓷罐，咕咕嘟嘟地煮着什么，旁边窝着一团坐着的一个老汉和一个老妪。我们在门外说话的时候，他们没有出来，我们走进去，他们只抬眼看了看，深山里的贫困和寂寞，常常使山民对外来人有极端的反应，要么过分的热情，要么过分的冷漠，我说了一句："大伯大妈好！"回应是："坐吧坐吧"，他们终于说话了，很白的眼仁又翻下去，从身后拉过几个木墩子，并用手使劲擦了擦墩子面。

"大伯，"我说，"我从下边村子来的，你们村长让捎话，让你修屋后坡上的梯田哩。"

"我不修!"老汉倔倔地说。

"梯田总该修的吧。"

"不修!"

"……"

老汉突然站起来,恶狠狠地盯着我,我还以为他要扑过来打我,却猛地双腿一分开列个骑马势,他穿的裤子没有裆,垂吊下一根黑肉,他说:"我没裤子!"

这场面使我大吃一惊。

烂头却似乎并不以为然,他蹴下去用手抓起一个柴棍点火吸烟,说:"没裤子?! 越不修田越穷得没裤子,懒和穷是连在一起的,两个人轮流着穿裤子也得修田啊!"

"我才不给他裤子哩!"老妪神经质地叫起来,而且起身离开了火炕边,坐在了门槛上。"我给了他一条我的裤子,三天两晌裤裆就磨烂了。"

"大伯,"我制止了烂头,"我们只是捎个口信儿,村长说五天后他来检查的,田堰还没修好,春季的救济款就彻底没有了。"

老汉破口大骂:"没有了?国家给我的救济款就没有了?狗日的刘天水,他说把金香玉给他了,他给我发救济款的,现在又说不给我了?他不就是嫌我没给他狼崽子么?"

"狼崽子,什么狼崽子?"

"我就是不给他!大前年秋里,西林洼张家老二捉了一只老鳖,我要了去放生,他说他去放,结果他拿回家煮着吃了,我要放狼崽子,他知道了又要狼崽子,我看清他的心肝子,他不但不放狼崽子还要用狼崽子招引狼哩!他心沉得很,给啥吃啥,不给就黑着脸要哩!"

"狼崽子是哪儿来的?"

"不就是老道士给的么!"

"狼崽现在呢?"

"让狼领走了。"

"这儿有狼?"

我看着舅舅,舅舅却别转了脸,我恍然大悟,明白了舅舅离开我们当然出自于内疚和难堪，但他是带走了狼崽到红岩寺的，见老道并不仅是为了再讨要金香玉，而是为了狼崽。突然脑海里浮现出一幅图景：在红岩寺有一个秘密的地方，或许是木头围起的场子，或许是洞穴，那里喂养了各种幼小的野兽，一旦这些野兽有了生存的能力，老道就放生了。舅舅于是就将狼崽带了去，但老道却病了，病得厉害，便将狼崽托付给了这位贫穷的山民，山民喂养了几天，然后让别的狼领走了。我相信我的感觉是准确的，歪了头从门洞里往外看，土屋外那个茅草搭成的厕所边，一根木桩上拴着一只老母羊，母羊的奶头老长，这羊的奶供应着这对夫妇的饮用，也曾喂养过狼崽的。我离开了火炕，直直向舅舅走去，舅舅蹴在那里吸烟，用的是老汉的竹管子长烟袋，我拿过了烟袋吸了一口，说："舅舅，你伟大哩！"

"伟大？"舅舅似乎没有听懂，目光有些散乱。

"我只说你把狼崽子摔死了，原来你带到了红岩寺，红岩寺真应该建立一个基地，专门喂养失去生存能力的幼小野兽。"

"你说些什么？子明，我听不懂。"

"老道是野生动物保护者？"

"这我不知道。"

"是你把狼崽给了老道？"

"这，这怎么可能？这不是害我吗？"

舅舅猫腰从门洞里走出去。

一直瓷了眼看着我们说话的烂头，见舅舅走出了屋，便大声说："这不可能的，队长是猎人，他怎么养狼崽子？！富贵你说是不是？"富贵汪了一声，烂头说："你们文化人不如一条狗，灵起来就你们灵，笨起来却比谁都笨！"

哦，我算是醒开了，拿巴掌拍我的脑门。走出屋子，屋外红日当空，伸长四肢活动了一下筋骨，对着舅舅说，屋子里的酸菜味太重，熏得我快出不来气了。舅舅说这里是商州最穷的地方，让你到这里来，真是丢人了。我说也确实丢人，这日子怎么个过呢？舅舅说也正是在这样的地方才有狼哩。我说了在半路上见到过的那只狼的事，舅舅定住了眼光，详细问了狼的肥瘦大小和毛色，说那是九号狼，这一带还有四只的。

就是为了再给另外的四只狼拍照，我们决定在这一带留下来。但我和烂头不肯住到山民家里去，首先是卫生条件难以接受，更有一点，老夫妇这般穷，拿什么给我们吃喝？舅舅就提议还是再到红岩寺老道那儿为好。于是，我们留给了老汉一百二十元后，离开了土屋，烂头又突发怪论，说凡是烧香念佛的没一个能发达，一心向善放生的也都是穷光蛋，这老汉长的那个模样，一看就不是个有福的相。正说着，天上飞过一只鸟，不偏不倚一粒鸟屎掉在他的鼻梁上，他再也不敢言语了。又是一个大半天，我们赶到了一座山崖下，崖是红沙石崖，并没有特别出奇处，沿着之字形的小路上去，是一个红石层叠起的平台，而平台北又是一个崖，密密麻麻长着柏树，钻进柏树林子，路旋着往上，红岩寺就到了。红岩寺实在是小得可怜的一个石洞，石洞并不怎么深，依洞口盖了小小的土庙，庙门口的一棵古柏老得空了树身，几乎像是一块木板竖在那里，但顶梢上的柏叶却绿，树下的石碑上刻着一句话：汝砍我树我不语，吾要尔命命难逃。老道士已经十分地年迈力衰了，坐在一块发绿的方石上，皱皮包骨，面如土色，一对发白的长眉扑挂在脸上，而束起来的头发是那么稀少、干枯和肮脏，发束挽在头顶，别着一个柴棒儿。庙里冷冷清清，没有塑像，也没有香客，案桌上燃着一炷香，你不知道是敬的神仙还是老道自敬，案桌下堆了一堆算盘珠般大的土豆，而且颜色发绿。说实在的话，我满怀了虔诚和庄严的心情而来，这环境这老道的形状，使我觉得这老头儿住在这里似乎并不是为了传道或修炼，倒更像路上见到的那对儿老年夫妇一样，在困苦中熬度残年罢了。面对这样的寺庙和道士，我不明白他竟有寻到金香玉的缘分，而且会喂养和放生幼小的野兽。烂头压根儿就没有一丝敬畏，他在我和舅舅招呼老道的时候就一屁股坐在案桌下，脱了鞋揉脚，一边揉一边问金香玉的事，老道只说了一句："我没有金香玉了，我也不知道哪儿还有金香玉，"气得烂头哼了一声，靠在案桌脚上就垂头呼噜开来，立时涎水流湿了一大片胸衣。

    做晚饭的水是我们亲自去崖后的山泉舀的，柴火是在庙门前捡的，饭也是自个做的；苞谷面糊糊煮洋芋，没有辣子醋，只是一股儿盐。烂头就嘟嘟囔囔地不满。

    饭后，难得的风清月白，老道又在案桌上的香炉里焚香，而烂头就歪靠在案桌腿吸烟，他吸了一根又一根，我示意他不该在案桌前吸烟，他却让我给他照张相，说：烧香供神，吸烟自敬嘛！亏他还能说出这样的话，但老道却明显地冷下脸，坐在那里把眼皮扑沓下来。舅舅便寻着别的话头，可毕竟问十句老道常常只应酬一句，烂头又总是说困，大家就说睡吧，上炕睡了。

庙里只有一面土炕，原本是东西睡向，现在南北一排儿睡，脑袋就都枕在炕沿上。我很快就睡着了，但不久又醒来，因为浑身发痒，且有什么在腰里爬动，手轻轻伸过去，感觉是按住了一个东西，揉了揉再捏住，微微睁开眼，庙里黑乎乎地，而窗子发白，我将那小东西放在窗台，就势用指甲去压，啪一个小响。"是虱吗？"一个声音说，"虱咬着你了？你把它揉一揉扔了就是了。"

我吓了一跳，抬起头，模模糊糊的光线里，发现老道士靠坐在炕墙角的。"师傅你没有睡？！"

"睡着哩。"

"是我们占了炕，我坐起来，你老睡吧。"

"我是坐着瞌睡的。"

老道士也是坐着瞌睡的？我看了看炕那头的舅舅，舅舅的身下铺着狼皮，盘脚搭手也刚醒来，烂头熟睡着，张着嘴，样子十分可怕。

"睡吧睡吧，你的睡相好哩。"

"师傅一辈子都是这么睡的，我是上回来见了师傅，才学着师傅的样儿的。"舅舅小声说，"我怎么心里慌慌的，这狼皮也扎起来了。师傅，这附近有狼了呢。"

"盼它来领狼崽的时候它不来，这阵儿它来干啥？"

我立即过去拍醒了卧在炕下的富贵，我相信舅舅的感觉，但老道又说了一句"来就来吧，这里除了鬼就是狼虫虎豹的，你不要让狗惊动它。"我一时毛骨悚然，又拍着富贵睡了，但富贵偏是不睡，两只耳朵耸得直直的。舅舅就把富贵抱上炕，捏了一下它的下巴，富贵就伏下睡着了，也有了细细的鼾声。一切又都安静了，各人又都睡下，约摸个把小时，我偷偷地在坚持着清醒，却不知不觉又要迷糊时，隐约听见了门被抓挠的声音，忙支起身，看见老道士趴在窗口往外看，而舅舅也趴过去，是老道士在悄声说：来了。

"谁呀？"老道士高了声。

"刷！"一把沙土打在庙门上。

"是狼吗？"

"刷，刷。"两把沙土打在庙门上。

老道士起身下炕去开门了，吱地一下，门半开，跌进来的是一片三角形的白光，一大一小两只狼出现在白三角光里。我立即认出那小狼就是曾经被我抱过的狼崽，它明显地强健多了，但有些羞怯，先在大狼的前面，后来就躲到大狼的身后，使劲摇尾巴。老道士在说："怎么不是我治的那只狼了？"大狼呜呜了两下，声音颇像个结巴。老道说："不是的。噢噢是你碎崽子领来的，寻我有什么事？"大狼转了一下身，扫帚一样的尾巴先是夹在屁股上，慢慢伸长翘高，半个屁股上没有了毛，肿起一个大包。"哟，你也要看病呀，长这么大的疮，这我怎么治？"大狼的头弯过来看着老道，又是呜呜地叫，像是哭了似的。老道士开始在地上摸，什么也没摸到，他就从头顶的发束上拔下了那根木棍儿，对着那个大包猛地一戳，大狼嗷地大叫了一声，后腿倒在地上，而一股脓血喷出来，难闻的气味顿时熏得我闭了气。几乎是过了一分钟，大狼方从地上爬了起来，回转身了，这回竟将前爪跪地呜呜呜了三声，然后两只狼从三角白光里消失了。老道士重新关上门，回坐在炕墙角合眼又睡了。

这一幕如天方夜谭，说给谁谁也不肯相信，但确确实实是我亲眼看到的。我当时目瞪口呆忘掉了去拿照相机，等狼从庙门前土场的月光下消失之后，我后悔得直扇自己的脸。

"师傅还是医生呀？"舅舅说。

"屁医生。"老道士还闭着眼，"狼寻到我了，生疮出个脓就行了。这是怎么啦，前不久一个狼病恹恹地来了，这一个狼也是生疮，现在你们不猎杀狼了，狼自个倒不行了？！"

"师傅，"我说，"狼还会再来吗？"

"这得问狼哩。"

"狼要再来，我能为它们照个相吗？"

"这更得问狼了。"

"你能听懂狼的话，狼也能听懂你的话？"

"狼通人性么。"

我对老道肃然起敬了。佛教是崇尚虚无的，但也有活佛，道教讲究的是修炼成仙，这老道一定是仙了！这回进商州，山民们常说到狐狸精、蛇精、老树精，如果任何东西都能成精，老道就该是人精了。第二天，我说起夜里的事给烂头听，烂头却是不信，"他还是郎中？"烂头说，"我说个郎中的故事吧。有一个人娶了三个老婆，临终时，三个老婆围着哭，大老婆抱住了男人的头，哭道：郎的头呀，郎的头呀！二老婆抱着男人的脚，哭着叫：郎的脚呀，郎的脚呀！小老婆是男人最疼爱的，见两个姐姐分别抱了男人的头和脚，她就抱了男人的尘根，哭着说：郎的中呀，郎的中呀！这老道就是这样的郎中！"我恼了，不理他，他也觉得说了不该说的话，越发唆弄着舅舅离开这里，说吃不好，睡得也不好，浑身尽是虱咬的红疙瘩。但我坚持不走，我相信再住下来，肯定还会有狼出现的。这一天里，我殷勤地去山泉里给老道士挑水，并帮他把那些南瓜切成片，用绳一片一片串起来挂在庙墙上，下午又和舅舅烂头去掮石头砌庙前的地堰。黄昏时分，突然间远处有了激烈的呐喊声，甚至能听见车马号角的嘶鸣，约摸几秒种，声响消失。我以为是产生了幻听，问舅舅："你听见什么声音了吗？"

"这是山响。"舅舅回答得很坦然。

"山响？山里怎么有呐喊声，还有马的嘶鸣和号角？！"

"你知道李自成在商州屯过兵吗？"

"知道。"

"当年这里有过战争，山把声音吸进去，现在时不时就放出来了，打猎的时候我遇过几次。"

"有这事？"

"不信你问烂头。"

烂头点点头，见我还是疑惑，便说："我给你说一件更奇的事你听不听？"

我说听的，但不许说脏话。他讲，就在沙河子，他们老家东边五里地有个地方叫甘沟村，村后山根下原来有个学校，十年前一次滑坡，把学校三十个学生埋在里边了。后来半夜里就常能听见一片惊喊声，他是听过一次叫喊声中有叫"敏敏，快跑！"他亲自做了了解，果然被埋的学生中有一个叫敏敏的学生，那年才十五岁。烂头说完了，仰头朝空中呸呸吐了几口唾沫，又让我也呸呸地吐，"甭让鬼魂寻着话附在咱身上了！"

沙河子发生的事毕竟地点远，时间又早，而山中的呐喊声和车马号角的嘶鸣声却让我大感兴趣，就鼓动着舅舅和烂头去看看声响发作的地方。这时天色已暗下来，我们向东边的那个山梁上走，山梁上长满了树，山梁下去分成两面土坡，两面土坡缓缓漫下形如人伸直的两条腿，而土坡分岔处，也就是山梁下去突兀着一个石包，石包上一圈长着树和藤萝，中间却是空地，空地上沁出了山泉，水便从石包上流下去一直流过土坡，溪水如线，白花花闪亮。呐喊声再没有出现，我拍摄了几张照片，虽然知道光线效果很差，但好赖也要拍的。"你瞧瞧这山势，是不是个好穴地？"舅舅说。我看不出山梁的奇特处。烂头说："像不像女人的阴部？"这么一指点，越看越像。"你们也会看风水？""看风水是把山川河流当人的身子来看的，形状像女人阴部的在风水上是最讲究的好穴。"烂头就说怎么看怎么看，你俩听着，我死了就把我埋在这儿！舅舅猛地捂住烂头的嘴，说："狼！"

果然就在石包上的水泉边坐着一只狼的。狼是在哭，气息一长一短，哽咽得特别伤心。我们都闭住气了，轻轻地蹴下身，我终于看清坐着的狼的身边并不是一块石头，而是平躺着的另一只狼。狼哭了一会儿，用爪子打打那平躺的狼，平躺的狼动也不动，坐着的狼就又哭。

"那只狼死了。"舅舅说。

紧接着，又一只狼出现在了水泉边，低着头，来回地转圈后扬了头呜地一叫，又来了两只狼。这两只狼几乎并排走过来，步伐趔趔趄趄地要倒。四只狼就围着死狼哭。

"不要开枪啊！"我赶忙低声提示着。

"没有带枪，"舅舅说，"看见左边那个狼了吗，那是昨晚来的大狼，左边和右边最后一只同死狼是这一带的狼，编号是3号、7号、8号。昨晚上那大狼是9号，另一只是10号，它们原在龙王山的，怎么也到这儿了？小青呢，不见那狼崽子了。"

我跪在了地上，将相机镜头对准了狼群，光线模糊不清，我还是按了一下快门，但相机又出毛病了，我这台相机本来是名牌货嘛，怎么每一次为狼拍照的关键时刻就出毛病！我使劲摇晃了几下，再试时，它又好了，就一连按了十几下快门。我知道这是一只狼死了，死掉的狼是不是老道说的曾让他看过病的狼呢，反正它是死了，活着的狼在哀悼它，举行葬礼。我只说狼像人一样会用爪子在地上刨坑，然后把死狼埋下去，但四只狼突然一起扑上去开始用口用爪撕裂死狼，死狼像是一块豆腐似的，几乎经不住撕裂就分成了数块，然后狼们就抖动着身子吞食，或许是噎住了，扬着脖子左右扭动。整个过程，我拍了几乎一整卷，但舅舅和烂头却再也忍耐不住了。我刚要再换一个胶卷继续拍照，舅舅大声地呐喊了：

"狼——！"

喊声震荡着山谷，像滚动了暴雷，一个声浪也在回撞着：狼狼狼狼狼狼。

我说不要这样不要这样，他们却已从树林子里往下跑，黑黢黢的树林子里没有路，便响起了树枝的折断声和乱石的滚动声。而狼群突然停止了吞噬，全坐在那里支楞了脑袋，也就是脑袋那么左右一摆动，倏忽间不见了。

等我连跑带滚地也到了石包上，舅舅和烂头在那里查看现场，水泉边被吞噬的狼除了剩下几根狼骨和一摊稀粪外，肉块没有，连一团皮毛也没有。

在红岩寺住过了第四天，我发现老道士的脸色越发青黄，后来他的全身都黄得像黄裱纸一样，几乎透了亮色。他已经不能坐在那里了，因为肚子凸胀如鼓，敲着就发出空音。舅舅就拉我到庙外，说师傅黑气上了脸，这病不轻哩。我的感觉老道士是一直患着肝病的，如今是不是到了肝功能衰竭开始腹水的晚期了呢。我在省城的邻居老太太临终时就是这个样子，她三天三夜是在喊肚子要爆呀肚子要爆呀的。舅舅听了我说的话，也有些害怕了，要背了老道士去山下看医生，烂头却提出我们离开，他说还看什么医生，尸虱都上身了。我不明白尸虱是什么东西，烂头说人在死前衣服上就生出一种小白虫子，像虱又不是虱，那就是勾魂的小鬼到门首了。如果老道患的真是肝病，咱们同他吃住了这么多日，保不住也被传染了，即使不传染，他要突然死了，咱们留下当孝子吗？烂头话说得难听，舅舅当下扇了他一个耳光，骂了声：滚！舅舅的手重，烂头的脸上五个指印就肿起来，烂头竟也急了，真的赌气下了山。我追他到红岩山的平台上，烂头还是气乎乎地说："我叫他是队长，他以为他真的是队长了吗?! 我鞍前马后跟了他，他倒打我？倒当着你的面打我?!"怎么也不肯回头。

我回到庙里，舅舅坐在那里吃烟，见了我一个人上来，说："我说见了狼要打的，可现在遇见那么多狼不能打，倒霉的事情不是都来了。他走了？"

"走了。"我说。

"他狗日的真的就走了?!"舅舅说，"他走吧，他狗日的心硬得不如狼哩！"

但舅舅这个下午也下山了，他是去寻找山下的医生来给老道士看病的。老道士躺在炕上，痛苦得脸面失了形，却是一声也不哼哼，我问他想吃点什么，他说肚子要胀死了，拿刀子给我捅个窟窿吧，说着就迷昏过去。我吓得大声叫他，用力掐人中，他终于又睁开了眼，瓷呆呆看着我，嘴唇蠕动着。我知道他要说话，但声音小得像蚊子叫，趴在他的嘴边用耳听，听到的是："我这一去，它们来了找谁呀！"我说："师傅，师傅，它们是谁？"老道士突然剧烈咳嗽，整个身子都从炕上跳起了，我忙给他捶背，门口里走进来了烂头。

"烂头你真的回来啦？"我喜欢地说，"到底舍不得队长！"

"我才不是为他回来的。"烂头说，把手伸在我面前，手心展开，亮出的竟是金香玉。

"你什么时候又把金香玉拿去了？"

"你知道了我曾拿过？"

"我怎么能不知道它挂在那个女人的脖子上，你这回又是怎么拿的，我竟一点没觉察？"

"不说啦，书记，不说啦。"

老道士哇地一声，一股鲜血从口中喷出来，接着又是一股，又是一股，像射水枪一样，血就喷在了墙上，墙上是一个红灿灿的扇面。我急喊师傅，老道士的眼睛就闭上了，脸上明明显显绽了一个微笑。

"咱们是命里该给老道士当孝子的。"烂头嘟囔着不让我哭，但他毕竟有经验，把庙里所有的香和纸都翻腾出来烧了，说是人倒了头要上阴间路，得有钱打发路上的小鬼的。又拿清水当酒奠祭，然后用手揉搓着老道的周身，使那弯起的胳膊腿伸直，再翻箱倒柜，寻出一身依然破旧但还干净的道袍给他换上，他说："师傅是青龙相哩。"我不懂他的话的意思，他又说："女人没毛是白虎，男人毛过了股沟一直长到前胸后背的就是青龙，可惜师傅是青龙他却出家了。"我气得哼了一声，就不言语了，开始给老道士洗脸、梳头。刚刚完毕，舅舅领着一个村医满头大汗地赶来了，见了此状，滴了一颗眼泪，打发着村医下山通知山下的人来处理老道士的后事。

但是，这天夜里，山下并没有来人，我们不知道老道士的尸体是按一般人那么盛进棺木入土为安呢还是道教有道教的规矩，另有安葬法，便坐在庙里等着。整整几个钟头，我哼起了在半路上听来的孝歌，舅舅听着听着也跟着我一起哼唱："为人在世有什么好，说声死了就死了，亲戚朋友都不知道。亲戚朋友知道了，亡人已到了奈何桥。阴间不跟阳间桥一样,七寸的宽来万丈高。大风吹得摇摇摆,小风吹得摆摆摇。两头都是铜钉钉,中间抹的花油胶。有福亡人桥上过,无福亡人打下桥。早上的过桥桥还在,晚上的过桥桥抽了。亡者回头把手招,断了阳间路一条。"我们越唱越感到凄凉,泪水就哗哗地流下来。烂头是没有唱的,但烂头始终没敢说一句不恭的话。到了后半夜,门外有了响动,我还以为山下来了人,隔窗看时,来的竟又是一只狼!我说:"狼!"舅舅和烂头都吃了一惊,趴在窗台看了,舅舅突然泪流满面,低声说:"狼来悼师傅了!"这只狼就是前几日生过疮的大狼,它蹲在了门口先是呜呜了一阵,紧接着呜呜声很浊,像刮过一阵小风,定睛看时,就在土场边的柏树丛里闪动着五六对绿荧荧的光点:那是一群狼在那里。这么多狼为什么远远地躲着不肯近来,我还未多思量,门口外的大狼就抓门,嚓啦啦响,再是背过身去,用后腿扬土,土打在门上和窗上。我没有动,同时使劲地按住舅舅和烂头。狼又扬了两下土,狼转过身来,高高扬起了头,然后头一低,我看见它的口里叼着一块小石头,放在了门口,转身走掉了。

舅舅打开了门,捡起了那块石头,说了声:"是金香玉!"我和烂头过去看了,果然是金香玉。我突然醒悟过来,老道士生前是说了谎的,他的金香玉一定是狼送给他的,或者是狼引他捡到的,而他说出的那一套金香玉的来源全然是编造的;现在,狼又来感谢和悼吊他了,又给他带来一小块金香玉,狼一定是知道金香玉在什么地方的。我们急忙往外撵狼,可直撵到红岩山下,没有撵上,寂静的夜里只有我们和我们印在月地上的影子。

第二天,山下是上来了四个人,其中就有那个村长。村长见了我和烂头,劈头说:"哈,你们还哄我哩,我说你们是为金香玉来的,还说不是,弄到金香玉啦?"先前对村长是一派好感,现在看他什么都不顺眼,头是榔子头,鼻是鹰嘴鼻,牙缝里嵌着满是苞谷糁儿。我说:"你把金香玉全骗到手了,我们到哪儿弄呀!?"他噎住了,避了话头指挥着收拾老道士的遗物,便将庙里那些破烂一件一件抖着看了,堆在一起然后背了手四处查看墙壁,甚至还敲了敲是否有夹层。

"你再挖挖这地下,"舅舅说,"说不定就埋着金香玉哩!"

村长嘿嘿嘿笑了,说:"得金香玉是要有缘分哩。"但他还是来看了老道士的肛门,又掰了掰老道士的嘴。

有了村人料理,我们就离开了红岩寺。下山的路足足走了半天,简直是一步一徘徊，我感念着老道士，是他让我看到了一个能庇护狼的善良的老人形象，也更使我有机会为五只狼拍下了照片，就跪下来，面对了红岩寺的方向磕了一个头。舅舅站在那里一直等我磕完了头，就要回了送给我的那块金香玉，却把狼叼来的金香玉交给了我。烂头有些眼红，低头踢路上的石头，我对他说：到下一个县城了，让玉石店的人把它分开琢孔，我戴一个，你也戴一个。

离开红岩寺，下一步该往哪里去，我们颇费了心思。以舅舅普查时掌握的情况，镇安县的李家寨有着4号狼的，山阳县的黄柏垭一带有10号狼和15号狼，而雄耳川有两只狼的。狼虽然有固定的活动区域，但也常常迁徙，尤其在老县城那儿见到了大顺山一带的狼，而在红岩寺又见到了二龙山一带的狼，迁徙的范围大和数量多连舅舅也深感惊异。到底是去黄柏垭还是去李家寨，谁也说不定去了就能碰见狼，而雄耳川却是这三处最近的一处，不妨先到雄耳川。

雄耳川是舅舅的家乡，这个家乡从老县城迁来，村人似乎与狼俱生有着神秘的关系。舅舅介绍，他们居住在老县城时，老县城是狼祸重灾区，搬到山下雄耳川了，雄耳川又是狼始终不绝，越是有狼的地方越产生猎狼的高手，而愈是有猎狼的高手，狼愈是来得前仆后继。我笑着说，这就叫相生相克。烂头说依你这话，狼现在几乎没有了，我们这些猎狼高手就该都去死了？我说，咦，你也算是高手？烂头说你到现在还不认为我是高手？！我说，算高手吧，世上往往在无法看好的病的领域里名医最多。烂头噘了嘴不再理我。当我们走到一个叫石门的小镇，那里是商州有名的石门玉产地，镇街上有几家玉器加工厂，烂头竟没忘掉分割金香玉的事，结果一分为二，各自系了绳儿挂在脖子上，我还笑着说："你别把它送给什么女人啊！"可在饭店吃过饭，他就独自去镇上乱串去了，气得舅舅一顿臭骂。我们分头去找，他果然蹲在一家美容美发店的门口和三个女店员说说笑笑，正把一个胖子的手握着看来看去。舅舅黑了脸说："你干啥哩？"烂头说："看手相哩，她原本富贵哩，可惜没生好年代，要是在唐朝，能进宫当娘娘哩！"我一把扯了他的胳膊就走，他说："书记，看手相是联系群众哩，他们说到狼啦！"我说："遇见色狼啦！"他说："真的说到了狼，那个胖子的哥哥昨日才从李家寨回来，说是李家寨有人捕杀了狼啦，剥狼皮的时候还剥出个狼崽呢。"烂头的话属真属假，却使舅舅改变了行动计划，我们就又直接去了李家寨。在李家寨找到了原捕狼队的一个队员了解，证实确有此事，是另一个捕狼队的姓蔡的队员干的：捕狼队解散后，姓蔡的就偷贩兽皮，要命的是他在一次贩卖娃娃鱼时被公安部门查获，搜他的家时，又发现了一张新鲜的狼皮，他承认是捕杀了一只怀孕的母狼。舅舅就不愿意去见姓蔡的，只从派出所有关他犯罪的资料中看到那张狼皮的照片，认定正是4号狼，就匆匆又领我们往雄耳川。

在我的想象中，雄耳川也是同我们走过的那些山地小村一样，地域狭窄，山黑树杂，但没料到雄耳川却是相当大的一个盆地了。银花河从西往东流了过来，经过一个叫月亮岭的地方，突然折头向南，缓缓地弯了一个大满弓状，又从烽火台的山峁下往西流去，而公路正从盆地的中间，即盆地的一半塬与一半滩的结合处横穿而过，村庄便桃花瓣一般以公路边的那个大村为中心，塬上分散两个小村，滩上分散两个小村。舅舅的家在塬上西村。

西村与东村隔着一条沟，其实是一条河，下雨天河里有水，平日里干沟荒壑，沟畔上却立着一座像炮楼状的钟楼。事后我才知道，早先的村人从老县城迁来时为了显示曾是县城的人，特意将老县城钟楼上的钟搬了来，依照着原建筑在这里修建，但十年前楼台塌垮了，钟在泥土里埋沉了数年。禁止猎杀狼的条例颁布后，这里发生了许多怪事，一天夜里，突然在钟楼下出现了许多小衣小裤和鞋子，还有玩具和奶嘴。这些东西全都是城镇里孩子们的用品。人们就议论纷纷，有说这是狼干的事，可谁也没有发现狼在周围出没。再就是数月后，先是猪牛口唇和蹄角发炎溃烂很快死掉了一批，后是一些捕狼队的队员和一些不属于捕狼队的但仍能打猎的人患上了奇奇怪怪的病。再是滩上东村三家接连失火，中心村的砖瓦窑上的主窑塌陷，村人就起了哄，嚷嚷着要修钟楼压风水。但是，村里却没了好木匠石匠，他们以习惯于修墓碑楼和家院门楼的手艺修了这座炮楼状的建筑，将钟撞了整整三天三夜。舅舅领我们来到盆地，并没有直接回村，就从钟楼下经过往干沟的北面走，那里一片土峁上密密麻麻都是坟丘，他是要我先来给老外爷坟上磕头的。

老外爷的坟修在峁顶上，别人的坟丘周围都是千枝柏树，老外爷的坟丘上长满了狼牙刺。舅舅站在了坟头，他说："爹，我给你领回来了个城里人。"然后他就直戳戳地站在那里，没有跪拜，也没有祈祷。我磕了三个头，坐在了坟前的荒草中，老外爷的故事在脑海里一一掠过：现在，一代英雄就这样与土同在了，狼牙刺，它曾是猎人的唯一象征吗？甘沟畔里，有人捕捉着崖鸡，肥得滚圆的满身黑麻点子的崖鸡蠢笨之极，它们落在沟的北畔，被人吆喝着飞落在沟的南畔，又被人吆喝着飞往北畔，永不歇息地飞来飞去，一群数十只的崖鸡有四只在空中飞着飞着就气绝而死，石块一样垂直掉下来。而一个尖锐的声音在喊叫了：傅山哥，傅山哥，回来了吗，天黑了过来吃崖鸡炖豆腐啊！

从坟地回到了塬上西村，雨季踏出的稀泥路干得凹凸不平，我们的腿都不齐起来。舅舅并没有带我和烂头去打开他的那所院门，或许光棍的家里冰锅冷灶，一无所有，他只那么指了一下方位就往他的堂哥家去。现在我才知道他还有个堂哥，而我也应叫着大舅的人。大舅的院门也是锁着，但那是把假锁，舅舅那么一拽，锁子就开了，而堂屋门根本没有锁，门环上插着一把鸡毛掸子。我站在打开两扇的堂屋门口，看院里的磨棚鸡圈，梨树桃树，院墙头上架着的红苕干和堂屋墙缝里塞着的废铁丝、破鞋、头发团，又看堂屋内的板柜、八仙桌、长条椅、土炕和土墙头上放着的旱烟末匣子和苞谷缨拧成的火绳，我坐在了一把老式的核桃木椅子上，暗想多少代人在这里扭动碾子转着身子。舅舅说：你不感到这里熟悉吗？"我从没有来过。"我说。

"你是没有来过，但你没有梦过类似这样的地方？"他说，"人常常有这种情况。"

"……"我摇了摇头。

"噢。"

他轻轻地叹息了，目光有些黯淡下来。他的意思我完全懂，他一定是认为我的根不在这里，外甥毕竟是外甥。

我们自己烧水沏茶，正喝着，大舅回来了。他是去村前的那个峡谷里挖龙骨的，我起先还真以为峡谷里有什么真的龙骨，听大舅讲了，原来是峡谷两边的土岸上多有着古生物的化石，如大象骨的、野牛骨的、鱼骨的、鹿骨的，这些化石并不可能石化得真如石头，而是还能用小刀刮得粉末。村里有人偶尔一次割草镰刀砍伤了手，拿这骨粉涂了一下发觉能极快地止疼止血，于是几十年来村人就去挖化石来做药用，外伤外敷，内伤内服，他们将所有化石统统称为龙骨了。龙骨有药用价值使我增加了一门知识，但更令我感兴趣的是这些化石是古生物化石，可以想象，这里，大而化之到整个商州，远古时期它并不是穷山恶水啊，或许是海洋，是沼泽，是山地，生存着各种各样的动物、植物，而人也只是其中的一分子，但是，现在，大象是没有了，野牛没有了，鹿也没有了，只留下了人。

"还有一样东西跟着人。"烂头说。

"什么东西？"

"虱呀，"烂头笑嘻嘻地说，"古时候人身上一定也是生过虱子的。"

大舅的手正伸进怀里抓着，停止了，尴尬地笑了。我对烂头的戏谑发出了恨声，我说："你去给富贵洗澡吧，把黑毛往白了洗，"把他推出了门。

"我听我奶讲过的。"我说，"咱们这个村子从老县城那儿迁过来的时候狼却也过来了？"

"可不就是这样！"大舅说，"老县城废弃后，商州狼最多的地方是镇安县，镇安县狼最多的是咱这儿。你到村里看看，几乎每户人家都是受过狼害的，现在四十岁以上的被狼吃掉孩子的有五户吧，被狼咬掉胳膊的有六七人，被狼抓伤过的还有十四五户吧，方圆百里地说起咱雄耳川，总认为咱雄耳川是与狼有仇冤的。但是，狼多是多，雄耳川人口却旺，据老辈人讲，从老县城迁过来时只是盆地中心那个村子，如今中心村大到一个镇子，周围又有四个小村。只是人越来越多，地越来越少了，人均不到八分耕地了。"

"美国有个电影叫《与狼共舞》，这才真正是人与狼共舞。"

"与狼共舞？"大舅摇头了，他可能没有看过这部电影，他以为我嘲弄他们。"人和狼跳什么舞？你奶是知道那是什么样的日子！子明，你是城里人，知道的多，你说怪不怪，世世代代是狼害糟人，说没有了突然就没有了？！先前是没有猎户的，人人都可以说是猎人，后来才有了猎手，这就是你这舅舅的角色，现在商州的捕狼队也没有了，只剩下你这舅舅一个了，你瞧这变化多快！"

"我也不是猎手了。"舅舅说。

"你不是还有这杆枪和一身行头吗？"大舅说，"现在的孩子们夜里再黑要出门屁股一拍就出门了，只有我们这把年纪的人出门在外还习惯手里拿一把锨或一个木棍的。"

当天晚上，我的两个舅舅为他们的外甥接风洗尘了，严格地说，大舅曾经当过几年村长，后来又经年种植香菇，人是比舅舅显得年轻又活泛，他做东，四荤四素干果陈杂满满摆了一桌，招呼来了村里十多位人作陪。他把来人一一给我介绍，我一下子辈分低了许多，不是叫那个是外爷就是叫这个舅舅，说起我的奶奶，全说着奶奶的小名，念叨我的奶奶是雄耳川最有晚福的人，当年差一点被狼吃掉，而却活下来，他们就看出我的奶奶是大难不死必有后福的。他们又说我长得像我的外爷，外爷在世的时候也是这么高这么瘦，眼泡微微有些胀。"但他没有胡子！"舅舅说。我不好意思起来，摸着腮帮和上唇，他们就说，真可怜，如果有一副大串脸胡就好了。我的这些七拐八绕沾亲带故的外家长辈们待我十分地热情，可他们全没有我的两个舅舅长得英俊，他们的形象我不敢恭维，不是梆子头就是歪瓜脸，且少胳膊短腿的，甚至还有一个头不住地摇晃，吃菜喝酒的时候倒还正常，一停止嚼动，口里就流涎水。这顿酒席吃得时间很长，我是不能多喝酒的，他们寻找多种理由劝我。我喝得满脸通红，甚至解开上衣，让他们看着我浑身都出了小红疹点，他们才说："到底已经是省城里的人了！"不再劝我。而他们自己就相互坐庄，大声划拳，妗子便一瓢一瓢从内屋的大酒瓮里往外舀自酿的柿子酒。差不多到了子夜，酒席还没有散的迹象，我就一边附和着他们的笑而笑，一边和钻在桌下的富贵和翠花逗玩，将一杯酒让富贵喝，富贵长舌头沾去了半杯，连打了几个喷嚏，这当儿院门口噔噔走进一个人来。院门一直洞开着，院子里没有灯，黑乎乎的，来人的眉眼看不清，大舅并没回头看，一边盛酒一边喊："喜生来了，自己到厨房拿一双筷子吧！"

  叫喜生的果然脚步很重地去了院子左角的厨房拿了筷子进了堂屋，还拿了一根剥开的葱，咬了一口说："傅来傅山你们摆酒席也不叫我，你没酒了到我家提去！我说栓子你总不是钻到老鼠窟窿去了，说你在傅来这儿，果然在这儿！"那个胖子说："你是狗鼻子，尖得很，你寻我干啥？"喜生说："德顺让我寻你的，你肚里明白。"栓子说："我和德顺的事我和德顺说，你不要管！"喜生说："我拿人家的钱，我怎么不管，讨账的也有讨账的职业道德！"大舅就说了："到我这儿吃酒只说吃酒话！"两人都不再说话，继续轮流喝酒。大家又都喝热了，把上衣褂子丢剥，或是一副猪的肚皮，或是瘦得肋骨历历可数，而所有人的裤带上都缠着红布条子。喜生喝下三杯酒，又问了舅舅这样那样的事，然后举了杯子挨个儿敬，就是空过了栓子，栓子脸色不好，低了头拿指头在桌面上蘸酒写字，喜生说："知道不，苟兴他爹又睡倒了，我去看了，人已失了形了，不是今黑儿的事，就是明早的事，才转到你们西村，又一晃去东村了。苟兴他爹一倒头，不知又轮到谁该抬出门啊！"大家立时沉默。大舅说："喜生你这是怎么啦，高高兴兴喝酒哩，尽说败兴话！乡政府老批评西村工作疲沓，西村是贯彻政府批示不积极，贯彻阎王爷的传票也不积极么。"大家才哄地笑了一下。舅舅让我和烂头端起酒杯和喜生碰了一下，互相作了介绍，喜生就坐到我的旁边，说："我说哩，名额才到西村怎么又那么快地去了东村，是西村来了省城人了，狗咬穿烂的，鬼怕有钱人啊！"又要和我划几拳，我解释我真喝不了了，他说："是不是我的额颅没有栓子的好看？！"栓子的额颅有一个长疤。我说："那疤是碰的？"喜生说："狼挖了的，他就凭这个疤赖账么，那我就也来一个！"话落点，抓起酒瓶子当地磕在自个额颅上，酒瓶子碎了，一股血就流下来。众人都站起来，骂着"胡来胡来"，先将栓子劝着回家，又抱着喜生进了卧屋，烧棉套子灰敷在伤口上。

酒又重新喝起，直喝到鸡叫两遍，等众人一散，两个舅舅就醉得睡下了。烂头却喊叫头疼，翠花给他梳了半天头，接着烂头又吃"芬必得"，仍是疼痛不止，我帮他用拳头砸头，他把吃喝过的酒菜一古脑儿全呕吐出来，才像一只死狗一样躺在那里轻声呻吟。鸡叫过四遍，我方睡下，一觉醒来已是第二天中午，舅舅早都起来扫地了，烂头却安然地睡着。

"他折腾了多半夜？"舅舅说。

"你们都一醉了事，倒害骚我。"

"他这病……"

舅舅不愿说下去，我也就不再多说，提出能不能带我去村里看看，他应允了，又是一身的猎人行头，把枪也提了。"我一回来，也就觉得这儿那儿地不舒服，不穿这身衣服，我怕我也就不行了。"在西村转了一圈，又去了中心村子和另外三个小村，许多孩子就一直跟随了我们，他们口袋里都会有着一副弹弓，一见到有鸟飞过，就射击，没有不应声射中的。到了盆地南端的河堤上，太阳正红，河边的岩石上时不时就有水鸟栖落，孩子们嚷着要使用舅舅的猎枪，舅舅当然是不能答应的，孩子们就用弹弓打中一只，又等待着另一只出现，连打了五只。一只鳖从水里爬上了石头上晒盖，弹弓射出的石子都集中在鳖盖上，鳖盖没有烂，鳖却被打得翻了个个儿，掉在水里不见了。这时候，舅舅端起了枪，也仅仅是那么一抬，水面上溅起一团水花。

"没打中鳖,没打中鳖!"孩子们说。

但一条绿色的蛇却翻起了肚皮漂在水面上,悠悠地漂过来,停在了浅水滩。我看见蛇有两尺余长,并未死亡,开始剧烈扭动起来,身子的绿颜色和红的血水搅在一起,令人毛骨悚然,而孩子们却兴奋了,跑过去抓住了伤蛇,竟用树皮把蛇的尾巴固定在了树枝上,蛇还在微微扭动,他们就在十米之外比赛打弹弓,蛇就一截一截被打断了。

孩子们的行为令我反感,我不让舅舅再用枪瞄准别的小动物,也不让孩子们再跟随我们,遂问起昨天晚上酒席上的事:有许多问题搞不明白,比如为什么人人腰里缠有红布条?为什么喜生说才转到西村便又转到东村了,什么在转?喜生是讨账的,和栓子有什么过节?舅舅说:哪一壶不开你倒提哪一壶!在前五年吧,有风水先生来看了这里的地形,认为塬上有一处好穴,结果有数家大姓都想占有这块穴地,后来变成宗派势力斗争,你猜忌我,我记恨你,并各自从外地请了神汉巫婆念咒画符。有一天夜里,这穴地就被人用炸药炸毁了。谁炸毁的没有人能说得清。没有了好的穴地,村子里就接二连三地死人,又常常是先集中在一个村子然后在另一个村子发生,弄得人心惶惶,不知道下一个轮到谁家。也因此修盖了钟楼,又突然传出裤带上系红布条能避灾的话,男女老幼都系上了红布条,连商店里积压了多年的红布也一抢而光。栓子的婆娘就是从德顺那儿买了一批红布,而钱迟迟未还,德顺就雇用喜生来讨账的,若不是昨晚在酒席上,栓子是少不了被喜生一顿饱打。

"这么乱,"我说,"乡政府也不管管。"

"怎么管,乡政府就那么几个人,催粮催款,刮宫流产,就够他们忙了!如果你外爷在,还有个说公道调解的,你外爷一死,没个德望高的人压得住阵了。"

"我看大舅倒行么。"

"他呀,嘴是能说,胆儿小。"舅舅说,"当年狼多的时候,他和二狗去北山撵狼,狼没撵上,让狼撵着他俩爬上了树,十多只狼围着树不走,我去解的围,二狗从此吓得摇头流涎水,你大舅也吓得睡了十天,后来怎么也不参加捕狼队。现在看不到狼了,就他说的,出门还得拿上个家伙,你没看见他家前墙后墙上还用石灰画着吓唬狼的白圈吗?这……"

舅舅突然想起了什么,打住话头,叫了我一声:"子明。"

我说："嗯。"

"你做梦不做梦？"

"咋不做梦，常做的。"

"白日所想，夜里所梦，这我是知道的，可偏偏白日想的事夜里没梦，想都没想的倒有了梦了，你给我解解。"

我问舅舅做了什么梦？舅舅说昨儿夜里，他做了一个奇怪的梦，他打了几十年的猎了，从没梦到过狼，可昨晚梦到了小时候曾经叼过他的那只狼。那狼已经很老了，他正在门口坐着的，一抬头，狼在门口站着，而且叫他：傅山，傅山！他没有害怕，只是问：你是哪里的狼，在十五个狼数里吗？狼说在十五个狼数里，你却认不出我了，我叼过你嘛！他再看了看，果然是曾经叼过他的那只狼。他说：你还活着?!狼说：我还活着，我一百五十岁了！这时候他就醒过来了。

"我怎么就梦到了它？"舅舅说。

"怕是你昨夜酒喝多了，伤疤发炎做痛，潜意识里又回忆到了小时候狼叼你的事吧。"

"……"舅舅似乎信了我，又似乎不信，他说："你说，不会有什么事吧？"

我说："就是那狼真活了一百五十岁，它现在还能再来叼你吗？"

"这倒也是。"

我们从河堤上回来，我留神了大舅家的院墙，院墙上果然画着许多白灰圈儿，而安放在院墙角的狼夹子竟夹住了翠花的前爪，大妗子一边为翠花卸狼夹子，一边骂大舅："现在哪儿还有狼，你放这夹子夹你的骨殖呀？"

"小心点为好么，越是没狼的时候越要防备着有狼呀！"大舅回着话，见我们进院，就不言语了，只笑着问我：地方好吧，好地方啊！

我说："虫子吃过的苹果是最好的苹果，狼来光顾的地方当然是好地方。"

"可不敢说这话！"大舅说，"你是贵人，贵人嘴里有毒，说啥来啥哩！"

他煞有介事地看着我，低声说："我倒有话问你哩，前十多天西南村口有了狼屎，河滩里也发现了狼蹄印子，怎么又有狼了？有人传着说是州政府颁布了禁杀狼的条例后，又从外地进过来了一批新的狼种到了商州，得是?!"

我笑着摇头，心里却纳闷：雄耳川人怎么也有了这种想法？"先前的狼屎是一疙瘩一疙瘩的，西南村口的狼屎堆堆是大呀，木碗那么大的！"

"你别见风就是雨的,连我都不知道,他谁就知道了?"舅舅说,"就是引进投放了新狼,新狼偏偏就到咱这儿了?!!尿!"

两个舅舅在院子里说话,我就回到屋里。烂头满脸枯黄地坐在炕沿上,头是不疼了,人仍是没精打采。我悄声问他能不能走得动,烂头说干啥呀,我说西南村口发现了狼,不知是真是假,得去看看。

我和烂头拿着照相机去了一趟西南村,压根儿就没有什么狼屎,一个老太太说迷糊老汉拾粪拾得勤,是不是他把狼屎拾去了?寻着了叫迷糊的老汉,老汉正与几个年轻的媳妇说浪话,说到某某的儿子已经在省城当了什么领导了,老汉就大发感慨,不知道当那么大的领导该有多少好事占着,"我要是当官了,"他说,"雄耳川的粪谁也不能拾!"我们就问老汉拾着没拾着过狼屎,老汉说:狼屎是白颜色,里边有毛,好像是拾到过也好像是没拾到过,领我们去粪池里查看,结果仍是一无所获,到了下午,大舅家却来了一伙人,都是问舅舅是不是行署给商州地区投放了新的狼?这么多人严正着面孔询问投放新狼的事,再一次引起我的警觉,投放新狼的话是我们在考察拍照的路上的突发奇想,而我确实也以此给专员去了信,可雄耳川的传言是哪儿来的?"这决不可能!"舅舅向人们解释,"我可以如实告诉大家,我的这个外甥就是专员派来考察狼事的,他曾经设想过投放新狼,但仅仅是一个设想,哪儿就真的投放了狼,从哪儿引进,纸上画呀?拿泥捏呀?"

"傅山,咱这儿就你一个猎人了,可不敢再有个狼了!"

"没出息,就那么怕狼?!"

"怕狼?笑话!真要是有新的狼了,雄耳川也不至于闹成这个样子!"

舅舅给我解了围,但舅舅却暴露了我的身份,村人都知道我是建议过专员投放新的狼种的,对我就冷淡起来,更严重的是他们认为既然我写过建议,说不定行署真的就已经投放了。舅舅的话没有起到消除疑惑的作用,反而使村人更有理由恐慌起来,就在我和烂头又一次去河滩寻找狼蹄印时,总有人远远地在身后监视,指指点点,我向他们寻问关于狼的事,目光有急切的,有仇恨的,有慌张和警惕的,反倒不停地追问我是不是投放了新的狼,"你不敢哄了我们啊!"我诚恳地解释，甚至指天发咒，我感觉到我已经很不宜在这里再待下去，同时生出了几分悲哀，鄙视起了雄耳川人：长时期的没有了狼，他们在生存竞争中已经变得很虚弱了。

下定了离开的决心是第五天的早晨。

到雄耳川时舅舅就讲过，说这里的蚊子非常多，而且大，身有花纹，一道一道白的黄的颜色如穿了海军衫，现在，天慢慢热起来，汗又不痛快淋漓地出，皮肤上黏腻腻的只觉得难受，蚊子就赶也赶不走。水田多，茅草多，村人又都使用水茅厕，村巷里家家将没遮没拦的水茅坑挖在屋后，却也正在后一排屋舍的门前，终日散发着热腾腾的臭气，蚊子和苍蝇就一团一团在那里酝酿聚集。村子里，每年都发生过小孩跌进了水茅坑里的事，就在我们来到的第三天夜里，有喝醉了酒的汉子回家时一头栽进了水茅坑，半清早肚子膨大如鼓地漂浮出来才被发现。夜里出门，我和烂头都是打着马灯的，小心着是出不了事的，每每上厕所就拿一把麦草在蹲坑旁煨烟火，防止蚊子的进攻。但午休却是难以合眼的，蚊子会冷不丁地叮你，一拍一摊血，你不知道这是蚊子本身的血还是你自己的血，腥气难闻，而苍蝇更是在身上脸上爬落，疼倒不疼，却比疼痛更难受。天一黑，屋里得挂蚊帐的，我和烂头睡在一个土炕上，烂头睡觉不老实，半夜里总会把蚊帐蹬出一个洞儿，蚊子就钻进来，你在迷迷糊糊中不停用手拍打着身子的部位，折腾得实在没劲了，闭着眼心里说：叮吧叮吧，你总不能把我全吃完！但忍耐实在是有限，爬起来点了灯去烧蚊子，竟差一点燃着了蚊帐，生出一场火灾来。可恨的是烂头还喜欢抱着翠花睡，翠花身上就是跳蚤躲藏的好去处，我把翠花抓起腿扔到了炕下，终于发了脾气：我忍受得了饲虎，忍受不了喂这些小动物！烂头嘿嘿嘿地笑，笑省城人娇气，笑知识分子的白皮细肉和不长体毛，他竟还有兴趣给我说可以创造两种刑法：一是对犯人不要拷打，可以脱光衣服涂上蜂蜜捆在柱子上让蚊子叮；二是对死刑犯不必挨枪子，捆在那里架起一只脚，让羊呀狗呀的去舔脚心，让其笑死。"你活该头疼！"我拿了席往村口的打麦场上去睡了。

在打麦场上铺席睡觉，是奶奶以前常讲过的情景，那时天热，热得人恨不能揭了身上的皮去，但男人们才敢去打麦场上睡，而且场边四角要生上篝火，狼是怕火的。"睡到半夜，尿憋醒了，能看见篝火之外远远地闪着十几个几十个的绿光，那就是狼在那里趴着。"奶奶说，胆小的人家再热再痒也不敢去打麦场上睡，大不了在自家院子里铺席,睡时还是年纪大的、皮肉老的睡在外圈,孩子睡在中间,而且一条绳一头拴在孩子的腰里,一头拴在大人的手上。如今,打麦场上横七竖八地睡了许多人,有老的,也有少的,微微的风吹过来皮肤受活,又没了蚊子,我听见有人在舒坦地笑,旁边人问笑啥呢,回答是我笑皇帝哩,皇帝大不了也是夜夜能睡个安逸觉嘛!到了后半夜,人差不多是凉下来了,而露水开始泛潮,一些人卷了席子和被褥回去,一些人仍睡得死死沉沉。我第一回在打麦场上睡过之后,烂头在第二天晚上也到打麦场上来睡,舅舅始终是没有来,他一直认为还没有到仲夏,有什么热的呀,他更不怕蚊子咬。"我的肉苦!"他打趣地说。这可是真的,我们身上都被蚊子跳蚤叮出了红疙瘩,他却一点也没有。我和烂头一人一张席子,他睡在打麦场的西南角,他的鼾声大,我睡在打麦场的西北角,后半夜有人往家去了,迷迷怔怔里我抬头看着烂头,他依然睡得如《水浒》里的赤发鬼刘唐,四肢展开,肚腹坦荡,我就又躺下。躺下却没有了睡意,仰面看着天空,月亮已经瘦得是一根香蕉了,云彩不停地从它的面前经过,是一丝一缕的银白的纱,村中的狗叫了一声,接着又叫了两声,我听出是富贵的口音。似乎有人的脚步响,似乎又没有脚步响,一直如雷的鼾声突然消失了,这烂头,我想,他是翻过了一个身又睡了。但是,已经是很久的时间消失了鼾声,烂头怎么啦?他往日翻身的时候停止呼噜,却很快又鼾声骤起的,难道这回是闭住了气吗?我半爬了身子又看了一眼,这一看差一点令我锐声惊叫:在那张席子上,烂头仰面躺着,身上坐着一只毛烘烘的狼!狼仰着头,摇了几摇,从胸前取下两个东西放在席上。竟然是两个硕大无比的桃子,而狼就前爪撑下去,屁股高高撅起,然后扇动,其声嘭嘭作响。我第一反应是人与兽怎么能交媾,而且是和一只狼,又是如此大的声响,不远处睡着的那些村人会立即发觉的!还有,还有这狼会不会伤害了烂头呢?我忽地坐起来,猛地一下咳嗽,烂头很快地推开了狼,狼站了起来,站起来的却是一个披头散发的女人。是女人?真的是女人,这女人离开了烂头一脚高一脚低沿着场边走。天呀,她经过了我的席边,我看见这是一个脸色臃肿并不好看的中年妇女,那一件短小的裋子开了怀,两只肥胖的奶子咕咕涌涌抖动,但眼睛是闭着的,从我席边走过去了,又走进打麦场中的一片睡着的人中,在一张宽席上睡下,什么都无声无息了。我一下子跳起来,卷了席子就到烂头那儿去,烂头却安然平睡着。

"你干什么了?"我说。

"梦周公呀!"他给我打马虎眼。

"刚才怎么回事?"我说,"是遇见狼吗还是鬼?"

"你全看见了?"他说,"不是狼也不是鬼,她患夜游症。"

"那你就做了那事……?!"

"是她寻到我席上来的,又不是……肉送到你口里你不咬吗?"

我一把拉起他,又卷了他的席子和被褥,拉着他就往舅舅家里走:这女人是患了夜游症,你就这样对待她吗?你就是流氓,你也该收敛些,夜游症也有清醒的时候,万一清醒了知道吃了亏寻过来可怎么得了?!从打麦场走到村巷里,烂头挣脱了我的手,说:"这下没事了,她就寻到我,我不承认能把我怎的?"我骂他真是贼胆,第一眼发现的时候不是女人是狼,莫非那女人就是狼幻变的?"就是狼又怎的?"他甚至厚颜无耻地给我讲故事,说一群考官考核老鼠的本领,第一只老鼠上场,考官们拿了老鼠药问它怎么办,这老鼠竟把多种鼠药放在嘴里嚼,嚼得咯嘣响,这只鼠就通过了。第二只老鼠进来,考官们让它试鼠夹,它抢起了鼠夹像表演杂技,一会儿敲腿一会儿磕胳膊,末了一屁股坐在鼠夹上,鼠夹被压成了扁的,这只老鼠也通过了。轮到第三只老鼠了,考官们想,老鼠们不怕鼠药和鼠夹了,还能有什么办法来考核呢,一时出不了考题,那老鼠就有些不耐烦了,说:你们放快点呀,我还急着要去×猫哩!回到家见到舅舅,天还未亮,舅舅觉得奇怪,我说天亮得立即离开雄耳川,舅舅问清了情况,脸色骤变,令烂头脱下裤子,烂头就把裤子脱了,舅舅用手在烂头的尘根头上一沾,扯出一条细线,一个巴掌扇在烂头脸上,自己却哭了。

"队长,队长……"烂头已作好了再挨揍的准备,他现在手脚无措,脸上的五指印由红变白,凸了出来。

"烂头,"舅舅说,"你已经头疼得要死要活的,你还要再添病吗,你没见我的脚脖手腕都成什么样儿了吗?"

舅舅的哭声,惊得大舅和妗子也起床了,得知我们要离开,满腹疑惑,百般劝留,最后总算说好了吃罢早饭了再走。

但是,正吃早饭哩,村子里有人失了声调地大喊:"狼来了!"

狼来了——!

狼来了的喊声迅速传遍了村子，已经很久很久没有听到过的喊声在相互传递时发着颤音，结结巴巴，十分生硬。村中的人都跑到巷中，急切地打探狼在哪儿？上些年纪的人手里就拿着铁锨、榔头、木棒和搭柱，哐哩哐啷地磕打着墙和墙头上的瓦，给自己鼓劲壮胆。而孩子们却异常兴奋了，如镇街上来了耍猴的或秧歌队，如集合去公审和枪毙什么罪犯，如逢到了年节，他们来回地奔跑，涨红着脸大呼小叫"狼来了！狼来了！"狼终于是来了，我第一个反应是抓起了照相机，但照相机里没有了胶卷。我边走边装，脚下的石头绊了一下，险些跌进水茅坑里。大舅紧张得脸色苍白，他先是抄了一根磨棍，在空中嚯嚯抡了几下，觉得棍子太细，又从牛棚里的镲子上往下卸镲刀，然后立在院门口厉声喝斥孩子们：喊什么？喊什么？孩子们说：你害怕了？大舅说：去你娘的脚，我怕狼？我什么时候怕过狼？！但狼来了的喊声还在传递着，这怪异的声音是从东南村传过来的，又从西南村传递到西北村，再传递到中心村、东北村，我的记忆深处出现了在上小学时读过的那篇《狼来了》的故事，是一个放羊的孩子在高高的山上恶作剧地喊："狼来了！"

　　但是，雄耳川发生的并不是恶作剧，狼来了的呼叫激动了盆地里所有人类，在一片混乱中终于打探了明白，狼确确实实是在东南村出现的。就是后半夜的时分，一户人家听见了鸡叫，另一户听见了猪叫，而鸡和猪的叫声不同于以往为吃食或发情而发出的声音，是哑着嗓子的，而且几乎都是仅叫了一声，是那么地恐怖和凄厉。先是鸡叫的那户主人，一位上了年纪的老太太，她隔窗往鸡棚一望，月光下一个黑的影子就在鸡棚门口，鸡已经不叫了，黑影伸出一条胳膊在那里，一只鸡顺从地走出站在那胳膊上，又走出一只顺从地站在那胳膊上。老太太喊：谁个偷鸡？黑影忽地竖起来，是一个粗壮大汉，随着又横下去，竟是四条腿的一只大狼，而两只鸡则站在了狼的背上，双爪紧紧抓着狼背，狼就扭转身子，慢慢地从院门口走出去了。老太太一生是见过了无数的狼，遇着狼抓鸡却是第一回，当场浑身发软，喊了声"狼来了！"但她的喊声也仅仅她能听到。与此同时，另一只狼是进了另一条巷子的另一户人家，这户人家的院墙在前一场雨中塌垮了一个豁口，豁口用竹子编了个篱笆补着，狼就是从篱笆上跳了进来的。猪在圈里，圈门口靠着一扇废弃的磨扇，狼挪开了磨扇，也就在挪磨扇的时候，猪叫了一声，主人立即就醒了，主人这晚是睡在堂屋顶上乘凉的，仄头看了一眼，险些从屋顶上掉下来。狼听见猪叫，它是发了一声狠的，并且反过身去用后爪扬了一下泥土，猪就一声也不吭了。狼蹲在那里抖了抖身子，过去用牙咬住了猪的一只耳朵，这猪实在是肥，狼松了口，拿舌头开始舔猪的脖子，而自己的尾巴就在猪的屁股上拍打，猪便蹒蹒跚跚走了出来。主人在屋顶上大声地叫喊了：狼来了！狼来了！爬到屋沿处要从梯子上走下来，但狼把梯子掀翻，狼是一个跃子就无声息地跳过了篱笆，猪却跳不过去，狼又跳回来，猛地在猪的屁股上扇打了一爪，惊奇的是猪也跳过了篱笆。蠢笨的猪竟能跳过篱笆，那么甘愿地跟着狼走，像是它被解救似的，"这贱物！"屋顶上的主人惊呆了，等他揭了瓦片击打猪时，狼赶着猪已消失在巷子里。

　　狼如何地抓走了鸡和猪，有人在村口绘声绘色地讲着，我就听见有人在叫我的名字。

　　"子明！子明！子明在哪儿？"

　　"我在这儿！"我说。

　　"你还敢说你在这儿?！你说没有投放新狼，怎么没有投放新狼呢？你是骗子，你是害我们！现在狼来了，狼来了你怎么说?！"

　　"就是来了狼也不能就是新投放的狼呀！"

　　"狼吃鸡吃猪我们是经见过的，可哪儿有过鸡乖乖地就爬在狼背上走了的？谁又见过那么一百五六十斤的猪能跳过篱笆？不是来了新的狼难道是魔鬼来了?！"

　　我们争吵起来，我越是辩解，他们越是相信来的狼是一种新的品种，比土著的狼凶残而且具有蛊惑力，就一步步逼近我，把我逼到一个巷道墙角，飞溅的唾沫就打湿了我的脸。围过来的人更多了，我害怕起来，我说：现在是狼来了，你们不去撵狼却对我兴师问罪，难道我是狼吗？我这么一说，人群里有人叫了一声：他也真是狼，瞧他那腮帮多大，嘴又长又尖，不是狼也是狼变的！人们可能是越看我越不顺眼，面目可憎了，就咬着牙子，提着拳头，几乎动手要揍我这个投放了狼而又骗他们的人。这时候，亏得舅舅跑过来了。

　　"他是子明，他把我叫舅哩，他是咱雄耳川的外甥哇！"舅舅边跑边喊。

　　但人群还是继续向我围来，有人的指头开始敲我的鼻子。舅舅就在十米之外脱下了一只麻鞋，日地扔过来，不偏不倚落在敲我鼻子的人的头上。人群闪开了。

　　"外甥怎么啦，外甥是舅舅门前的狗，吃饱了顺门走！"

毕竟舅舅把他们推开了，他把我拉出了墙角，推着我回到大舅的家里去，愤怒的人群还要扑过来，舅舅就横在了我与人群的中间，黑了脸叫嚣起来，他替我证明，绝不会来了新狼种，即使是新品种的狼，他要亲自去看的，在没有认定之前谁也不能乱下结论。他说他是普查过狼的，全商州只剩下了十五只狼，每一只狼他都是认识的，而且编了号，没有证据随便陷害子明是要负责的，况且，子明不仅是咱们雄耳川的外甥，他更是城里人，是专员的特派员，谁要敢伤着特派员的一根指头，谁就吃不了兜着走吧！

"傅山，你可是雄耳川人，你说的是真的？"

"我什么时候诓过人？"

有人就喊着"快打狼去呀！"人们呸呸呸向我吐口水，然后呼啦啦地就向东南村跑，此起彼伏的是"打狼呀打狼"的喊声。

我也跟着跑，舅舅把我拉住了。

"你不要去！"舅舅说，"能发现两只狼，我估摸这是一个狼群。人和狼群斗起来，人会是斗得红了眼的，你出去光是照相，容易犯众怒遭打哩。"

我遗憾地留在了大舅家。大舅提着镲刀，但大舅最后是没有跟着人们去打狼的，他说他得保护我，把狼夹子布置在院墙根，又叮咛妗子不要乱跑，甚至把鸡关进鸡棚，猪撵入猪圈，全部用大石头顶了鸡棚和猪圈门。我当然不能静坐在屋里，操心着人们能不能寻着狼，寻着狼了会不会打死狼，而舅舅和烂头这阵儿在哪儿，富贵和翠花又在哪儿？我强行地走出了院子在村口张望，大舅就一直跟着，提着那把镲刀。整个早晨，云雾弥漫了盆地，村外的麦田里，树林子里像是躲着无数的老烟添在那里吸吐着巨大的烟斗，一股一股浓烟雾贴着地面钻进村巷，脚步起落，它就顺身而上，我看着大舅的衣服里头发中烟雾袅袅，像是整个被燃烧似的。大舅说这真是怪事，往日清晨都是有着雾的，但从来没有如此大的雾，而且黎明时雾并不大的，怎么越来越浓得扯都扯不开呢？"狼是敏感天气的，"他有些悲哀了，"它们能进村一定是专门挑选了日子的。"村与村之间不断是有人来回跑动联络着，联络的人也是三个四个一伙，每有人跑来，大舅就问打着狼了没有，回答总是这雾太大，十步之外难以看清，又咒骂村里的猎枪全上缴了，就是寻着了狼也不可能一下子就能解决的。

"遇见狼了，把狼撵跑就是，不能杀的！"我说。

"你说什么，你再说一遍！"

大舅把我拉到他身后，那些人又跑开去，大舅在叮咛："放机灵些啊，狼是直着扑的，遇着了就拐着弯儿跑啊！"

这时候，远远的河滩方向有了清脆的枪响。

枪支只有舅舅有，难道是舅舅开枪射杀了狼吗？我有些急起来，这次出来拍照，舅舅已经打死了好几只狼了，如果真是狼群，那就是剩下的狼全部集中在了这里，而围猎那是能使人疯狂的，若打死一只就极可能打死的不会是一只了！我提了两部照相机往河滩跑，大舅拦不住我，也紧紧跟着，我们就跑过了那片田中的埂道，穿过了一片防风树林，又是一大片田地，横着一条水渠。水渠太宽，跳不过去，顺着渠沿往右跑，渠沿上在冬天里砍过的芦苇留着根茬，使我难以提高速度，而鞋却被戳破了。气喘吁吁跑了一气，水渠却越来越宽，大舅大声骂自己昏头了，应该往右跑，跑过一个较高的田地头，那儿渠上是有座石拱桥的。我们又往右跑，雾还是很浓，虽没有刚才那样弥漫一片，但稀薄处可以看出百米远，浓厚处则如坐飞机穿云层一般，一进去谁也看不见谁了，而湿漉漉的雾气凉着脸和脖子，呼吸却憋住了。又是一片芦苇茬地，前边三棵老柳树下果然有一座石拱桥，桥头上站着的是一头狼和一头牛，狼和牛头顶了头撑在那里，是拱桥上的一座拱桥。

我们兀自站住了。大舅首先把我推到了柳树后，他举着镢刀大声喊，一边喊脚步一边往后退，企图让狼和牛听见喊声而逃散去。但狼没有动，牛也没有动。大舅挥着镢刀，并将镢刀背在柳树上磕得咚咚响，狼和牛还是没有动。大舅就试探着往近走，口里还不停地叮咛我会不会爬树，先爬上树去。我紧张得没敢前去，也没爬树，却听见了大舅在欢乐地招呼我："它们是死的！"死的？我走近了，果然狼和牛都死去了，狼的头顶着牛的脖子，以致使牛头仰面朝天，而牛的左蹄则塞在狼的嘴里，一直顶着喉底，使狼的牙齿不能咬合，唇角撕裂，血在桥面上凝了一摊黑红色的糊状。

"它们是挣死了！"大舅说。

"是挣死了。"我说，同时发现拱桥的石栏处死着几十只麻雀，全都破碎了脑袋。

这只狼一定是从河边跑了过来，而牛是在桥边吃草，它们就相遇于石拱桥上，一场无声而激烈的搏斗就发生了。它们势均力敌，就那么相顶着，以致双双耗尽了最后的力气。而栖息在柳树上的麻雀目睹了这一场战争，是为着惨烈的场面恐惧了，还是感到了一种莫名的绝望，于是从柳树上一个一个跌下来自杀了吗？我站在桥上，为这一对战士的壮烈而震撼，桥下的流水哗哗，带走我身上的热量，我浑身一阵战栗，感到了寒冷。我拿出了相机，要拍摄狼和牛组合的雕塑，我还要站在它们边上让大舅也为我摄下影来，大舅却用脚蹬了一下它们，它们咔地倒下了，但倒下并没有分开，还各自保持着固有的姿势。

盆地下湾处的马鞍岭上叭地响了一声，接着叭叭又是两声。

毫无疑问，是舅舅他们在马鞍岭那儿与狼遭遇了。当人有了枪以后，与人斗争了数千年的狼的悲惨的命运就开始了。而来到雄耳川里能有几只狼呢，去了那么多人，更严重的是去了舅舅，舅舅是著名的猎人又带着枪，枪打开来还有狼的活路吗？我嘶声叫喊：不要开枪！不要开枪！但我的声音太微弱了。我第一次真心地恨起了我的舅舅，并且用最粗蛮的脏话骂他。我过了渠，又往盆地的下湾处跑，大舅把我抱住了，叫着我的名字："子明，子明，你不能去那里的！"我在他怀里挣扎，力气变得那么大，竟能拖着大舅走，大舅的脚就勾住了渠边的一块界石，他的身子痛苦地在我和界石的拉扯中变细变长，似乎要拉断了的样子，我一愣神，大舅扑了过来，死死地把我按在他的身下。大舅说：你疯了，你这个样子，不但制止不了他们，还会发生意想不到的事！火燃开了，燃得小可以用水泼灭，燃得已经大了，泼水如同泼油哩！我却叫道：不是我疯了，是舅舅他们疯了，我是来干啥的，我是来保护狼的，为拍狼的照片资料来的，我不能眼看着狼在我拍照的过程中一个一个竟被杀了啊！大舅骂了一句："你以为你是谁？！"一拳打在我的下巴上，咚，我脑子里哗地一闪，如断电一般，昏过去了。

不知过了多久，我醒过来了，我躺在大舅的怀里，他用手帕擦拭着我嘴角的血，而身边是一群举着镢、锨、榔头、刀棍的村人，他们奔向河滩时经过了石拱桥，发现了这死狼死牛，全都哭了，是为死牛哭的，说这头牛是村中王长顺家的，辛辛苦苦耕了一辈子的田，拉了一辈子的磨，最后为了村子的安全而如此悲壮死去，他们要永远纪念这头牛，牛不能杀，皮不能剥下蒙鼓，肉也不准吃，要像人一样为它安葬和立碑！就有人进村去拉来了架子车，要将牛抬上去运回，但他们费了很大的劲也从狼的嘴里取不出牛的左蹄，结果就用刀砍狼的嘴，狼嘴被砍开了，牛蹄是一直顶在狼的喉咙眼上的，仍是取不出，乱刀剁下，狼头就被剁开，开始宰割狼尸，他们似乎并不稀罕狼皮，那血糊糊的带着毛的狼肉块就这个一块那个一块埋在了渠边的树根下去做肥料，甚至有人将渠边的一棵桃树砍下来做成许多木楔，在埋狼肉的地方钉下去，诅咒着狼永远不能转世托生。

他们没有向我攻击，但也没有人理会我，等人全部散走后，石拱桥上就留下了大舅和我。大舅扶着我回到了他的家。

一个小时后，舅舅满身是血地回来了，他没有拿枪，肩头上背着富贵，富贵的前腿已经断了，从舅舅的肩上吊下来，一晃一晃像吊着一个小木棍儿。

"舅舅，你又打死狼了！"我责问他。

"我没有。"舅舅说。

"没有，你骗谁呢，"我恨恨起来，"我听见了枪声，你是弹无虚发的，你没有打死狼?!"

"我往空中放了一枪。"舅舅说，"是富贵追上去咬住了狼，但狼也把富贵的腿咬断了。"

"我听见的是三枪，明明是三枪。"

"我去救富贵，烂头就把枪夺去了……"

舅舅把富贵放下来，叫嚷着大舅快拿酒来，然后将一瓶酒洒在富贵的断腿上，富贵嗷地叫了一声，舅舅就从怀里掏出白药敷了，再拿一根窄木条固定了断腿，包扎起来了。可怜的富贵卧在那里，似乎没有了一丝力气，灰浊的眼睛看看舅舅，又看看我，我把脸转过去，但仍是不饶舅舅，"那两枪是烂头打的？他打死狼了？"

舅舅并没有回答我。不知从哪儿跑回来的翠花，口里衔着一只老鼠在院中嬉戏，它并不立即将老鼠咬死，而是打翻后就伏在那里静观，老鼠突然向前逃跑，它又一扑将其打翻，老鼠就再不动了，它伏在那里看了一会儿，喵喵地叫，摇了尾巴往旁边走，开始卧下打盹，但这时候老鼠猛地跳起来又逃，翠花呼地在空中腾起，老鼠立在了那里像定住一般，约莫那么一刻，老鼠趴下来，忽地向捶布石冲去，脑袋就裂了。我看着发了呆的翠花，猛地一跺脚，远远的什么地方又是一声枪响。

这一个白天，舅舅在我的监视下，并没有走出院子，他窝蜷在那个大圈椅里，人缩得像一个马虾，外边再没有枪响，但远远近近有人的呐喊声和欢呼声。我提出到外边看看，让舅舅制止捕杀狼的活动，舅舅反问我："这阵又让我出去呀？"末了说他出去不能让我去，但我坚持要一块去，他就不动了。我们谁也说服不了谁，我就嚷道，既然你不肯出面阻止，局面无法控制，那我就马上离开这里，我去州行署汇报，行署会派公安部门来干预的。但大舅关了院门，说谁也不能离开，若让公安部门来干预，这不是要出卖村子里的人吗？既然出去制止不了，而你们去现场那又不妥，干脆都待在家里，装着什么也不知道罢了。

"能装吗？"舅舅却对着大舅吼了一声，"我是回来送富贵的，他们还都等着我哩！"

天渐渐地黑下来，外面的声响并没有停歇，甚至有了锣声鼓声，还有哐哐的敲打着脸盆的声音，而且声响游移不定，似乎是狼从盆地的南边河滩到了北边的土塬后又逃窜到了村中。果真院门就被人嘭嘭拍打，一声紧一声地喊："有人没？有人没？！"大舅把门打开了，是一个妇女拉扯着三四个孩子，面如土色，惊慌不已，一扑进院子就哐当关上了院门，她说他们看见狼了：男人都跑去打狼了，她原本是带着几个孩子坐在家里的，但孩子爱热闹，都嚷着要出去看，她就领他们爬上了门前榆树上的架板上。这架板是她的丈夫夜里乘凉避蚊一个人睡的，而一个大人四个孩子坐上去就特别拥挤，但他们没有安全的地方可去，她就用绳子把孩子们的腰拴在架板上。他们先向远处的马鞍岭上看，那里有火光，一溜带串的火把一会儿分开一会儿汇聚，后来就流星般地在河滩上流动。孩子们当然兴奋，都是带了弹弓的，也就站在架板上不停地叫喊：狼！狼！村中巷道里和屋后的庄稼地中凡是有光亮如火星眨动的就认作是狼眼，弹弓齐发，但打中的却是狗和猫，还有一只猫头鹰。这令孩子们十分开心！就在他们嬉闹的时候，庄稼地里，又一对闪着绿光的眼出现了，孩子们叫道："贝贝！贝贝！"贝贝是她家的狗，贝贝哼了一声，绿光就游过来，到了榆树底下。孩子们说：贝贝，你没去捕狼吗，你怎么回来了，狼被打死了吗，你这狼的舅舅！狼是怕狗这个当舅舅的，但也有故意伤害舅舅的外甥。贝贝坐在了树下往上看，后来就跳上了树旁的厨房顶上，贝贝的意思是它要上来呀。孩子们就招呼着贝贝往上跳，只要跳上榆树的第一个杈上，他们就可以帮它到架板上来。但是，她自己差点就吓昏了，她发现了贝贝并不是真贝贝，是狼！因为贝贝没有那么长的大尾巴，而且贝贝的尾巴往上卷，一直能卷到头顶上，这狼的尾巴拖着，它坐着的时候，大尾巴压在了屁股下，一站立就全暴露了。她一下子把孩子们全按住，失声地喊：狼！狼在厨房顶上僵了一下，狼也是惊住了，被识破了真面目的狼随之便龇牙咧嘴地现出凶相，发着哼声还要往树上扑，扑了一下没有抓住榆树，从厨房顶上掉了下去。可似乎并未跌痛，狼仍绕着树往上叫，又开始啃树皮。到了这一步，他们是真正地害怕了，一起拿了弹弓往下打，口袋里的石子打完了，扔了弹弓往下砸，狼可能啃树皮啃得口苦了，跑到厨房的水桶里喝水，出来又啃树，亏得是树粗它啃不断，狼就卧在树下还是不走。孩子们就哭起来，但孩子们一哭，狼却站起来要走呀，它走到了庄稼地边又返回来，在厨房里叼起了一件晾着的衣服才走了。

"我们还敢在架板上待吗，"妇女说，"可敲了几家门，家里都是没人！我只说撵狼把狼撵出村了，谁知道狼还敢进村?!"

"你们看花了眼吧，说不定还真是狗哩。"大舅说。

"孩子们没见过狼，或许把狼认作了狗，难道我连狼和狗也分不清吗?"女人说，"这狼是黑色的，吊个肚子，非常胖。"

"胖？人常说干狼干狼，狼能有多胖？"我说。

"它要是不胖，肯定扑到树杈上来了。"

"是个胖狼！"孩子们也在比画，"肚子胖得挨着地了。"

舅舅突然问："头是不是很大？"

"大头。"

"嘴巴有些歪?"

"这倒没注意。"

"尾巴有没有一半是白的?"

"嗯。"

"难道它也来了?"舅舅沉思了一下，拿眼睛看着我。

"谁?"我问。

"15号。"舅舅说，"15号在公王岭那一带的，怎么也出现在这儿，狼真的是要在这里有了什么集会?!"

舅舅的话使我们都惊骇不已，大舅先紧张起来了，他知道舅舅是懂得狼事的，口里没有妄言。"都进屋去，进屋去。"他立即让孩子们都进了堂屋，谁也不能随便跑出院门，既然那只大肚子胖狼是在村里，说不定在什么地方就会突然出现的。舅舅则系上了那条宽大的腰带，他叫着我，问："枪呢枪呢？"意识到枪是被烂头拿着的，咕哝着骂了一句，就在人字形的裹腿上别上了他的那把刀子，又将一把菜刀别在腰里，提上一根棍开门往外走。我说："舅舅，舅舅！"

他回过头来："要出人命了，你还不让我出去吗？！"

我说："我跟着你吧！"

他没有说话，已经走出了院门，大舅忙将一把铁锨塞给我，叮咛我不敢空手，"那我还得在家里，"他说，"这些孩子不护着怎么行？"我点点头追上舅舅，舅舅把别在腰里的菜刀却让我拿了，说了声："把我跟上！"

这以后，情形如电影中的追捕场面一样，在幽长阴暗的村巷里，舅舅影子一般地腾挪闪动，而每腾挪闪动一下，身子却是贴在巷两边的土墙上，像是刮来的风将一片树叶贴在了墙上，显得身子是那样的薄而贴得那样的紧。我无法跟得上他，只是笨拙地跑动，跑动着又怕惊动了狼，便跑跑停停，头发一根一根竖起来。舅舅只好直着身子从巷中往前走，走得不快，又大声咳嗽，为我壮胆，发觉没有什么异样时回头给我招手，我就追上他，然后他再往前走一段，再向我招手。但是，我们搜喊了四五条巷子，又在村外的庄稼地里观察了多时，没有狼的踪影。远处打狼的呐喊声越来越近，是那些村人进村了，三五个打着火把的人在村口碰见了我们，竟责问起了舅舅。

"你跑到哪儿去了，都眼巴巴等着你哩，你却无踪无影？！"

舅舅讷讷着，问："撵走狼了？"

"打死四只了！"

我急了，对舅舅说："你瞧瞧，打死了四只，一共有多少只呢，在雄耳川就打死了四只？"

舅舅并没有接我的话，他烦躁起来，问烂头呢，问烂头把他的枪拿到哪儿去了？舅舅这时是恨着烂头，他一定认为烂头拿了枪打死了四只狼。他现在却是两头受气。

"多亏还有那个小伙哩。"村人说，"可你跑得没了踪影，你要在，你那烂头也不至于遭了那份罪！"

"他怎么啦?"

"他打死了两只,第三只明明就在土崖上,可一勾扳机,子弹却打在左边的石头上,弹头弹过来倒偏偏把他的手腕打中了!他枪法是不如你,可也是怪事,明明是向前打的,怎么就打在左边的石头上又弹了过来,就是弹过来打不着别人,就打着了他?!"

"他受伤了?"我叫了一下,"人呢,他人在哪儿?"

"送到镇卫生所去了。"

舅舅并没有惊慌,月光下我听见他长长吐了一口气,胸脯起伏着,说道:枪呢,枪现在谁拿着?果然又一伙人跑了过来,为首的扛着枪,舅舅气呼呼地把枪夺回来。

"还有三只狼哩。"他们吵吵起来,说明明看着了就是撵不上,这肯定都是些新投放的狼种,有着幻术,烂头就吃了幻术的亏了。

"你们没有看见狼进村吧?"

舅舅似乎懒得理会他们了,他提了枪转身就走,我赶紧撵上,那些村人还愣在那儿。我们是一直走出了村子,竟走到了沟壑沿上,难道舅舅不再寻找跑进村子的那只吊肚子肥狼了吗,或许是村人回到了村里,也用不着担心狼突然出现伤害了人吧,他反正是大踏步地往前走,不知道他这是要往哪儿去。而同时我听见了大舅在大声地叫喊着什么,大舅一定是发现了回来的村人,他家的孩子们在报告着碰见狼的事,而村子立即如炸了锅一般鼎沸了。这些,我们已无法去理会了,因为舅舅是立在了我外爷的坟头上,默默地站着,后来"扑沓"一下跪在了地上。

"爹,爹,"他在说,"我腿上无力了,我怕要瘫痪了!"

舅舅的话我听得明明白白,我赶上去搀扶他,问:"舅舅,你的病又犯了吗?"

舅舅回过头,凶狠地冲我吼:"你跟我到这儿来干什么?"

"我一直和你在一起啊!"我说。

"你是我的尾巴啦?"他说,"你监视我啊,你就这样监视我啊,你瞧见了吧,我并没有打死狼,我并没有打死狼,你满意了吧?!"

面对着舅舅的怒斥,我没有说话,而靠着他坐下来。风在微微地刮,坟头上的狼牙刺在铮铮地摇着铜声。我看了一眼,再不敢看第二眼,坟丘里长眠了我英雄一世的猎人外爷,而现在狼这么多地集中到了雄耳川,面对着他的依然是猎人的儿子，外爷的灵魂一定是坐在坟丘上。村子里更是火光冲天，呐喊四起，接着有一队火把从村口向外跑。舅舅呼哧呼哧了一阵，他是哭了，瞧着那些火把向坡根方向而来，他说："他们发现狼了。"

"舅舅，你说过狼在集会，它们怎么会在雄耳川集中呢？"

"鬼知道，"舅舅说，"恐怕有你在了雄耳川。"

"因我，"我说，"它们难道不知道我是和你在一块吗？"

"我现在算什么……"

说龟就来蛇，绳往往是从细处断的，就在我们这么说话的时候，狼就在离我们不远的地方。是三只狼。六颗泛着绿光的眼忽明忽灭在坡根前的一丛千枝柏里，这绿点先是向我们移动，后又往左边移去，但不久又移动了过来，很快就能看见是两只大狼中间护着一只小狼沿着一个土坎沿跑动着，而撵狼的人群呼喊着已到了沟壑上的坡弯处。舅舅提了枪腾地竟跃过了我的身子，落在了坟前那一堆乱石上，嘴里发出了一声长啸。这一声长啸使我身心发怵，三只狼同时收住了脚步，我看见那只小狼跌坐在地上，浑身哆嗦，吱吱地叫。

简直像是说梦话，却又真真实实在发生着，两只大狼同时地后腿跪下来，而前爪抬起做拱状了。这是狼在求饶！左边的那只狼身架高大，右边的一只略小一些，一身的泥土，做拱的一只前爪流着血，明显地不太听使唤，是折着了骨头。两只狼发着低沉的哀鸣，声音如哭诉的妇人，而且受伤的狼用牙叼着小狼的颈，叼起来了，又放下，叫声细碎急促。舅舅拿眼睛盯着它们，它们完全可以掉头逃走，因为田野大得很，但它们在舅舅面前服服帖帖，好像出路只狭窄到一个小洞口，舅舅守在这里万夫莫开。我紧紧地握着铁锨，一眼一眼看着舅舅和狼的对峙，舅舅终于看了一眼外爷的坟丘，将目光对住了我。

"放过它们吧。"我轻轻地说。

舅舅端枪的手软下来，枪头挨着了地，他的身子晃了晃，枪如拐杖一样撑住了他。

撵狼的人群已经出现在千枝柏丛的前边，我看见三只狼在舅舅的枪当拐杖一样撑住身子的时候，它们相互对视了一下，然后三颗脑袋砰地碰撞了一下，立即从我们的身边往坡上逃去。但是，小狼是跑不快的，两只大狼已经跳上一层梯田堰，小狼扑上去，掉下来，再扑上去，再掉下来。两只大狼又折身从堰上跳下，一个嚼住了小狼的后颈再跳上堰头。这一切,撵狼的人群全看得清清楚楚了,一哇声呐喊:狼!狼!并叫着舅舅的名字。舅舅木然地站在那里,没有动。受伤的狼将小狼放在梯田堰上,嗷嗷地叫,用力去撞另一只大狼,大狼就嚼住了小狼的后颈,但并没有立即离去,受伤的狼又是一连串的嗥叫,猛地从堰头跳下,竟向撵来的人群冲去,使急步追来的前边几个人一时收不住脚步,跌坐在地上,火把乱摇,火把就熄灭了。这一幕使我目瞪口呆,竟举着相机忘却了按快门,直等到狼在火把熄灭时转身向左边的田野里跑去,我才拍到了它的后半身,待回过头再照堰头上的狼,堰头上却什么也不见了。

一部分人急忙去追那只受伤的大狼了,而一部分人则往坡上追,人往有着一台一台梯田的坡上跑十分困难,但狼的前腿短,后腿长,上坡如大道驰马,这部分人就从坡上退下来,愤怒地围住了我和舅舅。

"你为什么不开枪?傅山,傅山,你成心要放走三只狼吗?"

舅舅铁青着脸,在口袋里掏烟,烟噙在嘴上了,没有寻着火柴。

"不是他要放的!我们才发现狼的时候,你们就到了,凭什么说是我舅舅放的?"下午当村民围攻着我的时候,舅舅是站出来为我解围的,现在舅舅完全可以镇住这些人的,但舅舅却仍是不吭不动。英武的舅舅如果真的没有放走狼,他会气壮如牛地争辩,而面对了指责一语不发就是自己心虚,村人一定是这么看待舅舅的,所以,他们就更加怒不可遏,手几乎指着了舅舅的鼻子责问,口里的唾沫珠子雨一样溅湿了舅舅的脸。

"你闪远,城里人,这里没你说的话!"有人用胳膊狠劲拨我,我一个趔趄坐在了地上。

"你那枪呢,你那枪呢?"

枪被人夺了过去,枪管口上被泥土糊住了。

"你不是放过了狼是什么,你是猎人,猎人能把枪这样当了拐杖吗?我们把狼撵到这里,明明看见你就站在狼面前,你让它们跑了,你还算猎人吗,你还是雄耳川人吗?!"

我为舅舅点着了纸烟,但他没有擦脸上的唾沫珠子。

"证实了吧,他把我们出卖了,这些狼一定是他参与着从外边投放来的,他为了在州城里谋个一官半职,就让狼来害骚我们了!"

一个老头就扑过来揪住了舅舅的衣领,问道:"是这样吗?你为什么不说话?我看着你长大的,指望着你保护咱这地方哩,你竟然会是这样?"他使劲地摇晃着舅舅,舅舅像是他手中的一棵小树苗子,树上的果子、叶子甚至枝条统统地脱落断裂了。老头希望的是舅舅辩解、反抗,但舅舅无声地任其摇晃,使老头突然地挥起了拳头打过来,可拳头马上要落在舅舅的脸上了,又停住,扑沓跪下去趴在外爷的坟头上拍打,叫道:"得茂哥,你瞧见了吧,这就是你的儿子,这就是咱雄耳川的猎人,他把咱列宗列祖的脸面丢尽了!"

舅舅提枪低头往回走。

"傅山,你这王八蛋,八叔这么大岁数了,你扶也不扶他一把,你就走了?你要往哪里去,你有种就滚出雄耳川,我们就是被狼全吃光了,我们也不指望你了,你滚,滚得远远的!"

舅舅并没有离开村子,他回到了自己的那个家,跟着他的是我。

家门上的锁子已经锈了,舅舅手伸在门脑子上摸钥匙,没有摸到,咣地一枪托就砸在门栓上,门栓未能砸开而反弹得他后退了一步,他发了疯般地扑上去连续砸动,哐,哐,哐,声响巨大,腐朽的门扇就裂开,一片一片散了。这是没有院子的三间土屋,当庭一张板柜,柜盖上安置着一张照片,这应该是外爷的遗像了,遗像的两边都是七八个黑色的陶罐,蜘蛛网就将遗像和陶罐织经纬编薄纱一样地遮罩着。板柜前是一张土漆已经斑驳的方桌和左右两把断了一半后靠背的木椅。东边是一个灶台,灶台上的土墙钉有木橛架着的三层木板,堆放了黑乎乎的瓶子和盆子。一条白蛇在我们进来的时候盘在第二层木板上,然后慢慢地从木板上爬到墙角,顺墙角上了屋梁不见了。西边就是那一面大面积的土炕,炕头堆着叠起的被褥,被面可能是大团花布缝的,尘土蒙了一层,团花就不甚分明,而铺就的人字纹草席上有鸟迹,是一行"个"字。抬头看看,山墙处的吉字口没有塞稻草把,或许以前是塞着现在掉了,白花花透一派光亮,吉字就看得清清楚楚,舅舅一进来就趴到炕上的草席上睡下了,他不和我说话,我不敢与他多说,守着刚点着的煤油灯,不住地扭头往屋梁上看,害怕那一条白蛇突然从木梁上掉下来。

屋外是乱糟糟的人声,屋里是嗡嗡一团的蚊鸣,我坐在这霉气呛人的破屋里,思绪乱糟难理。到了这一步,我真的后悔参与了这次商州之行,为什么心血来潮突然提出要为十五只狼拍照呢,为什么就遇上了舅舅,又能回到奶奶的故乡,或许这是神使鬼差，是缘分和命运，但正是因为我，十五只狼不但未能保护，反而所剩无几，又使一世英名的舅舅如此处境尴尬。今夜里，富贵是受伤了，烂头是受伤了，现在烂头肯定从卫生所包扎了回住在大舅那儿，他伤得如何，是盼望着舅舅和我去看望他吧？而大舅在家要保护着那帮孩子，照料烂头和富贵，他还并不知道发生了舅舅被辱骂的事，更不知道我们住在了久不居住的破屋里吧？还有，那一大一小的两只狼逃脱了吗，如果它们逃脱了，那只受了伤的为引开人们而向左跑去的狼肯定会被穷追不舍的……我的身上已经被蚊子叮出了无数的红疙瘩，虽然我在用手不停地扇打，蚊子并没有死掉多少，而扇打疼痛的是我，我想这么到天亮，蚊子会把我吃掉的，头脑里就出现一个骷髅架子，如我在英雄岭的饭店里见着的那头牛。煤油灯跳了两下，使屋子里摇晃起来，我似乎看见靠在炕头上的那杆猎枪也在变软变弯，而舅舅翻了一下身。我担心舅舅是睡着了，蚊子会更多地叮咬他，举了灯过去，为他扇扇蚊子，他的脚上、腿上、胳膊和脸上麻点一样布满了一层黑，蚊子全集中在那里叮咬，清清楚楚地瞧着几个蚊子空瘪的身子里开始有了红的颜色，红的颜色越来越多，身子越来越胖，我用手扇了一下，大部分蚊子嗡地飞起了，那些胖红蚊子竟胖得飞不起来，我用手一抹，它嫩得全破了肚子，流着它们的血也流着舅舅的血。

"你不用给我赶蚊子，我这皮肉再咬也不起疙瘩的。"舅舅说。

"你没有睡着？"舅舅的身上真的是没有红疙瘩，"既然睡不着，你起来说说话，活动着蚊子会少些。"

舅舅从炕上往下站时，脚却软得立不起，歪下去了，他本能地用手去撑，但奇怪的是手未能撑住，脑袋磕在了地上，咚地一下。

"舅舅，你怎么啦？"

"我可能又犯病了。"他说。

我抱起了舅舅坐到炕沿，舅舅的脚脖子真的是细得可怕了，这患的是一种什么病，说细竟然一下子细成这样?! 我真的害怕了，舅舅曾经说过他的病最后的时候是全身肌肉萎缩就瘫痪了，现在到时候了吗？我扑扑嗤嗤吸动鼻子，一颗眼泪流下来，滴在了他腿上。

"烦人不烦人，你哭什么尿水子?!"

巷道里，脚步沓沓地纷乱，接着又有嘈杂人语，我听到有人在说："他是回来了?"又有人说:"他还有脸回来啊?!"立即有呸呸的唾声,接着有什么东西噼哩啪啦摔打到门上来。我对这个村子的人感到失望了,他们怎么会是这样?我站了起来并冲出去,舅舅却吭了一声把我唬住,将油灯吹灭了。

熬到天亮,我开门了,门板上、门前的台阶上和墙上竟满是石头瓦块和人屎尿。如此侮辱性的行为,我不敢让舅舅知道,赶紧抱了扫帚清除,一疙瘩黄蜡蜡的屎块用脚去踢,没有踢着,自己却摔倒在屎上。大舅慌慌张张过来了,说你们果然夜里住在旧屋里,旧屋许久没人住了,怎么就不过去睡呢?他问我知道不知道烂头把手腕伤了,左手的五个指头只剩下了三个,知道不知道半夜里一只狼被追到了一座废弃的砖瓦窑场,狼无法再逃,就疯了般地嘶咬追赶它的人,将三个人抓伤,最严重的是把一个人的屁股咬下了一大块肉,都见着骨头了,而狼也被众人乱棒打死了。"你舅舅呢?"他说,"村里吵吵嚷嚷说是他放走了狼?狼把村人害骚成这样,他这不是要犯众怒吗?他是一般人倒也罢了,他是猎人呀,打狼的英雄成了放狼的人,树活皮人活脸,他还在村里待不,我这个村长还当不当?!"我赶忙制止了大舅,说你不要逼舅舅了,他现在病了,病得手脚发软要瘫在炕上了。而这时候,一伙人乱哄哄地拥来,为首的是烂头,跟在烂头后边的是头上、身上扎了纱带的受伤人,再后边是用铁钩子钩着的狼的尸体:一具,两具,三具。富贵也跛着一条断腿跑过来。我护住了门口,说:"你们这是要干什么?"

"我们是来要枪的。"他们说。

"枪是政府特批给我舅舅的,你们有什么资格来索要他的枪?"

"猎枪是保护人的还是保护狼的?"他们说,"你也该瞧见了吧,狼伤了这么多人,你以为狼是狗吗?是猫吗?我们把狼打死了,这是三只,还有一只被割成碎块了,现在还有三只,我们没有枪,知道吗,得有枪!"

我指着烂头,说:"烂头,你也来逼你的队长了?"

烂头说:"我不是要逼他的,可他得看看我的指头!"他掏出一个纸包放在了屋台阶上,纸包里有两节断指,已经发瘪发黑,像两根咸萝卜条。

烂头的手指真的断成这样,我一时愣在了那里。

"傅山,你出来!你为什么不出来,你是婆娘了吗?"村人开始了怒吼。

我伸开手臂成个大字形挡在了门口，我什么也不怕了，我宁肯让他们来揍我，也绝不能让他们冲进屋去。我说："我舅舅病了，他躺在炕上，哪儿也去不了了。"

"病了？"村人叫道，"他害了什么病，这时候就病了？！"

"他真的病了，手腕脚脖变细发软，都立不起身了……不信你问烂头，烂头可以作证！烂头，烂头，你这阵哑了吗，你为什么不出来作证？"

"队长倒真的害这种病。"烂头说。

但是，烂头的那张臭嘴却惹出祸了，或许他从本意上是想为舅舅开脱，偏偏平日口无遮掩惯了，他竟又说我舅舅这病害得时间已不短了，病很重，重到性功能都不行了，所以他一直连家也没有成。烂头这么一说，村人噢了一声，立即在幸灾乐祸了，他们说龟儿子傅山原来不是个男人了！哈哈，他不算个男人了，怪不得他做不出男人的事了！

可是，有人却喊了："傅山，你连男人的资格都没有了，你还做什么猎人？你把枪交出来，把枪交出来！"

我扑向了烂头，用手抓烂头的脸，烂头没想到我会向他扑来，下意识地用手来挡，但伤了的手使他立刻疼痛得跌坐在地上。

窗户哗啦被推开了，舅舅站在了窗内的土炕上，他端着枪，人们不知是看到了舅舅一夜之间变得如此瘦骨嶙峋而惊骇了，还是舅舅凶神恶煞地端着枪使他们感到了恐惧，人群哗地往后闪开了几米，叫道："傅山，你要打死我们啊？！"

舅舅从炕上双脚蹦起，越过窗台落在了门前，他光着膀子，前胸挂着那件金香玉，后背上却挂着外爷的灵牌，铜泡钉似的疤痕红纠纠地发着光泽，他往外走，我扶住了他，他一摔把我摔出了三步外。

"舅舅你要去……"

"我是猎人！"

我的脑袋轰地涨起来，舅舅被村人激怒了，舅舅向村人妥协了！我意识到我在犯错误，舅舅毕竟是半辈子以猎为生的人，毕竟是与狼生之俱来有深仇大恨的人，他的克制是一路上我劝说、斗争的结果，我却真把他当作了狼的保护神，我顿时急起来，哭喊着："舅舅，舅舅，你不能去，十五只狼只剩三只啦！"

"打这狗日的城里人，城里人日子过得自自在在，只图着保护狼哩，谁保护咱呀？是这狗日的给傅山灌迷糊汤了，把他捆起来，捆起来！"

一阵如雨的拳脚，我被打倒了。我双手搂抱了头，蹲在地上，立即有人从后裆处再次将我扳翻，我的头发被揪起来，衣服也被撕破了，眼前晃动的是无数血红的眼睛、咬得咯吱咯吱响的牙齿，一口浓痰就落在了我的鼻子上。我最终是被用一条麻绳捆在了门前的柿树上。我大声地叫喊我的舅舅，舅舅回头看了我一下，他没有来救我，连一句制止的话也没有。我还在叫："狼只剩下三只了！"众人哈哈大笑。

这一个白天里，天是阴着的，舅舅拿着枪带领了全雄耳川的人去追杀被发现而又逃脱了的三只狼。我被捆绑在柿树上奈何不得，待人散去，是大舅把我身上的绳索解下来的，翠花就陪着我。烂头和富贵依然跟从了舅舅。我是彻底的失败了，由一个心存高远的生态环境保护者沦落成了一名罪犯，出名的愿望泡汤，成为人们饭后茶余嘲笑的话题，更破坏了商州行署的生态环境保护规划，导致了整个商州狼的灭绝！我推着翠花，让翠花去寻它的主人去，翠花偏是赶不走，翠花或是觉得我可怜，或是它知道经过这么一场猎狼而烂头的头痛病就该好了，它趴在我的肩上，用爪子轻轻地为我拭泪。

"翠花，翠花，"我说，"你愿意跟着我吗？"

"喵儿。"翠花说。

我把翠花抱在了怀里，从我的脖子上取下了金香玉给它戴上，我就抱着它又哭起来。我越哭越伤心，就哭出了声，但没有人理睬我，我竟然哭累了，不知不觉便打了一阵盹，盹里做了梦。

盹是很短的，梦里却日月久长，我是在雄耳川镇上走，走到了一个斜坡处，斜坡下是一条渠，渠上铺着青石条，我站在青石条上看见了远远的土崖下一个土洞，洞口黑乎乎的。我正疑惑洞里住的有没有人，还是猪或羊，一辆班车却从公路上开了来停下了，而一群人就拥挤着去上车。我也是在人群中往车上挤，在我面前的是一个妇女，穿着紧身的西式裙子，这裙子和我老婆的裙子一个样式。她怎么也上不了车，因为裙子太紧了，就伸了手要解裙子后边开叉处的扣子，但她解开的却是我裤子小便口上的一枚扣子。她还是上不去，又伸了手解裙子上的第二枚扣子，解开的仍是我裤子前开口的另一枚扣子。我就托了一下她的屁股，将她推上车了，妇女并不领我情，回了头骂道：流氓！我生气了，说："谁是流氓？你把我的裤子解成这个样了，我还是流氓？"这时候，车门关了，妇女关在了车上，我却仍在车下，车就开走了。没挤上车的人还很多，就开始嘲笑我，又发现了我背着的照相机，就夺过去看稀罕。他们一个个对着镜头看，奇怪的是看着的时候，一个个就钻进了相机里，相机的另一头就吐出了照片，人都成了薄纸。我听见他们说：我要回去，回去！薄纸又进了相机，再从镜头那儿出来，又一个个恢复成了人。再后来，他们就一起说相机是魔鬼，开始砸相机，相机被砸成了一疙瘩铁……

　　我就做了这样一个梦，我猛地醒来时，赶紧看怀中的相机，相机好好的还在。我就想，怎么做了这样一个白日梦呢，它暗示着让我离开雄耳川镇吗？我就站起来往村外走，决定着走到公路上去挡过往车辆，离开雄耳川，也永远离开商州。

　　在村口，一头毛驴无人牵引，从田野的小路上跑着过来，毛驴的背上驮着一只死狼。狼是被一颗子弹从左眼窝打了进去，而从右耳后出去，右耳后就形成一个大窟窿，血水顺着毛驴的毛流下来，一路星星点点。我没有为这只狼照相。走过了钟楼，一群人又将一只死狼背过来，背的人或许要在钟楼的石壁上剖腹剥皮，就将死狼用绳子套了脖子挂在石壁的木楔上。一群孩子欢呼跳跃，嚷着要掰掉几颗狼牙，狼牙长，磨出截面了能刻印章。富贵也是跟着背死狼的人的，它因为憋了尿，跑过一边错了腿撒骚尿，那条断腿肿得萝卜一样粗，而跑动得生殖器也脱出。我问道："富贵富贵，这一只狼和刚才毛驴驮着的狼是我舅舅打死的吗？"富贵说："汪！"我骂了："你他妈的走狗，你跟了我们一路，你不知道要保护狼吗？你就这样做狗吗？"富贵"不——！"放了一个响屁，臭气熏人，它举着它的断腿。我说："你腿断了你活该，怎么狼就没把你吃了？"富贵扑向了石壁前，咬住了已经吊在木楔上的狼尾，使劲往下撕，死狼就掉下来，它把狼的前左腿也咬断了。

　　天上开始有了雷声，一疙瘩乌云从远处的山尖上忽悠忽悠往村子的上空旋转，然后就停驻在我的头上，我知道要下雨了，果然就噼里啪啦砸下十几个雨点子，麻钱般大，在地上扑扑地响，像射下来的子弹。这黑云一定是死去的狼的灵魂所在，我盼望着这场雨越下越大。雨下得大了，人们就不会追杀狼了，那么，商州还是有一只狼的，只要有一个狼种，我感觉这只狼应该是一只母狼，母狼的肚子里有一只幼狼的,这狼就不可能灭绝了。雨真的就下大了,剥狼的人和孩子都跳进了钟楼里,而我和翠花仍立在雨地,我说:下吧,下吧,下刀子也好!

但是,围剿最后一只狼的行动并没有因雨而停止下来,雄耳川的人简直全疯了,四个村庄的男男女女,而且还有着孩子都武装了,从盆地的四角往中间地毯式的搜索,钟楼下剥狼皮的人竟敲响了钟声,到处是锣鼓脸盆火铳声。我和翠花跑过了雨地,站在了公路边的一棵槐树下,枪声又脆脆地响了几声。我觉得这些枪声打在了我的身上,浑身已经洞穿了无数的窟窿,翠花则死死地搂着我的脖子,我说:"舅舅,打吧,由你们打去吧,那最后的一只狼能不能躲过死亡就看它的造化了。"公路上,时不时有人紧张巡逻,皆是三五一组,手持了器械。他们见了我不屑一顾,我也就蹲在那里吸烟,摆弄着我的相机,为这些凶恶的人拍下照片。我的脑海里闪过了一个念头:不能为狼的照片办展览了,何尝不展览一下杀狼人的照片呢?我扭了头往左前方看去,这一看却使我惊得目瞪口呆,就在一百米远的地方,从公路到田地的那一段有个缓缓的小土坡,土坡下是一条水渠,渠上铺着青石桥,和我做过的梦境中的土坡一模一样!但远处并没有土崖和土洞,也没有公共车开过来。这当儿,一个老头就从田头的小道上拐上了土坡,土坡上雨淋得胶泥起滑。老头跌了一跤,但他并没有双手先触地减轻身子的被跌,而是去捂头上的草帽。草帽非常的破烂,他穿的衣服也显得过于宽大,爬起来一条腿就跛了,一摆一摆向我走来。我看了那么一眼,开始换胶卷,待老头走过我的面前了,却想:他怎么是一个人?他没有参加打狼队伍吗,那他一个人行走,遇见被追得发疯的狼会不会有危险?"喂,喂!"我叫起他,"你不是雄耳川人吗?"老头并不理会,身子摇晃着走得有些快了,下了公路,走进了中心村子的一条巷里不见了。东北村子涌出了一伙人来,一阵锣响,西南村子也涌出一伙人来,接着东南村和西北村也相继涌出一伙人,回应着敲锣。我明白这是四股人搜索完了四个村子,狼仍是没有寻到。舅舅出现了,啊,谁能想到呢,夜里还是如死了一样的舅舅现在满面红光,手脚刚健,他背着枪在问:"没有见到吗?"

"没有。"

"它不会逃出这个盆地的,四个村子都没有,一定就钻进了中心村,守住村的每个巷口,一户一户往过搜!子明,子明!"

舅舅在叫我:"你跟着我拍照呀!"他说。

"拍照?"我说,"拍你怎样打死最后一只狼?"

但他拉起了我不由分说地进了中心村的一条巷里,他的手非常有力,像钳子一样握得我手疼。巷子里空空荡荡,远远的拐弯处是一棵树,树下有一个碾盘。"一家一家搜呀,猪圈里鸡棚里,还有水缸、红薯窖,狼狡猾得很哩,不可能藏的地方往往就在那儿藏着!"舅舅在指挥着,并带人钻进了一户院子。我坐在了碾盘上,一些未搜索到狼的人从某家出来再往另一家去,他们都举着木棍刀锨,看见了我,还是那么鼻子吭一声,只有一个妇女扔给了我一个木棒。我并没有拿那木棒,我还是决意要走掉,但是,我又看见一个老头背着一个背笼从巷的拐弯处出来后匆匆地又往巷子外走。这老头正是我刚才见到的老头。老头的家就在村子里吗,是回来取背笼吗?他跛得更厉害了,在泥泞的巷道里会随时滑倒,而正在搜索狼,狼说不定随时会出现,他手里却没个武器,我把木棒递给了他。

"喂,老者!"

他怔了一下,有些惊慌,看着我。

"这木棒给你。"

他接受了,向我点头,但头上的草帽却掉下来,他头上的发很好,只是额头上有一撮变白了。我和老头一块往巷外走。

我们约莫走过了十米,舅舅从一家院子出来,他本来是要往另一家走的,走过五六步了,突然折过头来,说:"哎,老者,你不是雄耳川的?"

老头说:"啊,我在北山,来看我女儿的。"

舅舅的目光盯着老头,一步步走近来,说声"是吗?"猛地将唾沫唾到老头的身上,说时迟那时快,老头拔腿就跑,在巷口跌了一跤,爬起来再跑时竟是一只狼,钻进了村外的胡基壕里不见了。

老头会是狼精变的,这我怎么未料到,紧张和羞愧使我满脸通红地痴呆在那里,连舅舅也一时反应不过来,他大声叫喊:狼!狼!端枪就追过去。巷中各院落搜索的人都呼呼啦啦跑出来,急促地问:在哪儿,在哪儿?我还在那儿站着,一个人过来拍了我的后背,说:是你发现的?吓着你啦?大家一起向巷外跑,我也被裹胁其中,到了胡基壕,舅舅他们已搜索了那里每一垒胡基,又翻过了壕追进一片庄稼地,呐喊声就响彻在中心村的西头。我瓷呆呆站在了公路上,走也不是,不走也不是,足足半小时,孤孤单单,又浑身发冷。这时烂头便脖子上吊着缠着纱布的左手和三四个人从一块地头斜跑过来，说："你再没见到那个老头吗？"

"没。"我说，我看见他的脸上还留着抓过的血道儿。

"你现在知道了吧，狼成精了可怕得很！我这手就是狼精使的鬼！"

"你也不知是啥变的，头疼成那个样，手也伤了，你还疯跑！"

"手伤了，可头不疼了，真的不疼了！"

他跳起来，还做了一个跃子。

"书记，"他突然附身过来，"你抓我的脸，我不上怪的，我要给你说哩，你要不愿意跑，你去理发吧，中心村的街道上那个理发店里有个漂亮妞儿。"

"你不怕那也是狼精变的？"

他诡谲地笑了一下，领着人跑了。我兀自在路上站着，一时无聊，倒真的向中心村的街上去，我倒不是真要去理发店，想街道上可能有临时停车点，过往的车容易搭乘，便顺着路走到了街前那座土桥上。天突然地放亮了，富贵汪汪地叫，随之镇子上所有的狗都在叫，而街上游散的鸡嘎嘎地飞落在街的两边门面房的台阶上，整整齐齐地排着队，伸长了脖子打鸣。桥上站着许多人把守，惊讶地注视着有一辆摩托车嘟嘟嘟开了过来，众人把摩托车挡住了，是舅舅在说："五丰，快下来，把车子让我骑骑，我去街那头的路口上看看。"摩托车停下来，名叫五丰的说："我还有点急事哩，等我把猪送到配种站，一会儿我带你四处查看行不？"摩托车的后座上用雨衣裹着一个东西。

"都到什么时候了，你还办你的事？！"有人指责着五丰。

"你不知道情况……"五丰说，一脸的难堪。

"你给我吧，不就是把猪顺路捎到配种站吗？"舅舅说，"给猪还穿雨衣，猪又不是你媳妇还怕淋着？"舅舅伸手去掀雨衣。

后座上穿着雨衣的猪咚地就跌下地，就势一滚，雨衣脱掉了，却是一只狼，一下子扑向了舅舅。突如其来的事变，舅舅没有防备，众人也没有防备，舅舅就和狼抱着在地上滚动，枪摔在了一边，众人竟谁也没有动，足足呆在那里有十多秒。我第一个清醒了过来，意识到事态的严重性，捡起了枪要救舅舅，但是舅舅和狼搅在一起，无法开枪，众人也清醒了往上扑去，却无从下手，舅舅和狼一会儿你翻上来，一会儿它翻上来，我听见舅舅一边在搏斗，一边在喊："子明，子明！"我忙应声："我在哩，我在哩！"舅舅又喊："你瞧呀，这就是叮过我的狼！

你瞧呀!"我还未看得清楚,他们仍搅在一起,从桥头滚到了公路上,从公路上滚到了路边的水渠里,又从水渠里双双站起,狼的口咬住了舅舅的肩头,血顺着肩膀流下来,又在摔打中溅在地上,艳如桃花。而舅舅猛一挣脱,再扑向了狼,抱住的是狼的后下身,狼使劲抖着身子,企图将舅舅摔掉,舅舅的双手像钳子一样抓住狼皮,嘴在狼的后背上啃。有人趁机拿木棍捅狼头,捅到狼的嘴里,狼却咬住了木棍,拽也拽不出来,三四个人便抓着木棍往下压,狼嘴被撬开来,同时有人喊:"砍腿!砍腿!"一镢刀砍在了狼的前腿上,狼跪卧下去,无数的木棍落在狼头上,狼的眼睛瞎了,鼻子扁了,舅舅一丢手,一榔头落在狼的背上,狼趴下了,嗥叫着,身子在剧烈地抽搐。现在,所有的人都上去打狼,有人将镢刀砍向了狼头,镢刀当地弹回来,刀刃上崩了豁,一阵乱石砸下,狼头就窝在路渠的泥里,被砸成扁形了。那撅起的屁股上,一条长尾举起来如旗杆一样,众人后退了一步,叫道:别让它扫着了!但长尾直直地在空中硬着,硬着,突然就软下去,像一根棍子栽倒。狼一动不动了。

舅舅的血染红了半个身子,他没有包扎,也没有擦,瞅着狼说:"真的是你来了?!你活么,你活一百五十岁么!"却猛地转过身,揪住了五丰的衣领,叫道:"你送狼走?!"

"这哪儿是呢,这哪儿是呢?"五丰的脸色煞白,"我送猪去配种过两次了,猪怎么就会变成狼呢?你到我家去看看,你到我家去看看嘛!"

舅舅把他提起来,扔在了泥水地上。

一部分人留下来清理现场,一部分人拥着舅舅和五丰往中心村的街上走。舅舅却停住脚,对我说:"你说该不该打狼?"

我不知道该怎么回答好,十五只狼已经是杀光了,我再说保护的话有什么用呢?"这只狼真是给你托梦的那只狼吗?"

"我普查时竟然没有认清它,它狗日的还是要咬我,可我到底把它打死了!"

"这只狼是恶。"

"狼有不恶的?"立即周围的人在喝斥我。

我再没有说话,过去解下了舅舅腰间的腰带,撕开了,为他包扎伤口。舅舅竟将他的枪交给了我,让我扛着,我们往五丰的家走去。五丰一路在强辩着他哪里会送着狼走,他明明驮的是猪,怎么就变成了狼,可就在他家门前的厕所墙根,一只母猪卧在那里，五丰傻眼了。

五丰说，他真是早晨起来把猪要送去配种的呀，这猪去年配过种，总是配不上，配了三次才怀上孕，生下一窝猪娃。前几天，猪晚上总是叫，哼哼哼哼不得安宁，他对他老婆说，是不是想要配种呀，第二天早晨他就把猪绑在摩托车的后座上带去了配种站，母猪回来安闲了两天，到第三天又不行了，夜里还是哼哼个不停，他就知道种没配上，又得去配一次了。因为一头猪才配了种又去配种，会让村人笑话的，他就没有捆绑，包了一件雨衣让猪坐在后座上，他家的猪古怪，在后座上竟坐得很牢。可回来只隔了一天，夜里就又哼哼唧唧开了，气得他说：让你去配种哩，还是卖淫呀，你倒上了瘾了?！不要叫啦，明日送你去配种站！猪就不哼哼了。今早起来，他知道村人都在搜索狼的，他也是昨天后响跑着撵狼哩，还在炕上对他老婆说，大伙都撵狼哩，咱就不去配种站了，可老婆说，猪在发情期不去配，错过日子生什么猪崽子？没了猪崽子拿什么赚钱？他是怕老婆的，老婆说得也有理，更何况撵狼少了他一个也没啥，就起床收拾了驮猪去配种站。天是下了雨，给猪披上雨衣岂不正好，可他去了圈里赶猪，猪却不见了，心里还想，莫非猪让狼叼走了？回头一看，猪已经披好了雨衣坐到摩托车的后座上了！他还骂了一句：不要脸！将摩托车推出来。推出来他觉得肚子咕咕响，他是拉肚子的，已经三天了一直拉稀，他就把摩托车靠在厕所墙外自己进了厕所，拉稀拉了很长时间，总是拉不净，等他出来，瞧猪披着雨衣在摩托车后座上坐着，他就骑上走了。

"这猪怎么还在这里？"五丰有口难辩了，"我说的是实话，狼又不是我的亲家，我送狼出村子?！你们瞧瞧，要是我说谎，猪平日在圈里的，它怎么会在这儿？咱到厕所里看看么，我拉的是稀屎，看有没有稀屎！"

"这是狼在调包哩，"舅舅说，"好了好了，再不说了，你现在再把猪驮去配种吧。"

众人嚯嚯地笑了起来，从五丰家门前钻进一个巷道往街上去，而烂头还在作贱："这回可不能再掉包了，猪没配上给你配上了！"我一抬头，却见一只狼极快地从巷道那一头一闪跑过去了，"狼！"我锐叫了一声。

这一声使众人的笑声戛然而止，我提了枪急跑向巷口，确实是狼，已经跑过了巷口的土场，要闪过那座麦秸垛了，我举起枪，叭，狼应声而向前跑了几步，踉跄着倒下了。

"我打中了狼了！"我大声地叫。

"还有狼，怎么还有狼？"舅舅跑过来，"你打狼了？你打中了狼了？！"

舅舅这么一问，我也意识到我怎么就打了狼了，而且我是从未放过枪的，但就那么一枪，竟就将狼打中了？！

人们呼地跑过去查看被我打中的狼，但是紧接着远处在喊："打着根保了！打着根保了！"

抬过来的真的是人不是狼，人并没有死，屁股被打穿了。

我离开了雄耳川，悄悄地，在半夜的子时。

护送我的是我的舅舅，他一直把我送出盆地二十里路，还在叮咛着不要害怕。被我打中的根保并未危及生命，子弹是从左屁股蛋打进去，又从右屁股蛋穿出去，嵌进麦秸垛后的柿树身上，千幸万幸没有伤到骨头，只是把软组织打出个窟窿，流着血和翻开了白花花的肉。但这件事是太可怕了，昏迷了十多分钟而清醒过来的根保一边哭喊着疼痛，一边叫嚣他要告我。村子里的人全然不站在我的一边，给根保鼓劲，说我这是故意伤害，因为我一直在反对着打狼，怎么会突然拿枪来打狼呢？如果真如我的舅舅所说的十五只狼，那么十五只狼都死了，我为什么硬说是狼而开枪？是我的舅舅一口咬定根保是他误伤的，是他当时拿的枪，他太紧张了，还以为又出现了狼，他来私了。舅舅到底是怎么私了的，我一概不清楚。但舅舅用捣碎的箆箆芽草敷伤，这是猎人常用的办法，也是山地人祖祖辈辈传下来的偏方。舅舅对根保说，也是在对我说：没事的，半个月就好了。连烂头也在安慰根保：只要没打断你那东西，这有什么，躺上半个月，把陈年老瞌睡趁机也睡了！

谁也没有想到，我回到了我梦寐以求的雄耳川，最后竟是这样仓皇而逃，更没有想到，与舅舅神话般地相遇又要神话般地离开了。我拥抱了我的舅舅，舅舅并不习惯我的举动，他扳过我的脑袋，用手擦了我的眼泪。

"你几时还回来？"他说。

"我还能回来吗？"

"都是舅舅不好……你原谅你舅舅吧。"

"其实都是我的错,"我说,"怪你什么呢,因为你是猎人,倒是我导致得一只狼都没有了。"

"但你要回来的,"舅舅头垂下来,"我最后萎缩在炕上的时候,我给你带信,你要回来看看我。行吗?"

"舅舅不会病的,舅舅现在不是蛮精神吗?"

"可再没有狼了啊!"

这话使我们都突然陷入了悲伤,再也没有狼了,要为狼建立档案而成为了不起的摄影家的幻想破灭了,将在省城里更加百无聊赖了,舅舅从此将真真正正的不是猎人了,同施德主任他们一样,他活着的意义又将在哪里呢?这个时候,在我的心里,我也感觉到在舅舅的心里,我们都是在真切地怀念狼了。

"舅舅,"我说,"你真的能识别被打死的那些狼吗,是肯定有十五只狼吗,会不会哪一只你从来未见过?"

"你的意思……?"

"村人说政府投放了新狼……"

"投放没投放我不知道,打死的都是我编过号的。"

"那么……或许政府真的投放了狼?"

舅舅惨然地笑了一下。

人见了狼是不能不打的,这就是人。但人又不能没有了狼,这就又是人。往后的日子里,要活着,活着下去,我们只有心里有狼了。

这回是舅舅抱住了我,我们的脑袋撞在一起,他胸前那枚金香玉撞在我的扣子上,当地响了一下,他问道:"你的那块呢?"我说我挂在翠花的脖子上了,他怔了怔,似乎在自言自语地说了一句什么,便要把他的金香玉送我。我不要,他坚持卸下来要我拿上,却未料到,他交给我的时候我还未接住,他手却放开了,金香玉就掉下去,叭,不偏不倚落在脚下的石头上,玉片溅开。我的脸色骤然大变,他仰头叫道:"碎了,碎了,这都是天意,金香玉一定会碎为两块,咱该一人拿一块了。"低头在地上找,果然碎为了两块,而且大小相同。我们全没说不吉利的话,嚷道着这玉有灵性,各人把一块装在了衣袋里,他把他的小包袱解开,又要将那张狼皮送我。"我再没什么好送你了,看着狼皮,你就会记着你有一个舅舅了,想着也好,骂着也好,反正你是有这么一个舅舅了。"

我们就这样分手了。我从一条独木桥上趔趔趄趄地走了过去，回过头来，月色苍茫里，舅舅还是站在河的那岸，流水哗哗，天上是水形的云纹，地上是云纹的水形，月亮像眼睛一样在照着。那条独木桥倏忽间竟全部塌落下去，塌落得无声无息，如蜡做的东西在高温中一下子消失了一样，一截一截木板顺水漂流，再后就什么也没有了。这时候，我看见了狼狈不堪跑来的烂头，还有翠花和富贵，富贵在彼岸汪汪地叫。

我回到了州城。州城的《商州地区生态环境保护条例》正式出台，生态环境保护委员会的人领着一大批志愿者在大街小巷设了摊位大肆宣传。我向专员汇报了二十多天的拍摄工作，我不能说谎，如实地讲了一切。专员大为震怒，当着我的面，就给有关部门打电话，建议撤销舅舅的生态环境保护委员会委员的资格，并责令派人去调查，如情况属实，收缴舅舅的猎枪依法处理。专员如此铁面不留情，我为舅舅担心起来，但我并不为舅舅的捕杀狼的行为庇护和开脱，我只是埋怨说在这个时候，政府是不能投放新的狼种的。专员却说，并没有投放新狼。

可以说，专员是十分器重我的，他指望着我能为商州地区的生态环境做出贡献，结果却适得其反。专员尴尬，我更尴尬，他虽然让秘书领我去宾馆居住，我已经没有了脸面再继续待在商州。对于专员，对于舅舅，对于狼，我就是一颗扫帚星。我回到了省城，无法对单位领导说明我这么久都干了些什么，白白受到了自由散漫、不能如期归来耽误工作的处分。我的情绪坏极了，在单位和同事吵架，一个人跑到大街上去溜达，在北大街的天桥头上，走过来走过去，我发现了一个警察一直在监视我，后来他走近来要我出示身份证和工作证，我的证件是齐全的，他说：这么晚了你在浪什么？他将我认作了小偷小摸的嫌疑人。我走下了天桥，马路边的小树林里突然有一妖艳女子幽灵般附过来，问道：先生，买床吗？我说：什么木质的？女子哼了一声走开了，她似乎还骂了我一句。天哪，她是在把我当嫖客了！我匆匆搭上了出租车，大声地对司机说：愿意开到哪儿就是哪儿，我给你付双倍车费！出租车跑开来，而车道上尽是自行车，你怎么按喇叭它也不让道，司机还未骂出口，我则头伸出车窗将痰吐在骑自行车人的脸上。结果骑自行车的人要拦出租车，出租车虽硬是在人窝里挤着跑走了，但飞来的一块砖头打碎了车窗玻璃，又一只臭鞋从玻璃洞里钻进来砸在我的鼻子上，我给出租车赔了玻璃钱。回到家里，把在街上的事说给老婆，希望老婆能安慰我，老婆却也嘟囔我出了一趟差回来脾气怪怪的，受了伤赔了钱活该，为什么要对人家吐痰？我就又火了，叫嚣着天下人都在算计我，连老婆都是这样?!

"瞧你这凶劲，你是狼啦？"老婆说。

"我就是狼，怎么着，我就是狼了怎么着?!"

老婆吃惊地看着我，突然手脚慌乱，用手摸摸我的额头，又掰了我的眼皮看了看，就噔噔地去拨打电话，她拨打的是急救医院的电话，一迭声地对着话筒喊：快派急救车来，快派急救车来！我过去一把撕断了电话线，吼道："谁有病？谁有病?!"她一下子将我抱住，泪流满面，却在安慰我："你没病的，子明怎么会有病呢？没病，没病！"我推开了她，钻进卧室，砰地把门关了，默默地看着我拍来的那一堆关于活的死的狼的照片，还有那一张已经挂在墙上的狼皮，冷静下来，也为我的行为吃惊着，真的是我的脾气变了吗，和狼打了二十多天的交道，那些死去的狼的灵魂附在了我的身上吗？夜里，我就常常做噩梦，我说不清是否在梦境里，我总觉得我的前世就是一只狼，而我的下世或许还要变成一只狼的。醒过来就呆呆地坐在那里发愣。我已经和老婆一星期不做爱了，甚至睡觉在一张床上，各人睡各人的被窝，我就铺了舅舅送我的那张狼皮。可有几个晚上，我是被老婆摇醒的，醒过来就一身大汗，老婆问我怎么啦？老婆说，她已经睡着了，听见我在大声喘气，睁眼看时，我的身子一半已在床外，半个身子横亘在床沿，双手紧抓着床头，似乎和什么人在争挤作斗，双目闭着却说：我就不走，就不走！老婆的话使我隐约回想到梦里好像和一只狼争着床上的狼皮，似乎又不是和狼在争狼皮，反正那个狼或是人在使劲要推我下去，我又在使劲地要占领。

"是吗？"我说，"我做噩梦了？"

我不愿意把什么都说给她，但我确实地感到了恐惧。我开始给我的朋友们讲故事，讲的是两个故事：一个是讲了五丰用摩托车驮了猪去配种，我当然略去了狼的内容，只是说有一个叫五丰的人，家里养了一头母猪，母猪夜里哼哼不得安宁，五丰就想这猪是发情了，该拉到配种站配种了。五丰家没有架子车，又嫌赶着猪去费时间，他有一辆旧摩托车，就把猪放在后座上，这母猪是能坐在后座上的，但母猪坐在后座上成什么体统，五丰便把一件雨衣披在母猪身上，像坐着一个人似的，就去了配种站。配种回来，母猪是安宁了三夜，第四夜又哼哼不停，天一放明又照旧打扮驮去配种，回来竟安宁了一夜就再次哼哼得烦人，五丰说，不哼哼了，明早再给你配去！天明起来去猪圈拉猪，母猪却不见了，回头一看，母猪已披好了雨衣早坐在摩托车的后座上了。你想想，母猪坐在摩托车上披了雨衣是什么样子，身子胖胖的，脚小小的。第二个故事，我讲的是生龙寨老头讲过的故事：老头是老革命了，陕北人，说话时鼻音很重的，有那么一种嗡声，老头说，第一天，敌人给我上老虎凳，我甚也没说。第二天，敌人给我灌辣子水，我甚也没说。第三天，敌人给我钉竹签，把我的指甲盖儿一片一片都拔了，我还是甚都没说。第四天，敌人给我送来了个大美人，我把甚都说了。第五天，我还想说些甚呀，敌人就把我杀死了。

"有意思吧？"我对我的朋友说，"你过后慢慢琢磨就有意思了！"

"这你已经说过五遍了，伙计。"朋友说，"屁放三遍都没味了！"

但我感觉我也已经死了。

死了的我其实还在活着，三个月后，省上召开人民代表大会，我再一次背着相机去采访了，真是巧，在代表们居住的宾馆过道上，又遇见了商州行署专员，他告诉了我一个消息：舅舅成了人狼了。

"人狼？人有变狼的？"

"外国有个这样的报道。"专员说，"我以前看那个报道，以为是一种杜撰的奇闻，没想到你舅舅他们真成了人狼！他们当然是人，但有了狼的习性，样子也慢慢有了狼的特征，尤其是你舅舅。""舅舅是怎么变的？"

"我听说他是不起性的，但后来发了胖，长得像个大熊猫了，只说他是个大熊猫一样的人了，却突然嘴里的牙长长出来，开始不大穿裤子，用一个竹筒套了自己的生殖器，那竹筒又拿绳儿系了，翘得老高，再后来，就慢慢地是人狼了。这可能是被狼咬过之后所患的一种疾病吧，如被疯狗咬过人就患狂犬病一样，但除过你舅舅他们并不都是被狼咬过的呀！"

"他们？"

"雄耳川的人都成这样了。他们行为怪异，脾气火暴，平时不多言语，却动不动就发狂，龇牙咧嘴地大叫，不信任任何人，外地人凡是经过那里，就遭受他们一群一伙地袭击，抓住人家的手、脚、身子的什么部位都咬。那里是人都不敢去了。"

"怎么会有这事？"我说，"我那舅舅被你们怎么处理了？"

"念他以前的功劳，收缴了猎枪，关闭了十五天。"

"那一定是舅舅想不通疯了，而雄耳川的人为舅舅抱不平也疯了。"

"有法就要依法呀！就是发疯也不一定会疯成狼的样子？他们脸上却开始长毛了，不是胡子，是毛，从耳朵下一直到下巴都是毛茸茸的。雄耳川现在成了商州的恐惧，但他们毕竟还是人，你不能去把他们全抓起来，或者枪毙了他们吧，政府正考虑是否要封锁了那里，作为一个禁区。"

"我明白了。"

"你明白了？"

"商州需要这样一个禁区。"

"你说什么？"

我转过了头从过道走开去，走到了楼梯口，眼泪刷刷地流下来。专员莫名其妙我的突然走开，他还在叫着我的名字，说："你怎么走了？去他的，没有狼了，却有了人狼了！"我径直地从楼梯上跑下去，口中喃喃自语：商州再也用不着投放新的狼种了。

商州，我曾经写了多少关于商州的美丽的故事，而被国内国外众多的读者知道了商州。商州这个名字其实是古代对这块地方的称谓，我第一次之所以用这个名字，是为了防止当地人在我的故事里对号入座，但商州被外界广为知晓之后，州城也随之更名为商州市。对于这一点，我是非常欣慰和自豪的。当然，商州对于我的回报也是相当的丰厚，我的知名度扩大，全地区的党政领导和普通老百姓把我当作他们的一张名片，甚至曾在一次地区社火芯子比赛活动中，我被作为一台芯子的题材融和那些历史人物、神话传说的情节一起有着造型而抬着招摇过市。据说，扮演我的是一个三岁的孩子，被高高地捆扎在铁架上，外边穿着一件呢子大衣，戴着鸭舌帽，手里拿着一叠写着《商州的故事》的书的模型。孩子因为是从清早就被捆扎在了铁架上,又游行了半天,尿憋得难受就哭起来,他的母亲一直跟着芯子跑,不住地喊:"不敢哭,你是子明,你不是毛毛了,哭了人要笑话的!"孩子是不哭了,但尿却尿下来,一直尿湿了呢子大衣又淋湿了芯子台。也有过许多外地的读者读过了我写的商州的故事,心向往之,不远千里自费去商州旅游,旅游之后来到省城寻到了我,说我骗了他们:商州哪里是富饶美丽呀,不就是穷山恶水吗?我说,你们缺乏感情,天下哪儿有不认为自己的母亲伟大的儿子呢?话是这般说,我并不后悔我对商州的歌颂,这或许是一种基因也是一种责任,我要继续报告着商州所发生的事情。但是,这一次,我在商州为拍摄狼的照片的前前后后的过程,我回省城后却没有写一个字,甚至缄口不提。现在雄耳川出现了人狼事变,又该是多么大的事,全省的报纸、广播、电视上都没有报道,专员告诉我后,我竟也不愿对任何人轻易提说。这实在是一件悲哀又羞耻的事,它不能不使我大受刺激,因为产生这样的后果我是参与者之一啊,憋住不说可以挨过一天,再挨过一天,巨大的压力终于让我快要崩溃了,我于是在家关了门窗,悄悄告诉了与我有隔阂的老婆。老婆也是恐惧万分,我发现她常常偷偷地观察我,她一定在心里也怀疑上了我有什么变异,虽然没有说破,又表现了对我的亲热,其亲热的程度似乎比我们闹矛盾以前还要好,可就在我第三天下班回来后,我发现不见了舅舅送我的那张狼皮。

那一天,是商州的施德主任来单位找我,他人枯瘦得如了干柴,我的办公室在七楼,他说他是拿了一张报纸上两层楼坐下歇二十分钟,七层楼整整爬了近两小时。他衰弱成这样令我惊骇,问他怎么到省城了,是工作调动了吗?他说是送黄专家到精神病院来的。我什么都不说了,我原本想问问他知道不知道我舅舅的事,但我什么也不说了。下班回到家里,我就没见了狼皮。

"狼皮呢?"我问我的老婆。

"我把它埋掉了。"她说。

"你怎么把它埋掉了?!"

"你觉得引狼入室好吗?"

"你是不是看着我也要成人狼了?"

她一下子搂住了我的脖子,泪水满面,说:"你不是的,你不是的!"

"可我需要狼!"我声嘶力竭地喊起来。

她立即用手捂住了我的嘴,又极快关了门窗,不愿让外人听见,但我还是呐喊道:"可我需要狼!我需要狼——!"

1999年9月8日草完初稿

2000年1月9日修完第二稿

2000年3月2日改毕第三稿

2000年3月24日改毕第四稿

后　记

1998年的6月我写完了《高老庄》，在后记中说：这可能是我本世纪里最后的一部长篇了。此话倒真言中了。这一部《怀念狼》，还在写《高老庄》时就谋划于心，原本可以在1999年即可写出，却偏偏不能完成，一会儿是这样的事缠身，一会儿又是那样的事耽搁，并且写了作废，废了再写，就是让你在2000年里不得脱稿。可见人的一生写多少文字，什么时候写什么，都不是以人的意志为转移的。别人或许说这是宿命论、唯心主义，但我却有许多体会。我的爱好比较广泛，其中之一是收藏秦、汉、唐年间的陶罐，往往得到一件东西，很快地，必会有同样大小、色泽的另一件东西再得到，以物能引物，我就守株待兔，藏品也日渐丰富。干什么行当干得久了，说本行行当的话时，似乎口里总有毒的，上自皇帝的教训是口中不敢有戏言，下至樵夫，上山绝对禁口"滚了"的话。我自以为文章是天地间的事，不敢随便地糟踏纸和字，更认为能不能写成，写成个什么样儿，不是强为的。

文学不是以时代的推移而论高低、优劣，也与作家的年龄大小无关，曹禺二十多岁写成了《雷雨》，张爱玲一出道就完成了她的文学成熟。有的人十年才磨一剑，有的人倚马千言，不可一概而论。各地有各地的特产，比如贵州的酒，云南的烟，山西的醋，嗜酒者当然推崇贵州，但绝不必要认定贵州就是人间天堂。

想到了一位画家，是西方的莫兰迪，有文章说他几十年在意大利的小镇上面对了几个罐子作画，画出了了不起的成就，遂也检点起我在《高老庄》写作中的一些困惑。十年前，我写过一组超短小说《太白山记》，第一回试图以实写虚，即把一种意识，以实景写出来。以后的十年里，我热衷于意象，总想使小说有多义性，或者说使现实生活进入诗意，或者说如火对于焰，如珠玉对于宝气的形而下与形而上的结合。但我苦恼于寻不着出路，即便有了出路，处理得是那么生硬甚或强加的痕迹明显，使原本的想法不能顺利地进入读者眼中心中，发生了忽略不管或严重的误解。

《怀念狼》里，我再次做我的试验，局部的意象已不为我看重了，而是直接将情节处理成意象。这样的试验能不能产生预想的结果，我暂且不知，但写作中使我产生了快慰却是真的。如果说，以前小说企图在一棵树上用水泥做它的某一枝干来造型，那么，现在我一定是一棵树就是一棵树，它的水分通过脉络传递到每一枝干每一叶片，让树整体的本身赋形。面对着要写的人与事，以物观物，使万物的本质得到具现。画家贾克梅第讲过他的一个故事，当他在1925年终于放弃了只是关注实体之确"有"的传统写实主义绘画后，他尝试了所有的方法，直至那个"早上当我醒过来，房子里有一张椅子搭着一条毛巾，但我却吓出了一身冷汗。因为椅子和毛巾完全失去了重量，毛巾并不是压在椅子上，椅子也没有压在地板上"，如隔着透明的水看着了水中的世界。他的故事让我再一次觉悟了老子关于容器和窗的解释，物象作为客观事物而存在着，存在的本质意义是以它们的有用性显现的，而它们的有用性正是由它们的空无的空间来决定的，存在成为无的形象，无成为存的根据。但是，当写作以整体来作为意象而处理时，则需要用具体的物事，也就是生活的流程来完成。生活有它自我流动的规律，日子一日复一日地过下去，顺利或困难都要过去，这就是生活的本身，所以它混沌又鲜活。如此越写得实，越生活化，越是虚，越具有意象。以实写虚，体无证有，这正是我把《怀念狼》终于写完的兴趣所在啊。

在《高老庄》的后记里，我主要谈了作品之中文字之外的写作人传达出的精神，现在我们十分看重它。当今的中国文学，不关注社会和现实是不可能的。诚然，关注社会和现实不一定只写现实生活题材，而即使写了现实生活并不一定就是现实主义。20世纪末，或许21世纪初，形式的探索仍可能是很流行的事，我的看法是：这种探索应建立于新汉语文学的基础上，汉语文学有着它的民族性，即独立于西方人的思维和美学。诚然，美国及西方的文化风靡，或许有一日全球统一化，但这一日对于中国来说毕竟不是短的日子。

　　《怀念狼》彻底不是了我以前写熟了的题材，写法上也有了改变，我估计它会让一些人读着不适应，或者说兴趣不大。可它必须是我要写的一部书。写作在于自娱和娱人，自娱当然有我的存在，娱人而不是去迎合，包括政治的也包括世俗的。

　　新的世纪里，文坛毕竟是更年轻的作家的舞台，我老了，可我并不感觉过气。《怀念狼》是我新千年里的第一本书，在即将脱稿的时候，到处是庆典的活动，有记者来采访，需要我谈谈感想，我并未因逢上了千禧年而欢喜若狂。我说，什么节日似乎与我都没多大的干系。作为一个作家，我就像农民，耕地播种长了庄稼，庄稼熟了就收获，收获了又耕地播种，长了庄稼又收获，年复一年，月复一月，日复一日吧。写完了《怀念狼》，下来肯定又得去充电去谋划去写作，只祈望着在以后的岁月里，杂事少些，疾病少些，自在多些。

2000 年 1 月 16 日

附一

他"披着狼皮"写作
——从《怀念狼》看贾平凹的"转向"

陈晓明(中国文学理论学会副会长)

2013年,在《带灯》的后记里,贾平凹说自己"不写作的时候我穿着人衣,写作时我披了牛皮"。这就是说,他写作时就回到乡村土地上,感受到泥土的气息。如果我说他也"披了狼皮"写作,包括贾平凹在内的大多数人都会感到诧异。连我自己第一笔写下这个题目,也是顾忌重重。但这个题目如此吸引我,让我切近那个不为人知的贾平凹的另一个侧面,让我在偶然一瞥中看到贾平凹的另一副面目。这个题目才让我激动,几乎让我摩拳擦掌去写作此文。否则,我真不知道如何在如今汗牛充栋的关于贾平凹的研究中,再说出我的言语。

固然,这个题目是我在重读贾平凹一些旧作时——准确地说,是在重读《怀念狼》时产生的。《怀念狼》这部作品完稿于2000年3月24日[①]。那时正值全国人民以及世界人民,都怀着期盼进入新千年。贾平凹当然也意识到《怀念狼》是他"新千年里的第一本书",在这个世纪末与新千年开始交结的时间坐标上,他的写作意味着什么?他是一个对时序日历很敏感的人,时间和生命的流逝对他有着无形的压力。《怀念狼》的后记里说:"新的世纪里,文坛毕竟是更年轻的作家的舞台,我老了,可我并不感觉过气。"他是不服老的,其实,彼时他才四十八岁。何曾想到,随后他有一系列大部头面世:《秦腔》、《古炉》、《带灯》。这些作品都富

[①] 完稿时间据书末标出的最后改毕时间。《怀念狼》是贾平凹在写《高老庄》时就谋划于心的作品,按作者在"后记"里的说法,原本可以在1999年写出,却不能完成,使之变成一次跨世纪的写作。《怀念狼》首发于《收获》杂志2000年第3期。

有现实感或历史感，都有相当尖锐的批判性。那种在地的属性，与前此的《废都》之颓靡飘逸何其不同，这里面到底发生什么样的变故？这让我们不得不去面对，这样一个甚至被目为中国文学的纯文学的"最后的大师"之一的人，他有如此旺盛的创造力，而他的创作道路却又如此曲折多变。在人们看到他风格鲜明独异的同时，却又惊异于他每部作品都在寻求蜕变与突围。奇怪的是，他再怎么变，却万变不离其宗，他的作品中总是有一种沉潜下去的东西，正如前期的《废都》有种飘上去的东西一样。

贾平凹何以始终会发生这样的变化或者说转向？对于一个时期的文学史来说，重要作家不是存在于文学史中，而是文学史存在于他们之中。所有对重要作家的深层解释，都是对文学史内在深度的解读。对于重要的作家来说，或者说对于有创造力的作家来说，他总有一部作品是关键性的，未必是他最好的作品，但却是他最重要的作品，若无一部这样的作品，他走不出自己，他走不出宽阔自由的道路——从此走向"从容启示的时代"①。甚至衡量一个作家的创造力，就看他有没有一部离奇的作品，对于他自己的创作，对于当代文学史来说，都是奇怪的突兀的作品。就像《酒国》之于莫言，《故乡面和花朵》之于刘震云，《受活》之于阎连科，《怀念狼》之于贾平凹。莫言关于《酒国》说过一段十分意外的话，他说，如果把《酒国》和《丰乳肥臀》进行比较，那么《酒国》是我的美丽刁蛮的情人，而《丰乳肥臀》则是我的宽厚沉稳的祖母。莫言声称："它是我迄今为止最完美的长篇，我为它感到骄傲。"② 莫言如此表白，在他的创作生涯中还属少见。贾平凹在发表《怀念狼》后接受采访时说道："狼的近乎灭绝如我们的年龄一样，我在过四十五个生日之后，才猛然地觉得我已经开始衰老了。"他说他一直在寻找着这样的写作路子："意识一定要现代的，格调一定要中国作派。虽然我能力太差，未真正形成自己的文学观而笔下常常无能为力。如果这一部作品这样，那一

---

① 这是苏珊·桑塔格描述罗朗·巴特的话。她说，他把现前的文学时代称作是"一个从容启示的时代"。桑塔格说，能够说出这种语句的作家真是幸福呀。参见罗朗·巴特《符号学原理》，李幼蒸译，第196页，商务印书馆1988年版。

② 莫言如此说法，或许与这部作品的关注文章相对较少有关。于1989年9月开始动笔的《酒国》，出版于1992年。出版二十年来，研究文章并不多见。要把握这部作品，尤其是与二十世纪九十年代特殊的历史背景联系在一起，颇有难度，它之被忽略和回避，不难理解。

部作品又那样，都是我在适应着我的自在。"① 说到转变之类，他说："我认同佛法中关于运用心的科学，通过修行，完成个人的转化和对事物究竟的本性的认识的说法。人活着的意义就是做自己的转化，如把虫子变成了蝴蝶，把种子变成了大树。"②

这些关于"变"的说法，让我对探讨作家创作道路上的"某部作品"隐含的秘密或辐射能力，有了一定的信心。这些作品实则是路标，它点出作家的风格学和精神年代学的纹理。因而，本文并不只是关涉《怀念狼》的文本解读，只是以此作为文本为一个轴心，去探询贾平凹创作的隐蔽路径，也由此去显现中国当代小说的美学演绎的独特方式。

一 狼皮与小说的神奇化

《怀念狼》又一次讲述商州地界的故事，这次是关于狼的故事。擅长讲述远山野情的人的故事的贾平凹，这次要讲狼的故事，而且是关于狼的灭绝的故事。那个叙述人"我"（子明）是个摄影记者，住在西京城里，已然疲惫不堪。"清晨对着镜子梳理，一张苍白松弛的脸，下巴上稀稀的几根胡须，照照，我就讨厌了我自己！"关于有十五只狼编了号还在商州地界活动的消息，让这个萎靡的中年男子振作起来，他去寻找那十五只狼，想给它们拍摄，并设想能造出影响大的新闻！小说就是在这个摄影记者一路探访中进行。小说的叙述转机始于路遇他的舅舅打狼队长傅山，故事就在我与傅山一起寻找狼的惊险疑难中展开。遭遇十五只狼的时刻无疑都是惊心动魄的时刻，这就可以想见这部小说是如何越写越凶险、越写越神奇。最终，这十五只狼无一幸存，都在这位最后的打狼队长傅山的眼前，也在摄影记者"我"的眼皮底下丧生。最后那只狼已经成精，一会儿变成头上长着一撮白毛的老头，一会儿变成一头猪披着雨衣蹲在摩托车后座。但它却也死得惨，被傅山认出来就是当年他小时候叼过他的那只狼。这狼竟然活了几十年，真是成精了。这部小说从萎靡的城里人写起，几乎是困顿地开始叙述，却越说越神，更

---

① 廖增湖：《贾平凹访谈录——关于〈怀念狼〉》，《当代作家评论》2000 年 4 期。
② 廖增湖：《贾平凹访谈录——关于〈怀念狼〉》，《当代作家评论》2000 年 4 期。

恰切地说是越说越邪，最后邪乎其邪，那个打狼队长傅山成了"人狼"。

这部小说的邪乎起源于那块会奓起毛的狼皮。小说在困顿的叙述中，不经意说到那块狼皮，这块狼皮是傅山外出的被褥。这块狼皮的来历却是有着怪异的故事。那是傅山在收缴最后一杆猎枪时遇到的美丽母狼，这只母狼与最后一杆猎枪的主人肉身搏斗同归于尽。傅山将那张狼皮剥下来背在身上，后来就成了他外出的被褥。在这部小说中，每当有特异情况出现，这张狼皮就率先反应，狼毛就奓起来了，而且无法用手扑摩下去。狼皮不只是与舅舅有感应，与"我"也时有异常。"我"第一次接触狼皮，是"我"抱了一堆有关狼的故事的小说（《聊斋志异》、《祥林嫂》、《热爱生命》等），躺在舅舅那张狼皮上读，不想读了一会儿，狼毛竟然竖起来了。"我"把它挂到窗户外，不一会儿就听到窗外有奇怪的叫声，接着是狗叫声一片，还有服务员敲门问"听见狼叫吗？"①此后大大小小的反应计有十次之多，而且每次都不一样，每次不只是狼毛"奓起来"，随之会有各种与狼出没相关的事件发生。那张狼皮，舅舅后来与"我"分别时送给"我"了，"我"夜夜睡在这张狼皮上，夜夜做着恶梦，有狼或人与我争着这张狼皮。

很显然，这张狼皮在这部小说中非同小可，它贯穿始终，它几乎是所有叙述关节的推动力，是小说情绪和想象生发的动力。在贾平凹所有小说中，这部小说可以说是写得最为神奇邪乎、酷烈诡异的作品。小说从开篇困顿平淡的叙述，一步步走向神奇怪异，就是靠那张狼皮发动的叙述攻势。而且小说越写越紧张、越写越怪诞、也越写越自由，也都是靠了那张狼皮。因为有了这张狼皮，贾平凹有恃无恐，几乎是出神入化，他披着这张狼皮，为所欲为，无所不能，笔力所及，目击道存。这张狼皮几乎是玄而又玄，实际上，它不只是在这部作品中"玄乎"，如果把它放在贾平凹的整个创作道路上来看，它也是玄机四伏的一个关节。

毋庸讳言，这张狼皮受到马尔克斯的那张飞翔之毯的影响，或者也会使人想起哈利·波特的那把会飞的扫帚②。尽管贾平凹没提到那张鼓满玛雅古风的毯子，叙述人"我"（子明）只是不断在读《聊斋志异》，以此显示它还是中国传统或民间的产物，但马尔克斯的毯子还是太有名了，贾平凹无疑是能领会其妙处的。当

---

① 贾平凹《怀念狼》，第39页，春风文艺出版社2006年版。
② 《百年孤独》中有关于飞毯以及蕾梅黛斯抓住床单升天的描写——或许也是受到阿拉伯神话《天方夜谭》的影响，马尔克斯七岁时在外祖父影响下读这部书。

然，贾平凹的这张"狼皮"用得极为出色，且是在参透了那张毯子的奇妙之后制作了这张狼皮，故而就真正赋予了这张狼皮以中国经验——贾平凹自己的独特经验。甚至在他的写作中，在他的写作转型和变异中都起到了非同寻常的作用。

对于这部小说来说，十五只狼的灭绝是其主体故事，如何描写这十五只狼的死，则是一个难题。或者说，贾平凹写这部小说，计划要写十五只狼，而不是一只或三四只狼，这是一次野心勃勃的冒险。这意味着他要写出十五只各不相同的狼、十五个不能雷同的场面。这表明贾平凹要在神奇化方面下功夫，如果没有艺术表现方面的自由，没有充沛的想象力，要处理这样的故事当不可能。况且打死狼是残忍暴力的行动，如何让其戏谑化和荒诞化也是必要的表现方法。如此，由狼皮催生的各种神奇、玄乎、荒诞就应运而生，狼皮事先酝酿的神奇，就使那些场景的出现不再显得突兀。

子明第一回真真切切见到狼，是看到那只伏在木板上的狼。这木板由一个叫海根的农民背着，后面还跟着一只小猪。这个场景自然十分怪异滑稽，傅山朝天放枪，结果狼撒腿就跑。十五只狼的出场和被打死都不相同，都颇有戏剧性，这也可见出贾平凹的笔力不凡，诡异莫测。因为小说中不时提到《聊斋志异》，竟然也有多处，狼变成女人、老头或者猪之类的动物。神奇化的、诡异的语境，使得这些怪诞的情节得以合法地存在展开。这都是因为有了那张狼皮作为里衬，它如同小说神奇化起跳的跳板，它使小说具有了艺术上的弹跳力，轻松就越过了不少障碍。

在《怀念狼》的后记里，贾平凹解释了他创作这部小说的一些想法。他要重新捡起《太白山记》试用过的写法，即以实写虚。《怀念狼》不满足于局部的意象，而是直接将情节处理成意象。如此写法使他在写作中产生快慰。他说，以前小说企图在一棵树上用水泥做它的某一枝干来造型，即是说，小说技巧并不顾及事物本身自发的能动的生命意识，而是人为地外在化地给予某种状态或功能。"现在我一定是一棵树就是一棵树，它的水分通过脉络传递到每一枝干每一叶片，让树整体本身赋形。面对着要写的人与事，以物观物，使万物的本质得到体现"[①]，贾平凹在这种以整体作为意象来处理的写作中获得了自由，其难点是这些物的意

[①] 贾平凹《怀念狼》，第183页，春风文艺出版社2006年版。

象获得生命的自主意识后，它能融入的生活的具体过程、它要合乎生活的逻辑。这当然是难度更大的生活真实，或者说生活逻辑。它要在具体的生活流程中来完成，一旦物被激活，整个生活就不只是生活客观过程，而是整体意象，它具有了整体的生命意识。贾平凹说："如此越写越实，越生活化，越是虚，越具有意象。以实写虚，体无证有，这正是我把《怀念狼》终于写完的兴趣所在啊。"① 于是就这样，贾平凹说《怀念狼》"它必须是我要写的一部书"。

《怀念狼》是在新旧世纪之交、也是在贾平凹觉得自己老了（四十八岁）时要写的一部书，此前他写下那么多的作品，已经声名卓著了，但他仿佛是走在一条路的某个节点上，向前看，向后看，他的去向如何？《怀念狼》如同一盏灯，照彻了他过去的写作，也照亮了他前面的道路。有了那张狼皮，他仿佛获得了重生，他裹着那张狼皮，他看得清世人，世人未必看得清他。他也似乎有了隐身术，他也成精了。

二　从实到虚，或邪异的隐秘踪迹

贾平凹其实是喜欢写虚的。他之所以赋予这张狼皮以玄乎的特性，就像马尔克斯的那张毯子一样，那个美人儿可以飞上天，但此番在贾平凹这里，却是他想飞上天。他能让这张狼皮活过来，他就上天了。但是，这个"虚"中却是暗藏玄机，贾平凹的"虚"绝不是变成虚无，而是要让这个虚变成痛，变成残忍。这个虚依靠实来转化，这个实里就隐藏着怪异性的事物，因为怪异性才能脱离自身，才能产生变异的能量。贾平凹悟透了这个变异的玄机，他的叙事在那些关节点上就追逐那些酷烈的事物，其中包含着怪诞的要素，它就能变异，能变虚，变虚后还能折射出伤痛和绝望。

贾平凹的叙述一直以文字之古雅、朴拙又透出飘逸之气而令人击节，全靠了这飘逸、朴拙而有灵气，也因为有飘逸之气，故他敢于一路朴拙。贾凹过去的叙述因为还总是要等着释放飘逸之气，朴拙还略显心机的痕迹。因为所描写的对象

---

① 贾平凹《怀念狼》，第183页，春风文艺出版社2006年版。

事物还是靠着文字显现，文字与对象事物还是二重世界。若是给予对象事物以生命意识，则是事物自身在显现出意象，文字已然不存在。只有物象在活动，世界呈现为物象，而不是世界被描写成物象。其实，贾平凹这样构造出的世界并不仅仅呈现为物象，而是物象包含着变异，能变异的物象，这才是他要达到的目的。世界与世界的连接，不再是按情节逻辑，而是物象的某种暗示；某种相似、邻近或隐喻，就可以让事物，从而也是故事连接在一起。这种连接出现了大片的空白——也就是虚，虚之后是变异，给出的感觉和情绪则是痛楚和绝望。

此前，贾平凹在《太白山记》（1989年）曾以瘦硬的笔法讲述了乡村诡异的生活，这些故事最终都以荒诞作结①。这在一直以现实主义笔法写小说的贾平凹，应是一次不小的实验，是他小试牛刀以突破现实主义樊篱。这组小说共二十篇，都十分精短，故事奇崛多变。《寡妇》一篇讲述儿子夜里睡觉朦胧中看到娘与别的男人偷情，儿子误以为是死去的爹。某夜又见着"爹"（其实是别的男人）在与娘偷情，儿子扔去一块砖头，把男根砸中了。翌日早晨，儿子与娘去爹的坟上看，看到棺木早已开启，爹在里面睡得好好的，"但身子中间的那个东西齐根没有了"。整篇小说写得似真似幻，尤其"邪乎"。

《挖参人》写丈夫外出挖参，妇人独守空房，丈夫担心有贼潜入家中偷窃，于门口置一镜子。妇人每天早晨开门看镜，镜中都留有贼与丈夫搏斗的影像，妇人心中惊异。数日都有类似的各种影像留于镜中，某日，镜中看到两个贼联手来家中偷窃，丈夫中其计，为贼捅了一刀。镜中影像复又消失。三日后，山下有人急急来向妇人报丧，说是挖参人卖了参，"原本好端端的，却怀揣着一沓钱票死在城中的旅馆床上"。这篇小说也写得同样"邪乎"，镜中所见，可能是三个人在不同的空间里在同一时间中汇聚于一起，集中投射于镜中而成镜中之像。这就是说，可能有某个贼惦记着要去妇人家里偷窃；丈夫在城里卖参担心着家里有贼；妇人想着可能有贼潜入，丈夫如果在场的话，她希望丈夫会如何对付贼。镜子如妇人夜间平心理活动，早晨醒来梳理心中所念，梦中所想，犹如镜中之像。但小说结尾总是有转折变异，丈夫果然遭遇不测，这就不只是心理活动，而是冥冥中的宿

---

① 《太白山记》首发表于《上海文学》1989年第8期，贾平凹曾经化名金吐双，写有《〈太白山记〉阅读密码》，发表于同期《上海文学》。小说结集出版题为《太白》，1991年由四川文艺出版社出版。

命了。有一个看不见的"暗世界"在决定着"明世界",镜子能显现那个"暗世界"。

《猎手》也可见出一些《怀念狼》的踪迹。猎手杀狼剥皮十分凶狠,矮树林里的狼被他杀光,猎手无狼可杀。某日猎手碰见一只狼,猎手再施猎杀之技,不想狼跳起抱住了猎手,人狼在地上滚翻搏斗,从崖头滚落数百米深的崖下去。猎手在跌落到三十米、六十米、一百米、二百米时,分别看到崖壁的洞里有狼妻、狼子、狼父、狼母。最后猎手坠在一块石上,弹起落在地上,"然后一片空白"。等到"猎手醒来的时候,赶忙看那只狼。但没有见到狼,和他一块下来已经摔死的是一个四十余岁的男人"。明明是狼与他抱在一起翻滚落崖,到了地面却变成一个四十余岁的男人。当然,这篇小说可能有另一种读法,也有可能猎手杀狼心切,在树林子里搏杀的并不是狼,而是一个四十余岁的男人,掉下崖看到的那些狼子、狼妻、狼父、狼母,都不过是猎手的幻觉。最终掉地下看清楚了,和他一起摔下来的是另一个男人。但这种读法被隐去了,贾平凹要写出的恰恰是这生活世界何以没有发生的另一种可能性。

这二十篇精短小说有着比较统一的叙述风格,笔法瘦硬凌厉,生存事相凄苦惨烈;故事情节逻辑反常,玄机四伏,险象横生;结果总是出人意料,怪异荒诞,却又能扣上小说原发的机理。这组小说在写法上的显著特点就是"邪异","邪"是指故事内容,"异"是指小说的叙述方式。中国传统美学讲情志,其内里是正。《论语·为政》:"《诗》三百,一言以蔽之,曰:'思无邪。'"中国古代的神话志怪之类,则是走的"邪路",从《山海经》直至《聊斋志异》,讲的是"邪",实则也是"邪异"。《太白山记》这组小说无疑也受到西方现代派的影响,那种生存无可名状的宿命,那些偶发的意外,那些不可克服的劫数,这些都是现代主义文学以其叙述方法去折射出的哲学。在贾平凹这里,显然还有中国传统的志怪在作祟。贾平凹熟读《聊斋志异》这不用说,问题在于,贾平凹何以此时要用如此手法来重温古典、或者说是用古典志怪来消化西方现代派?

当代中国文学在二十世纪八十年代经受了八五新潮的变故,那是传统现实主义在西方现代派冲击下所做的应激反应。八十年代上半期,依靠思想解放运动的推进,文学追逐或制造意识形态的热点,对社会现实产生直接影响。文学的现实主义被捧为主臬,文学的表现方法也以"客观真实"为最高原则。贾平凹虽一直是现实主义的马前卒,但也想充当现代主义的同路人。贾平凹是一个不安分的人、一个不肯固步自封的人,他时时在寻求变化。当他的艺术能量蓄积到相当的程度时,他对变化的渴求变得异常地强烈。突破现实主义的樊篱、与主流现实主义分道扬镳,一直是他的追求,或者说是他不得不选择的道路。他在文坛崭露头角,就是以西北独特文化和风情而别具一格。他是一个来自乡村的人,与知青这一代为同龄人,但他与知青一代人有着根本区别。其实,莫言、阎连科、贾平凹(或许还可以包括刘震云)这几个人,都与同代的知青作家群有着深刻差异——知青一代有着强烈的观念性。不管是北岛、芒克、江河、梁小斌、舒婷、杨炼等人为代表的朦胧诗群体,还是孔捷生、张承志、韩少功、阿城、梁晓声为代表的知青小说群体,他们都有着对时代、现实、历史等宏大叙事的观念化的追求,他们说到底是有一种强大的"现实的/历史的"观念性作为依托语境。但莫言、贾平凹、阎连科这几个出身并生长于乡村的作家与其显著不同——他们或许勉强可以称得上是"回乡知青",他们有更直接的乡村经验,他们有一种滞重的在地性。

从观念性的现实主义变身为观念性的现代主义可能更为困难(如知青群体),但从在地的传统主义变身现代主义,可能只有一步之遥(如回乡群体)。因为传统的庞杂与乡村经验的粗蛮,正好混杂出一种无法命名的现代杂交品种,它们用来"冒充"超前的现代主义是绰绰有余的。拉美的魔幻现实主义,他们也是在参透了现代主义这本经之后才这么干的;而中国的乡村无产者则以浑然懵懂误打误着而别开生面。谁曾想到,那些激进的现代主义者——后来被称之为后现代主义者,苦心孤诣寻求的东西,就是中国的文学土豪们信手拈来的东西——这当然是多少年之后,我们事后诸葛亮才看明白的一点点道道儿。

这并不是要把贾平凹往所谓"后现代"的路数上推一把,只是试图揭示出贾平凹是如何早在二十世纪九十年代初期,就跃跃欲试要突破现实主义樊篱。其实,贾平凹一开始就与新时期主流文学貌合神离,他恰恰没有新时期的观念性。新时期文学至少有两个原发性的主题,其一是批判/反思"文革",其二是人性论。这两个主题经常纠缠在一起,但都是被批判"文革"的观念性所包裹。即使如鲁彦周的《天云山传奇》和古华的《芙蓉镇》,都有人性论、人道主义作底,但批判与反思的观念性还是太过明显,也因此,当时被认为思想性很强大。贾平凹早期的作品在现实主义名下,写得淡雅平实,其批判性力度也不激烈。随后在1984年和1985年出现的一系列小说，如《鸡窝洼的人家》、《腊月·正月》、《黑氏》，在淡雅中就透出了沉峻的伤痛，再到《远山野情》（1985年）就写出了一种粗砺奇崛。它倾注笔力写人性，其人性不再是与批判性的观念结合在一起，而是与地域文化混合一体，相得益彰。极度贫困的西北生存环境，背矿的求生之路，命运不济的西北女子，坚韧不屈的西北汉子，终究私奔于荒僻的天地之间。这就是一种生活，一种生命，贾平凹充其量在开始是新时期的同路人，随后就与新时期主流文学分道扬镳。他偏居西北一隅，以他的经验和对西北风土人情的执拗把握，有了那种粗蛮倔强。他把粗往细里做，把细又拿捏得瘦硬直楞。香香、吴三大、跛子、队长，从这些人物的性格和他们构成的关系，就能体验到他们共同处于什么样的生存境遇。看看这段描写：

> 回到家里，香香已经回来了，在门前的石头上洗脸，满手皂沫，浮动一丝暗香。跛子说："回来啦？"香香说："回来啦。"跛子又说："东沟有人砸死啦！"香香说："我听说了。"跛子就伸手在女人的裤子口袋里掏，香香说："钱在柜子盖上放着哩！"跛子颤着腿进了屋。①

这是从吴三大视角看到的一个场景。这里有香香洗脸，对于吴三大来说，那道暗香意味着对女人肉体的温馨感觉（女人的名字就叫香香），但又有"砸死人"的惨烈信息不经意透出。再有跛子伸手进女人裤子口袋里掏钱的动作，在三大看来，原来也有可能是一个带有性意味的细小动作，但结果跛子却是要钱。他不顾老婆香香安危，让她去背矿，他却坐享其成，跛子关心的是香香口袋里有没有钱。这个细小的动作却包含严酷的残忍。

二十世纪八十年代中期的贾平凹，还是在破解现实主义的"正"的单一性，他要揭示出他所看到的乡土中国的生存酷烈景象，要写出这些生存于土地上的人们的生的挣扎、意志和绝望。在贾平凹的创作中，一直存在着越过主流正统边界的欲望。80年代中期，他关于西北远山野情的叙事，还是可以在人性论、人道主义甚至人民性这些时代主题获得正当性，他把西北地域文化强化了，把过去是在

---

① 《贾平凹小说精粹中篇卷·艺术家韩起祥》，第141页，人民文学出版社2006年版。

"社会主义农村"的概念下的现实主义叙事，变成了偏远的世外荒山野地叙事。他祛除了观念性，而露出了西北山地的粗砺严酷，暴露出人性赤裸裸的伤痛。

贾平凹一直就要偏离正统的已经格式化的现实主义，他只有往偏斜的路上落荒而走。如果要说贾平凹还是现实主义，那也是异质性的现实主义。他要寻求文学表现的异质性、始终的异质性，这就造就他终究要抵达"邪异美学"。从《鸡窝洼的人家》、《腊月·正月》那一系列小说的西北异域风情，到《远山野情》那种更具异质性的生活事相，可以看到贾平凹小说艺术追求的方向。直至《太白山记》这样实验性很强的作品，那是贾平凹隐蔽的艺术抱负的偶然显露，因为其纯粹性，而突显出直接而精当的含义。固然，贾平凹在1987年出版过《浮躁》这种拥抱现实的作品，但权威的贾平凹批评家李星就认为这部作品并不成功，贾平凹自己也认为其中教训甚多。究其原因，或许是因为距现实太近之故而且急于表达时代的直接意识。随后，贾平凹有多篇写"匪事"①的作品，如《美穴地》、《白朗》（1990年）、《五魁》（1991年）、《晚雨》（1992年），这些作品都以不同的方式与"土匪"这个杀人越货的凶狠角色发生关系。贾平凹何以这个时期突然写了一系列这类故事？他自己的解释在于八九十年代之交，写别的不行，只好写写不着边际的"匪事"。这些关于"匪事"的小说都有一个特点，土匪的凶狠在这里只是一个预设的由头，小说追求的却是一种飘逸的风格，故事里包藏着奇风异俗。

《美穴地》讲述一个年轻的风水先生，先为大户人家看风水，受到四姨太的诱惑，后来为土匪看风水，蒙受了诸多的羞辱。但他终于得到了年轻美艳的四姨太，并有了一个儿子。待儿子长到十二岁，让儿子出外谋生，为自己看了一个墓穴，最后是他们俩相拥而卧于那处美穴。十年后，柳子言的儿子只是在戏台上饰演黑头，没想到，柳子言踏了一辈子坟地真穴，到头来为自己却是错将假穴当真。小说人物刻画和小说的叙述，看似在追求飘逸的风格，实则内含着偏执的怪异。墓穴的神秘邪性，生活的变故起落，人生无常而命运不可抗拒……《五魁》中，五魁十五岁就干起背新娘的营生，没想到有回背新娘路遇土匪，随后的故事就直往邪路上展开。同样，《白朗》中的设局与圈套，勾引与色相，麻疯病与砍头救友；《晚雨》中的土匪天鉴冒充了县官，却与王娘痴情相爱，砍下自己的阳具以绝欲念

---

① 这个解释来自于2013年12月，贾平凹应邀在北师大做过一次住校作家演讲，笔者当面问及这一系列作品写作的动机，贾平凹所做的解释。当时北师大张清华教授在座。

……所有这些故事中,都包含着怪异邪乎的事件或事相,它们在故事的发展变异中起到关节或支点的作用,致使故事的变化超出了生活现实的逻辑。贾平凹走在一条这样的路上,却如归故里,叙述起来有一种自在飞花的感觉。这就是何以他在叙述这些本来凶险的"匪事",却显出了一种飘逸的笔法。贾平凹这一飘逸,终于在《废都》那里找到总体性的释放。经历一系列的匪事,庄之蝶身上不可能不沾染一些匪气,就像土匪唐景、白朗、天鉴身上散发着太多的文人气一样。匪气和文人气的混合,就如他做文人像土匪,做土匪却像文人。贾平凹总是要在人的社会属性劈开另一个侧面,让异质性的东西介入,重建人性的结构。所有这些人性或事相,通过"虚"、通过飘逸,都可以显出意味复杂的情态。此时的贾平凹已经把人性、性格和事相,与笔法的风格化结合得如此艺术,只差一点就天衣无缝。留下的那道缝隙,正好是飘逸与邪乎出入的通道。

三 邪异的极致:了结和开辟

在贾平凹的创作道路上,《废都》无疑是一个最为重要的转折,它是贾平凹前期创作的一个总体性的神瓮,又是转向后期的祭坛。经历过二十世纪八九十年代历史之交的变故,在"匪事"里浸淫良久的贾平凹,终于在《废都》这里找到超神入化的场地。《废都》何曾是在写那么一点"性事"呢!他是要做恢复古典美文的长久伟业。在"后记"里他写道:"中国的《西厢记》、《红楼梦》,读它的时候,哪里会觉它是作家的杜撰呢,恍惚如所经历,如在梦境。好的文章,囫囫囵囵是一脉山,山不需要雕琢","这种觉悟使我陷于了尴尬,我看不起了我以前的作品,也失却了对世上很多作品的敬畏,虽然清清楚楚这样的文章究竟还是人用笔写出来的,但为什么天下有了这样的文章而我却不能呢"[①]。

贾平凹创作历经关怀现实,查录商州地方志,书写远山野情,再到野史笔记,重温传奇匪事,现在想来,可以在"废都"上歇息下去。既然是身处一个"废都"时代,那也只能在古籍范本、在颓废美学尤其在空无的境界里寻求归宿。尤

---

① 贾平凹:《废都》,第519页,北京出版社2002年版。

其是发现了古典美文,在二十世纪九十年代初回归传统的时代氛围里,在西方现代派遭遇迎头痛击的历史关头,本来就在野史传奇、旧闻轶事中养精蓄锐的贾平凹,正好可以到古典美文里颐养天年。谁想到九十年代初的沉寂和茫然只是一个假象,知识分子秉性难移,只要一有机会,这秉性就要兴风作浪。1992年之后的中国知识界,正是一个跃跃欲试的时刻,1993年的《废都》风行一时,正好是荒疏数年的知识界重操旧业的时刻,道德理想主义通常是整装待发的必然旗号,《废都》的肉身不幸是道德主义这根长矛最容易击中的目标。摩拳擦掌的批评家和非批评家一哄而上,致使《废都》成为一个临时的舞台。道德主义的表演,人人都得心应手,它使九十年代初的落寞突然就有了悲壮感。批王朔,评《废都》,倡人文精神,标举启蒙旗帜……九十年代批评和道德理想主义的重新出场已经有了足够的剧目。八十年代是倡导人道主义,那是对"文革"极"左"路线反思和新时期思想解放的强烈渴望,历史终究有了实际的成效。九十年代的批判和倡导,道德理想主义却并没有充足的开启未来的思想和知识的准备,不管是对告别历史的愤懑,还是面对到来的市场经济的恐慌,都显得虚张声势,但对于摧毁《废都》和击垮贾平凹却是绰绰有余的。本以为抓住了中国传统文学与美文命脉的贾平凹,正聊以自慰,不想遭遇这样的迎头痛击,悲从中来①。贾平凹因此几乎大病一场,生活的变故,离婚,当然也有再婚的喜悦。随后还有作品问世,如《白夜》(1995年)、《高老庄》(1998年),这些作品没有引起预期的反响,甚至让人疑心贾平凹从此一蹶不振。很显然,贾平凹需要有一部作品能够摆脱过往的阴影,能越过"废都",去开辟新的道路。《怀念狼》无疑就是这样的转折之作。不管从哪方面来看,《怀念狼》与《废都》的"性情"、"爱欲"相去甚远,也与那种飘逸虚空的美文风格大相径庭。《怀念狼》沉郁、悲愤、瘦硬、怪诞、奇崛,在诸多方面都预示了贾平凹随后的写作方式和语言风格。

贾平凹在《怀念狼》的后记里强调他写这部小说是"再次做我的实验",这表明他很看重这样的实验,他一定要做通这样的实验。说到底,就是局部的意象

---

① 《废都》出版后,很快就有十余本有关贾平凹的文学创作、评论集,诸如《〈废都〉之继》、《〈废都〉废谁》、《失足的贾平凹》、《〈废都〉滋味》等。其中《〈废都〉滋味》被出版商任意删引发撰稿者强烈不满。《废都》出版半年后,被北京市出版局以"格调低下,夹杂色情描写"为由查禁。盗版随之蜂拥而起,据统计,累计的盗版数量超过1200万册。1993年10月贾平凹肝病复发,住进西安医科大学第一附属医院。

转化或拓展为整体，使情节具有了意象的特性。即这张"狼皮"不再是单个的偶然的意象，也不是单纯的象征性的意象，而是一种情节，甚至是推动情节发展的意象。这张狼皮贯穿了全部叙事，在每个关键时刻起到发动叙述的作用，它是引发重要行动的意象。过去在诗里或小说里的象征性意象，只是静态地起到象征作用，或者起到隐喻或寓言作用，但这部小说中狼皮却要引发行动，引发情节发生变化，它是动态的跟随或推动情节发展变化。即使马尔克斯让他的那张毯子飞上天，在小说中起到功能性的作用，并赋予小说以独特的文化内涵，他也并没有让毯子在整部小说中反复起到作用；而贾平凹显然是在挑战某种叙述的极限，他反复使用这张狼皮，让它在其他狼出现时、在人物要有大的动作时，它都率先做出反应，且每次的反应都不相同，都有独特的情景和怪异的情节出现。是他要披着这张狼皮飞越过去、告别过去，去到另一个地界。

《怀念狼》相对于贾平凹此前和此后的创作来说，意味着总结、了结和转向定位。理解《怀念狼》标示的转向的意义，就在于看到贾平凹通过这部作品，推动此前潜在的被压抑的意识和表现手法抵达极致，从此做一个了结。此后，这些意识有一部分沉潜到作品底蕴里面，另外一部分发生变异，再有就是从此获得表达的自由。

首先，《怀念狼》把魔幻邪异推到极限，这是对贾平凹既往的总结，也是一项了结。按贾平凹的说法，是把《太白山记》的实验更推进一步，使物象、意象具有情节的意义，这是把荒诞与魔幻结合在一起的手法，他要融合的是西方现代派和中国传统志怪。但能让贾平凹做出这样的实验，要让那张狼皮飞起来，而且贯穿和带动小说叙述，因由在这背后他郁积了足够的愤懑。飞起来的不只是那张狼皮，还有贾平凹与过往历史诀别的态度。事实上，这部作品是被那张狼皮拯救了。小说开篇延续了匪事系列小说《白朗》的故事，那是起义军白朗带来的匪乱与白狼带来的狼灾混为一谈的故事，只是开篇写得如此惨烈，这小说如何往下写？小说笔锋一转，写"我"（子明）这个州城的萎靡困顿的摄影家无所作为，小说的叙述也进入缓慢单调的阶段。直到遇到舅舅傅山，小说叙述才找到感觉。贾平凹笔力明显矫健起来，随后的叙述几乎是眉飞色舞、随心所欲了。如果有一门叫作"创作心理学"的学说的话，《怀念狼》就是一部最为值得探究的案例。

其二，《怀念狼》把孤独感表达到极端。《怀念狼》不断地去表达痛楚的心理，在小说中那就是"我"子明一次又一次目睹着狼被打死，最后，十五只狼一只不剩。"我"本是为狼留下纪念照，却目睹了实际上是参与屠杀最后的狼的行动，其心情的沮丧和痛楚难以言表；痛楚心情背后的心理则是孤独感。贾平凹的作品作为乡土中国叙事的异数，令人惊奇之处在于他书写了乡土中的人们的那些孤独个体。在此前的作品中，孤独的人物总有情爱如期而至，他们在情爱中或者获得一种对象化的关系，或者在情爱中毁灭，但人物总是有一种情感对象化的交流结构，让孤独感得以释放或消除。《五魁》中的五魁，十五岁就开始背新娘，但谁能理解他的欲望呢？谁能理解他的英勇和对少奶奶的那种离奇的眷恋呢？甚至土匪唐景都是孤独的，他一枪就打死了他心爱的露出下体的压寨夫人。少奶奶不得不与狗交媾，她面对着五魁的爱恋却要走向变态，这里面的人本质上是孤独的，他们只有走向存在的反面，只有走向命运的极限。《白朗》中的土匪白朗是孤独的，遭遇暗算，兄弟背离，被监禁在顶楼，如此孤立无援却有一个女人来诱惑他，但也是来算计他。兄弟砍下头来相救，这样的友情何以回报？最后结果是白朗只身一人在某个山洞里出家修行。《怀念狼》，其实是写末路打猎英雄傅山的孤独感，但同时写了"我"这个州城里的人无望的孤独感。傅山的打猎队解散后，他孑然一身。小说在写傅山出场时，他如何英勇地把一个凶蛮的无赖给制服了，多少有些像梁山好汉，但傅山表现出的那种与环境格格不入的姿态，那种愤怒和随时行使暴力的冲动，可以看到他的孤独感是如何难以忍受，随时要爆发出来。陪伴他的只有那张狼皮，只有在打狼时，他仿佛才找回自己的生命。但十五只狼都消灭完了，傅山的生命也走向了极限，他终于成了"人狼"，不用说他是人类群体中一个最为极端的另类。同样的是，"我"在这部作品中绝大多数时间里是落寞的，最后他的拍摄任务没有完成。傅山送给他一张狼皮，他晚上独自睡在狼皮上，夜夜惊醒，他感觉自己的生活是死了的，只是死了生活的他还活着。老婆把那张狼皮埋了，他寻找那张狼皮，小说结尾最后一句话是他的呐喊："可我需要狼！我需要狼——"。何以至此？身边有老婆，同床异梦，需要与狼为伍。作为人类一员，"我"子明是否是太孤独了？

这种孤独感的书写，在贾平凹也是极致的。你当可以理解为《废都》遭遇的冤屈，此后《白夜》等作品的反应平平，贾平凹几乎遭遇壮士暮年的悲愤。读读《怀念狼》结尾处那一段关于《商州的故事》的议论，这不是强行地要把作品中那个"我"往真实的贾平凹身上靠吗？他要表达的未必是关于《商州的故事》这部作品对他的讥讽，更重要的是《怀念狼》这部作品如何是他真实心境的写照！表达完这样的孤独感，贾平凹的小说关于"自我"的心境和态度，可以暂时放下。随后的《秦腔》、《古炉》、《带灯》，他都不以第一人称来写，且要表达的内容更偏向于历史感和现实性，至少这几部作品并不关注"自我意识"问题。

其三，《怀念狼》把酷烈、龌龊、奇丑的事相、物象写到极端①。贾平凹在《远山野情》等几篇小说中，已经把生存事相写得相当严酷悲情，但里面还是流宕着一股人性的韵致，不时也散发温馨之气。在"匪事"系列小说中也着手关注暴力，把怪异、离奇演绎得惟妙惟肖，但在《怀念狼》中，开篇就是匪乱和狼灾，十分酷烈的场景浓墨重彩，与叙述人"我"的萎靡构成一种强烈反差。小说中出现的怪异邪乎比比皆是，随着那张狼皮随时发作而随处可见。最为极端的描写是傅山、子明和烂头一行三人到罗圈腿家。转过谷草垛就看了屋山墙下一个头发蓬乱如斗的女人坐木墩子上解着怀捉虱子，落日的晚霞还有一抹照着。她喊她男人相当怪异，这个字就是《现代汉语词典》里也找不到，电脑字库更是无法输入。其意也让"我"不解，烂头解释说，这是当地方言骂人的话，即"精液"，以此喊老公名字，也属离奇。吃饭时竟然端上来一只蒸全鸡，却是木刻的。当"我"去抓第三个馍馍时，"女人突然手就抻进怀里，摸了摸，似乎摸出个什么来，放在手心看了看，罗圈腿立即踢了她一下，她看着我笑笑，手一丢，说：'我还以为是个虱子哩！'"②这一段描写显然是要把粗陋、龌龊写到极端（当然，这里很可能有密宗的"五肉"、"五甘露"的影响）。这不就是扪虱而食吗？比庄子的"扪虱而谈"还要更进一步。再想想乔治·巴塔耶的《眼睛的故事》或《艾德沃妲夫人》，那些老牌欧洲怪诞的污秽和色情，因为他内心无尽的无聊、绝望和虚无，顶着神或神秘主义之名，堂而皇之地向资本主义现代社会投去蔑视的一瞥。贾平凹何以要铆足劲把粗陋、龌龊做到如此地步呢？贾平凹固然要表达他内心的愤懑，看看那个州城的文化人子明那么困顿的样子（他苦于自己长久做不出像样的作品），他要祛除掉所有外部的概念和说法，他也无力去升华自己。他只有崩塌下

---

① 就这方面而论，贾平凹遭致一些激烈的批评。例如，李建军的《消极写作的典型文本——再评〈怀念狼〉兼论一种写作模式》，载《南方文坛》2002年4期。

② 贾平凹《怀念狼》，第55页，春风文艺出版社2006年版。

去、垮下去，就去到山野深处，面对最底层的生活，也是最粗陋、最原生态的生活——这其实不只是走现实主义的极端，走到回到生活的极端，这其实是去到文学的另一边，当代中国文学其实还少有抵达那一边的。这是越界、冒犯、反常规、自渎……一方面是如此粗陋、原生的实在生活，另一边是怪异、邪乎，它们在文学的另一面殊途同归，正好同流合"污"。

《废都》的颓靡情色因为追求美文，而透出一种飘逸之气，不能不说是得古典美学的某种韵致。但《怀念狼》显然是在背道而驰，贾平凹不再向古典美学顶礼膜拜，而是回到生活本身，回到最为粗砺的原生态生活本身，所有过去被压制、剔除掉的生活原始状态，现在都沉渣泛起，它们怪模怪样，无所顾忌，生活在文学中，呈现为更加自然粗糙的形态。

在那条通往古典美文的道路受阻之后，贾平凹开辟了另一条路径。《怀念狼》是贾平凹的必由之路，他如此追求文化异域性、人性的奇异性、生存事相的异质性，他需要抵达某种异质性的极限，那就是邪异的极致。《怀念狼》就是一个转折，通往另一个方向的标志。随后的《秦腔》不说对三农问题的现实关怀，而是那种表达方式，那种贴着地面的叙述方式，粗陋的乡村日常生活，这都可以在《怀念狼》中找到先声。《古炉》对物的不厌其烦的表现，对乡村原生生活不加修饰的呈现，这些未尝不是《怀念狼》的延续。至于《带灯》，这部作品的品相事迹，与《怀念狼》异曲同工。各种方法，最酷烈的表达在《怀念狼》中都演练了一番，写完《怀念狼》贾平凹就获得了一种自由，随后的作品虽然也写了粗陋的乡村现实生活，也写了乡村的痛楚，也写了生命的困境，但要沉静得多，要内敛得多，要深远得多。也因为对纯粹性的演练，他终于可以释怀，可以把这种艺术理念重新隐含于常规化的小说叙事中。尽管如此，《怀念狼》的实验、开启和转折的意义，是被如何高度重视都不过分。

四 人的终结与物的哲学

《怀念狼》把一张狼皮搞到邪乎的地步，这固然有贾平凹追求艺术实验变革的动机，但也包含着他思想观念的深刻变化。具体地说，就是他从早期信奉人道主义、人性论，转化为崇尚物的哲学，而后者恰融合了中国传统哲学的某些要义。

贾平凹在新时期伊始就崭露头角，那时他在思想解放运动的激励下信奉人道主义和改革开放，他的作品贯穿着人性论，也试图去表现改革开放的现实。二十世纪八十年代早期及中期的作品如《鸡窝洼的人家》、《腊月·正月》以及《远山野情》等，都写出了西北乡村的人情世故。相比较起那个时期对"文革"批判性的反思，贾平凹反倒不做政治性的表述。例如，他的作品中并没有非常典型的所谓代表极"左"路线的人物形象，他专注的是西北地域中的人物的个性情状。尤其是那些西北女子，被他写得精细而富有个性。文化与性情，一开始就让贾平凹与时代保持了一种距离，这是他赢得更长时段创作佳绩的缘由所在。

其实，贾平凹也没有多么信奉人道主义，思想性这种东西与他并没有直接关联。他更信赖的是他对生活的直接观察和体验，他不是一个主体意识和主观性强烈的作家，这使他一开始就没有现实主义意义上的观念性，即他并没有强大的历史反思性。他并不批判生活外在介入的力量，例如，制度、权力、社会性的灾难——即使多年后，他写《古炉》，写了社会性的灾难，也写了外在异化力量，但他是在写足了乡村沾着泥土的生活世界之后，再去看外来介入的现代政治强力如何酿成乡村的灾难。这就可以理解，贾平凹最初对现实主义的越界，是回到乡土生活本身。就这一意义上来说，他可与沈从文、汪曾祺比肩①。沈从文写出湘西的俊秀纯朴；汪曾祺写出江南的清净明丽；贾平凹则写出西北的荒蛮粗粝。沈从文的俊秀中透出野性，汪曾祺的清净中闪现出空灵，贾平凹则能于荒蛮中透出飘逸与诡谲。只有写出生活的直接性的作品，才能在一种情状中透出另一重的韵致。唯其能抵达生活本身在于对观念性的规避，或者与时代拉开距离。看看沈从文，他当是现代中国作家中最少观念性的人；汪曾祺亦如是，贾平凹则是新时期作家中观念性最少的作家。

如果用另一种表述，沈、汪、贾都是反潮流的作家——他们与时代潮流有疏离感，只觉跟不上，或者生性如此。整个中国现代以来的作家群，都被强大的历

---

① 贾平凹曾经在西安建筑科技大学做过题为"沈从文的文学"的讲座。可见他对沈从文是十分关注的。

史理性所裹挟;就中国现代以来的乡土作家来说,他们是一群远离历史理性的作家①,但到了1942年以后,文学试图以激进的方式介入现实、重构现实。赵树理直接介入当下问题,他还不能从历史理性的高度去重构中国乡村现实,结果赵树理方向难以为继。周立波、柳青、浩然无疑是建国后乡土文学中的佼佼者,他们都以强大的历史理性重构中国乡村,建构起阶级斗争和路线斗争的历史叙事模式,其作品一度被推为现实主义的高峰之作,但结果如何呢?他们与那个被重构的时代一起终结。新时期的作家都带着强大的历史理性抱负,所不同的,其实只有三个人,莫言、贾平凹和阎连科,他们与知青一代作家是同代人,但却奇怪地不是精神上的同代人,仅仅因为他们脚踏实地从小生长于乡土的土地上。他们很长时间扮演着落伍者的角色,1986年,莫言以其《红高粱》闯入文坛,"我爷爷"、"我奶奶"打断了二十世纪八十年代中国向往西方现代派的梦想。贾平凹那时只是无奈和无力,只好发狠地回到他那干涩的泥土地上,握住那粗糙的生活,抚摸那西北风吹裂的伤口。只有生活本身,如同只有人与自然一样②。不用说,他是越界了。不是他有多么强的观念自觉或道路自信,而是他无奈和无力——他追不上那么时髦的观念,赶不上那么快的变化。他只有回到他的商州地界上,去开垦那些荒林野地,去写那些与他肌肤相亲的人们。

哪想他慢了半拍却走在自己的道路上。贾平凹天性有一种质朴性,有回到生活本身去的感悟力,他能直接抚摸生活,这意味着他能直接触摸存在本身。也许他最开始写出人物的真性情,一半源自于新时期的人性论,另一半则来自他的生活的直接性。正是后者,使他愈发认识到人的有限性,人越是有本真性,越是真性情,那就越归属于自然,越是与自然一体。在对诡异和命运之不可知亦不可抗拒的探索中,人的主体能动性就会受到严重质疑。正如《美穴地》所写的那个柳子言,他能看得了"美穴",为自己探得"美穴",他哪能想到他的儿子只是一个舞台上的戏子,只能表演王公贵侯。实际上,人生在世真的就做了帝王将相又如

---

① 所谓"强大的历史理性意识",即是按明确的社会变革理念来认识、改造和描写现实,把现实作为既定历史目标的时间起点的激进的现代性意识。鲁迅最初也被视为乡土文学的引领人,鲁迅的哲学背景不可谓不强,但鲁迅的小说并不包含强大的历史理性,即使是"批判国民性","救救孩子","吃人的历史"等,也未尝显现出强烈的历史理性化意识。

② 数年后,《钟山》亮出新写实主义的旗号,说得五花八门,其实最具有"新写实"意义的作家,在当时可能贾平凹真正算得上是一个。

何呢？不是也只能到"美穴"里才是永久归宿吗？天地命运如此，贾平凹二十世纪九十年代以后的作品，人的主体性就不是那么强烈了。《远山野情》里自然的严酷，生活的惨烈，是人的生存意志的背景。吴三大和香香最终远走高飞私奔了，他们的性情战胜了生存环境。但看看九十年代初他的几部作品的结局，五魁爱恋的女人跳下山涧，五魁当了土匪，山底下到处贴着捉拿他的通缉令；白朗从被囚禁的土楼上逃脱出来了，重新执掌山寨大王之权，但他却不辞而别，据传言他在一个山洞里修行；《晚雨》里的天鉴，一刀砍了自己的男根，王娘自绝而死。多年后，天鉴也叫手下平了王娘的那个坟堆……这一切终了得如此简单寻常，曾经爱得惊天动地，如何也不动声色就平复如初呢？直到《太白山记》里随处可见的诡异和蹊跷，人其实生存在一个玄机四伏的世界里，人如何能成为世界和命运的主宰呢？到了《怀念狼》，固然那张狼皮是为着小说艺术而设，但动物（狼）的消失与人的萎靡病态，则是殊途同归的。动物的消失引起发现动物，进而警告着人不能成为动物的主宰。人是动物的一部分，回归人的自然属性也是回归人的动物性，这当然没有多少新鲜的思想。但是再进一步就有新意了，这是在人与动物的平等问题上的反思，人的优先性和无限性受到质疑。如果这还不够的话，那再进一步发掘，贾平凹就可以不同凡响。从这里出发，贾平凹逐步发展出一个关于物的哲学。

从人的哲学到物的哲学，这在哲学史上谈不上多么了不起的变化，我们也不可能在这里勾勒一个物的哲学的谱系学，就是在一般的文学思想性的演进意义上，也并不值得如何夸耀，但放在贾平凹的身上，在他的作品中如此结实自恰的内涵思想，却是值得肯定的。

《怀念狼》那张狼皮的通灵性，实则是赋予物以生命力，生命不死而成为物，物不死而有生命。贾平凹采取的是"以物观物"的态度，使万物的本质得到体现，也就是使物我相望，物有人性，人有物性，物物相通。因此，物固然有优美丑陋，但人并不能厚此薄彼；物固然有龌龊洁净之分，这是人所做出的褒贬是非，对于文学表现来说，亦不能一味描写优美洁净，对于丑陋龌龊贬抑排斥或视而不见。故而，在《怀念狼》中，贾平凹用了不少笔墨去描写那些丑陋龌龊的"物"或事相，这可能会让一些读者以及专业评论家会有不同看法，这当然不难理解。任何突破既定规则的文学表现，都会受到责难，但我们亦要从中看到一个作家创作变化的意义,挑战自我的那种胆略,文学的新经验的拓展,无疑都要打破陈规旧序,否则就谈不上创新。

这种物的哲学把人和物放在自然平等的地位,人之于物并无优越感,物之于人却也可以息息相通。这里并非是贬抑人,而是揣摩透了人性所致。贾平凹一度要写出人之性情的极致,物极必反,写人写到极致,那就是人本自然,人本天性。在这一意义上,都是师法自然,道法自然,如老子所言:"人法地,地法天,天法道,道法自然。"贾平凹其实是深受老庄道家的影响,这一时期他的很多思想都与老庄道家不无相通之处。

恰恰是在物的哲学这一意义上,贾平凹解决了他的思想资源问题。中国作家大都缺乏厚实的思想资源,其惯常的思想资源就是"社会批判性",但其批判性的依据经常受应景潮流的影响,本人并无多少长期蓄养的思想底蕴。贾平凹逐渐明了的思想底蕴则是与他的天性相通,他本人长期浸淫于此,终有所悟。他来自乡村,对中国传统文化,尤其是民间文化有独到体验。他从小生长在乡村,他的脚踩在那些粪土上,很自然很妥贴,那是他的童子功,他不会认为乡村的粗陋环境在美学上要归于次一等级。他对乡村的老旧和凋蔽谙熟于心,所有这些传统、民间、乡村、环境,浑然一体,贾平凹写出一个混沌、物性充分的乡村世界。这是贾平凹的乡土中国叙事不同于其他作家,或者说比之其他作家的过人之处。

《怀念狼》终结了人试图通过重归自然完成自我救赎的梦想。子明想通过摄影记录十五只狼的最后生存来改变他萎靡困顿的职业人生,他在乡村亲历了最后十五只狼的死亡,他既没有挽救十五只狼,也没有确证自我,倒是体验到玄机四伏的狼的生存世界。傅山成为"人狼"了,子明在狼皮上不得安生。能够自我存在并且与这个世界的存在深度一致的,是那张狼皮和那块最后也摔成两半的金香玉,就两件舅舅送予"我"的物件通着灵性,并且与世界的物性存在相关,它们没有人的惶惑不安,只有它们在暗中预示人的命运。

世界因为物性的存在而变得邪异玄乎,让物性在文学叙事中充分呈现,让人与物打交道,让物进入人的世界,这成了贾平凹后来在小说艺术表现方面耐人寻味的特点。在《怀念狼》之后,贾平凹连续出版几部厚重之作,《秦腔》(2005年)、《古炉》(2010年)、《带灯》(2013年)、《老生》(2014年),都是看上去有朴拙、凝滞特点的作品,究其缘由在于物的存在相当充足。西北乡村的贫瘠、原始、荒蛮，以及贾平凹有意关注的滞重、压抑的环境，这是他对乡村中国当代现实的直面呈现。历经了《怀念狼》的邪异玄乎而物是人非，此后的贾平凹才能如此平心静气地面对西北乡村的物的世界，他习惯于表现的泥土山石、墙基瓦楞、驴马鸡狗，显示出更加本真朴拙的面目，虽只是偶尔情趣盎然，但是它们构成了西北乡土中国的存在世界，人回到这个世界中，在这个世界中过活。

当然，贾平凹对乡村物性的书写，并不是使乡村回复到贫瘠粗劣的状态，以物性来闭锁乡村的存在。他尽力去描写物的通灵性，以物观物，物性相通。这就是以实写虚，写物即是赋予物以精神气质，物也就通了虚的一面。这就可以理解，贾平凹描写那些看似朴拙的乡村事物，任性而随意，随物赋形，落地成形，物的世界向着自由自在生成。《秦腔》中写到少年引生在水塘边遇到他钟情的白雪，结果他掉水里，白雪留下一个南瓜，引生激动地抱了南瓜跑回家，将南瓜放在了中堂的柜盖上，"对他爹的遗像说：'爹，我把南瓜抱回来了！'我想，我爹一定会听到的是：'我把媳妇娶回来了！'这南瓜放在柜盖上，我开始坐在柜前唱，唱啥呀，唱秦腔"①。这南瓜有了灵性，连接起白雪、引生和死去的爹，贾平凹总是通过物的作用，使故事的过程显出不寻常的意味。

《古炉》固然有深远的思想抱负，这部关于二十世纪中叶中国乡村进行"文化大革命"的故事，几乎是要完成鲁迅未竟的现代批判事业。夜霸槽不过是事隔半个多世纪的阿Q，他把阿Q要革命的缘由与失败结果重演了一遍。夜霸槽这个人物不只是回答了鲁迅当年提出的问题，而且提出了更多的问题。在写一个现代"文化大革命"在乡村发生进行的过程中，乡村的生活被表现得滞重、琐碎甚至粘稠，这与乡村的物质生活环境相关。贾平凹花了大量琐碎的笔墨去描写乡村与物发生的具体行为，例如就像小说的开头，狗尿苔爬到木橛子上去闻一股味道，一个青花瓷油瓶掉地下就碎了……显然，小说开篇描写这个家传的青花瓷油瓶破碎具有一定的象征或隐喻意义，它意味着传统乡村可能面临着一次最彻底的破碎。收拾这个破碎之物的过程、动作细节都写得不厌其烦②。整部小说主要通过狗尿苔的视点来展开，狗尿苔总是在村里的路上东奔西跑，但每次总是让狗尿苔一路走去，并不直接就写他要到达的目的地，而是路上遇到的各种鸡零狗碎的事情，遇

---

① 贾平凹：《秦腔》，第115页，作家出版社2005年版。
② 参见贾平凹《古炉》，第3页，第204—207页，人民文学出版社2011年版。

着鸡、狗、牛屎或石头,狗尿苔都要停下来。狗尿苔是个好奇多事的乡村孩子,这符合他的性格,乡间生活就是如此鸡零狗碎,它不只是人的生活,还有土地、牲口、家具、房舍、灶台,等等①。贾平凹要把乡村的物的世界写得充分结实,看似琐碎凝滞,却是以一种世界呈现的方式表现出现代激进革命与乡村的巨大裂罅。中国乡村有着它的存在方式,现代激进革命强行降临到这片土地上,历史再次重演,枪毙夜霸槽的场景,与枪毙阿Q何其相似,并且《药》的人血馒头被贾平凹刻意戏仿,对激进革命表现出令人惊惧的历史反诘。

　　贾平凹在《带灯》的后记中对他的《秦腔》和《古炉》的笔法做了解释,奇怪的是,那是他在看欧冠杯时的体会。看着巴塞罗那队的繁琐细密而华丽的倒脚技法,他想到他的小说叙事也是靠着细密的细节推进的笔法。到了《带灯》,他表示要对他的笔法做改变。从《怀念狼》之后,那种力道被激发起来了,贾平凹一直在规训它,其实也是要逃避它。他想通过《带灯》把它平静下去,至少让它内化。《废都》、《秦腔》和《古炉》都崇尚明清的韵致,但到了"这般年纪"时,却心情变了,不要那么多的灵动和蕴藉,他更着意于中国西汉时期那种史的文章的风格,"它沉而不糜,厚而简约,用意直白,下笔肯定,以真准震撼,以尖锐敲击"②。其实,这里说的是他的老乡陕西韩城人太史公的笔法。这种自觉反省无疑是可贵的,不过从我们读者的角度,《废都》的笔法与《秦腔》、《古炉》应该是十分不同的吧,但对于贾平凹来说,现在要做再一次的变异,他又一次到了"这个年纪",他要在《带灯》的写作中完成又一次转变。但是这次转变是多么的困难,按他自己的说法,他甚至伏在书桌上痛哭。他哭什么呢?当年从披了狼皮而有一种灵动和诡谲,他触摸到物,物物相生,以实写虚,也占尽便宜。如今要脱胎换骨,去到一种西汉风格,怎么就那么难呢?《带灯》真的就去了西汉风格吗?小说中带灯给元天亮发的无比抒情的"白日梦般"的短信,小说对高潮的追求,那一场盛大剧烈的打斗,换布、拉布、乔虎和元家兄弟的死战,堪与任何武侠小说中的决战媲美。《带灯》在太史公的西汉风格中,还是不能抑制随时要迸发的情怀,因为他的身上可能还披着那张狼皮。据说他的桌上摆了一块巨大的自然凹石,现在"我将它看作了火山口敬供,但愿我的写作能如此"。也是在这一段文字中贾

---

① 参见贾平凹《古炉》,第3页,第204—207页,人民文学出版社2011年版。
② 贾平凹:《带灯》,第361页,人民文学出版社2013年版。

平凹说:"山口是曾经喷发过熔岩后留下的出口,它平日是静寂的,没有树,没有草,更没有花,飞鸟走兽也不临近,但它只是活的,内心一直在汹涌,在突奔,随时又会发生新的喷发。"① 这说明贾平凹并不甘于只是平实朴拙的文字,他还要突奔,要飞翔,要灵动。他披过那张狼皮,他内心还汹涌着不安分的热力。确如他所说,《带灯》表面看上去是静寂的,但内里却还是有着一种不可抑制的力道要突奔出来。那张狼皮果真让上了年岁的贾平凹不再自在了么?我们倒要看看更加寂静的、更加"西汉化"的贾平凹——或许这更令人期待。

---

① 贾平凹:《带灯》,第361页,人民文学出版社2013年版。

附二

法自然：中国当代文学新审美
——兼议贾平凹的写作风标

陈思和（复旦大学文学院院长）

中国当代文学从二十世纪八十年代到九十年代，再到二十一世纪，三十多年一路走来，拥有了贾平凹、莫言、王安忆等一大批作家，这批作家在今天都走上了创作的辉煌时代。而贾平凹文学创作中的"法自然"风格，给我们带来了全新的审美表达，将现实主义艺术推向一个高峰。

二十一世纪形成了中国文学创作的繁荣态势，有一批从八十年代走来的作家坚持独立写作，每个阶段都奉献不同的代表作，与"五四"以来的文学大不相同。

中国文学从"五四"发展至今，十分曲折，社会的剧烈变化使文学主题不停变化。王蒙曾说"各领风骚三五年"，他意识到中国社会变化太快，文学与生活贴得太近。我曾写过一篇文章《从"少年情怀"到"中年危机"》，指的是"五四"以来的文学，大多数是青年作家在写作，成名作往往变成了代表作。二十几岁写的文学作品很难说成熟，只能说很尖锐而有活力。

八十年代之后，中国进入了稳定发展时期，尽管社会生活也在变化，却有一批青年作家开始就以自己的独特创作走上文坛，三十余年始终坚守在写作岗位，不为社会风尚所左右。独立写作，使他们的创作慢慢在自己的道路上形成了成熟风格。每一部作品拿出来都是有分量的，对社会有深刻的认知，对文学有稳定的见解。在这支队伍里，贾平凹走在前面，还有王安忆、莫言、张炜、余华、严歌苓等一大批作家，他们仿佛在与时代较劲，在与时间赛跑，用最充分的力量进行创作。他们有自己的风格、独特的语言、叙事方式和对社会的认知。

这种情况在百年以来的中国文学史上是罕见的。以前，作家写出一部长篇小说，大家当作宝贝般反复讨论，现在却像火山一样地不断喷发。文学几乎是和社会生活、写作出版以及各种语种的翻译同步发生。作为文学研究者，看到今天这样一个繁荣、成熟的文学世界出现在眼前，不为此感到鼓舞，我认为是不正常的。

二十世纪末两次转折：八十年代中，文学逐渐和政治分离，文化积累成为创作源头；1990年代，历经苦闷期，作家集体转型，形成"民间"立场。

新世纪之后，文学进入一个很好的状态，这与前三十年来两次文学转型有关。

八十年代初，伤痕文学和反思文学崛起之时，文学仍和社会政治紧密相关，但是汪曾祺、邓友梅等一批作家已经开始做了一些尝试，试图写民风民俗等民间文化因素，来淡化文学为政治服务的简单化标准。1983年贾平凹创作的《商州初录》，在当时产生了革命性的变化。他展现了不同的文学样貌，把歌颂性内容隐蔽到故事背景中，呈现出来的是商州琐碎而粗俗的民间风俗、日常的民间故事，展现了一个新的审美空间。1984年，张承志写了《北方的河》，阿城写了《棋王》，这些小说慢慢把文学创作从与社会政治的既紧密又紧张的关系中脱离出来，1985年中国文坛出现"文学寻根"思潮，韩少功、王安忆、李杭育等等都出现了。这些作家基本上都离开了文学为政治服务的主题，开始把文学和文化紧密联系起来。

这是中国文学一个非常重要的转折。这批作家以还不丰厚的文化积累作为创作的重要资源和原始动力，渐渐形成了新的文学队伍。

到了九十年代，市场经济大潮风起云涌，知识分子潜在的苦闷、绝望的心情弥漫了整个文坛，促使八十年代成长起来的很多作家反思，开始自觉地把生命价值放进创作中。山东作家张炜以龙口为基地写了一系列小说，如《九月寓言》、《家族》等；余华一改原来的冷暴力，温情地书写农村底层的老百姓，如《许三观卖血记》、《活着》等。一批作家都在转型，大批作家从"寻根"走向"民间"，我说的"民间"是一个立场，不论作家的身份，最根本的是能站在我们视野里面往往被遮蔽掉的一个视角——普通老百姓的立场。

其中，贾平凹活得最痛苦。《废都》是一部痛苦的小说，它出版时我正好四十岁，看到后记《四十者说》时，我感到贾平凹写的全是我心里所想。只有当这个作品唤起你对生命的感应，才是我认可的好小说。当时批评界对《废都》一片讨伐声，我写了一篇关于"民间"的文章，写到贾平凹。我的意思是，既然已经

"俗"了，干脆走下去，未尝不会走出一条道路。于是，就等来了十年以后的《秦腔》。

"法自然"风格：没有主要故事、典型人物，甚至明显主题，在自然描述中显示出人事和时代变化，《秦腔》是代表，提升了现实主义艺术境界。

很多兴风作浪的言论一直贬低文学，认为文学已经不重要了。其实，恰恰在"不重要"的时候，文学默默发展，像一条潜龙在深渊里面慢慢成长，到了新世纪，它与时代一起腾飞，这个腾飞，就是以贾平凹的《秦腔》为代表的一批文学作品。

我一直在思考用什么概念去解读《秦腔》。跟通常认知的文学标准不一样，它写了一个村一群人，每个人都很重要。读他的小说就好像生活在村庄里，一个村庄春夏秋冬过了四季。今天谁出门了，碰到谁了，谁告诉他某人死了，其他人又接着叙述另外一个故事……小说似乎漫无边际在发展。这在以前的文学中是没有的。第一没有主要故事，第二没有典型人物，甚至也看不出一个明显的主题，而是完完整整写了一年里一个村庄的故事。他的文学完全是一种新的表述方式，用我的理论表述就是"法自然"。

什么叫做自然？春夏秋冬自行运转，人不能左右，而且，自然变化非常微小，不是通过一个事件、运动、标志产生，而是自然而然发生的。这样自然的生态，也可以用于观察一个自然状态的社会，如果尊重这样的社会规律去发展，其实就是一个自然。

贾平凹把写大自然的规律，用到了人事的描写上。《秦腔》平平静静，琐琐碎碎把一个村庄的历史写出来，当你看到最后，这个村庄就发生了天翻地覆的变化。历史也是这样，表面上很琐碎，其实通过生活的细微变化在发展。我觉得贾平凹的创作把现实主义艺术提升到一个非常高的境界。我们从"五四"以来的传统，就是表达典型生活和生活本质，学会这套理论，再描述生活、设计人物。当然，在他之前也有很多人颠覆这个传统，贾平凹用特有的艺术手段，平平淡淡地颠覆了，还原了社会生活的民间化和日常化。

我想到《红楼梦》。它写了一个家庭里无数琐碎的事情，在琐碎中，把现实生活全部粉碎，捏造一个属于作家自己的艺术世界，这个世界就是大观园，就是宁荣两府，就是贾平凹的商州，里面有神话传说，有自己时间的维度，这个体系跟日常生活一样真实，一样琐碎，一样生动，一样充满生命力。

《红楼梦》跟"法自然"的现实主义有非常大的关系，自然界是周而复始的。这样的过程跟西方小说不一样，西方小说是直线的，写一个大家庭衰败，一定是一代比一代差。我们用西方的理论套《红楼梦》，所以否定《红楼梦》的后四十回以大团圆结尾，最后落得"白茫茫大地真干净"，我觉得非常好。但是后四十回写到兰桂重放，这个梦还会做下去，大多数人永远是在一个接一个做梦，跳出来的人实在很少。《红楼梦》其实是一个循环，我觉得贾平凹的小说就是这个味道。

附三

《白夜》与《怀念狼》意义和价值的再认识

李　星（中国小说学会副会长）

由华夏出版社1995年首版的《白夜》和由作家出版社2000年首版的《怀念狼》，这两部长篇在贾平凹至今出版的十六部长篇小说中，有着重要的意义和非凡的文学价值。

然而，它们或因一开始就被冷落，或被"热闹"覆盖进而被引向寂寞，其重要的文学意义和价值被明显忽视了，以至贾平凹小说权威的研究家陈晓明先生在2015年的一次会议上发出深慨："贾平凹曾有一部最可能与世界文学潮流接轨的小说，它就是《怀念狼》！有机会我要写一部关于它的文章。"[①]

时隔二十多年，当年《白夜》的约稿编辑之一高苏先生打算在华夏社"典藏文库"中将它再次推出，这让我颇有宿命之慨，遂借《白夜》、《怀念狼》出版的机会，简要谈谈对这两部书多年来如骨鲠在喉的看法，就教于两书的读者朋友。

《白夜》初稿落笔于1994年11月，足以说明一个事实——即便外界对《废都》争议蜂起，甚至它被有关方面查禁，贾平凹并没有被汹涌而来的非难和误解击垮，坚持着走自己认定的文学之路。早在文坛还在为《废都》热闹的1993年秋天，他就穿越蜀道进了四川，在绵阳参加了目连戏研讨会，观看了五台目连鬼戏，并开始搜集有关目连戏的资料。从1993年10月接到嘉峪关市张三发所寄的《精卫填海》的新寓言起，他就有了《白夜》的结尾。《白夜》的后记里，平凹没有提供他开卷的时间，只讲了他在绵阳师专的构思和写作。但从1994年他住了半年

[①] 见《怀念狼》，华夏出版社，2017年版，181页。

多的医院,才"决意正式动笔",说明实际上从 1992 年底他脱手《废都》之后,他就开始构思《白夜》了,写作中"却先后推翻了三次"……今天来推敲这些时间,只是为了说明贾平凹的神经是多么坚强,他听命于文学使命召唤的内心律动并没有因《废都》的遭遇而受到更多的干扰。这种纯净感,这种真正践行"走自己的路,让别人去说吧"的精神状态,就不能不让人心生钦敬了。

《白夜》中的夜郎与《废都》中的庄之蝶的不同,不只在于名人与非名人,还在于他们的生存处境的天差地别。夜郎混迹于西京文化圈,当过市图书馆的馆长助理,被辞退后又到一个民间目连戏班整理剧本,并客串一个叫"杂事"的角色。人不够时,又化妆成一个被追拿的野鬼。他会吹埙及其他民间乐器,又被民俗馆请来写宣传推广的文章,多才多艺,见多识广。虽无固定职业,与引车卖浆者同居一旧楼,却也从无衣食之忧,还似乎有一副好身板,不然不会被招进城来打工,后来成了美女模特颜铭的私爱,也不会被出身高贵、优雅的独身美女虞白一见钟情,并准备与之成家。他是集文化人的才情与浪子闲汉、市井无赖甚至打手于一身的混混式的人物,上可结交市长、区长与市府秘书长,下可与打工卖菜者、小偷、厨工、宾馆招待等下棋、喝酒;文可与警察宽哥、虞白、媒体工作者丁琳、目连戏班主南丁山、小老板吴清朴奏乐雅聚,"武"可雇小偷偷文化局长家、告恶状,身藏暗器与纠缠情人之市井流氓拼命。他很善良,乐于助人,有求必应有忙必帮,长期雇人看护当年帮助过自己的植物人市府秘书长祝一鹤,就足见其侠骨柔肠;又很冷酷、多疑,颜铭委身于他,他却嫌她不是处女;颜铭怀了孕,他又怀疑不是他的种,孩子生下来,他又嫌孩子太丑,与自己不像,对她很冷淡,以致颜铭愤然携女出走。他却并不去寻找,反而告诉虞白,自己已单身,希望回到她身边。这是一个体制边缘,夹缝中的文化人,沉沦于市井,行迹似无赖,却又心慕高雅,欲脱掉自己身上的俗气,似君子又似流氓、小人,像好人又似坏人。

九十年代初的西京城,商品、市场、房地产开发、文艺娱乐化皆已蔚然成风,"文化搭台、经济唱戏"的时髦口号,造成了文化为发展经济、物质生活服务的扭曲的文化观。平凹对这种重物质、轻精神的文化观有着倾向鲜明的批评,他通过《白夜》指出这只能造成目光短浅、金钱至上的小市民文化。在这种社会文化大背景下,夜郎却如鱼得水,活跃一时,但因为缺乏体制与财富背景,他只能属于红火却未能致富的穷文人。他对富人、掌权者充满怨气,牢骚满腹,内心孤独。眼见得他的警察朋友宽哥雷锋般的品质,却遭上级不满,只因一个失误便被除名;他的另一个朋友考古家吴清朴托女友邹云名下的房产之福,下海经商,开了一座饺子酒楼,邹云却被矿商勾引,成为"二奶",矿商暴死于仇家暗算,邹云被大房赶出,沦为娼妓;清朴遭邹云之兄夺产,终因意外而早逝;夜郎仇恨图书馆长,却不仅未能将其拉下马,反而无奈地目送馆长升为文化局长,夜郎和他的目连剧社成了打压的对象……

有人说夜郎是"盖世的丑陋,旷世的孤独"。他的"丑陋"自然不只是长了一副马脸,也包括他的行为和灵魂;他的孤独也不是因为他精神境界之高蹈,而是源于他对自己的评价与他所处社会地位、所扮角色间的差距。"月明星稀,乌鹊南飞。绕树三匝,无枝可依"是有天下之志、之才、之能的曹孟德式英雄的孤独,而夜郎的孤独则是一个失意文人的忧怨和伤感。他并不在意甚至看不起与自己地位相当的颜铭,却高攀着大家才女虞白,这或许正是他这个在西京一贫如洗的农民儿子摆脱精神孤独、寻栖高枝的生存方式。而虞白对夜郎惺惺相惜式的眷恋,或许也是她感性所致看错了人,投错了门,即使成婚却也注定不会有好结果。郎是才郎,郎却也有天然的狼性。

作为知识者、读书人的鲁迅,是继吴敬梓写出《儒林外史》之后,又一个敢于将讽刺、批判的矛头指向自己同类的清醒而伟大的作家。大学问家钱钟书唯一的一部长篇小说《围城》,也是讽刺、批判、反思自己同类的又一部力作。贾平凹继承了先贤伟大的文学传统,在《废都》中成功塑造了在社会历史转型期,在权力和金钱的双重压迫下自知沉沦却不能自拔、陷于深沉痛苦之中的文化名人庄之蝶的典型形象。而在《废都》之后,平凹则将目光重新瞄向了自己所在的文化圈,塑造了夜郎这个既令人同情又颇引人憎恶的文化人形象。如今,《废都》已被文坛广泛承认,如果知道当年它曾经给贾平凹带来了多么大的麻烦甚至旷日持久的官司,就知道在这样的背景下创作《白夜》,他是多么的如临如履,是多么的谨慎和纠结,作者的苦心和智慧,也恐怕只有我们这些他周遭的事中人才略知一二。既不能脱离现实的生活和体验,又不能让人对号入座,惹出文学以外的是非,贾平凹不啻是在荆棘丛中舞蹈。

其实,从《浮躁》以后,贾平凹真正的努力方向,是从已有的长篇小说结构和叙述模式的写作方式中突围，创造出一种长篇叙述的新方式。这种把讲述人居高临下的"高台"位置，置换为"给家人和亲朋好友说话，不需要任何技巧了，平平常常只是真"，看不出任何技巧的长篇叙述方式，是从《废都》开始的。记得当时就有不少识家发现了他这石破天惊、别具一格的叙述方式。《白夜》乃至此后的《高老庄》、《怀念狼》等，正是这种语言方式和文体探索的继续和巩固，并达到了炉火纯青的程度，打上了鲜明而独特的贾式叙事印记。

读《白夜》，首先感到的是这种不装腔、不扎势、不做作、不卖弄的叙述魅力。在极其浅近、平易的日常言说中，让你感到芸芸众生生存与生命的律动，人生的渴望；自然而又简洁，并不时有智慧的流露，充盈着禅意机锋的哲理光芒。不仅平凹自己从中体验着"生活是美丽的，写作是快乐的，人世间有清正之气，就有大美存焉"的心境和乐趣，也让读者有日常生活、柴米油盐、吃喝拉撒、人情世态等美不尽言之感。

在小说基本情节、故事以外，将中国传统文化典籍、民间传说、神话等引入长篇叙事，或增厚现实故事文化精神的广度和厚度，或使现实生活笼罩在一种幽深奇诡的叙事氛围之中，或以中国传统精神伦理映衬和观照现实社会的荒谬和丑陋，已经成为贾平凹长篇叙事的鲜明个人印记。这种叙事方式从《废都》就开始了。庄之蝶岳母的神神叨叨、老牛会说话、牛皮鼓会示警、货郎传递民意、歌唱民谣将一个当代文化名人的精神沉沦与人生痛苦，熔融于浓重的历史精神文化的深远背景之中。《白夜》将再生人寻亲、连台大戏《目连寻母》贯穿全篇，并与主人公夜郎的人生命运形成一种隐喻映衬的互文关系。川剧《目连寻母》的戏文全本我尚未接触过，只从《白夜》所引的片段中看出个大概，依稀演绎的是一个孝子穿越阴阳两界、苦苦寻母的感人故事，其中阴曹地府的情境，让我想到曾引起德国戏剧美学家布莱希特关注的中国包公戏《乌盆记》和秦腔黑头名剧《探阴山》，内容大致是人间的冤屈正义不能实现，要依靠清官包文正穿越到阴曹地府，甚至与阎王争辩才能寻得。《目连寻母》的艰难曲折、再生人团聚希望的破灭，突现的既是人间的真爱和深情，又是生的无限痛苦与希望的难酬。《目连寻母》的结尾借用了《精卫填海》的远古神话，并让现实中的夜郎扮演了精卫，让其面对千辛万苦衔石填海、填满了海也没有了自己生路的人生尴尬。《后记》中说这则寓言化了的《精卫填海》，是平凹从一个甘肃作者处借来的，它贴合了平凹对不幸的女子颜铭和薄幸而见异思迁的夜郎、好人不得好报结果的宽哥、吴清朴，还有前途并不会好的虞白等人的人生命运无尽的同情与悲悯，或许这恰恰折射着无端遭遇了《废都》风波，自己被人骂、家破（离婚）人病之后的平凹深藏于心的苍凉和忧伤，当然，这种心境也难免真实地投射于夜郎、宽哥、吴青朴、虞白、邹云、颜铭的悲情故事中。

社会和文坛的浮躁、娱乐文化的汹涌，使我们许多人都正在丧失阅读雅文学的时间和能力，即便是那些自称当代文学研究者的批评家，他们留给一部不在自己研究范围内的作家，或者娱乐性市值并不高的哪怕名家作品的时间，同样少之又少，翻一翻，浏览一下，知道他有这部作品就行了。我怀疑正是这种浮躁和非职业性的功利心，结合对一个作家的"先知"之见，才造成了了对《怀念狼》这部贾平凹别有心曲、别具新意的大视阈、大境界的作品的种种误解和轻视。

其实，只要静下心来，稍有语言和文学敏感的读者，只要开始读前几页，就会为贾平凹独特的叙事语言风采所倾倒。《怀念狼》是通过一个记者或作家外甥的视角去讲说自己的舅舅傅山的。五十年代全县闻名的打狼英雄傅山，今天却奉命去保护濒于灭种、硕果仅存的十几只狼。然而，却因为他头脑中所存留的对于狼这种生命力旺盛、凶猛而又残忍、狡猾的动物的认知定势，最终阴差阳错地将它们全部消灭了。从他对狼的恐惧心理中，人们读到的不仅是老猎人的思维定势和意识上的麻木与褊狭，更有这个当年的老英雄和他的徒子徒孙们在与狼的生动、蓬勃、强劲的生命力的比对中，显露出的自身生命力的萎顿、弱化与无能。曾经长期关注生态文艺学研究的学者鲁枢元先生撰文指出，茫茫宇宙中的地球生发史上，曾经有过宇宙生命的时代，又有过动植物生长繁茂的生物世纪，今日地球圈又进入了一个人类的世纪。"较之其他生物，人类的优越和幸运在于他们拥有了地球的'精神圈'，然而，人类社会如今所面临的种种足以致人于死地的生态环境，也正是由于人类自己营造的'精神圈'出了问题"，"人们不仅在征服中失去了'灵魂'，甚至'灵魂'也已经被征服欲所充斥。"《怀念狼》中的傅山这个形象，既是人类的辉煌与勇敢的象征，也是人类专制、麻木、偏执与自身生命力萎顿、心理精神生出了病患的生动象征。这是在全球化、现代化大背景下，极端发达的高科技、互联网虚拟世界所衍生的人类与大自然相隔离、肌体能力退化而必致的生命危机，以致在多样化的生物面前，人们连自己的安全感也丧失了；相反，被虚拟世界所培育的征服力的膨胀、灵魂被强烈的物质欲望所淤塞的精神生态危机充塞天宇。相比于自然环境的生态危机，精神的生态危机更应引起人类自身的警觉。

"保护狼"这样一个普通而又平常的生态题材，在贾平凹神彩飞扬的诗意叙述、汪洋恣肆的自由想象中，化作了对人类和地球生物的大关怀与大悲悯，对人性和人的生命力的大批判、大反省。这或许正是陈晓明心目中《怀念狼》的人类价值和世界意义。

这样一部好作品，却在一片喧闹声中遭逢无情的漠视甚至否定，以至于沉寂了二十年。这无疑是中国长篇小说乃至中国文学界巨大的损失和悲哀！

2016 年 10 月 17 日草毕

附四

《白夜》、《怀念狼》重读札记

韩鲁华（西北大学贾平凹研究中心特聘教授）

一个偶然的契机，促使我重新阅读了《白夜》与《怀念狼》。

这两部小说甫一出版，便从平凹兄处得到签名本，即刻阅读，颇为激情荡漾，并乘热打铁似的，连着为每部作品写了文章，刊发于学术期刊，谈了自己的阅读感受。如今，再拿起这两本书，已没有了初次阅读时的荡漾激情，有的只是一种沉静，甚至沉静得令人茫然，但依然有种东西撞击着我思考的神经，甚至还使得我这思考的神经颇有点疼痛。

贾平凹的文学创作犹如一架山脉，而且是一架横贯于从平原到高原之上雄浑而苍茫的山脉。这使我想到了秦岭。秦岭东向延绵伸向中州平原，西向攀援青藏高原北缘的昆仑山脉，北接深厚凝重的茫茫高原，南会波浪起伏的丘陵山地，可以说是通东西而汇南北。既然是山脉，那就有许多的山峰与沟壑、河流与盆地，有许多的进口和出口。《白夜》与《怀念狼》应当是贾平凹文学创作这架山脉中虽不险峻高拔却也瑰丽奇异的两座山峰。这两座山峰，亦有着它们的进口与出口，进入其内，出于其外，自然也就可以领略一番它们独到的风景。

一

《白夜》不是贾平凹最有影响力的长篇小说，但它却是贾平凹整个文学创作中一部具有特殊意义的作品。这特殊意义其中重要的一点，则是与《废都》相关联的。不论从哪个角度看问题，《废都》对于贾平凹的影响，都是痛切入骨而深刻久远的；对于中国当代文学发展而言，恐怕再过上几十年、上百年，也是无法抹掉

《废都》这部作品的名字的——除非此一历史阶段的文学创作都被抹掉。因此,人们在对贾平凹的文学创作进行阅读与整体判断(不论是赞成或者否定)时,也总是首先想到了《废都》。《白夜》就是在《废都》巨大的身影威压之下生长出来的,这些年来,它也就自然而然地在《废都》的身影之下存在着。因而,在相当程度上它的价值意义也就或多或少地受到了某种遮蔽。

在我看来,《白夜》是贾平凹在舔舐伤痛的过程中完成的一次将养性的调适缓行。从贾平凹文学创作的历程来看,《白夜》没有给人一种如《废都》那样的炸裂感、刺痛感或者断裂感,而是在负荷着承续性的艰难的毅然前行中温和与宁静的思索。也许,对于贾平凹来说,《白夜》的创作,犹如服饮一剂安痛定,舒缓了神情心绪,而就创作的延续性而言,不可否认,这部作品,从立意到具体叙事之中,都能够窥视出与《废都》的内在联系或者关联性来,比如夜郎与周敏,这两个人物形象之间,就存在着许多相似性与承续性。哪颜铭与婉儿、柳月呢?其间不也存在着某种血脉的关联吗?甚至在叙述上,《白夜》也保留了少量的《废都》中被批评得最多的方框框。更为重要的是,《白夜》承续着《废都》开创的日常生活化的叙事方式,且更加自然流畅;他所致力追求的意象叙事艺术模态建构,也柔顺圆润得多了。他在《浮躁》序言二中明确坦言:"艺术家最高的目标在于表现他对人间宇宙的感应,发觉最动人的情趣,在存在之上建构他的意象世界。"这个思想,可以看作贾平凹1990年代后文学艺术创造追求上的一个总纲。以此观之,在2000年出版的《怀念浪》,乃至今年出版的《极花》,都是一脉相承的。于叙事艺术上所极力追求的以实写虚的意象创造,作为一种小说叙事艺术整体建构,虽然起始于他1980年代的中短篇小说创作,也是完形于《废都》,明确于《白夜》。从叙事的心性气韵来看,《白夜》改变了《废都》过于忧愤的气性,但在精神气脉上却是一以贯之的:对于中国历史转型大时代的人的困顿与尴尬生存状态的忧思与开掘,并寻求穿过云层都是阳光的与世界相同的思想精神。比如对于人生尴尬之表现,正如虞白身上生出了虱子一样。因此,要读透贾平凹文学创作心态的历史建构,尤其是《废都》之后的心理心态,把握贾平凹整体文学创作的艺术追求流向,《白夜》是不可缺失的重要一环。

《怀念狼》的创作,应当说是贾平凹意欲给自《废都》之后的上个世纪的艺术探索做个归结,并进行新世纪文学创作开启性的一次探寻。《废都》之后,贾平凹连续性的创作了《白夜》、《土门》、《高老庄》。依据贾平凹的心性，他不仅于每部作品的创作中，都会有些新变，而且过上十数八年，必然会有一次更大的裂变。比如说于《白夜》中整体追求一种"说话"式日常生活叙事，在《土门》中似乎在呈现城乡阴阳交合体的悖论，而《高老庄》又在做着无序而来，苍茫而去，于黏黏糊糊的原生态生活中张扬自己的意象。就我的阅读感受而言，觉得《怀念狼》依然是一种新变，而没有完成大的裂变。或者说它既未完成将上世纪的创作收拢归结，亦未开启出新世纪的美学新原则。一次新的裂变，是于《秦腔》的创作中得以完成的。但是，《怀念狼》于意象艺术建构上，则带有明显的归结性意向。如果就将现实生活直接进入诗境，将情节于整体艺术建构上直接化为意象而言，《怀念狼》则是作了一次成功的试验。这种完全将情节意象化的艺术叙事，越过《秦腔》、《高兴》、《古炉》、《带灯》、《老生》，在《极花》作了再次更趋至臻完善的呼应。贾平凹通过这部《怀念狼》，完全有资格问鼎那届茅盾文学奖，因为它的探索意义已经溢出了贾平凹艺术创作自身。

二

如果将贾平凹几十年的文学创作联系起来研读，就能发现他一以贯之的艺术思考与探索的发展脉络。简单地说，他就是要从文化思想精神与艺术思维方式，以及将二者融会贯通的文学叙事艺术模态上，建构中国式的新汉语文学写作。近年来，中国化、中国式叙事或者讲述中国故事等，成为一个主导话语，或者时髦话语。其实，在上世纪七十年代末、八十年代初，贾平凹就已经开始了这方面的美学思考与创作实践的探寻。对于他初登当代文学殿堂的《满月儿》，人们更多关注的是那充盈着田园牧歌式的清新优美的山野气息，而未觉察到其间蕴含的贾平凹所特有的还未被意识到未达自觉状态的古典意味潜质。上世纪七十年代末那两三年，他就在阅读与写作中开始了寻求自己特异的文学出路，也是中国当代文学新的出路。到了1982年他在《"卧虎"说》与所记写下的读《川端康成小说集》的笔记中，就明确提出了叙写以中国传统美学来表现与世界思想意识相通的，重精神、重情感、重整体、重气韵，抽象而丰富的中国现代文学。这表明贾平凹已经把握住了中国文学艺术传统文脉的大致脉象。之后，贾平凹就在这一文学创作道路上不断地探索、不断地完善自己的艺术思考，如今已经形成了他基本的、成熟的文学艺术美学思想，只是未及进行系统的梳理完形而已。当我们立于《极花》反顾贾平凹以往的系列作品时，就会发现这条山脉是接通着中国文学艺术精神之血脉的。同时，贾平凹于多处谈到现代意识就是人类意识，人类发展的历史趋向意识，也就可以理解为现代意识了，可说又将意旨伸向了人类世界困扰尴尬之境。所以，他所叙述的中国故事，便是要叙述出人类的故事——中国历史转型期的特殊表现状态。

在此背景下阅读《白夜》与《怀念狼》，表层看这两部作品好像是风马牛不相及，一个是叙写城市生活，一个是记述商州的山野故事；一个是透视从乡村到城市谋求生存者困顿与无奈以及尴尬命运，一个是叙写似乎在城里待得无聊的记者跑到山里搞什么狼的调查而最终将狼彻底灭掉的荒诞之举。其实，于内在精神上，都是在探讨处于历史转型特定时期人的生存状态及其困顿的生命精神状态。当然，在具体的艺术叙写上，作家于二者间又有着自己不同的思考。《白夜》是对中国转型期人生、生存状态、生命本体及民族文化等方面，做着一种艺术的阐释，但作家的意图，是借助故事自身的事件和人物暗喻出来的。除了再生人、鬼戏，还是饺子馆，再生留下的钥匙等等，都隐含着作家的意图。夜郎、虞白、颜铭、吴清朴、祝一鹤、库老太太等等人物，从语义学角度看，都是一种符号，带着明显的隐喻、象征的意味——或者可说是一种人物意象。

无疑，《怀念狼》是贾平凹虚幻出来的一个真实的寓言故事。文本的指义，不在故事的外在形态，而在于其间所负载、蕴含的哲理思考。在这里，实与虚形成了鲜明的比照反差。这里提出了一个问题：文学创作，意象的创造，能否用实而又实的笔法去创造一个高度抽象的文学意象境界？从故事深蕴的社会时代内涵和指向上看，《怀念狼》是非常前卫的。它揭示的是人类生存过程中面临的实际困境与精神尴尬。故事，或者说意象的指义，直逼人的生命本体，以及与大自然的对抗，并由此造成生态环境与生命本体的双重萎缩。这是一个具有世界性的主题。在这个主题中，又包含着多矢向的意义内涵。而这一切，又是统摄于高度概括、高度抽象的哲学思考的烛照之下。但是，就作品的故事及叙述而言，从语言到细节描写，以至于情节，又是那么的写实。贾平凹于此是用一种刻绘的笔法，去塑造意象，使意象的形态是如此的逼真、栩栩如生。《怀念狼》中，不论是人、狼、事、物，都显得真实可信，而其义又是那么的抽象、高拔，完全是一种穿过云层都是阳光的哲思烛照。

三

西方有一句哲学名言：我思故我在。在此，我想逆向使用这句哲言，来解析贾平凹这两部作品：我在故我思。作为作家，贾平凹的文学创作始终是与他的现实生存境遇密切相关联的。他的创作不是坐在咖啡馆里的高谈阔论，也不是高居讲坛的指指点点，而是深入于社会生活的透里，从中升拔出来之后的艺术叙说。所以，这是一种根植于大地而又通向天宇的文学创作。

这里，我主要说说这两部作品关于人的思考。

关于人的思考，始终是文学创作史上的一个基本主题。中国当代文学关于人的思考及其艺术表现，总体是从人的客观社会存在到人自身作为生命本体存在的发展过程。换言之，就是由他在、客在到自在、本在。这也是从自我、本我的迷失、失落到自我、本我的回归与深化。就贾平凹的文学创作而言，他关于人的思考，是从社会政治层面、现实层面到历史、文化层面，到人生命本体层面，最终归结到今天人类生存哲学层面。这中间，不同层面的思考，又是相互交叉、相互交汇的，亦即多义的组构。在上世纪九十年代的几部作品，他追求着作品内涵的多义性、意义的多矢向性。他通过塑造不同类型、不同层面上的意象，来完成多义性内涵的传达。

上世纪八九十年代之交，中国的社会历史又面临着一次世纪大转型中的小转换，社会与人都面临着新的十字路口，都陷入一种新的困顿与尴尬之中。就贾平凹自身而言，他几乎是遇到了灭顶性的生命困顿。于是，创作了《废都》以安妥他那破碎了的灵魂，修复他那破缺了的生命之轮。但，《废都》出版之后，使得他安妥破碎灵魂、修复破缺生命之轮的意愿，陷入了更大的困顿与尴尬。这迫使他进一步思考人生存的困顿与尴尬，乃至于无边的无奈与荒诞。他需做更为冷静的思考，思考的结果就是《白夜》——人陷入到了白天的夜晚之中。

贾平凹的《白夜》极易让人想到陀思妥耶夫斯基的《白夜》。两部作品放到一块，发现其间也确实有着某种思考问题的相似之处。笔者曾就此问过贾平凹本人,回答是:知道陀思妥耶夫斯基这部作品,但并未读过。贾平凹读过与否先放下不谈。以我追踪阅读他的作品及聚焦他的文学创作三十多年的经历,来重新阅读《白夜》,发现其间对于人的生存命运的终极追问,与陀思妥耶夫斯基之间应当是存在着某种相通性的。但也确实是两种叙事生命状态的揭示。这最少说明作家对于人生命终极意义的追问,是不会停止的。不过从作品叙事来看,贾平凹《白夜》中的人物:夜郎、虞白、颜铭等,似乎比陀思妥耶夫斯基笔下的人物更加悲惨。起码,在陀思妥耶夫斯基笔下,女主人公还最终回归了自己的幸福,而在贾平凹的笔下,这些人物无一人寻到了自己的生命归宿,依然是在白夜中的梦游者。其实,"白夜"即可解为虞白与夜郎之名的组合,亦可解为白天与黑夜,更可解为白天不是白天,黑夜不是黑夜,而是白天之夜或黑夜之昼。若做最后这种解释,那似乎就可体味出贾平凹之书名的用意了。

《怀念狼》,作为贾平凹对于人思考的阶段性成果,则与以前的作品有所不同。在这部作品中,他是将人类生存的多义性思考,融汇在基本意象之中,形成了一种复合建构。这就犹如将五色奇石熔于一炉。而且,对人类生存思考,基点不是社会、文化等,而是人类生存本身。这一点,应引起人们的足够重视。在解读过程中,我发现他关于人的思考,在诸多方面与存在哲学相期遇。贾平凹的思考,导源于他自己的生存现实和生存环境,导源于他生命本体的困惑与裂变。就文化思想而言,更多地导源于中国古典哲学,尤其是《周易》、老庄的哲学思想。他试图以此在与现代生存的契合中,寻求着人类生存的救赎方式。思维上,不是先有理念,后有思考,而是先有现实存在,而后引发出思考,即我在故我思。

人类进入二十世纪后,科学技术得到了飞跃性发展。由于人类过度扩张自己,对于大自然的严重破坏,造成了人类生存自身的萎缩。生态环境危机,成为人类生存中的最大问题之一。人类在严重打破与自然的平衡、人为地破坏了生物链并初步受到惩罚之后,才开始意识到保护大自然,就是保护自身;不仅要保护尚未遭破坏的生态环境,甚至应该积极地恢复已被破坏的自然生态,像《怀念狼》中所记述的人工繁殖大熊猫、保护商州仅存的十五只狼等。贾平凹的深刻之处在于他提出了进一步的思考:人类在破坏大自然时,是按照自己主观愿望进行的,在保护、乃至恢复时,亦是如此。这最终又将如何呢?人工繁殖大熊猫失败,普查狼却事与愿违,加速了狼的消亡。在此,我们可以窥知贾平凹对于人类主观意志的质疑,暗示着对于人自然本真存在的呼唤。保护大自然,首先人要顺其自然,要遵循大自然的运行规律。这中间既有协调发展,也存在着万物之间的自然对抗。因此,《怀念狼》的意义指向,并非仅是一个生存环境及其保护或恢复的问题,而是对人类生存意义的叩问。

人类的生存,是一种对抗。人的生命本能中,存在着一种自然的对抗质因。就社会历史层面而言,人总是在与所置身的社会进行着某种对抗,与他人进行着对抗。正是这种对抗,激发着人生命的创造力,显示着自身生命存在的价值。同样,人类在与大自然的对抗中,也包含着对人生命本体的对抗。贾平凹并没有简单地因大自然的破坏而仅去寻求人与大自然的平衡,他从人生命本体角度,肯定了对抗也是人类生存中一个不可或缺的内涵。人一但失去对抗,自身的价值和意义也就相应消失,就会造成人自我的失落甚至生命本体的变异。

《白夜》中,夜郎在与城市对抗,在与宫长兴们对抗,也在与颜铭们做着某种对抗,最终,他是在与自己进行着更为深刻而痛苦的对抗;《怀念狼》中,傅山在打狼的年代,成为人心目中的英雄,其生命价值得以充分展现。他在与狼的对抗中,实现了自我存在。但是,当他无狼可打,失去了对抗对象之时,他便发生了生命的变异,得了怪病。耐人寻味的是,傅山以违背自己生命存在方式去保护狼时,可狼并不买人的账,与人类继续对抗。最终,傅山还是打死了狼,放弃了平衡,选择了对抗。作品在此揭示出人类生存陷入了一个怪圈而不能自拔。在强大的生命"对抗"面前,以"平衡"为指向的环境保护意识是多么的脆弱。的确,人类陷入一种深层的矛盾和尴尬的境地。对抗,造成人与自然的严重失衡,协调、平衡,则又带来人类生命的失衡与迷失。对抗似乎不仅是一种自然属性,而积淀为一种生命的意志,成为人生命本体不可分割的有机构成要素。贾平凹试图探寻并非单向"平衡"的走出人类生存困境的方式。在对抗中寻求平衡,在人与自然的对抗中,达到终极和谐。

当然,贾平凹的这两部作品所进行的探索不仅仅是这些方面。人们从其他视角,还可以做别的阐释,贾平凹探索的意义,也并非仅限于这些。在此,笔者只是就自己的阅读感受,做了一些粗浅的阐述。在笔者重读的时候,更加强烈地感知了贾平凹对于建立新汉语写作的执著追求。如果从中国新文学和现代汉语发展的历史角度，将贾平凹的《白夜》、《怀念狼》及其整个文学创作，放在汉语写作大背景下进行考察，可能是一个很有价值的课题。我以为这是一个新的、非常好的研究角度，待于进一步深入探讨。

四

近十多年来，一直被一个问题所困扰。

中国的新文学，经过一个世纪的发展，到了该冷静思考的时候了。以鲁迅先生为代表的现代思想家、文学家，在反传统中建立起了中国现代文学的传统。这个文学传统，先是被误解或者肢解，后来又发生了疑问，乃至一些轻浮者想要推倒鲁迅。但结果怎样呢？鲁迅依然是鲁迅。鲁迅作为二十世纪中国文化、思想和文学艺术的标志性建构的耀眼光华，并非因了官方的极力维护和将其强力推向至尊之位才横生出来的。随着历史迷雾的被拨开，人们对此看得越来越清楚。问题是，先生那精深广博的文化、思想意蕴，娴熟深湛的艺术境界，今天的人们如何才能真正领会并切实达到呢？又如何在经历繁复的历史累积后在新的时代背景下去做深入发展并实现超越呢？因此，问题不在于简单地要推倒什么，而在于自身的建设、发展与超越。今天批判这个，明天打倒那个，不过是种种似是而非、外强中干的喧嚣罢了。这于中国文学的发展毫无裨益。装腔作势的洋装写作，涂抹口红的妖艳写作皆令人厌恶，可敬的是脚踏实地的建设性的写作。

百年来，中国文学一直被"我是谁"的问题所困扰。有些人出以实用主义的功利之心，从中外文学中拿来一些东西，生硬地模仿、移植，貌似很古典很西化，实际上并没有完全地融会贯通，从外部考量，已难掩夹生的拼帖之感，遑论内在。所以，在艺术创造中，对于传统（包括对外国文化）的承续、融汇，更为内在的是要贯通着中国文学艺术的思维方式和艺术精神，内在骨子里具有一种中国文化艺术的品格风骨，着力表现出中国文学艺术的精神神韵。笔者认为，中国式的当代文学的艺术思维、艺术精神，至今还未完全建立起来，这大概是我们今天的作家、理论家应当彻底检视和思考的一个问题。

对此，笔者认为，中国文学叙事的现代性历史转换，在这百余年或者近百年间，经过西向吸纳、本土承继的奔突之后，经历了从自卑到自信的确认，现在应当做一番历史性的归纳总结了。也就是说，中国现代文学叙事发展中"我是谁"的问题，经过一个世纪的不断追问，终于应将目标明确地指向"我就是我"了。关于中国式文学叙事的目标指向，起码从上世纪八十年代起，许多作家都在努力用自己的创作，孜孜以求地做出了大量艰难而有益的探索。历史性地出现在时代文学舞台上的这些作家不约而同地做出的种种努力和成果，实际上，已经达成了从"我是谁"到"我是我"的历史转换。在这一历史转换中，贾平凹当然不是唯一，但无论进行怎样的当代文学历史叙述建构，他是定然无法忽视、不可缺少的一位。

这里可能还涉及另一个问题，就是我们要探讨中国文学叙事的社会时代的文化语境问题。

谈到文化语境，学界最普遍的一种表述就是全球化的文化语境。随着冷战时代的结束，特别是高科技的迅猛发展，网络信息时代的到来等等，从建构经济一体化到整个人类文化的一体化或者全球化的建构，似乎成为许多人的一种文化理想诉求。在这种文化语境下中国当代文学创作及其研究，自然难免被卷入其中，并且担当着一种自然而然的历史使命，这里，必然有着将中国文学从过去与西方的对立引向趋同之境。比如，中国文学走向世界就成为诸多作家与理论家的夙愿。当许多人将中国文学走向世界视为要以西方文学/文化的标准和取向来建构中国的当代文学时，在其文学创作实践中，自然就会把许多精力放在向西方文学的学习、借鉴甚至简单模仿上，在这方面热情，远远高于传承本民族文化思想、文学艺术传统的兴趣。

这在中国文学百年发展的历史，特别是近三十多年来的中国当代文学发展史上的一种主导趋向。从某种意义上说，西方从古到今，特别是近代以来的文化思想与文学艺术成果，成为当代文学创作的思想与成果重要的资源，甚至成为中国当代文学某些创作思潮和成果的原动力。在以西方的文化思想准则，来叙写中国的历史与现实生活的语境下，中国本土的文化思想与文学艺术传统，也就难免被简单化、标签化以至被丑化为愚昧、落后、保守的代名词。这样说，并非是要排斥对于西方文化思想的学习借鉴，而是想指出，对外来文化的学习借鉴，不应是盲目、短视和功利性的生硬地照搬，而是应该有辨别、有选择地吸收、消化与容纳。简单讲就是，笔者主张奉行张之洞的"中体西用"说。

这里还隐含着一个问题：中国当代文学具有与世界当代文学进行对话的资格吗？有人认为，从世界华文文学角度看，2000年法籍华人作家高行健获得诺贝尔文学奖，2012年中国本土作家莫言获诺贝尔文学奖，此外，大陆一批作家获过国际性的文学奖，故此可以说中国文学已经融入世界文学，得到世界的认可，自然具有了与世界其他国家文学进行对话的资格。也有人认为就是莫言获得诺贝尔文学奖，其他作家获过其他国家的文学奖，从思想艺术整体上看，中国文学与世界文学还有一定差距，不能做平等对话，甚至觉得获奖有非文学方面的因素，比如中国国势国力强大起来，外国不敢忽视中国的存在，文学也是如此。我曾将贾平凹、莫言等作家的作品与外国一些当代作家的作品作比较阅读，读后确实是非常震惊，感觉贾平凹们和这些外国作家之间，在文学本质、文学精神、文学思想等方面有着于相通的东西，是一种殊途同归。我的结论是：就我所了解和认识到的世界文学情况来看，贾平凹们的作品是可以和世界文学中的名作相媲美的。他们完全有资格与世界文学进行心平气和的对话。

说这些，也许有人会认为是跑题了，似乎与解读这两部作品没有关系，但我却觉得，在世界文学的背景下，以更高远的视角观照这两部作品，恰恰对于理解、认知贾平凹的整个创作具有极为重要的意义。

五

下面的更是"题外话"了。这是我写《极花》评论中的最后一部分，抄录于此，借以重申我阅读包括《白夜》、《怀念狼》在内的贾平凹的作品乃至中国当代文学创作，所引发的思考。

其内容如下：

阅读贾平凹的作品的过程中，想到了米兰昆德拉，想到了古典诗词，想到了庄子。而在读相关研究文史资料时，忽然想到了歌德。于此并非是要强行将贾平凹与歌德进行类比或者比附，而是由此引发了些题外话。比如就创建一国一时代文学艺术而言，不同国度不同民族之文学，是否存在着某种相似性呢？比如美国曾经出现过所谓的西部文学，过了若干年后，中国也出现了西部文学。中国的西部文学可视为是中国现代性历史进程中所出现的一种文学形态,哪美国的西部文学是否也是其现代化历史进程中的一种文学形态呢?由此进而想到,歌德所处的时代,不也是德国从启蒙到现代化完型的历史进程吗?歌德之前有莱辛,同时代有席勒,而后有荷尔德林、海涅等,以及两次世界大战之后反思与探寻德国历史命运的作家格拉斯等。由此可见,歌德既不是德国社会现代性历史转换开启者的作家,更不是终结这一历史转换的作家,但他却是将德国文学推向世界的时代文学的集大成者。

于是在想:莱辛、席勒都是非常了不起的大作家,他们对于德国文学艺术的现代性历史建构,做出不可磨灭的贡献,使其不仅在德国文学史上留下重重的一笔,在世界文学史上,也是独树一帜的存在。但他们终归未能如歌德那样成为德国文学的集大成者。

作为一个世界文学史的存在,歌德是个巨大的、复杂的矛盾体。于此本该做出深入的探讨。但是,笔者缺乏广阔的世界文学史学术背景,自然也就谈不出什么深入新颖的观点来。为表达笔者的阅读感受,这里摘录一段专治德国文学史学者的一段话作答:

"18世纪下叶,随着德国资本主义生产方式的逐步建立(内因)以及英、法等国强大的启蒙思潮的影响(外因),德国启蒙运动得到了开展。德国启蒙运动的主要代表、德国民族文学的奠基人莱辛,以他的文学理论和创作实践使德国文学跻身于世界文学之林。此后,德国文学出现了空前兴旺的繁荣局面,形成了第二个高峰时期。继启蒙运动后,德国文坛兴起了气势汹汹的狂飙突进运动,它的代表人物有赫尔德、歌德和席勒。接着德国文学进入了以歌德、席勒为代表的古典时期。在古典时期的后段同时存在的还有德国的浪漫主义文学运动。德国古典文学的四个主要代表人物莱辛、歌德、席勒和稍后的海涅,都诞生于德国文学的第二次繁荣时期。其中歌德则不仅是德国古典文学最主要的代表人物,也是欧洲文学史上为数不多的几个最重要作家之一,他的代表作——诗剧《浮士德》是欧洲文学史上几部最重要的文学作品之一。经过莱辛的开拓之后,歌德把相对落后的德国文学提高到世界水平。"(余匡复《德国文学史》(上),第3页,上海,上海外语教育出版社,2013。)

显然,中国文学现代性历史转换与建构中,虽然出现了可以与世界文学平等对话的作家，但似乎还没有出现使得公认的歌德这样的具有世界文学意义的集大成者的文学家。这也许正是当代中国作家所应当深入思考的吧。

不仅仅是作家，我们这些从事理论研究的人，也都应当好好深入地阅读研思一下歌德啊。

最后说明一下，本阅读札记中，吸纳了此前所写论文的观点和论述，并不是有意抄袭自己，而是为了体现自己思考问题的一种延续性。请谅解。

2016 年 10 月 1 日

图书在版编目（CIP）数据

怀念狼 / 贾平凹著. --北京：华夏出版社，2017.2
（典藏文库）
ISBN 978-7-5080-9051-1

Ⅰ.①怀…　Ⅱ.①贾…　Ⅲ.①长篇小说－中国－当代　Ⅳ.①I247.5

中国版本图书馆CIP数据核字（2016）第305162号

怀念狼

作　　者	贾平凹
责任编辑	高　苏

出版发行	华夏出版社
经　　销	新华书店
印　　刷	三河市万龙印装有限公司
装　　订	三河市万龙印装有限公司
版　　次	2017年2月北京第1版 2017年2月北京第1次印刷
开　　本	720×1030　1/16
印　　张	14.5
字　　数	235千字
定　　价	45.00元

华夏出版社　网址：www.hxph.com.cn　地址：北京市东直门外香河园北里4号　邮编：100028
若发现本版图书有印装质量问题，请与我社营销中心联系调换。　电话：(010)64663331(转)